Von heute auf morgen kann sich dein Leben ändern: Betta Bennet, Anfang fünfzig, war jahrelang erfolgreiche Stylistin bei einem Mailänder Modemagazin, bis sie ihren Hut nehmen muss. Nach anfänglicher Krise beschließt sie, sich ihrer Leidenschaft zu widmen und eröffnet ein kleines Catering-Unternehmen für alle Anlässe. Sie experimentiert mit Baumrinde und Blüten, bringt Zuckerwerk optimal zur Geltung und richtet die angesagtesten Feste der Stadt aus. Schon bald floriert nicht nur der Laden, auch in der Liebe tut sich was …

Camilla Dell'Orto Necchi lebt in Mailand, wo sie die schlimmste Wirtschaftskrise seit 1929 in der ersten Reihe einer Modenschau mit einem Cocktail in der Hand kalt erwischte. Glücklicherweise hatte sie schon immer ein Händchen dafür, kulinarische Träume wahr werden zu lassen und Freunden einen unvergesslichen Abend zu bereiten. Ein Talent, aus dem ihre Profession geworden ist.

CAMILLA
DELL'ORTO NECCHI

DAS SÜSSE LEBEN

EIN MAILAND-ROMAN

*Aus dem Italienischen
von Judith Schwaab*

btb

Die italienische Originalausgabe erschien 2017
unter dem Titel »Dopo, tutto è più dolce« bei Piemme, Mailand.

Dieses Buch ist auch als E-Book erhältlich.

MIX
Papier aus verantwortungsvollen Quellen
FSC® C014496

Verlagsgruppe Random House FSC® N001967

1. Auflage
Deutsche Erstveröffentlichung November 2019

Umschlaggestaltung: semper smile, München
Umschlagmotiv: © Shutterstock/antonpix; Ekaterina Kolchenko;
Lukasz Szwaj; VicW
Mailand-Karte innen: © Rossella Ferrario
Satz: Uhl + Massopust, Aalen
Druck und Einband: GGP Media GmbH, Pößneck
SL · Herstellung: sc
Printed in Germany
ISBN 978-3-442-71699-9

www.btb-verlag.de
www.facebook.com/btbverlag

»Vor allem gäbe es keinen ernsthaften Grund,
einen ernsten Roman zu verfassen, es sei denn, mein Leben
stünde auf dem Spiel.«

JANE AUSTEN

»Wie kurz das Leben und die Welt wie schön!«

GIOSUÈ CARDUCCI, *Sant'Abbondio*

Milano
A4 VENEZIA
A8 LAGHI
HANGAR BICOCCA
Via Chiese
P.zza Loreto
NoLo
Castello Sforzesco
Corso Como
A4 TORINO
Via Mozart
Villa Necchi Campiglio
La Scala
P.zza P. Ferrari
Porselli
Fondazione Portaluppi
P.zza Duomo
Via Morozzo della Rocca
Santa Marta
Duomo
Porta Romana
Corso Magenta
Via Santa Marta
Ristorante + Dolce
Colnaghi
A7 GENOVA
Navigli
A1 BOLOGNA

Als das Leben noch schön war

Wie schön war es doch in der Villa Necchi!

Die Zeit für Besucher war fast vorüber, und der Garten menschenleer.

Betta war allein zurückgeblieben, um die Pracht der Anlage zu genießen. Sie saß auf einem der anmutigen grünen Stühlchen aus Schmiedeeisen im erfrischend kühlen Schatten der Lindenbäume und lauschte dem leisen Gurgeln des Wassers im nahe gelegenen Swimmingpool.

Wer hätte je gedacht, dass Mailand im August so angenehm sein konnte?

Auf dem Tischchen vor ihr, an dem einst flinke Kellnerinnen mit blütenweißen Schürzen der höheren Mailänder Gesellschaft Tee und Törtchen serviert hatten, lag ihr Handwerkszeug ausgebreitet: neben dem Laptop ein Notizblock, Buntstifte, Marker sowie eine Kladde, prall gefüllt mit Zeitungsausschnitten.

Dieses Tischchen war seit nunmehr zwei Wochen ihr ganz persönlicher Schreibtisch, ihr kleines Open-Air-Büro, nachdem sich wundersamerweise herausgestellt hatte, dass im ferienbedingt halb verlassenen Mailand ausgerechnet dieses prachtvolle, als Museum genutzte Haus aus den Dreißigerjahren geöffnet war, eine schnuckelige kleine Villa, die, einst von Stararchitekt Piero Portaluppi für die steinreichen Schwestern Necchi erbaut, bei deren Ableben im Originalzustand in den

Besitz der FAI, der gemeinnützigen Stiftung für Denkmalpflege und Naturschutz, übergegangen war, zusammen mit dem Mobiliar, dem Hausrat und der Kleidung samt Hütchen, als wären die beiden Schwestern nur zu einem Einkaufsbummel außer Haus gegangen.

Hier fand sich Betta nun Tag für Tag ein und hatte mit der Aufstellung von Details zu ihrem allerneuesten Projekt begonnen.

Fotos, Artikel, Entwürfe, Namenslisten von potenziellen Kunden sowie von Freunden und Bekannten, die ihr möglicherweise dabei behilflich sein könnten, in einer ihr bis dato unbekannten Welt Fuß zu fassen – einer Welt, in der sie sich allerdings immer heimischer fühlte und die derzeit buchstäblich in aller Munde war: der Welt des Essens.

Bettas Plan war, einen Cateringservice ins Leben zu rufen. Nicht einen dieser traditionellen und längst überholten Lieferdienste, die mit Tischdecken aus weißem Leinen, Silberbesteck, Plexiglastabletts, 08/15-Menüfolgen sowie Speisen aufwarteten, die vermutlich schon seit Monaten in irgendwelchen Kühlräumen auf den Verzehr warteten. Ebenso wenig eines dieser designverliebten und kurzlebigen Caterings, die sich exotischem Schnickschnack und der Fusion-Küche verschrieben hatten.

Nein, Betta wollte etwas ganz anderes, etwas Besonderes: ein Catering mit Herz, das dem Essen buchstäblich mit Leib und Seele verfallen war. Sie würde nicht nur ausschließlich heimische und saisonal angebaute Produkte mit optimaler Ökobilanz anbieten, sondern diesen auch dazu verhelfen, sich auf die richtige Weise auszudrücken – warum eine deftige Bohnensuppe damit in Verlegenheit bringen, dass man sie auf weißen Porzellantellern, womöglich auch noch Wedgwood, servierte, wenn sie, in einer schönen Keramikschale präsentiert, viel glücklicher wäre? Würde sie sich darin nicht viel geborgener und behaglicher fühlen und damit gleich auch viel besser schmecken?

Betta würde sich Menüs ausdenken, die auf ihre Kunden maßgeschneidert waren, indem sie den Stil ihrer Auftraggeber erspürte und diesen dann mithilfe eines Gesamtpakets von Geschirr, Gläsern, Besteck, Servietten, Tischdecken sowie Tischdekoration so zum Ausdruck brachte, dass er sich als etwas ganz Besonderes und Exklusives fühlte.

Und sie würde keine Wucherpreise verlangen – auch das einer ihrer Pluspunkte.

Dass Schönes nicht unbedingt auch viel Geld kosten musste, hatte Betta schon immer gewusst, denn viel mehr als ein großes Budget zählte die Leidenschaft, mit der man an eine Sache heranging. Jetzt mehr denn je würde das ihr Motto sein müssen: Schönes und Gutes konnte man auch mit geringen Mitteln erreichen, und wenn man dann auch noch mit dem Herzen bei der Sache war, umso besser.

Es war Paola, eine Bekannte von ihr, gewesen, die ihr den Floh mit dem Catering ins Ohr gesetzt hatte, nachdem Betta in null Komma nichts die Geburtstagsfeier ihres langjährigen Lebenspartners für sie organisiert hatte. Die Party war ein solcher Erfolg, und die Freundin so voll des Lobes gewesen, dass Betta zum ersten Mal ernsthaft begann, die Idee eines Caterings in Erwägung zu ziehen. Der Gedanke ließ sie nicht mehr los, schwirrte ihr permanent im Kopf herum, ging in ihr auf wie die köstlich duftende Kruste eines Soufflés.

Blieb nur noch die Hürde der praktischen Umsetzung. Hatte sie noch zu Beginn gedacht, allein die Mundpropaganda würde ihr automatisch so viele Kunden bescheren, dass sie sich nur noch um das Kochen, den Transport und die Gestaltung der Tische kümmern müsste, war ihr nach reiflicher Überlegung klar geworden, dass es nicht wirklich ihre Berufung war, ständig von einem Termin zum nächsten durch die Stadt zu hetzen, um zu kochen und Tische einzudecken.

Nein, so würde sie das niemals schaffen.

Betta war eine passable Köchin, doch ganz sicher kein Profi; außerdem hatte sie nicht den blassesten Schimmer, wie und wo sie sich die Zutaten besorgen könnte. Ganz zu schweigen von der letzten, mindestens ebenso schmerzlichen Erkenntnis, dass man dafür eine gut eingerichtete Küche brauchte – zumindest eine, die besser ausgestattet war als die ihre.

Es war eine Sache, sich an der Theke eines Feinkostgeschäfts den leckersten aufgeschnittenen Rohschinken auszusuchen, doch eine völlig andere, einen ganzen Schinken bester Qualität aufzutreiben. Dazu brauchte sie jemanden, der wirklich etwas von Essen verstand und ihr dabei half, sich durch eine Welt zu kämpfen, die ihr noch fast gänzlich unbekannt war. Unerlässlich war ein echter Koch, der in der Lage war, viel abwechslungsreichere und raffiniertere Menüs auf die Beine zu stellen, als ihr das jemals gelingen würde.

Doch der entscheidende Punkt war und blieb der gleiche: Sie brauchte jemanden, der über eine Profiküche mit der entsprechenden Ausstattung verfügte.

Das hieß, sie brauchte Tito. Ihren wundervollen, anbetungswürdigen Tito. Den Mann, den ihr die Vorsehung geschickt hatte, vor allem jedoch den Mann mit dem … RESTAURANT!

Während Betta sich mit dem Laptop unter dem Arm auf den Weg zum Ausgang des Parks machte, wurde ihr eines klar: Sie musste eine genauere Darstellung ihres Projekts zu Papier bringen, um sie Tito vorzulegen, dazu einen nicht allzu ausführlichen Businessplan (den sie sich möglicherweise auch schenken konnte, so wie sie den Typen kannte). Dann galt es nur noch, den richtigen Moment zu finden, um mit ihrem alten Freund zu sprechen.

Bloß schade, dass sich das Objekt ihrer Begierde just in diesem Augenblick und ohne auch nur die leiseste Ahnung von ihren Plänen auf einem Segeltörn befand und aller Wahrscheinlichkeit nach seine ganze Konzentration seiner mit Sicherheit höchst attraktiven neuesten Gespielin schenkte.

Erst am Abend zuvor hatte Betta versucht, mit ihm in Kontakt zu treten, doch sein Handy war ausgeschaltet gewesen.

Viel später rief er sie zurück, genauer gesagt um drei Uhr nachts, und riss Betta aus tiefstem Schlaf.

»Hallo, ich hab gesehen, dass du mich angerufen hast. Was gibt's denn? Ist dir etwa fad in Mailand, und du möchtest mich besuchen kommen?«

Betta hatte ein wenig gebraucht, um zu begreifen, wer es war. Es war die allererste Nacht, in der sie es geschafft hatte, wirklich zur Ruhe zu kommen. Durch das Gewitter am vergangenen Abend hatte es abgekühlt, eine angenehme Verschnaufpause von der städtischen Gluthitze.

»Wo bist du?«, fragte Betta mit belegter Stimme, als sie wieder halbwegs bei Sinnen war.

»In der Nähe von Stromboli.«

»Echt? Und ich dachte, du hättest dich den Stürmen der Weltmeere ausgeliefert!«

»Nein, am Ende habe ich beschlossen, doch in der Nähe

zu bleiben. Das Einzige, was mich hier im Sturm erobert hat, sind die Negronis von Totò, dem besten Barkeeper auf dem ganzen Globus. Und du weißt ja, von Cocktails und Barkeepern verstehe ich was.«

Und tatsächlich hatte es den Anschein, als würde Tito ein winzig kleines bisschen lallen. War er vielleicht betrunken? Nein, eigentlich trank ihr alter Freund nur selten einen über den Durst, aber er schien ziemlich guter Laune zu sein. Vielleicht war ja jetzt die richtige Gelegenheit anzudeuten, was sie im Sinn hatte.

»Du, ich hab mir gedacht …«

»Tu es nicht«, unterbrach er sie. »Denken ist nur was für Pferde, das weißt du doch.«

»Klar, du hast recht, aber während ich hier war, ganz allein, in Mailand …«

»Wie, allein? Kein Lover in Sicht?«

Da drehte wieder mal jemand das Messer in der Wunde – als wäre es Bettas eigene Entscheidung, ewig Single zu sein, statt ein widriges Schicksal, dem sie vielleicht nie mehr entfliehen konnte … Offenbar war es doch nicht der richtige Moment für ernsthafte Gespräche. Gut, dann würden sie eben ein anderes Mal über das Catering reden.

»Na ja, momentan gibt es da niemanden, der mich interessiert«, antwortete sie und versuchte, nicht allzu gekränkt zu wirken.

Tito lachte, und jetzt war sie doch ein wenig verärgert. »Zu so viel Heiterkeit besteht wirklich kein Anlass. Ist doch nicht gerade lustig, wenn man …«

»Entschuldigung. Entschuldige mich einen Moment, ich bin gleich wieder da …«

Mehr als eine Minute lang saß sie da, mit dem Telefon in

der Hand. Am anderen Ende der Leitung war undeutlich eine Frauenstimme zu hören, doch man konnte nicht verstehen, was gesagt wurde.

Fast hätte Betta aufgelegt, als er schließlich doch wieder am Apparat war.

»Hallo? Da bin ich wieder. Entschuldige noch mal, aber gerade kam ein Freund zu Besuch. Wo waren wir stehen geblieben?«

Klar, ein Freund! Um drei Uhr nachts, mit lockender Frauenstimme!

»Nichts von Bedeutung. Vielleicht hören wir uns morgen noch mal… wenn dein *Freund* wieder weg ist.«

Tito ließ sich nicht zweimal bitten, und bevor er sein unverwechselbares »*Okay, Baby, stay beautiful*« in den Hörer flöten konnte, hatte Betta aufgelegt.

Jedes Mal, wenn Betta daran dachte – und das war oft, denn es war mittlerweile zu einer fixen Idee von ihr geworden –, klopfte sie auf Holz.

Sie wollte wirklich an dieses neue Vorhaben glauben. Auch wenn sie sich einerseits bemühte, sich nicht allzu große Hoffnungen zu machen, blieb ihr doch momentan gar nichts anderes übrig als Träume und Fantasien. Ja, das mit dem Catering würde klappen, und mit ihrem Leben würde es endlich wieder weitergehen!

Wenn sie an die jüngsten Ereignisse in ihrem Leben zurückdachte, geriet sie auf der Stelle in Panik. Alles war so blitzschnell gegangen, und am allermeisten hatte sie die Geschwindigkeit aus der Bahn geworfen, mit der ihre Welt innerhalb nur weniger Monate in sich zusammengekracht war. Bis heute hatte sie es noch nicht richtig begriffen.

Der eigentliche Fehler war gewesen, dass Betta jede Menge Dinge für selbstverständlich gehalten hatte. Zum Beispiel, dass ihr Leben immer glücklich und zufrieden weiterlaufen würde; dass sie auf unabsehbare Zeit ihrer Tätigkeit als Stylistin, Fashion-Journalistin und italienische Korrespondentin für verschiedene angesehene internationale Modezeitschriften nachgehen könnte; dass das Büro, von dem aus sie weltweit ihre Artikel über Mode und Design verschickt hatte, niemals schließen würde, wie es dann tatsächlich geschehen war. Und dass die Glitzerwelt der italienischen High Society mit ihrem ewigen Reigen aus Vernissagen, Cocktails, Fotoshootings, Pressekonferenzen, Interviews, jeder Menge Partys und noch mehr Partys, deren fester Bestandteil Betta seit Jahren war, niemals vor ihren Augen einstürzen würde wie ein Kartenhaus.

Die riesige Seifenblase, in der Betta glücklich und ahnungslos dahingeschwebt war, von Leuten in die Welt gepustet, die vom *Italian Style* nicht genug bekommen konnten und dafür auch gerne tief in die Tasche griffen, hatte bereits lange aufgehört zu existieren, bevor sie ihren Job verlor – und was hatte Betta getan? Sie war felsenfest davon überzeugt gewesen, nie und nimmer selbst zu stürzen und sich alle Knochen zu brechen. Außerdem stand sie auf der Mailingliste der angesagtesten Stylisten und Architekten der Welt, ja, war sogar mit einigen von ihnen befreundet. Immer wurde sie auf ihre Feste eingeladen, ein wahrer Strudel von Ereignissen, in denen sie vollkommen aufging und die ihr nur wenig Zeit zum Nachdenken darüber ließen, was wirklich wichtig war im Leben. Konnte sie sich mehr wünschen? Und wie hätte ihr auch nur der Gedanke kommen können, sie müsste irgendwann darauf verzichten?

Erst jetzt begriff Betta allmählich, dass dieser Zirkus nur die stärkste Medizin gewesen war, um den Horror vacui, die Angst vor der inneren Leere, in sich zum Schweigen zu bringen.

Betta hatte es nicht einmal geschafft, eine Familie zu gründen, Kinder zu bekommen, einen Mann fürs Leben zu finden.

Ja, eine kurze Ehe hatte es gegeben, vor langer Zeit, die aber kaum länger gedauert hatte als den berühmten *espace d'un matin*, und danach eine ansehnliche Reihe von mühseligen Liebesaffären, die sie durchaus fürs Leben gezeichnet hatten. Zuletzt mit Gian Battista, für seine Freunde kurz GB, englisch ausgesprochen: erfolgreicher römischer Unternehmer, mittlerweile über sechzig, der ihr sofort als angenehmer und vertrauenswürdiger Gefährte erschienen war – und geschieden war er obendrein.

Es war ein fulminanter Beginn zwischen ihnen gewesen, wozu auch Bettas heißes Verlangen, das bei ihr buchstäblich jegliche Hemmung fallen ließ, ein Übriges tat. In ihrer Glückseligkeit hatte sie die daraus folgende Benebelung der Sinne wie eine Befreiung von einem Leben genossen, das immer viel zu sehr unter Kontrolle gestanden hatte. Ihr schwirrte der Kopf – na und? Was konnte ihr denn schon Schlimmes passieren – außer, dass sie mit einem Mann ins Bett ging, der nicht nur interessant war, sondern zufällig auch noch frei? War es da nicht herrlich, alle Bedenken sausen zu lassen und sich hemmungslos und unverfroren auf ein erotisches Abenteuer einzulassen? Gesagt, getan. Jene erste Nacht hatte sie noch sehr gut in Erinnerung. Und wie gut sie sie in Erinnerung hatte!

Stolz auf ihre Performance im Bett hatte sie sich am Morgen danach gefühlt wie eine Göttin: Sie hatte diesen Mann vollkommen verführt und für sich gewonnen, dessen war sie sich sicher. Und je mehr Wochen ins Land gingen, desto mehr wuchs Bettas Überzeugung, dass es so war. Wenn sie sich am Wochenende sahen, frönten sie ebenso genüsslich wie ausführlich der Liebe, etwas, das sie immer mehr zusammenschweißte. Oder wenigstens glaubte das Betta.

Ab einem gewissen Alter hören intelligente Männer auf zu spielen, sagte sie sich immer dann, wenn der alte Holzwurm des Zweifels wieder einmal an ihr nagte und es sich überraschend zeigte, dass sie doch zerbrechlicher war, als sie sich selbst glauben machen wollte. Sie finden einen Menschen, mit dem sie sich wohlfühlen, dachte sie, und werden sesshaft. Wir alle haben Angst vor dem Alleinsein und machen unsere Rechnung mit der Zeit, die vergeht.

Irrtum. Nicht alle Männer dachten so. Und ganz bestimmt nicht das ergraute Männlein aus der Stadt mit den sieben Hügeln, das sie am letzten Abend dessen, was sie bis dato für eines der schönsten Wochenenden ihres Lebens gehalten hatte, beim Vorübergehen am Bad, durch die angelehnte Tür hindurch, dabei ertappte, wie es in aller Seelenruhe eine blaue Tablette in unverwechselbarer Rautenform einwarf. Wie gedemütigt und erniedrigt sie sich gefühlt hatte! Von wegen Liebesgöttin! Ihre Liebeswonnen hatten also auf nichts anderem beruht als auf der Wirkungsweise von chemischen Prozessen, ganz gewiss jedoch nicht auf ihrem Sexappeal. Als Betta dann wenig später zu ihm ins Bett gestiegen war, stand sie noch immer unter Schock, und es war ihr viel zu peinlich, ihn um eine Erklärung zu bitten. Eine Erklärung wozu? Es lag doch alles buchstäblich auf der Hand! Doch obwohl ihre Selbstachtung empfindlichst gelitten hatte, sagte sie sich irgendwann, es sei nicht das Ende der Welt, und vielleicht habe sie ja doch übertrieben reagiert. Was war denn so schlimm daran, wenn er seiner Standfestigkeit ein wenig nachhalf? Sie beschloss, ganz offen mit ihm darüber zu reden; gleich bei ihrem nächsten Besuch in Rom würde sie die Angelegenheit zur Sprache bringen. Doch als es dann so weit war, schleppte GB sie gleich ins Restaurant und versetzte sie in so gute Laune, dass sie am darauffolgenden Morgen bereit war, alles zu vergessen, was diese vermeintlichen Liebespillen anging, von denen sie nicht einmal genau wusste, ob sie überhaupt existierten. Im Wohnzimmer lag ein Zettel für sie, in dem GB sie davon in Kenntnis setzte, in Kürze würden ihr, zusammen mit der Morgenzeitung, die besten Brioches der Stadt geliefert werden, daneben ihr Handy, das sie nach dem lustvollen Treiben des Vorabends auf dem Sofa zurückgelassen hatte und auf dem eine WhatsApp eingegangen war. Im selben Moment, als sie besagtes Telefon zur Hand nahm, bemerkte sie ihren Irrtum, denn es handelte sich nicht um ihres, sondern um das von GB. Eine Sekunde lang zögerte sie. Diese Nachrichten zu lesen stellte einen signifikanten Verstoß gegen den guten Geschmack, gegen die Sitten und die Wahrung der Privatsphäre dar. Und trotzdem tat sie es.

Nie im Leben hätte Betta damit gerechnet, mitten in einen erotischen Chat zu geraten! Nie und nimmer. Und doch ließen die Nachrichten keinen Zweifel daran, dass es sich genau darum handelte und die Sache schon eine ganze Weile am Laufen war. Vergessen war das Viagra – das hier war ein viel stärkeres Stück!

Wutentbrannt warf Betta ihre Sachen kunterbunt in den Koffer und reiste ab, wobei sie nicht nur ein unaufgeräumtes Zimmer, sondern auch ihr ganzes flüchtiges Glück zurückließ. Um in dieser unterirdisch schlecht ausgegangenen Geschichte das Maß voll zu machen, hatte sich GB nie wieder bei ihr gemeldet, und Betta zerbrach sich mehrere Nächte lang den Kopf, wie sie nur so blind und anmaßend hatte sein können, sich in einen solchen Vollpfosten zu verlieben. Auch wenn es nur eine kurze Affäre gewesen war, hatten Enttäuschung und Schmerz sie am Boden zerstört, und ganz gewiss waren die Wunden nicht von einem Tag auf den anderen geheilt.

Es hatte eine Weile gedauert, bis sie wieder auf die Beine kam, und was sie wirklich aufrichtete, war der Gedanke an Formentera gewesen. Nur wenige Tage noch, dann würde sie ihre Koffer packen, um den Sommer auf *ihrer* Insel zu verbringen. Dort würde sie wie jeden Sommer auftanken, entgiften, wieder zu Kräften kommen. Und keinen einzigen Gedanken mehr an dieses lächerliche Männlein verschwenden – so hoffte sie zumindest.

Was Betta jedoch nicht wusste und sich nicht einmal im Ansatz hätte vorstellen können, war, dass ausgerechnet auf Formentera, ihrem Zufluchtsort, ihrer Oase, ihrem kleinen Stückchen Paradies, das Unglück seinen Lauf nehmen würde …

Wenn sie dort ankam, war sie stets erschöpft und gestresst, doch einen Monat später kehrte sie erfrischt und mit aufgeladenen Batterien in die Stadt zurück, bereit, jeglichen Widrigkeiten die Stirn zu bieten. In ihrem kleinen Nest in Cau Pau, das wie eine kleine Festung hoch oben an der Steilküste von Mola thronte, genoss sie jedes Jahr jene träge Zeit im Spätsommer, wenn sich die Insel von Touristen leerte und endlich wieder zu dem warmen Refugium wurde, das Betta umschloss wie eine warme Hülle und sie mit ihrem magischen Licht übergoss.

Es war genau dort, wo Betta die allerersten Nachrichten von Herta Schneider, der Finanzchefin der deutschen *Marie Claire*, einer der wichtigsten Modezeitschriften des Landes, erhielt. Nachrichten, die sich im Laufe weniger Tage häuften und immer eindringlicher wurden. Unmissverständliche Nachrichten, die Betta jedoch – sorglose Grille, die sie nun mal war! – nicht verstand oder auch nicht verstehen wollte.

»Ich muss dringend mit dir sprechen. Wir müssen unseren Vertrag überarbeiten«, schrieb ihr die Deutsche hartnäckig, in einem Rhythmus von mindestens zwei oder drei SMS am Tag.

Ja, klar, dachte Betta, die faul in ihrem Liegestuhl lag und die letzten Sonnenstrahlen genoss. Wir werden unseren Vertrag überarbeiten, keine Sorge, aber nicht jetzt. Jetzt will ich bloß in aller Ruhe meine letzten Urlaubstage genießen.

Nicht einmal im Traum wäre ihr eingefallen, dass eine Überarbeitung des Vertrages gleichbedeutend damit war, dass er nicht erneuert wurde. Und dass innerhalb nur weniger Monate, mit Beginn des neuen Jahres, auch die anderen Zeitschriften, für die sie voller Stolz tätig war, ihre Mitarbeit beenden und sie damit ohne Arbeit und ohne Geld zurücklassen würden, was umso schlimmer war, da sie nicht einmal einen Lebenspartner hatte, auf den sie sich stützen konnte. Ganz zu schweigen von ihrer Mutter, die sie, wohl zum hundertsten Male, gönnerhaft anschaute und sich mit ihrer Lieblingsbemerkung verabschiedete: »Warum passieren solche Sachen eigentlich immer nur dir?«

Betta war auf einmal gezwungen, auf so viele, allzu viele Dinge zu verzichten, die sie liebte, doch am allerschmerzlichsten war der Abschied von ihrer Wohnung in der Via Santa Marta, denn die dortige Miete konnte sie sich mittlerweile ebenso wenig leisten wie die sonstigen Preise in dem Luxusviertel. Und das war richtig schlimm. Denn die Wohnung war ihr Nest gewesen, ihr ganzer Stolz – und ihre Oase des Friedens.

Als Betta die Villa Necchi verließ, warteten Greg und Felipe auf sie.

Die beiden hatte sie von einer Bekannten geerbt, die sie noch aus ihren Sturm-und Drang-Zeiten kannte. Eine gewisse Patrizia, die Betta nicht einmal besonders sympathisch war und die sie eines schönen Morgens auf dem Handy angerufen hatte, als hätten sie erst am vorigen Tag miteinander geplaudert, wo dies doch in Wirklichkeit schon Monate her war.

»Hallo, meine Liebe, ich habe einen wundervollen Vorschlag für dich«, hatte Patrizia mit einer Stimme angehoben, die viel zu munter und schrill für die frühe Stunde klang – es war halb neun.

»Was?«, hatte Betta geantwortet, immer noch verschlafen.

»Eine wirklich interessante Gelegenheit. Neue Bekanntschaften, die dir nützlich sein könnten.«

»Du meinst jobmäßig?« So viel Großzügigkeit klang gar nicht nach Patrizia, aber man konnte ja nie wissen.

»Nein, das glaube ich eher nicht«, präzisierte Patrizia mit einem, wie Betta es empfand, Hauch von Verlegenheit. »Nein, es handelt sich um zwei Freunde von mir, *supercoole* Architekten aus New York, die ein paar Wochen in Mailand verbringen, um Recherchen zu Piero Portaluppi anzustellen, dem berühmten Architekten aus den Dreißigerjahren, und …«

»Mhm«, brummte Betta, die schon von Portaluppi gehört hatte, jedoch nichts Genaueres wusste.

»Ich hätte mich ja liebend gerne selbst um sie gekümmert, aber leider fahre ich einen Tag vor ihrer Ankunft in die Ferien nach Sardinien. Und ich dachte mir, dass vielleicht du mit deiner Energie und deiner menschenfreundlichen Art ein bisschen die Gastgeberin spielen und dich um sie kümmern könntest.«

Der Gedanke, dass Patrizia wie selbstverständlich davon ausging, Betta sei mittlerweile so verzweifelt, dass sie sogar den August in Mailand verbringen musste, kränkte sie mehr, als sie zugeben wollte. Andererseits war es ja tatsächlich so.

Und es war unsinnig, es zu leugnen, so viel war klar. Trotzdem entschied Betta sich für eine geistreiche Erwiderung, um sich keine Blöße zu geben.

»Du fragst mich also wirklich, ob ich mich um zwei, ich wiederhole, *zwei* Männer kümmern möchte, vielleicht auch noch Singles, die den ganzen August allein in Mailand sind? Wenn das einige unserer gemeinsamen Bekannten wüssten, die gerade überall auf der Welt Urlaub machen, wäre es mit meinem guten Ruf vorbei. Und mit deinem vermutlich auch.«

Doch diese, wenn auch nur vage Anspielung auf mögliche gefühlsmäßige Verwicklungen lief ins Leere, denn Patrizia zögerte nicht lange, um sie auf den Boden der Tatsachen zurückzuholen.

»Nein, vergiss es, die sind seit Jahren ein Paar. Es sind zwei angenehme und sympathische schwule Männer, und ihr könnt euch mit Sicherheit wunderbar Gesellschaft leisten.«

Nach ein paar Floskeln und dem Versprechen, sich um die beiden Unbekannten zu kümmern, hatte Betta betrübt aufgelegt.

Der Gedanke – der ihr wohl zum hundertsten Mal durch den Kopf ging –, wie sehr sich ihr Leben im vergangenen Jahr verschlechtert hatte, war ebenso sinnlos wie schmerzlich. Die radikale Veränderung hatte sie zahlreicher Privilegien beraubt und sie dazu gezwungen, einer gelinde gesagt frustrierenden Realität ins Auge zu blicken: dass sie froh sein konnte, in kleinerem Rahmen mit Zeitschriften zusammenzuarbeiten, die Betta noch im vergangenen Jahr als unter ihrer Würde erachtet hätte und die jetzt hingegen ihre einzige Rettung waren.

Außerdem hatte sie ihren Lebensstandard ihrem neuerdings veränderten, sehr bescheidenen Einkommen anpassen müssen.

Eine Sache nach der anderen war verschwunden: der Roller, ausgiebige Shoppingbummel, die wöchentlichen Termine bei der Kosmetikerin und beim Friseur (bei Letzterem handelte es sich um den sagenumwobenen Ido, dessen Dienste sie gerade jetzt, mit zunehmend lichter werdendem Haar, dringend nötig gehabt hätte) ebenso wie ihre Putzfrau, Einkäufe in teuren Bioläden, kostspielige Anti-Age-Cremes, Restaurantbesuche, die Wochenenden am Meer oder in den Bergen, sogar einige der teuren Kapitallebensversicherungen, mit deren Abschluss sie sich gegenüber all den Freunden und Kollegen, die schicksalsergebener und ahnungsloser waren als sie, immer gebrüstet hatte und deren Raten sie jetzt nicht mehr zahlen konnte.

Als Betta bewusst wurde, dass sie sich auch nicht mehr die Miete für Pablos Haus auf Formentera leisten konnte, war sie in Tränen ausgebrochen.

Noch unendlich viel schlimmer jedoch war der Verlust ihrer Wohnung an der Via Santa Marta gewesen, mitten in dem Labyrinth aus kopfsteingepflasterten Gässchen, in dem man noch immer die Luft des alten Mailand erschnuppern konnte: Das war der Todesstoß. Mitsamt diesem Haus verschwanden auch ihre sagenumwobene Pförtnersfrau, Lieferantin von unvergleichlich gutem Eingemachtem sowie von unbezahlbaren Ratschlägen; die Brioches der Pasticceria Marchesi gleich um die Ecke; die Trattoria im Erdgeschoss mit ihrer wundervollen Zabaione, Allheilmittel für Malaisen jeglicher Art; und der kleine verwunschene Park an der Via Sant'Agnese, wo Betta an heißen Sonntagen im Frühling gerne den Vormittag mit einem Buch vertrödelte.

Sie hatte sich ein kleines Apartment an der Via Oxilia nehmen müssen, in einem ihr bis dato vollkommen unbekannten Viertel nördlich des Piazzale Loreto, ein Mietshaus mit umlaufendem Geländer, wo eine bestenfalls kreative Mülltrennung betrieben wurde, Fahrräder sich wie Kraut und Rüben im Hof stapelten und zur Abendessenszeit der Geruch nach Curry (vielleicht dem einzig Essbaren, das sie nicht ausstehen konnte) durch die Flure waberte und unter den abgewetzten Türen hindurch in jede Wohnung, einschließlich der ihren, kroch.

Um sie zu trösten, hatte ihr alter Freund Tito gesagt, eigentlich sei die Gegend gar nicht so schlecht, ja, es gebe unter seinen extravaganteren Gästen einige, die behaupteten, sie sei auf dem besten Wege, zum Williamsburg von Mailand zu werden. Er trieb sogar eine Einrichtungszeitschrift für sie auf, in der die Gegend als Hipster-Viertel der Stadt bezeichnet wurde – als ein Ort, den man erst noch entdecken und der sich irgendwann selbst neu erfinden würde, mit seinen baufälligen Fassaden, den pittoresk unaufgeräumten Höfen mit den vollen Wäscheleinen und den vielen verrammelten Geschäften, die nur darauf warteten, zu futuristisch angehauchten und spektakulär anzusehenden Lofts ausgebaut zu werden.

Bloß schade, dass Tito in ihren Augen ganz gewiss kein

Orakel des guten Geschmacks und erst recht nicht der Sendbote der kulturellen Avantgarde war, weshalb seine Worte kein großer Trost waren und der Umzug in jene Gegend für Betta, die zu dem Zeitpunkt entschieden deprimiert und zudem zu alt für eine solche Art der Veränderung war, ganz gewiss nicht das aufregende neue Abenteuer darstellte, das er ihr vorgaukeln wollte, sondern vielmehr das Sinnbild des unmissverständlichen Niedergangs einer Karriere, die bedenklich über dem Abgrund schwebte und kurz vor dem totalen Scheitern stand.

In einem hatte Patrizia allerdings recht behalten: Greg und Felipe waren wirklich nett, außerdem gebildet, interessant und umgänglich. Was Betta zu Beginn nur wie ein Klotz am Bein erschienen war, oder, positiv betrachtet, als Möglichkeit, in einer Stadt, aus der all ihre Freunde selig in den Urlaub entflohen waren, nicht an Langeweile und Einsamkeit zu sterben, hatte sich zu einer interessanten und befriedigenden Erfahrung entwickelt. Die darüber hinaus auch neue Chancen mit sich brachte.

Zu Beginn hatte Betta professionelle Distanz gewahrt und war ganz in ihrer Rolle als weiblicher Cicerone aufgegangen, indem sie den beiden Männern Stadtspaziergänge auf weniger ausgetretenen und unkonventionellen Pfaden vorschlug, was die Jungs sehr zu schätzen wussten, wenn sie ihrer Mailänder Begleiterin voller Begeisterung zu all den kleinen Sehenswürdigkeiten folgten, die ihr schon immer die allerliebsten gewesen waren: Sant'Alessandro, der Palazzo Belgioioso, die Piazza del Conservatorio und jener kleine Platz hinter dem Verziere, mit der Kirche San Bernardino alle Ossa, deren Kapelle vollständig mit Totenköpfen und Knochen ausgeschmückt war und Greg zu dem ziemlich beeindruckten Ausruf »Damien Hirst ist ein Dreck dagegen!« veranlasst hatte.

Ganz zu schweigen von dem Jubel, in den die beiden ausbrachen, als sie auf der Piazza degli Affari standen, mit dem imposanten Palazzo Mezzanotte, der Börse, im Hintergrund, dem wichtigsten Dreh- und Angelpunkt der italienischen Wirtschaft, der seit einigen Jahren von Cattelans Stinkefinger ungestraft verhöhnt wurde. Sie flanierten ausgiebig über den Corso Como, machten einen Abstecher zu *Eataly* und aßen bei *Isola* zu Mittag.

Der absolute Hit war jedoch die kleine Piazza Filodrammatici hinter der Scala, wo ihnen Betta eigentlich nur das Café Trussardi mit den von der Decke wuchernden Zierpflanzen zeigen wollte, sie dann jedoch mit dem winzigen alten Schuhladen von Porselli, der wundersamerweise auch in der ersten Augustwoche noch geöffnet hatte, buchstäblich flashte.

Porselli war mit seinen berühmten Ballerinas eigentlich offizieller Lieferant der Scala, produzierte aber auch die anmutige, bunte Variante »zum Spazierengehen«, die in keinem Schuhschrank der Mailänder Society fehlen durfte. Greg und Felipe waren vollkommen aus dem Häuschen und kauften für ihre shoppingbegeisterten Freundinnen in New York eine so große Anzahl Ballerinas, dass die Verkäuferin vollkommen verwirrt war und dreimal eine neue Rechnung erstellen musste.

In Begleitung der beiden jungen begeisterten Amerikaner schaffte es Betta endlich, sich ein wenig zu entspannen, und sie spürte, dass in ihr rasend schnell eine Veränderung verging. Gregs und Felipes Herzenswärme, ihre Begeisterung, ihre spontane, von Betta erwiderte Freundschaft, lösten in ihr eine Verhärtung, die sie schon seit Monaten mit sich herumgeschleppt hatte und die natürlich mit dem Scheitern ihres vorherigen Lebens zu tun hatte. Ohne dabei ein weiteres Mal in ein tiefes Loch zu fallen, wurde ihr langsam bewusst, wie unbedacht sie doch gewesen war, wie viel Zeit sie auf jenen gesellschaftlichen Events, die ihr damals als unverzichtbar erschienen waren, an geistlose Gespräche mit oberflächlichen und unkultivierten Menschen verschwendet hatte, ohne sich jemals wirklich zu amüsieren und stattdessen hinterher nur mit einem Gefühl tiefster Erschöpfung nach Hause zu gehen, erfüllt von einer Mischung aus Befremden und Überdruss. Wo hatte sie sich eigentlich die ganze Zeit versteckt, die wahre Betta? Was war sie für ein Mensch gewesen? In gewisser Weise war sie auf einmal sogar dankbar für die aufgezwungene Einsamkeit und Untätigkeit, die sie nun endlich dazu nötigten, Bilanz für sich selbst zu ziehen, und die ihr unerwarteterweise eine Tiefe und eine Freude am Leben schenkten, die ihr bislang praktisch unbekannt gewesen waren.

Auf einmal strömte neuer Lebensmut prickelnd durch ihre Adern. Die fröhlichen Streifzüge mit Greg und Felipe kreuz und quer durch die Stadt waren wie Urlaub, denn sie schenkten Betta das köstliche Gefühl, einen neuen Ort kennenzulernen, mit neuen Menschen und neuen Erfahrungen.

Innerhalb weniger Tage hatte ihre Bekanntschaft eine solche Vertrautheit angenommen, dass es ganz selbstverständlich wurde, gemeinsam zu Abend zu essen, sehr oft bei Patrizia zu Hause, wo die beiden untergebracht waren. In deren prachtvoll ausgestatteter Küche stellte Betta mit Vergnügen ihre kulinarischen Fähigkeiten unter Beweis und kochte ihren beiden Freunden ihre Lieblingsrezepte. Für eine durchschnittliche italienische Köchin nichts Besonderes, um die Wahrheit zu sagen, doch für zwei Amerikaner, selbst weitgereiste wie die beiden, waren es köstliche Leckerbissen, die den überschwänglich geäußerten Komplimenten durchaus würdig waren. Besonderes Augenmerk legte Betta stets darauf, die Speisen ansprechend auf dem Teller zu präsentieren. Schließlich war sie jahrelang in der Modebranche tätig gewesen, und an Sinn für Schönheit mangelte es ihr ganz gewiss nicht. Die beiden Männer belohnten ihre Mühe, indem sie sie in die exklusivsten und für Betta mittlerweile unerschwinglichen Restaurants ausführten. Nach *Asola, Ceresio 7* und *Finger's Garden* war sie zum Beispiel endlich auch bei *Giacomo* gewesen, nicht dem an der Via Sottocorno, den sie sich in besseren Zeiten dank großzügiger Spesen von ihren Zeitschriften manchmal hatte leisten können, sondern dem anderen, für sie inzwischen unbezahlbaren im obersten Stockwerk des Museo del Novecento, dem imposanten Gebäude an der Piazza del Duomo, das übrigens auch von besagtem Portaluppi entworfen worden war und seit einigen Jahren eine außergewöhnliche Sammlung italienischer Kunst beherbergte. Dort an einem Tischchen, gleich neben der hohen Glaswand, an einem heißen, flirrenden Abend Mitte August, während das Abendrot den schneeweißen Candoglia-Marmor der Türmchen an der Kathedrale in ein verheißungsvolles rosiges Licht tauchte, begriff Betta endlich, was Manzoni (wenn er es denn gewesen war) gemeint hatte, als er sagte: »Dieser Himmel der Lombardei, so schön, wenn es schön ist«, was ihr Großvater gerne zitiert hatte.

Und genau dort, vor jenem herrlichen Ausblick, der nur durch einen mürrischen und hastig abräumenden Kellner getrübt wurde, hatte Betta auch ihre beiden Freunde zum ersten Mal von ihrem geheimen Cateringprojekt in Kenntnis gesetzt, und davon, wie sie auf das Motto »Gut, schön und von Herzen« gekommen war. Schon damals erfuhr sie von ihnen bedingungslose und herzliche Zustimmung und diskutierte seither täglich mit ihnen darüber, wie ihre Idee denn nun Gestalt annehmen könnte und sie ihren Kunden genau die liebevolle Zuwendung und Aufmerksamkeit zukommen lassen könnte, die ihnen der grantige Kellner des *Giacomo* hartnäckig verwehrte. Unmöglich, in diesem Zusammenhang nicht den Namen Titos und seines Restaurants zu erwähnen, der daraufhin immer wieder aufs Tapet kam. Und zwar so oft, dass die beiden Freunde sich mittlerweile einbildeten, bei ihm handele es sich keineswegs um einen möglichen Kompagnon, sondern um ein heimliches und vergeblich angebetetes Herzblatt – noch dazu wahrscheinlich mit beträchtlichem Vermögen –, das Betta aus ganz anderen Gründen in ihr Projekt miteinbeziehen wollte.

Es war Giorgio, ein uralter Freund, gewesen, der Tito auf die Melancholic Party mitgebracht hatte, das Fest, das Betta sich für ihren Abschied von der Wohnung in der Via Santa Marta so sehnlichst gewünscht hatte.

Trotz des erlittenen Schiffbruchs in ihrem Leben hatte sie sich nämlich vorgenommen, nicht den Mut zu verlieren, sich negativen Gefühlen wie Selbstmitleid oder Bedauern nicht hinzugeben, den alten Zeiten nicht nachzutrauern und nicht in ewiges Jammern und Klagen zu verfallen. Aus genau diesem Grund sollte am allerletzten Abend ihres törichten und sorglosen Lebens in dieser warmen und gemütlichen Heimstatt ein Fest gefeiert werden.

Sie wollte dieser Wohnung dafür danken, dass sie sie mit ihrer eleganten Behaglichkeit all die Jahre in sich aufgenommen und beschützt hatte. Sie wollte ihr ein letztes Mal zulächeln und fest daran glauben, dass es eine Zukunft gab.

Wenn eine Tür ins Schloss fällt, geht dafür eine andere

sperrangelweit auf, sagte sich Betta wieder und wieder, auch wenn es wirklich schwer war, sich selbst zu überzeugen. Der Geist der Melancholic Party, zu der sie ihre engsten und liebsten Freunde eingeladen hatte, damit sie ihr im härtesten Moment ihres Lebens Gesellschaft leisteten – und es konnte einfach nicht schlimmer kommen! –, war genau das: ein Fest, das bereits im Zeichen der Veränderung stand, denn es würde eine bescheidene Angelegenheit werden, weit entfernt von den Zeiten, als Betta das Geld am liebsten mit beiden Händen ausgegeben hatte.

In der mittlerweile leeren Wohnung stand nur noch der riesige Zeus-Tisch, der nie und nimmer in ihre winzige neue Behausung passen würde. Und die an die Freunde verschickte Mail war unmissverständlich gewesen und lautete wie folgt:

Willkommen zu meiner
Melancholic Party!
Kein Job, keine Wohnung,
kein Partner in Sicht,
und doch habe ich vor, OPTIMISTISCH zu sein!
Es ist nur eine neue Phase meines Lebens.
Kommt alle und spendet mir WAHREN Trost!

Den großen Tisch hatte Betta mit einem alten Betttuch aus grobem Leinen (wahrscheinlich noch an einem echten Webstuhl entstanden) abgedeckt, bestickt mit den Initialen ihrer geliebten Großmutter Camilla dell'Orto, die mehr denn je in diesem Moment ihre Schutzpatronin sein sollte. Mitten auf den Tisch stellte sie einen großen Farbeimer, den sie im Hof gefunden hatte, mit einem Strauß herrlichster Hyazinthen darin, die den Ernst des Moments nicht besser hätten unterstreichen können. Zum Essen hatte sie nur Kuchen gebacken, denn dieser erzwungene und unvermeidliche Abschied musste dringend versüßt werden.

Und es wurde ein heiterer Abend, genau so, wie sie ihn sich vorgestellt hatte, denn Bettas Freunde überschütteten sie mit so viel Liebe und Aufmerksamkeit, dass sie mehr als einmal zu Tränen gerührt war, und auch wenn sie einen Moment lang – einen einzigen Moment lang! – in Versuchung gewesen war, sich von ihnen bemitleiden zu lassen, wischte sie den Gedanken schnell beiseite und ließ sich lieber von der Wärme und Zuneigung einhüllen, die ihr entgegengebracht wurde und sich in einer Flut von besonders liebevoll ausgesuchten Geschenken, begleitet von geistreichen Grußkärtchen, äußerte:

- ein Jahresabo für die nahe gelegene Filiale des angesagtesten Fitnessstudios der Stadt, »weil die Seele vielleicht leiden darf, niemals jedoch der Körper«.
- zwei Magnumflaschen Bellavista als »Stimmungsaufheller in den schwierigsten Momenten«.
- eine Gesamtausgabe von Jane Austen, »damit sie nicht verlernte an Märchen zu glauben«.
- eine CD mit den schönsten Walzern von Johann Strauss, »dem optimalen Begleiter, wenn man heiter durch ein stürmisches Meer segeln will«.
- eine fuchsiafarbene Ray-Ban, »um die Welt endlich wieder durch eine rosa Brille sehen zu können«.
- zehn Tafeln der besten Schokolade von Peyrano, weil in Ermangelung von Diamanten immer noch *chocolate a girl's best friend* ist.
- ein großzügig bemessener Einkaufsgutschein für den trendigen Concept Store 10 Corso Como.

Doch das überraschendste und schönste Geschenk war das Auftauchen von Tito gewesen, der seit der Zeit, als die beiden zur selben Clique gehört und die Skipisten des Wintersportorts Madesimo unsicher gemacht hatten, ein lieber Freund von Betta war. Tito hatte damals schon gut ausgesehen, und er tat es immer noch, denn dem etwas verlotterten Jungspund, der er damals gewesen war, hatte das Alter einen gewissen Glanz und Zauber verliehen, und jetzt stand vor Betta ein großer, schlanker Mann, attraktiver und, ja, begehrenswerter denn je. Seine Augen waren noch immer blitzblau, doch heute funkelte in ihnen ein ironisch-spöttischer Glanz, an den Betta sich von früher nicht erinnern konnte. Und die Götter waren ihm wohlgesonnen gewesen und hatten ihm sogar – im Unterschied zu seinen Altersgenossen, die fast alle einen aussichtslosen Kampf gegen den Haarausfall führten – seinen kompletten blonden Lockenkopf erhalten, in den sich bestenfalls und überaus schmeichelnd ein paar graue Härchen mischten: eine charmante Verbindung, der man sich nur schwerlich entziehen konnte.

Tito war mehrere Jahre als Skipper eines Segelboots auf den Weltmeeren unterwegs gewesen, hatte sich dann jedoch zur Rückkehr in die Stadt entschlossen und war mittlerweile Inhaber eines Restaurants; es verstand sich von selbst, dass das Heftchen mit den zehn Essensgutscheinen, die Betta mit bester Aussicht auf den »heißesten« Küchenchef Mailands einlösen konnte – »denn schließlich isst auch das Auge mit«, so der Begleittext des Geschenks, das ihr alter Freund Giorgio ihr gemacht hatte –, für Titos Lokal galt. Ein Geschenk mit Hintergedanken, wie sich herausstellte, als Giorgio ihr beim Gehen noch süffisant ins Ohr flüsterte: »Weißt du eigentlich, dass er noch Single ist …?«

Wie viele Jahre hatten sie sich nicht mehr gesehen? Dreißig, vielleicht auch mehr. Als junger Mann hatte der rebellische und eigenbrötlerische Tito den unbezähmbaren Schönen perfekt verkörpert. Er wirkte sogar noch schöner, weil ihn seine Schönheit nicht die Bohne interessierte; sie war ihm nicht einmal bewusst. Den größten Teil seiner Freizeit verbrachte er auf dem Boot, das ihm sein Großvater, ein leidenschaftlicher Segler, geschenkt hatte, als Tito kaum mehr als ein Kind war, doch schon damals hegte der junge Tito den ebenso dringlichen wie besessenen Wunsch wegzugehen, weit, weit weg von dem Mailänder Establishment, in das er hineingeboren worden war und das er doch aus tiefstem Herzen verabscheute.

Seine Familie war wohlhabend und legte ordnungsgemäß großen Wert auf Ausbildung – um ihm Tischmanieren beizubringen, hatte er sogar mit zwei dicken Wälzern unter den Armen essen müssen! –, doch selbst die besten Lehrer und Schulen hatten ihn gelangweilt und nur noch mehr demotiviert.

Streitigkeiten und mangelndes Verständnis vonseiten der Eltern waren vorprogrammiert gewesen; sogar mit der bildschönen Mutter, ebenso geliebt wie fern, da sie vollkommen in ihren zahlreichen gesellschaftlichen Verpflichtungen aufging, hatte sich Tito überworfen. Als sie plötzlich verstorben war – damals war er gerade mal zwanzig –, hatte Tito endgültig die Anker gelichtet und war nicht mehr heimgekehrt. Er war zur See gefahren, um sich der für ihn allzu belastenden Aufgabe zu entziehen, in die Fußstapfen seines Erzeugers zu treten und später die Leitung der väterlichen Firma zu übernehmen. Die einzige Bindung an seine Familie, die er gehabt hatte, war mit dem Tod der Mutter verschwunden, und er fühlte sich fehl am Platz in einer Welt, der er nie wirklich angehört hatte und auch nicht angehören wollte. Anfangs hatte sein Vater seine Entscheidung toleriert, weil er sie für eine jugendliche Kapriole hielt, doch mit der Zeit musste er sich eines Besseren belehren lassen. Zu Beginn hatte er ihn noch umschmeichelt, dann hinter den Kulissen versucht, Titos Entschluss zu hintertreiben, am Ende sogar offene Drohungen ausgesprochen, doch Tito gab weder seinen Schmeicheleien noch den Einschüchterungsversuchen nach, denn er war ein Mensch, der seinen Kopf durchzusetzen vermochte, wenn er einmal eine Entscheidung getroffen hatte. Er war nie mehr nach Hause zurückgekehrt und hatte aus seiner Leidenschaft für das Segeln einen Beruf gemacht. Auf seiner Jacht beherbergte er Gruppen von reichen Touristen, die sich manchmal langweilten, viel öfter aber durchaus amüsierten, Tito für sein gutes Aussehen bewunderten und verrückt nach seiner liebenswerten Art waren, nach seiner Klasse, seinen Fähigkeiten, immer neue, ungewöhnliche Ziele für seine Törns zu finden. Seine Kunden liebten ihn wegen der diskreten und niemals aufdringlichen Art, mit der er ihnen begegnete, vor allem jedoch wegen der Köstlichkeiten, die er in der winzigen Kombüse, über die das Boot verfügte, für sie zubereitete. Und in der Tat war Tito ein ausgezeichneter Koch, die allerschönste Reminiszenz an seine Mutter, denn die Liebe zur guten Küche war das gewesen, was sie seit seiner Kindheit wirklich geeint hatte, der einzige Bereich, in dem sie ihn an sich herangelassen hatte und den er voller Freude mit ihr geteilt hatte. Seine Mama hatte ihm Rezepte beigebracht, die ihr am Herzen lagen und die sie in einem hübschen karierten Spiralbuch niedergeschrieben hatte, das sie wie ihren Augapfel hütete. Genau dieses Büchlein begleitete ihn mittlerweile auf all seinen Törns, es lag auf einem Regal über seinem Bett – das Einzige, was er sich als Erbe von ihr gewünscht hatte, denn es war das Erinnerungsstück, von dem er sich niemals in seinem Leben mehr trennen wollte. Ansonsten hatte er alles dem Vater und dem Bruder zurückgelassen, wobei Letzterer im Übrigen die Firma übernommen hatte und, wie von ihm erwartet, den Laden schmiss (ohne auch nur im Entferntesten vorauszusehen, dass er das Unternehmen schon bald in den Sand setzen würde!).

Als sein Vater das Zeitliche segnete, saß Tito mit seinem Boot in einem winzigen Hafen im Norden Ecuadors, fast an der Grenze zu Kolumbien, fest und war mittlerweile fünfzig. Er erfuhr es erst zehn Tage später – zu spät, um noch am Begräbnis teilnehmen zu können. Ein paar Monate machte er danach einfach weiter, als könnte diese Nachricht spurlos an ihm vorübergehen, und nichts würde sich in seinem Leben ändern. Schließlich war er in Richtung Galapagos aufgebrochen, auf der Suche nach ein paar Gästen, mit denen er im Archipel herumschippern wollte, doch aus dem einen oder anderen Grund passten sie ihm alle nicht: das amerikanische Paar redete ihm zu viel, die Holländer waren ungepflegt und übergewichtig, die Kanadier kamen ihm hochnäsig vor, und die beiden deutschen Frauen schienen ihm an die Wäsche zu wollen, wofür er nicht zur Verfügung stand. Nach einigen Tagen, als er sich seltsam reizbar und entschieden deprimiert fühlte, wurde ihm bewusst, dass sich eben doch etwas verändert hatte. Und es hatte sich ganz plötzlich verändert. Das Leben auf dem Meer war auf einmal monoton, ein ewiges Einerlei selbst für einen einsamen Wolf wie ihn. Touristen zu bespaßen hatte er keine Lust mehr, und es ging ihm auch immer schwerer von der Hand. Es fühlte sich an, als wäre ihm urplötzlich der Grund dafür abhandengekommen, das zu tun, was er seit nunmehr zwanzig Jahren tat.

Konnte es denn sein, dass ihn die Nachricht vom Ableben seines Vaters doch mehr getroffen hatte, als er bereit war zuzugeben? Auf einmal schien es ihm, dass vielleicht doch der Moment gekommen war, wieder festen Boden unter den Füßen zu bekommen, zumindest für eine Weile, um zu sehen, was sich eigentlich verändert hatte, und den Orten seiner Kindheit und Jugend einen Besuch abzustatten. Auch wenn Mailand ganz gewiss nicht die Stadt war, in der er leben wollte. Doch wie so oft, wenn sich ein Mensch an einem Scheideweg befindet, bringt auf einmal das Schicksal seine Hände ins Spiel, denn als Tito auf der Durchreise in seiner alten Heimatstadt war, schlug ihm jemand vor, ein Restaurant zu übernehmen.

Warum nicht?, sagte er sich, denn in seinem Alter und mit seiner Vergangenheit war es ja wohl undenkbar, dass er sich einen Bürojob suchte! Die Vorstellung, stattdessen etwas in der Gastronomie zu machen, amüsierte ihn, denn ein bisschen stellte er sich die Leitung eines Restaurants so vor, als hätte er immer noch das Kommando über eine Schiffsmannschaft. Allerdings sollte alles nach dem lässigen Stil der Siebziger ablaufen, dem er in all den Jahren, dickköpfig wie er war, treu geblieben war.

Und so ließ Tito sich, ohne lange nachzudenken, auf das Abenteuer *Heaven's Gate* ein. Den Namen übernahm er von den vorherigen Pächtern und beschloss störrischerweise, ihn zu behalten – obwohl er für seine Landsleute schwer auszusprechen und zu merken war –, ja, er verteidigte ihn hartnäckig gegen jeden, der ihn eines Besseren belehren wollte. Er war sogar stolz darauf, denn er fand, dass ein *Himmelstor* perfekt zu seinem eigenen Geschmack und zum Charakter des Lokals passte.

Es war kein Zufall, dass das *Heaven's Gate* ihn erobert hatte, denn es war anders als die Restaurants, die man in Mailand sonst kannte: ein wenig heruntergekommen, ohne viel Chichi, mitten im Zentrum und trotzdem abseits des Trubels, nicht auf den äußeren Schein bedacht. Obwohl Jahrzehnte vergangen waren, seit er mit seiner alten Welt gebrochen hatte, lebte Tito noch immer in Angst vor bürgerlicher Angepasstheit und hätte es nie im Leben ertragen, eines dieser steifen und unterkühlten Restaurants mit ihren prätentiösen Namen und krampfhaft alternativen Menüs zu leiten – oder, noch schlimmer, einen dieser hochnäsigen und modischen Esstempel, in denen schon das Gedeck überteuert war. Und erst recht wollte er nichts mit dem ordinären, neureichen Mailand zu tun haben, in dem die Leute umso glücklicher waren, je mehr sie für ihre Zeche bezahlen mussten, glücklich darüber, beschissen und ausgenommen zu werden wie Weihnachtsgänse, nur um der gesellschaftlichen Anerkennung willen …

Ach, wie ihn dieses ganze Getue nervte!

Aus diesem Grund, auch um nicht doch wieder Teil einer Stadt zu werden, die er kaum mehr wiedererkannte, saß er am liebsten bis spät in die Nacht in seinem Lokal, zusammen mit einem bizarren Grüppchen von wenigen Menschen, mit denen Zeit zu verbringen er bereit war. Auch wenn er frei hatte, ging er fast nie aus und traf sich nur selten mit jemandem.

Und so hätte er wohl auch nicht sagen können, was ihn dazu bewegt hatte, sich an jenem Abend von Giorgio dazu überreden zu lassen, ihn auf eine Party zu begleiten. Vielleicht die Tatsache, dass genau dieser ihn bei seiner Rückkehr ein paar Wochen zuvor bei sich aufgenommen hatte und er sich in seiner Schuld fühlte. Möglicherweise hatte Tito einfach Lust darauf, wieder einmal unter die Leute zu gehen oder … das Schicksal hatte seine Hand im Spiel. Jedenfalls hatte er nicht die geringste Ahnung, dass er zu Hause bei Betta landen würde! Seine alte Freundin hatte sich scheinbar gar nicht verändert, und es wurde ihm warm ums Herz, als er sie da auf einmal wieder vor sich stehen sah.

Es war schön, mit jemandem zu reden, den man bereits kannte, dem man nicht noch einmal sein ganzes Leben vorkauen und bei dem man sich nicht verstellen musste, sondern einfach lachen und sich an eine Vergangenheit erinnern konnte, die angenehm gewesen war.

Und genau das hatten sie getan, als das Fest vorüber war, als alle anderen gegangen und Tito geblieben war. Nur er allein, bis spät in die Nacht. Wer weiß, was sich die anderen dabei dachten …

Der Gedanke an Tito hatte Betta die ganze darauffolgende Woche nicht verlassen. Immer wieder, während sie in ihrer so deutlich verkleinerten Wohnung einen Karton nach dem anderen auspackte, hielt sie inne und dachte mit einer Art tröstlicher Wehmut an die Vergangenheit zurück, und es erfüllte sie eine Wärme, durch die es ihr in diesem so schmerzlichen Moment ihres Lebens etwas leichter ums Herz wurde.

Und sie fragte sich, ob sie ihn jemals wiedersehen würde.

Bis dann eines Tages sein Anruf kam.

»Guten Tag, Lady Bennet, hier spricht die Geschenkgutscheinabteilung von *Heaven's Gate*. Dürfen wir Sie heute

Abend um neun erwarten? Wir haben Ihnen den Tisch direkt am Fenster reserviert!«

Betta lächelte gerührt. *Lady Bennet!* So hatte Tito sie früher, als sie noch jung waren, immer genannt, wenn er sie auf den Arm nehmen wollte. Mit dieser damals längst aus der Mode gekommenen Anrede, die vortrefflich zu ihrem englischen Nachnamen passte, geerbt von einem englischen Urgroßvater, an dem – außer eben diesem Namen – rein gar nichts Englisches gewesen war. Und warum sollte sie eigentlich eine so galante und liebevolle Einladung ausschlagen? Das Gutscheinheft hatte sie vollkommen vergessen – wo war das in dem Durcheinander nur gelandet? Im Grunde musste sie doch nur schnell duschen und einen Spritzer Parfüm auflegen!

Und so marschierte Betta eine Stunde später in das Restaurant, entschlossen, den allerersten angenehmen Abend in der ihr auferlegten bitteren Zeit der Kasteiung zu erleben.

Die Räumlichkeit erregte sofort ihr Interesse: groß, schön, mit einer breiten Fensterfront, durch die man auf einen malerischen Innenhof schaute. Dazu Holztische, alle verschieden, mit Stühlen, die ebenso bunt durcheinandergewürfelt waren und damit ein wenig altmodisch wirkten. Die schwarzen Wände mit den abgedroschenen Schiefertafeln hingegen, das Funzellicht, die lila Papierservietten, der schwarz lackierte Boden – das alles schuf eine eher triste und unbehagliche Atmosphäre. Ganz zu schweigen von der ziemlich nachlässigen und wenig einladenden Art, mit der die Speisen auf dem Teller angerichtet waren – wirklich schade! Denn das Fischtatar, das ihr Tito empfahl, war köstlich und hatte es wahrlich nicht verdient, lieblos auf ein Tellerchen aus schwarzer Keramik, noch dazu mit einer angeschlagenen Ecke, gehäuft zu werden.

Außer Betta waren nur weitere sechs Gäste im Lokal, doch das schien Tito nicht wichtig zu sein. Wenn er sich nicht bei ihr am Tisch aufhielt, stand er bei den Gästen, plauderte und scherzte mit ihnen, was diese offenbar genossen. Besonders galt dies für zwei Frauen, die an dem Tisch direkt vor Betta saßen; aus der Art, wie sie ihn ansahen, war leicht zu schließen, dass sie in ihren alten Freund verschossen waren.

Betta hatte schon in früheren Jahren oft gesehen, wie Frauen Tito solch schmachtende Blicke schenkten, doch er schien es gar nicht zu bemerken, und wenn man ihn darauf ansprach, spielte er es herunter, als stimmte es gar nicht oder wäre ihm egal. Seit seinem fünfzehnten Lebensjahr war er ein Herzensbrecher gewesen, ohne sich dessen bewusst zu sein, doch obwohl es ihm ein Leichtes gewesen wäre, nach Herzenslust Eroberungen zu machen, hatte er dies nie getan. Sicher war er umgekehrt auch nicht leicht zu erobern gewesen, ganz zu schweigen von einer echten Bindung. Tito war mehr der Typ, der sich lieben ließ und Liebe auf seine Art zurückgab. Wenn er damals eine Freundin gehabt hatte, war er ihr treu geblieben und hatte der Frau seines Herzens mehr Zeit und mehr Aufmerksamkeit gewidmet als jeder andere Gleichaltrige, doch es war ihm auch wichtig gewesen, sich frei zu fühlen. Wenn er dann begann, einen gewissen Druck zu spüren, wenn er merkte, dass eine Frau ihn ändern oder ganz für sich haben wollte, machte er dicht. Und er hatte es schon immer meisterhaft verstanden, sich galant aus der Affäre zu ziehen.

Ob er in dieser Hinsicht derselbe geblieben war, fragte sich Betta nun, und vieles an seinem Verhalten sprach dafür. Man musste sich nur ansehen, wie er mit seinen beiden Verehrerinnen umging: Er war höflich, umsichtig und flirtete mit ihnen, jedoch offenbar ohne Hintergedanken und ohne zu viel von sich preiszugeben; wenn sich seine Verehrerinnen mehr dabei dachten, so war das eben nicht seine Schuld …

Gott sei Dank war Betta selbst der Gedanke an eine Affäre mit Tito niemals gekommen, und daran hatte sich nichts geändert. Die letzten Debakel, die sie in Liebesdingen erlebt hatte, bescherten ihr eine unverhoffte Weisheit, was das männliche Geschlecht anging, erst recht bei einem Kandidaten wie Tito, von dem man besser die Finger ließ.

Zwischen ihnen herrschte wahre Freundschaft, davon war Betta immer mehr überzeugt, je öfter sie in den darauffolgenden Wochen zum Abendessen in dem Lokal saß, denn Tito schenkte ihr auf so überzeugende und offenbar aufrichtig empfundene Weise seine Zeit und Zuneigung, dass Betta schon bald zur fixen Größe im *Heaven's Gate* wurde, fast als gehörte sie zum Inventar, und wenn sie sich an einem Abend zufällig nicht blicken ließ, rief Tito sie an und erkundigte sich, wo sie sei und vor allem, ob es ihr gut gehe. Auch die Gäste hatten sich schon bald an sie gewöhnt, besonders die, die im Viertel wohnten und oft auf einen Aperitif oder nach dem Essen nur auf ein Glas Wein und eine nette Plauderei vorbeischauten.

Da war der Blumenhändler, der alle Blumen mitbrachte, die schon zu welk waren, um noch verkauft zu werden, und die Betta dann, aus Dankbarkeit Tito gegenüber, aber auch, weil ihr das ganz natürlich von der Hand ging, zu kleinen Sträußchen arrangierte, die mit etwas Zwirn gebunden wurden und als Tischdeko dienten. Da war der Glaser, der aus Resten von Buntglas kleine Tellerchen geschliffen hatte, auf denen man für die Gäste eine kleine Süßigkeit zum Kaffee servierte. Und da war der Mann aus dem Haushaltswarengeschäft, der ihnen aus seinem Lager alte Keramikkrüge gebracht hatte, welche endlich die hässlichen Aluminiumflaschen mit der schwarzen Aufschrift »Heaven's Gate« ersetzten, die Tito so liebte, die allein jedoch genügten, um selbst die eleganteste Tischdekoration herabzuwürdigen.

Genau dort, am »Gemeinschaftstisch« gleich am Eingang, reserviert für alleinstehende Gäste, die gerne Leute aus der Nachbarschaft kennenlernen wollten und die Tito, der sich überaus geschickt in das Leben anderer einmischte, dankbar dafür waren, dass er ihnen ein einsames Abendessen ersparte, hatte Betta auch Paola, eine Kinderchirurgin, kennengelernt.

»Das hier ist die Frau, die jeden Tag kleinen menschlichen Wesen das Leben rettet.« Mit diesen Worten stellte Tito sie seiner Freundin vor.

Da fiel Bettas eigene Umschreibung durch Tito etwas weniger schmeichelhaft aus: »Und das hier ist die Frau, der es mitten in einer tiefen Finanzkrise gelungen ist, mit einem alten Farbeimer und drei Kuchen ein wundervolles Fest auszurichten.«

Mit der Tatsache, dass Tito immer noch nicht so ganz begriffen hatte, was ein Fashion Stylist wie sie eigentlich machte, hatte sich Betta abgefunden, doch eine solche Banalisierung ihrer Arbeit wurmte sie dennoch.

Zum Glück fruchtete die Banalisierung bei Paola jedoch nicht, die sogleich nachhakte und am nächsten Tag sogar mit einer Zeitschrift auftauchte, in der kürzlich ein Artikel von Betta erschienen war.

»Aber diese gedeckten Tische sehen wundervoll aus!«, rief Paola und zeigte auf die Abbildungen einiger ihrer »Kreationen«, auf die Betta selbst noch nicht einmal besonders stolz war. Ihr kam der Artikel eher unbedeutend und nichtssagend vor, doch dass Paola Gefallen an den Tischdekorationen fand, schmeichelte ihr trotzdem.

Und so hatte sie dank dieser paar Schnappschüsse ihren ersten Auftrag an Land gezogen: die Ausrichtung des fünfzigsten Geburtstages von Bruno, dem langjährigen Lebenspartner von Paola, auch er Chirurg, leidenschaftlicher Segler und begabter Hobbyfotograf.

»Warum machen wir es nicht hier im Restaurant?«, schlug Betta Paola sofort vor. »Eine Überraschungsparty mit seinen Freunden. Wir laden sie per Mail ein, bestellen sie ein bisschen früher hierher, und wenn er kommt, machen wir die Lichter aus und *bäääm!* Überraschung! Wie in den amerikanischen Filmen. Das funktioniert immer, und ich bin mir sicher, Tito ist einverstanden.«

Allein dieser schlichte Vorschlag genügte, um Paola zu überzeugen, die zwar die größte Effizienz und Präzision an den Tag legen konnte, wenn einem Frühchen das Herz von der Größe eines Traubenkerns stehen blieb, beim Gedanken an eine Einladung von zwanzig Personen zum Essen jedoch selbst Herzflattern bekam.

Betta kostete es keine große Mühe, sich Brunos Fotos zu besorgen, sie in durchaus gewagter Anordnung im Restaurant aufzuhängen und sich ein mediterranes Fischmenü auszudenken, wofür sie einen harten Kampf mit Tito führen musste, der für das übliche, geschmacklich fade Couscous plädierte – eine Auseinandersetzung, in der Betta am Ende Siegerin blieb. Das neue Menü bestand aus einem Genueser Kichererbseneintopf, Tintenfisch-Fusilli sowie einem großen ligurischen *Fritto Misto*, serviert in eigens gefalteten Tüten aus dem gelben Strohpapier, auf dem man früher den frittierten Fisch hatte abtropfen lassen. Das Tüpfelchen auf dem i würde ein guter Discjockey sein, der mit einer schönen Siebziger-Playlist die Herzen aller Eingeladenen höherschlagen ließ.

Am vereinbarten Abend war Bruno vollkommen ahnungslos im Lokal eingetroffen, überzeugt davon, dass ihm nur ein zweisames Abendessen mit Paola – und dann ab nach Hause! – bevorstand. Als er ihn kommen sah, ging Tito ihm entgegen, in der Hand eine Flasche seines besten Proseccos und zwei Gläser.

»Alles Gute zum Geburtstag, Alter!«, rief er ihm fröhlich entgegen und goss ein.

»Was soll das heißen – Alter?«, konterte das Geburtstagskind scherzhaft. »Immerhin hast du mehr Jahre auf dem Buckel als ich.«

Bruno ging zum Tresen und schaute sich zerstreut um, ohne die Fotos zu bemerken, die überall im Lokal ausgestellt waren, während hinter ihm Paola vor Ungeduld bebte und sich fragte, wie Männer nur so langsam von Begriff sein konnten.

Und so war es schließlich an Tito, mit ihm auf ein Foto zuzutreten, das Bruno auf den Tiwi-Inseln in Australien geschossen hatte, und ihn dazu zu bringen, es sich genauer anzuschauen.

»Wie findest du dieses Blau?«, fragte er ihn zwinkernd.

Bruno bedachte das Bild mit einem flüchtigen Blick und wandte sich dann erneut an seinen Freund.

»Was ist das? Soll dir das dabei helfen, das Meer nicht zu vergessen?«

»Ja, genau, und deshalb habe ich auch ein paar Fotos hier aufgehängt. Komm, schauen wir sie uns gemeinsam an.«

Sie hatten sich ein paar angesehen, ohne dass Bruno sie als seine eigenen erkannte. Erst bei einem Bild mit der *Tina* im Vordergrund, seinem langjährigen Segelboot, hatte er endlich begriffen. Er wurde knallrot im Gesicht, warf zuerst Paola, dann Tito und schließlich Betta einen verwirrten Blick zu und stammelte ungläubig: »Aber ihr seid ja verrückt!«, während aus dem Hinterzimmer des Lokals die Partygäste stürmten und im Chor riefen: »Zum Geburtstag viel Glück…«

An diesem Punkt ließ sich das Geburtstagskind auf einen Stuhl sinken und sagte: »Immer mit der Ruhe! In meinem Alter steckt man so was nicht mehr so leicht weg!«

Nur gute Freunde

Es war in genau diesem Moment der Freude und Sorglosigkeit, als es Betta zum ersten Mal dämmerte, wie ihre Zukunft aussehen könnte. Die Party war ein Erfolg gewesen und zur allgemeinen Zufriedenheit verlaufen.

Strahlend kam Paola am darauffolgenden Abend zu ihr, um ihr zu danken.

»Alle haben mich nach dir gefragt, und ich habe dich als trendigste Partymacherin gepriesen«, sagte sie zu Betta, die ihr Glück kaum fassen konnte.

Und an Tito gewandt, der ihr ein Glas Rotwein und ein noch warmes Stück Focaccia direkt aus dem Ofen brachte, sagte sie: »Du kannst dir gar nicht vorstellen, was für Lobeshymnen über dein Essen gesungen wurden! Es war alles köstlich! Und wir müssen das bald wiederholen. Ihr beiden seid ein starkes Team. Ihr solltet euch zusammentun. Ich hab so das Gefühl, ihr habt eine Zukunft.«

Genau in dem Moment war die Idee geboren – zwar noch vage und undeutlich, doch bereits zart und köstlich, wie ein Stück Gebäck, das nur darauf wartet, fertig gebacken zu werden – und ans Tageslicht geholt durch eine Chirurgin, die daran gewöhnt war, bei den wahren Notfällen des Lebens einen kühlen Kopf zu bewahren. Betta musste endlich damit aufhören, ihren kurzfristigen finanziellen Einbruch zu beweinen, und ihr Leben wieder in die eigenen Hände nehmen.

Und was sprach eigentlich dagegen, sich auf ganz neues Terrain zu begeben? Warum sollte sie nicht eine tiefgreifende Veränderung wagen, statt sich nur auf die zunehmend deprimierende – und wenig lukrative – journalistische Arbeit zu fixieren? Schließlich hatten ihr schon seit jeher alle ein besonderes Talent für die Organisation von Festen attestiert. Und Partys zu planen hatte ihr immer Spaß gemacht, auch mit geringem Budget. *Vor allem* mit geringem Budget! Betta hatte schon immer gewusst, dass es keiner großen finanziellen Mittel bedurfte, um Leute gut zu unterhalten, sondern nur der richtigen Inspiration.

Je mehr sie darüber nachdachte, desto mehr konnte sie sich mit dem Gedanken anfreunden. Ja, sie würde es einfach probieren, ein Catering aufzuziehen. Sie würde nicht nur einfach Essen liefern, sondern Speisen, die schön aussahen, dargeboten je nach Geschmack des Kunden, ein Foodstyling mit wenigen Mitteln. Dazu brauchte man nur Ideen, einfache Ideen, mit denen man grandiose Events schaffen konnte. Aufwändige Inszenierungen waren nicht mehr *en vogue*, und wer wusste das besser als sie?

Die Zeit der Megafeste war vorüber, Events wie die Weihnachtslotterie der Fendi-Schwestern – bei denen sich Karl Lagerfeld die Ehre gegeben hatte und man eine Nerzstola gewinnen konnte – gehörten der Vergangenheit an.

Vorüber war die Zeit der Limousinen, die Betta von einer Modenschau zur nächsten karrten und am Ende des Tages auf sie warteten, während sie ihren Aperitif am Corso Como schlürfte.

Vorüber auch die Zeit der fürstlichen Geburtstagsgeschenke von Versace und Armani, die jedes Jahr eintrafen, begleitet von einem Grußkärtchen mit der freundlichen Unterschrift von Gianni oder Giorgio.

Und vorüber (zumindest für Betta) war auch die Zeit der Weihnachtsessen zu Hause bei Stefano und Domenico, mit einem mindestens drei Meter hohen Christbaum, dicht behängt mit Kugeln jeglicher Form und Farbe, ganz zu schweigen von den sagenumwobenen Büfetts, die in jedem Zimmer aufgebaut waren. Am allerliebsten erinnerte sich Betta an den Raum mit den Desserts: ein opulentes Potpourri aus Köstlichkeiten ausschließlich sizilianischer Provenienz – Halbgefrorenes mit kandierten Früchten, mit Ricottacreme gefüllte Cannoli, quietschbunte Marzipanfrüchte, Napfkuchen, Puddings – allesamt arrangiert auf Etageren, Tellern, Platten aus Kristall, Silber, Keramik und Terrakotta. Dazu unzählige Kerzen, Kandelaber, Samtdecken, alte Spitze. Man fühlte sich wie am Set von *Der Leopard* und wäre gar nicht besonders überrascht gewesen, wenn Burt Lancaster höchstpersönlich um die Ecke gebogen wäre, in seinem eleganten Frack, der so gar nichts mit Stefanos zerfransten Jeans und dem halb offen stehenden Hemd von Domenico gemein hatte, wohl aber mit der Liebe zu jener herrlichen Insel und ihrem Essen, so üppig und köstlich.

Diese und Tausende andere Herrlichkeiten waren in Bettas Erinnerung verankert: Essen, Dekoration, Aromen, Atmosphäre. Eindrücke, die jederzeit abrufbar waren, wann immer sie es wollte. Sie musste nur das Schatzkästlein ihrer Erinnerung öffnen, um sich inspirieren zu lassen. Und was sie sich dabei immer wieder vorsagte, wie ein Mantra, damit es sich einprägte und den Weg zu ihrem Herzen fand, war, dass es zwar leicht sein mochte, mit viel Geld Wundervolles auf die Beine zu stellen, die wahre Kreativität jedoch, dieses italienische Urgefühl, auf das sie so stolz war und das spürbar in ihren Adern floss, darin bestand, etwas Schönes – und Gutes – zu erschaffen, *ohne* viel Geld dafür auszugeben.

Dies alles war vor etwa einem Monat gewesen, und nun, angeregt durch die Schönheit ihres neuen »Büros« im Park der Villa Necchi und die bedingungslose Unterstützung ihres Fanclubs, bestehend aus Greg und Felipe, nahm die Idee tatsächlich allmählich Form an.

Er würde ihr noch lange in Erinnerung bleiben, dieser August, prallvoll mit Träumen und Plänen, mit all den Proben, denen sie ihre Jungs unterzogen hatte, die immer öfter als Versuchskaninchen für ihre kulinarischen und gestalterischen Experimente herhalten mussten. Alles war bereit. Nun musste sie nur noch Tito davon überzeugen, bei diesem neuen Abenteuer mit an Bord zu gehen. Tito, der immer noch kein Lebenszeichen von sich gegeben hatte, obwohl der August sich allmählich seinem Ende zuneigte, und der nicht einmal mehr ans Telefon ging. Wann sollte er denn nun eigentlich zurückkommen?

Betta wollte ihm Greg und Felipe vorstellen und ihnen das Restaurant zeigen, weshalb sie jeden Abend einen Vorwand fand, sie zu dem Lokal zu schleppen, in der Hoffnung, dass es endlich wieder offen war. In wenigen Tagen würden die beiden abreisen, und es lag Betta viel daran, ihre Meinung zu hören.

Fast schien es ein unerfüllter Wunsch zu bleiben, doch endlich, eines späten Nachmittags kamen sie eher zufällig an dem Lokal vorbei, und die Rollläden waren hochgezogen. Das Restaurant war noch nicht offiziell geöffnet, aber Tito war da, schön wie die Sonne und in Topform. Die knackige Bräune stand ihm außerordentlich gut; die von der Sonne ausgeblichenen Haare wirkten noch duftiger und blonder, das Jeanshemd unterstrich das noch intensivere Blau seiner Augen, und sein Körper wirkte, wenn das überhaupt möglich war, noch durchtrainierter als zuvor. Die Jungs waren begeistert ob so viel männlicher Herrlichkeit, und es wurde Betta bewusst, dass sie es versäumt hatte, ihnen von diesem doch nicht ganz unbedeutenden Detail zu berichten. Offenbar waren die beiden auf der Stelle von Tito so entzückt, dass sie eine gute halbe Stunde lang seiner Person mehr Aufmerksamkeit schenkten als dem eigentlichen Grund, aus dem Betta sie überhaupt in das Lokal geschleppt hatte. Eine Ablenkung, die sie ihnen schnell verzieh, als sie einen ausgiebigen Rundgang durch das Restaurant machten und dieses wegen seines, wie sie sagten, »New Yorker Einrichtungsstils« voll und ganz ihre Zustimmung fand. Auch wenn bislang noch niemand auf die möglichen Veränderungen und Entwicklungen hingedeutet hatte, die Betta im Sinn hatte.

Am allerletzten Abend trafen sie sich zum Abschiedsessen im Restaurant. Im Morgengrauen würde Gregs und Felipes Flieger von Malpensa aus starten, und wer weiß, wann sie sich wiedersehen würden!

Aufgeregt öffnete Betta das wertvoll aussehende Päckchen mit dem Louis-Vuitton-Logo, das die Freunde ihr überreichten. Es enthielt einen Shopper für all ihre zukünftigen Unternehmungen sowie ein Kärtchen, das sie fast zu Tränen rührte: »Für unsere neue liebenswerte und liebevolle Freundin – eine ausgezeichnete Köchin und perfekte Gastgeberin. Jeder deiner Wünsche wird in Erfüllung gehen! *It's written in the stars.*« Sie schaute ihre Jungs mit Tränen in den Augen an. Sie würden ihr so sehr fehlen! Ebenso wie ihre Gespräche, ihre Ratschläge, ihre Streifzüge durch die halb verlassene, sommerlich heiße Stadt, die tausend Entdeckungen, die sie gemeinsam gemacht hatten, und der fröhliche Enthusiasmus, mit dem sie all ihre Pläne und Gedanken geteilt hatten. Sicher würden sie über Skype in Kontakt bleiben, doch das würde nicht dasselbe sein, das wussten alle drei. Betta würde sich ohne die beiden immer ein wenig einsam fühlen, ohne dieses so innige und kreative Paar. Jetzt blieb ihr nur noch Tito.

Der Moment war gekommen, um ihn von ihren Plänen in Kenntnis zu setzen. Und ein Nein kam einfach nicht infrage.

Was Betta Sorge bereitete, war nicht nur die Möglichkeit, dass Tito sie bei ihrem Cateringprojekt, das doch eigentlich nur für beide von Vorteil wäre, nicht unterstützen könnte; sie befürchtete auch, er könnte es nicht zulassen, dass Betta einige kleinere Änderungen im Restaurant vornahm (wobei es sich nur um Verbesserungen handelte, einzig und allein um Verbesserungen!). Schließlich würden sie ja etwas Neues beginnen, und da war eine äußerliche Veränderung nur hilfreich. Denn auch wenn es stimmte, dass das Essen im *Heaven's Gate* erstklassig war, so fristete ebendieses gute Essen ein trauriges Dasein auf ebenso riesigen wie banalen Tellern aus weißem Porzellan oder ruhte auf einem schlappen Bett aus lieblos blanchiertem Gemüse. Ganz zu schweigen von den dunklen, düsteren Wänden mit diesen unsäglichen Schiefertafeln!

Betta hatte – auch mit den kleinen Gaben von Titos Stammgästen – bereits damit begonnen, an die Innenausstattung des Restaurants Hand anzulegen, doch es waren nur kleine Dinge: ein paar Glasflaschen statt Plastik, ein paar Salzstreuer, die man auf dem Flohmarkt hinterhergeworfen bekam und die Tito noch gar nicht bemerkt hatte. Bis jetzt hatte sie das alles aus Dankbarkeit getan, als Beweis ihrer Zuneigung einem Freund gegenüber, der ihr in einem schwierigen Moment ihres Lebens beistand, und als Antwort auf die Fürsorglichkeit, mit der er ihr bei ihrem allerersten Besuch im Restaurant begegnet war.

»Harte Zeiten?«, hatte er ihre Situation angesprochen, mit einer Selbstverständlichkeit, die für ihn typisch war, denn Tito redete nie um den heißen Brei herum, sondern kam gleich zum Kern der Sache.

»Ziemlich«, gab sie damals zu. »Aber ich habe gelesen, es liegt auch an der Konjunktur. Schließlich geht es nicht nur mir schlecht, oder?«

»Es geht dir sehr gut. Du hast dich überhaupt nicht verändert. Du trägst sogar noch das gleiche Parfüm.«

Betta lächelte. Auch er hatte sich nicht verändert.

Es stimmte zwar nicht, dass sie noch das gleiche Parfüm benutzte, doch es war nett von ihm, dass er das gesagt hatte, dachte sie und spielte an ihren Ohrringen.

Damals war sie so unglücklich in ihrer neuen Wohnung gewesen und fühlte sich zermürbt am Ende dieser Tage, an denen sie ständig unterwegs war, um Kontakte zu knüpfen, Termine zu machen, ihre Pläne vorzustellen und an Projekten und Texten zu arbeiten, für die sie früher fürstlich bezahlt worden war und jetzt nur noch einen Hungerlohn bekam.

Und so hatte ihr in den vergangenen Wochen viel daran gelegen, ihm die Freundlichkeit und Geborgenheit, die er und das Restaurant ihr gaben, zu vergelten, die Stunden, die er damit verbrachte, das Selbstwertgefühl, das ihr so gründlich abhandengekommen war, wieder aufzubauen, und es kam ihr ganz natürlich vor, ihm zu helfen, an dem allzu nachlässigen Stil zu arbeiten, den er im Restaurant walten ließ, und sich um das zu kümmern, was fehlte.

Es ging um weit mehr, als nur die Farbe der Servietten zu verändern oder die Art und Weise, wie ein Gericht auf dem

Teller präsentiert wurde, indem sie eine der netten Kleinigkeiten hinzufügte, die sie in der Küche unter dem strengen Blick von Marcello, dem Koch, herstellte: hier ein Sträußchen aus Salatblättern, dort eine zum Stern geschnitzte Karotte oder ein pfiffiges Töpfchen, in dem ein Dessert serviert wurde, dekoriert mit Zimtstangen und einem Stück Vanilleschote. Auch das Eindecken der Tische stand zur Debatte. Doch auch hier hatte sie bereits Hand angelegt. Eines Sonntagmorgens hatte sie Tito sogar auf den Flohmarkt an den Navigli-Kanälen geschleppt, wo sie gemeinsam nach alten Terrakottatellern stöberten, die zwar ein wenig angeschlagen waren, dafür aber umso mehr Charme hatten. Tito gefielen sie, weil sie alt waren und bereits ein Leben hinter sich hatten, weil sie genauso unvollkommen und einzelgängerisch waren wie er. Dass diese Teller in Wirklichkeit der letzte Schrei waren und in den einschlägigen Zeitschriften ohne Ende gehypt wurden, hatte Betta ihm nie verraten, und er würde es zweifelsohne auch nie erfahren. Wichtig war nur, dass die Gäste es bemerkten, die im Übrigen in Bettas Augen viel zu wenige waren, wenn man die möglichen Kapazitäten des Lokals betrachtete.

Am Tag der Abreise von Greg und Felipe stand sie vor Tito und schilderte ihm ihre Pläne.

Tito hörte ihr aufmerksam zu und verließ am Ende mit seinem berühmten *Stay beautiful, baby* den Raum. Was in seinem Vokabular alles und nichts heißen konnte.

»Willst du damit sagen, wir machen es? Und dass du dabei bist? Dass dir die Idee gefällt?«, rief sie ihm hinterher.

»Natürlich bin ich dabei. Wenn die Sache dir Freude macht, bin ich dabei. Du weißt doch, für dich würde ich mich aus dem fünften Stock stürzen. Wieso sollte ich dir dann nicht mein Lokal zur Verfügung stellen? Ich werde auch Marcello bitten, dir zur Hand zu gehen. Du kannst so viele Partys organisieren, wie du Lust hast.«

Aha. Er hatte also gar nichts begriffen! Es ging nicht darum, irgendwelche Partys zu organisieren; Betta wollte ein Projekt mit ihm ins Leben rufen.

Okay, klar, es hatte schon etwas, ab jetzt über eine Küche und einen Koch zu verfügen, aber das war Betta nicht genug. Zum Beispiel brauchte sie ein Büro, von dem aus sie arbeiten konnte, und dafür schien ihr das geräumige Nebenzimmer des Restaurants mit den Jugendstil-Fenstergittern, das fast immer leer war, ideal geeignet zu sein. Ob Tito ihr das zur Verfügung stellen könne?

»Warum nicht, wo ist das Problem?«, antwortete er seelenruhig auf ihre explizite Bitte.

»Bist du dir sicher? Wirklich das schöne Hinterzimmer?«

»Klar bin ich mir sicher.«

»Gut. Sehr gut. Ich bin dir dankbar. Wirklich. Du weißt gar nicht, wie sehr. Du bist ein wahrer Freund, Tito.«

»Super. Freut mich, wenn ich dich glücklich mache. Sind wir jetzt endlich fertig mit dem Kram? Kann ich wieder an meine Arbeit?«

»Wenn ich ehrlich bin …«

Für Betta war der Zeitpunkt gekommen, in die Offensive zu gehen. Jetzt oder nie.

»Was sagst du dazu, wenn ich die Schiefertafeln abnehme? Bloß für einen Abend, das verspreche ich. Ich dachte daran, eine Präsentation im großen Stil für mögliche Kunden aus der Modebranche und den Bereichen Design und PR zu organisieren, für die ich bisher gearbeitet habe, und die Tafeln … die Tafeln … na ja … die treffen nicht so ganz ihren Geschmack.«

Es war ein grober Schlag, das wusste Betta, denn Tito hing sehr an seinen Tafeln. Aus irgendeinem obskuren und unverständlichen Grund hielt er sie sogar für schön.

»Was ist denn so schlimm an meinen Tafeln?«, fragte er, prompt gekränkt.

»Nichts, aber … sie sind einfach nicht nach ihrem Geschmack, wie ich dir gesagt habe.«

»Was kümmert uns denn ihr Geschmack? Dann such dir eben andere Kunden, die diesen Geschmack haben, und basta.«

Andere Kunden! Als wäre das so einfach! Betta musste sich sehr bemühen, nicht die Geduld zu verlieren und ihm zu sagen, was sie in Wirklichkeit von seinen Schiefertafeln hielt und wo er sich die Dinger hinstecken sollte …

»Andere Kunden habe ich nicht, Tito. Das sind die einzigen Personen, die mir helfen könnten. Genauer gesagt, *uns* helfen könnten. Sie haben das Geld, sie haben die Macht, und ich kenne sie. Ich glaube, eine von diesen Frauen könnte uns durchaus eine Chance geben. Zumindest hoffe ich das, aber ich bin mir nicht sicher. Ich weiß nur, dass eine gute Präsentation schon die halbe Miete ist. Aber dazu muss man am Ambiente arbeiten, Harmonie hineinbringen, es behaglicher und luftiger machen, und wenn wir die Schiefertafeln abnehmen und die Wände in einem helleren Farbton streichen, dann …«

»Was, die Wände auch?«

»Ja, ich weiß, es ist eine Veränderung, mit der du dich vielleicht schwertust, aber denk doch mal nach. Stell dir vor, wie es wäre, wenn wir diese schreckliche schwarze Harzbeschichtung vom Boden entfernen. Denk doch nur, wie das Parkett endlich wieder atmen könnte! Wie glücklich es wäre! Du wirst mir doch nicht sagen, dass du nicht meiner Meinung bist! Komm schon, Tito, du bist doch der König des Natürlichen, du bist sonnig, zugänglich, freundlich, und das alles hier wird viel angenehmer und fröhlicher wirken. Das passt auch viel besser zu dir, es spiegelt dich wider, das verspreche ich dir!«

Um Tito zu schmeicheln, bedurfte es mehr, doch an diesem Tag war ihr das Glück hold, oder Bettas Begeisterung war so ansteckend, dass er schließlich klein beigab. Tatsache war, dass es ihr am Ende tatsächlich gelang, ihn zu überzeugen. Und wieso auch nicht? Schließlich hatte sie sich einen ganzen Monat auf diesen Moment vorbereitet.

Doch es gab noch eine weitere Hürde zu nehmen: den Namen. Es war unverzichtbar, den Namen des Lokals zu ändern. *Heaven's Gate* deprimierte sie von Tag zu Tag mehr.

Betta holte tief Luft, um ihre schwierige Bitte loszuwerden, doch etwas an Titos Blick ließ sie innehalten. Seine Augen blickten auf einmal traurig, er ließ den Blick mit so offenkundiger Wehmut durch den Raum schweifen und hielt bei den Dingen inne, die möglicherweise so bald schon entfernt werden würden, dass sie es sich anders überlegte, so überwältigend war auf einmal die Zuneigung zu ihm und die Anerkennung dafür, wie viel Mühe er sich mit diesem Restaurant gab. Na gut. Es musste ja nicht gleich sein. Es war Zeit genug.

Bis dahin würde sie sich allerdings sofort auf den Hosenboden setzen und wieder an ihrer Präsentation feilen – die Zeit drängte, und sie würde wie eine Verrückte arbeiten!

Am Abend räumte sie zu Hause ihre mikroskopisch kleine Küche auf, spülte ab und kam erst spät ins Bett. Sie ließ das Fenster offen, das Mondlicht strömte herein und durchflutete das Zimmer. Betta lag mit offenen Augen im Bett und war auf einmal wieder zuversichtlich.

Ist doch nichts Schlimmes passiert, dachte sie, während sie an die vergangenen Monate zurückdachte. Ich habe nur meinen klaren Blick auf die Realität verloren. Jetzt sehe ich wieder deutlich, ja, besser als zuvor. Da draußen liegt eine ganze Welt, und ich habe nicht vor, mir auch nur das Geringste davon entgehen zu lassen!

Zuallererst musste sie mit Marcello sprechen, Titos Koch, der der richtige Typ für ihr Projekt zu sein schien. Kein einfacher Charakter, was bei Köchen eher die Regel war, doch damit hatte Betta kein Problem. Er war ein guter Koch, flink, verlor niemals die Kontrolle, nicht einmal, wenn das Lokal voll war – was, um die Wahrheit zu sagen, allerdings nur selten vorkam. In solchen Situationen zeigte er Charisma und Humor, und bald lief alles wieder wie am Schnürchen.

Gewiss, man musste ihm Honig um den Bart schmieren, ihn anspornen, vielleicht auch ein wenig an ihm feilen, aber das würde Betta schon schaffen. Wenn ihr das bei Tito gelungen war, schaffte sie es auch bei ihm. Für den Moment würden sie sich im Restaurant arrangieren, doch wenn das Catering gut lief, konnte man über eine unabhängige Wirkungsstätte nachdenken. Doch es war sinnlos, so weit vorauszuplanen; vorerst hatten sie alles, was sie brauchten, und kosten würde es auch nicht übermäßig viel.

Ganz sicher jedenfalls würden sie Kellner brauchen. Gute, aber auch gut *aussehende*. Denn die Modedamen, an die Betta sich wenden wollte, die erstklassigen PR-Frauen, die sie als Journalistin immer mit Samthandschuhen angefasst hatten, konnten bei Servicepersonal sehr kritisch sein. Nur das Lächeln eines hübschen Jungen würde sie möglicherweise erweichen.

Kellner also: Wo sollte sie die auftreiben? Und dann auch noch hübsche! Mario, der im *Heaven's Gate* aushalf, kam ganz gewiss nicht infrage. Muffig und düster wie das ganze Lokal, schlurfte er mit seinen fluoreszierenden Nike-Turnschuhen, zu denen er zu allem Überfluss auch noch unmögliche Pullis in ausgewaschenen Farben trug, zwischen den Tischen hin und her. Zum Glück gab es aber Violetta. Sie ja, sie könnte durchaus Teil des Cateringteams werden. Sie war schön, blond und lächelte immer. Vielleicht konnte Betta ja Michele anrufen, den Sohn ihrer Freundin Emanuela; außerdem Ale, Folco, Federico. Sie hatte jede Menge Freundinnen mit Söhnen, die studierten und sicher nichts dagegen hatten, sich ein paar Euro dazuzuverdienen. Vielleicht würde sie ja ein Casting vor Gymnasien und vor der Uni veranstalten, wie es auch Abercrombie vor der Eröffnung des Stores am Corso Matteotti gemacht hatte; mit nacktem Oberkörper herumzulaufen, würde sie zwar nicht von den Jungs verlangen, doch ein paar schöne, eng anliegende T-Shirts waren leicht zu besorgen.

Und fehlen durfte natürlich auch Tito nicht; wer weiß, wie viele Kundinnen ihm verfallen würden, wenn er ihnen sein unvergleichliches *Stay beautiful, baby* entgegenhauchte. Er musste auf jeden Fall bei den Caterings anwesend sein. Wenn sie ihn nur dazu überreden könnte, mit ihren Freundinnen zu reden – nur zu reden –, war schon viel gewonnen. Und sollte es ihr gar gelingen, ihn zu einem Lächeln zu bewegen … daran wagte sie kaum zu denken!

Die Liste der möglichen Kunden hatte Betta schon mehrfach aufgestellt, auch zusammen mit Greg und Felipe.

Da gab es erstens alle aus der Mode- und Designbranche,

weil dies jahrelang Bettas natürliches Habitat gewesen war und sie die Verantwortlichen in allen Redaktionen kannte. Bei Pomellato, dem Juwelier der Mailänder VIPs, würde Monica ihr bestimmt eine Chance geben, ebenso wie Annabella bei Roberto Cavalli und Vittoria bei Valentino. Und die Liste ließ sich noch verlängern: Gucci, Dolce & Gabbana, Prada, Trussardi, Ferragamo, Marni, Bottega Veneta, aber auch weniger herausragende Namen wie Malìparmi oder Ballantyne. Außerdem kannte Betta mehr als fünfzig Presse- und PR-Agenturen, von denen jede mindestens zwei Events pro Jahr plante. Wenn man nur fünf von ihnen als Kunden gewann, bedeutete das bereits, dass man zehn Aufträge pro Jahr an Land gezogen hatte. Das kam ihr ausgesprochen viel vor.

Natürlich würde sie alle zu der Präsentation ihres neuen Konzepts einladen. Doch es war Eile geboten, denn vor den großen Modeschauen im Oktober musste alles in trockenen Tüchern sein. Und wie viel Zeit hatte sie dann noch? Wenig, sehr wenig.

Zwei Tage später sprach Betta zusammen mit dem Malermeister, der zugleich auch Elektriker, Klempner, Schreiner und Maurer war, im Restaurant vor. Sie ließ die Schiefertafeln abnehmen, die Löcher verputzen sowie die Spotlights neu einrichten, die seit Jahren nicht mehr funktionierten und nur staubig von der Decke baumelten. Außerdem wurden Regalbretter angebracht, auf denen man Bilder, Fotos oder sonstige Gegenstände ausstellen konnte, um das Ambiente ein wenig heiterer zu gestalten; mit der Zeit konnte daraus ja möglicherweise der Platz für kleine Ausstellungen werden. Tito schlich die ganze Zeit um sie herum wie ein Löwe im Käfig. Obwohl er ihr zugesagt hatte, mit allem einverstanden zu sein, schien ihre große Begeisterung ihn auf einmal nervös zu machen, und mit dem Entfernen seiner geliebten Schiefertafeln fand er sich offenbar ganz und gar nicht ab.

»Das wirst du noch bereuen, da bin ich mir sicher; meine Tafeln haben das ganz besondere Flair des Restaurants ausgemacht«, wiederholte er jedes Mal, wenn eine weitere Tafel von der Wand genommen wurde, im Brustton der Überzeugung.

Während der Alleskönner weiter seine Arbeit erledigte, ging Betta zusammen mit Marcello in die Küche, um das Menü für die Präsentation zu planen.

Zu ihrer großen Überraschung wirkte der Koch wie ein Kind, das vor der geöffneten Schachtel eines funkelnagelneuen Bausatzes hockt, die Anleitung liest und es kaum erwarten kann, die Teile zusammenzusetzen. Dass die Arbeit bei *Heaven's Gate* ihn nicht zur Gänze ausfüllte, war offensichtlich, zumindest für Betta, denn er langweilte sich und fühlte sich unterfordert. Möglicherweise hatte er sich etwas ganz anderes gewünscht, doch er musste einen Kredit abbezahlen, die Krise war in vollem Gange, und so konnte er es sich ganz gewiss nicht leisten, auf ein sicheres Einkommen zu verzichten. Außerdem arbeitete die Konkurrenz mit harten Bandagen, wenn nicht sogar oft mit unfairen Mitteln. Viele Restaurants hatten daher beschlossen, auf Qualität zu verzichten, Produkte kurz vor dem Verfallsdatum zu benutzen, nur tiefgefrorenes Fleisch oder Fisch zu verwenden oder gar ihren Gästen die Reste vom Vortag aufzutischen, etwas, das Marcello niemals geduldet hätte und worin er vollkommen mit Tito übereinstimmte, der, was Qualität anging, niemals bereit war, Abstriche zu machen, und nach wie vor immer nur das Beste orderte, ganz egal, was es kostete. Bettas neue Idee war für ihn folglich wie ein Traum, und auch wenn er von

Natur aus ein vorsichtiger Mensch war, konnte er offenbar nicht anders, als zu hoffen, dass dieser Traum auch zu verwirklichen war.

Unter der Woche stattete Betta sowohl Cargo als auch High Tech einen Besuch ab, die in Sachen Tischdekoration wunderschöne, allerdings auch sehr teure Dinge verkauften, um sich dann auf die Metro zu verlegen, wo Cateringfirmen sich im Allgemeinen eindeckten und Betta zwar ein paar anständige Behälter, jedoch nichts wirklich Neues entdeckte, sondern hauptsächlich Dinge, die man bereits tausendmal gesehen hatte. Wenn sie sich auf die Modebranche konzentrieren wollte, das wusste Betta, würde sie mit dem, was dort zu haben war, niemanden hinter dem Ofen hervorlocken. Modeleute waren ein verwöhntes, anspruchsvolles Publikum, das an Luxus ebenso gewöhnt war wie daran, umschmeichelt zu werden. Trotz leerer Geschäfte und drastisch zusammengestrichener Budgets war die Erwartungshaltung in diesem Metier immer noch extrem hoch.

Sich etwas auszudenken, was diese Leute überraschen konnte, würde kein leichtes Unterfangen sein, dessen war sich Betta vollkommen bewusst. Tagelang streifte sie durch die Stadt, auf der Suche nach Inspiration, nach einer Idee, mit der sie anfangen könnte. Dann, eines Nachmittags, als sie im Brera-Viertel unterwegs war, fiel ihr Blick auf kleine Malerpaletten, die im Schaufenster des Künstlerbedarfs Crespi ausgestellt waren. Nichts Besonderes, einfach kleine, billige Dinger aus weißem Plastik für fünfundsiebzig Cent pro Stück, doch irgendwie gefielen sie ihr. Sie betrat das Geschäft und nahm eine der Paletten in die Hand.

Es fühlte sich gut an. Eine solche Palette war einfacher zu handhaben als ein Teller, weil man einen Finger durch das vorgesehene Loch stecken und die Palette dadurch gut festhalten konnte. Weiter waren sechs kleine Vertiefungen auf der Palette angebracht, die eigentlich dazu dienten, die verschiedenen Farben aufzutragen, die Betta jedoch für das Essen benutzen könnte. Kleinigkeiten zum Probieren. Leicht zu essen. Man musste sich nur noch eine Methode ausdenken, sie auch zum Munde zu führen, die nicht so banal und vulgär war wie Zahnstocher. Doch die Idee war gut, ein Anfang.

»Ein kulinarischer Parcours!«, freute sich Marcello, als Betta ihm am nächsten Tag die Palette zeigte.

»Gefällt es dir? Glaubst du, das kann funktionieren?«

»Das ist perfekt«, antwortete er und nahm die Palette zur Hand. »Wir können die Kostproben so anrichten, dass sich eine Reihenfolge ergibt. Auf diese Weise können sich die verschiedenen Geschmacksrichtungen voll entfalten und ergeben einen Sinn.«

Betta konnte es kaum glauben. Die Idee taugte also etwas und war noch dazu kostengünstig. »Wie wär's, wenn wir ein reines Fischmenü kreieren? Journalistinnen lieben Fisch und alles, was nicht dick macht.«

»Natürlich! Dienstags oder freitags kriegst du in Mailand den frischesten Fisch der Welt!«

»Nur italienische Rezepte?«

»Natürlich! Was glaubst du denn?«

Betta lächelte ihm zufrieden zu und schaute sich in dem umgestalteten Hinterzimmer um, das schon jetzt viel geräumiger und luftiger wirkte.

Dann stand das Menü, und ihr blieb nur noch, sich zu überlegen, was sie auf die Einladung schreiben sollte.

So etwas wie:

Betta Bennet
Lädt euch zur Verkostung ihrer neuen Idee ein.
Im Heaven's Gate!
Kommt zahlreich!

Nein, so ging das nicht. Nicht nur deshalb, weil es ihr bei der Nennung des Restaurantnamens eiskalt über den Rücken lief; sie würde auf der Stelle einen Namen für ihren neuen Service finden müssen, denn Restaurant und Catering durften auf keinen Fall miteinander vermischt oder gar verwechselt werden. Bettas Catering musste sich von anderen abheben, und dafür war es unabdingbar, dem Kind einen Namen zu geben. Der Name war alles! Ohne ihn war es nur eine halbe Sache, das ginge auf gar keinen Fall.

Doch je mehr sie sich das Hirn zermarterte, desto weniger fiel ihr ein. Da konnte sie sich noch so anstrengen – die richtige Inspiration wollte sich nicht einstellen.

Bis Betta schließlich, nach einer lebhaften Diskussion mit Tito darüber, wie man die neuen Süßspeisen arrangieren könnte, die sie bei Marcello in Auftrag gegeben hatte, ohne ihn vorher davon in Kenntnis zu setzen, herausplatzte: »Aber will sich denn nicht jeder das Leben ein wenig versüßen?« Und dieses »versüßen« ging ihr nicht mehr aus dem Kopf.

Sicher war es eine Aufforderung, sich ein paar Kalorien zu viel zu Gemüte zu führen, aber es war auch eine Aufforderung an das Leben, das sie doch reichlich gebeutelt hatte, wieder nachsichtiger mit ihr umzugehen, gnädiger, barmherziger, damit es endlich wieder besser wurde. Oder – süßer.

Più dolce. Süßer. Das war es. Das war der Name, den sie gesucht hatte, das spürte sie.

Greg und Felipe, die sie auf der Stelle via Skype konsultierte, hatten prompt ein eindeutiges Urteil parat: »*Very New York, indeed!*«

Jetzt fehlte ihr nur noch ein Logo. Ein starkes Logo, das einem im Gedächtnis blieb. Etwas Modernes, Kalligrafisches, Farbiges.

Sie rief Rossella an, ihres Zeichens Art Direktorin für unzählige Modekataloge, und erklärte ihr, was ihr vorschwebte: Sie beschrieb Stil, Inhalt und die Quintessenz dessen, was sie ausdrücken wollte.

Und was Betta von ihr zurückbekam, übertraf ihre kühnsten Hoffnungen.

Schon am selben Tag verschickte sie die Einladungen.

Più dolce
Oder: Das Leben versüßen!
Vorhang auf für das wundervollste Catering der Welt!
Alles hausgemacht, saisonale Produkte, preisbewusst.

Man nehme:
2 Freunde und Schleckermäuler
1 erstklassigen Koch
1 gutes Kilo Qualität
ein paar Prisen Fantasie
jede Menge Kompetenz.

Darunter die Adresse des Restaurants, aber ohne den schrecklichen Namen.

Die Präsentation wurde ein voller Erfolg. Lob und Komplimente ohne Ende. »Was für eine geniale Idee!«, »Ist das alles köstlich!« … fröhliches Geplauder stundenlang, befördert durch den leicht moussierenden Weißwein, den Tito in Strömen fließen ließ.

Ihr Tito, der von allen seine Rolle am lässigsten spielte, der lachte, scherzte, die Gäste umgarnte, ihnen schmeichelte. Der für jede einzelne Frau ein nettes Wort oder ein Kompliment parat hatte. Der sie mit seinem *Stay beautiful* alle amüsierte und eine Eroberung nach der anderen machte. Unter seinem schelmischen Blick, diesen geheimnisvollen Augen schmolzen sie alle dahin wie Eis in der Sonne. Ein Geheimnis, das Betta bewusst nutzte, indem sie auf sein abenteuerliches Leben anspielte und ihn bat, dieses auch gelegentlich zu erwähnen. Wie verzaubert folgten die Frauen ihm durch die stürmischen Fluten des südöstlichen Pazifik, hörten das Prasseln eines Jahrhundertgewitters auf das Bootsdach, bahnten sich mit ihm einen Weg durch die Eisschollen der Antarktis bei seiner Umrundung des Kap Hoorn. Und ihrer Aufmerksamkeit tat es auch keinen Abbruch, als er ins Schwadronieren kam und sich mit einer Heftigkeit, die vollkommen fehl am Platze war, über seine kulinarischen Leidenschaften und seine Vorliebe für einfaches und ursprüngliches Essen ausließ. Wie gebannt hingen sie an seinen Lippen, wichen nicht von seiner Seite, als wären sie jederzeit bereit, als seine weiblichen Knappen für die traditionelle Küche in den Krieg zu ziehen, für eine vielfältige, reichhaltige, verdienstvolle Küche und gegen die Hochnäsigkeit der Köche von jenseits der Alpen oder, noch schlimmer, den Sittenverfall durch die Molekularküche.

Was die Gäste allerdings, abgesehen von Tito, am allermeisten beeindruckte, war Bettas kleine Palette.

Diese Idee hatte sie eine ganze Woche akribischer Arbeit gekostet. Nicht nur, um die kleinen Kostproben von Marcello, der mehr auf Konsistenz und Geschmack achtete als auf Äußerlichkeiten, in eine ansprechende Form zu bringen, sondern auch, um lauter kleine Muscheln an den Hunderten von Zahnstochern zu befestigen, mit denen man die Häppchen zum Munde führte. Tagelang hatte sich Betta den Kopf darüber zerbrochen, wie man es vermeiden könnte, das Essen in die Hand nehmen zu müssen, hatte unzählige Kataloge mit Cateringbedarf gewälzt, wobei sie auf verschiedene elegant und originell geschnitzte Bambusstäbchen gestoßen war, die sie jedoch nicht vom Hocker rissen. Bis sie schließlich in einem Geschäft in Chinatown einen Sack mit winzigen Muscheln verschiedenster Form erstanden hatte, die sie an einem Ende von schlichten Zahnstochern angebracht hatte, wodurch diese auf einmal einzigartig und kostbar wirkten.

Der Speiseraum, den sie in einem warmen Vanilleton gestrichen hatten, wirkte viel größer und heller. Betta hatte die Tische an die Wand gerückt und alle Stühle bis auf ein paar entfernt.

Das neue Logo prangte mitten an der Wand auf einem einfarbigen Brett, ringsum hingen unzählige Rezepte, manche mit der Hand auf liniertes oder kariertes Papier geschrieben, andere in Druckschrift auf bunten Karteikärtchen, wieder andere aus Kochbüchern und Zeitschriften ausgeschnitten, und jedes einzelne war mit Tesa an die Wand geklebt oder mit Reißzwecken und kleinen Nägeln gepinnt. Eine Dekoidee, die Betta erst kurz vor Beginn des Events in die Tat umgesetzt hatte, ohne Wissen Titos, der, als er es bemerkte, stinksauer wurde.

»Aber hier ist doch frisch gestrichen!«, schrie er, als er die Wand voller Zettel sah, als hätte er höchstpersönlich den Pinsel geschwungen.

Betta versuchte, ihn zu beruhigen. »Ich weiß, ein bisschen wird man es hinterher sehen, aber wir brauchten unbedingt eine Deko. Es soll so aussehen, als hätten sich die Rezepte über die Jahre hinweg hier angesammelt. Das gibt dem Ganzen doch einen besonderen Charme, findest du nicht?«

Tito würdigte sie nicht einmal einer Antwort, sondern stiefelte wutentbrannt von dannen, um aber dann, zu ihrer großen Erleichterung, pünktlich zur Präsentation und bester Laune, wieder zurückzukehren. Er war einfach so. Tito ließ seiner Wut freien Lauf, er brüllte rum, doch dann beruhigte er sich ebenso schnell wieder. Es war einfach nicht seine Art, allzu lange wütend zu sein, und nachtragend war er auch nicht.

Die Rezeptesammlung an der Wand weckte die Neugier der Gäste, viele blieben stehen, lasen und kommentierten die Rezepte. Und alle fanden einhellig den Namen des Cateringservices höchst gelungen. So groß war die Begeisterung, dass Tito am Ende sogar schamlos genug war – und das hatte sie mit ihren eigenen Ohren gehört –, die Wahl des Namens für sich zu reklamieren: Dieser sei ihm eines Tages vor Stromboli eingefallen, als er eine schneeweiße und duftige Wolke über dem Vulkan aufstiegen sah, die ihn sogleich an geschlagene Sahne und Desserts erinnerte.

Betta nahm ihm die kleine Flunkerei nicht übel, im Gegenteil, denn sie hoffte von ganzem Herzen, es könnte der erste Schritt in die richtige Richtung sein, um den Namen *Heaven's Gate* endlich ad acta zu legen. Und so war sie allerbester Laune, als sie am Ende der Veranstaltung allen Freundinnen ein kleines Give-away in die Hand drückte, damit sie die Party in guter Erinnerung behielten: ein Töpfchen mit einer weichen Schokocreme, die Marcello extra für die Party kreiert und mit Zimt aromatisiert hatte, darauf das Etikett mit dem Logo: *Più dolce – Das Leben versüßen.*

Betta wusste genau, dass nichts so sehr dafür geeignet war, sich in die Herzen von Frauen zu schleichen, wie Schokolade. Besonders, wenn es sich um so gestresste und trostbedürftige Damen handelte wie die aus der PR-Abteilung.

Der Brief lag dort, eingeschlossen in seiner Schublade. Als könnte Tito vergessen, dass es ihn gab. Nur wenige Zeilen, vordergründig höflich.

Sehr geehrter Kunde,
mit aufrichtigem Bedauern müssen wir Ihnen heute mitteilen, dass Ihr Dispositionskredit momentan gesperrt wurde. Wir bitten Sie, sich sobald wie möglich bei uns zu melden.
Mit besten Grüßen.

Tito rief sofort den Direktor der Bank an, mit dem er normalerweise jeden Mittag zu scherzen und zu plaudern pflegte, wenn dieser zum vergünstigten Mittagsmenü ins Restaurant kam, doch er ließ sich verleugnen. Erst ein paar Stunden später gelang es ihm, mit dem Mann zu sprechen, und da bekam er das zu hören, was er lieber nicht gehört hätte. Die Umsätze des Restaurants seien zu schlecht, um den Kreditrahmen weiterhin zu rechtfertigen; die Bank habe in dieser Hinsicht neue Richtlinien, die nicht verhandelbar seien. Dies sei unangenehm, doch die Entscheidung liege nicht mehr in seinen Händen. Wenige trockene Worte, ohne Hoffnung.

Verdammt noch mal! Das hatte ihm gerade noch gefehlt! Tito hasste diese Art von Problemen. Er war damals einfach weggegangen, hatte sich aus der Gesellschaft abgesetzt, um solchen Kalamitäten zu entgehen, und jetzt riskierte er trotzdem, im Sumpf der sogenannten bürgerlichen Welt zu versinken. Woher sollte er nur das Geld auftreiben? Woher?

Der Direktor hatte klare Worte gefunden: Wenn Tito der Bank nicht zeitnah eine saftige Rückzahlung leistete, riskierte er die Hypothek auf dem Restaurant. Und was sollte er dann tun? Wieder zur See fahren? Und auf welchem Boot überhaupt – wo er seine Jacht doch gerade deshalb verkauft hatte, um sich die Lizenz für das Restaurant leisten zu können?

Verdammt, verdammt, verdammt! Wie hasste er doch Mailand und die Arschlöcher, die in diesem Kaff wohnten!

Was konnte er nur tun, um den großen Crash noch einmal abzuwenden? Und wie konnte er Zeit schinden?

In diesem Moment, verführerisch wie eine Sirene, erklang in ihm wieder Bettas einschmeichelnde Stimme, die ihm von ihrem Cateringprojekt erzählte. Trotz der großen Zugeständnisse, die er ihr gemacht hatte, und der höchst erfolgreichen Einweihungsparty vor einigen Tagen hatte er bislang nicht wirklich an das Projekt geglaubt. Jedenfalls nicht als Geld- und Einnahmequelle. Mehr war es ihm wie ein Spiel vorgekommen, eine Methode, einem Menschen, an dem ihm etwas lag, den Trost zu spenden, den er brauchte, und, warum auch nicht, an die Telefonnummer der ein oder anderen ihrer Freundinnen heranzukommen. Betta jedoch meinte es ernst, als sie von ihrem Plan gesprochen hatte. Vielleicht hatte er das Projekt mit dem Catering ja unterschätzt, und es war wirklich ein Ausweg.

»Ich hab mir alles bis ins kleinste Detail überlegt. Glaub mir, es ist eine Chance, die man sich nicht entgehen lassen darf, und ich bin mir sicher, dass es ein Erfolg wird«, hatte sie ihm versichert.

Und Erfolg hieß doch auch Geld, oder? Zudem musste er gar nicht viel machen, um Kunden an Land zu ziehen, dafür würde Betta sorgen, und er musste sich nur um die Kombüse kümmern. Ein Klacks für jemanden mit seiner Erfahrung! Die Lieferanten würde er in Schach halten, indem er ihnen von dem Projekt erzählte. Wenn ihm das gelang (und im Reden war er viel besser als im Rechnen!), würde man ihm schon Vertrauen schenken. Sicher, der Kredit, den er zurückzuzahlen hatte, war kein Zuckerschlecken, und es gab noch mehr unbezahlte Rechnungen, doch Tito war nicht der Typ, der sich so leicht von ein paar blöden Schulden ins Bockshorn jagen ließ. Wie sagte man doch so schön? Etwas Besseres als den Tod findest du überall …

Nur wenige Tage später begann die Präsentation Früchte zu tragen, und es kamen erste Anfragen für die bevorstehende Modewoche. Danach standen die Präsentationen für die Presse in den Showrooms und die *Vogue Fashion Night Out* an, außerdem die *Vendemmia del Quadrilatero della Moda* – eine Veranstaltung, bei der die Winzer der Region ihre Produkte in den exklusivsten Mailänder Boutiquen präsentierten, und somit eine optimale Gelegenheit für *Più dolce*, sich bekannt zu machen. Dann stand bereits die Vorweihnachtszeit vor der Tür, mit all ihren Cocktails, den Weihnachtsfeiern der Agenturen und den Partys der Einrichtungsgeschäfte, die ihre Geschenkkollektionen präsentierten und dazu ihre Stammkunden gerne zu Kuchen oder einem Glas Prosecco einluden.

Das beste Catering der Welt, das noch dazu bio und günstig war, stand in den Startlöchern. Der Koch war bereit, die Küche ebenso, auch das Büro. Bettas »Weißer Salon« – so hatte sie den Präsentationsraum getauft – stand ihr mit Zustimmung von Tito für ihre Arbeit zur Verfügung. Sie musste ihn nur noch offiziell in Beschlag nehmen und sich dort ihrer schwierigsten Aufgabe widmen: einen echten Mitarbeiterstamm aufzubauen. Der Moment war gekommen, um Kellner zu rekrutieren, und es gab keine Zeit zu verlieren, denn Monica hatte klare Worte gefunden, als sie sie wegen des Press Days, der Showroom-Präsentation für Presse und PR, bei Dodo angerufen hatte.

»Ich möchte schöne Männer sehen, Betta, nicht nur gute Kellner. Du weißt doch besser als ich, wie wichtig die Ästhetik in unserer Branche ist!«, hatte sie ihr freundlich, aber unmissverständlich gesagt.

Betta kannte sie bestens, die Press Days, sie hatte unzählige dieser Termine besucht und erinnerte sich gut an die bildschönen jungen Männer, die regungslos und mit Tabletts voller Häppchen dastanden, während Betta sich die neuesten Kreationen des Modeschöpfers anschaute und danach rasch ein Gläschen Champagner oder auch nur ein Glas Wasser trank. Die Leistung dieser Jungs hatte sie immer eher geringschätzig betrachtet, aber wenn sie jetzt genauer darüber nachdachte, war es doch vielleicht keine ganz einfache Aufgabe, zehn, elf Stunden reglos dazustehen, mit einem steifen Lächeln auf den Lippen, die Arme immer in der gleichen Haltung. Wie hatte sie nur so blind und unsensibel sein können, diesen jungen Männern nicht einmal einen kurzen Gedanken zu widmen? Und ihr Lächeln nicht wenigstens andeutungsweise zu erwidern? Hatte sie sich denn wenigstens bedankt, wenn sie das leere Glas auf das Tablett zurückstellte? Da war sie sich nicht sicher. Schnell verdrängte sie das Bild dieser peinlichen Betta von früher und konzentrierte sich wieder auf die Gegenwart. Vielleicht konnte sie das alles ja jetzt wiedergutmachen.

Wer stand ihr bis jetzt zur Verfügung? Ale mit seiner Streberbrille und dem wilden Haarschopf; Michele mit seinem schüchternen und immer etwas geheimnisvollen Blick; Folco, der aussah wie der junge Paul Newman; Barnaba, der hingegen an Keanu Reeves erinnerte; der engelsgleiche Federico mit seinen blonden Locken und dem geschwungenen Mund. Und dann war da auch noch Miriam – dunkle Augen inmitten eines Meers aus schwarzen Löckchen.

Wie alle anderen studierte Miriam an der Uni, war jedoch die Einzige, die bereits gekellnert hatte. Vorgestellt hatte sie sich beim Restaurant auf Empfehlung eines Freundes, der bei einem anderen Catering arbeitete und wusste, dass *Più dolce* junge Kellner suchte.

»Die sind ganz neu und haben sich eben erst der Öffentlichkeit vorgestellt«, hatte man ihr gesagt. »Ich hab in einem Showroom gehört, dass sie wohl in ein paar Wochen anfangen.«

Als Miriam im Restaurant ankam, war Betta nicht da, weil sie Besorgungen machte, doch Tito hatte sie angestellt, ohne seine alte Freundin zu fragen.

»Wie ist sie denn?«, fragte Betta ihn nach ihrer Rückkehr, weil sie nicht wusste, ob sie Tito trauen konnte.

»Sie hat mehr Erfahrung als alle, die du genommen hast.«

»Aber ist sie hübsch?«

»Mmm …«

»Was soll das heißen – mmm? Sehr hübsch oder nur einigermaßen?«

»Sehr«, antwortete er, ohne dabei mit dem Einsortieren der gerade gelieferten Weinflaschen in das Regal neben der Küche aufzuhören.

»Wem ähnelt sie denn?«

»Wieso ist dir das wichtig? Man muss doch niemandem ähnlich sehen, um hübsch zu sein.«

»Einfach, damit ich es mir besser vorstellen kann!«

»Ich weiß nicht … wie Afef vielleicht?«

»Afef Jnifen?«

Tito schaute sie gönnerhaft an. »Kennst du denn noch eine andere Afef?«

»Donnerwetter!«

»Aber mit mehr Hupen!«, fügte er, wieder ernst, hinzu.

Die anderen Servicekräfte hatte Betta höchstpersönlich unter die Lupe genommen und innerhalb einer Woche ihr Team zusammengestellt. Ihre »Jungs«, wie sie sie nannte. Und sie schwärmte permanent von ihnen, als hätte sie nicht ein Team von Kellnern für eine Werbeveranstaltung zusammengestellt, sondern die Siegermannschaft der Champions League.

Bis Tito sie eines Tages zur Schnecke machte, und das nicht ohne Grund. Freundlichkeit und blendendes Aussehen allein seien noch kein Garant für einen guten Service, sagte er, und das wisse er besser als Betta.

»Klar, das sind anständige Jungs«, sagte er etwas von oben herab zu ihr, als sie vor dem Dienst miteinander zu Abend aßen. »Aber sie können nichts. Die haben keine Ahnung von Service, haben noch nie ein Tablett in der Hand gehabt und nicht den leisesten Schimmer, wie viel beim Service in die Hose gehen kann. Mit solch grünen Jungs gehst du das Risiko ein, dass sie die Teller falsch halten, irgendwelche Sachen fallen lassen oder, noch schlimmer, was auf die Gäste verschütten.«

Betta wurde kreidebleich im Gesicht, und er schenkte ihr

den gelassenen Blick, den Eltern oft für ihre ahnungslosen Kinder übrighaben.

»*Relax, baby, stay beautiful!* Dafür hast du den guten alten Tito, er kümmert sich darum!«, sagte er, lehnte sich auf seinem Stuhl zurück und ließ den schrecklichen Mario, der mit seinem verwaschenen und ausgeleierten Hemd langsam aussah wie ein Penner, den Tisch abräumen.

Am Tag nach Miriam waren auch Gianluca und Matteo zur Truppe gestoßen, dicke Freunde, die immer zusammen waren, ob es nun auf der Arbeit war oder beim Abschleppen von Mädels. Auch sie waren keine professionellen Kellner, hatten jedoch lange Berufserfahrung.

Gianluca hatte blondes kurzes Haar und die Physiognomie eines Bodybuilders, und sein Kumpel war dunkelhaarig und hatte einen kleinen Bauchansatz. Er sah nicht so gut aus wie Gianluca, sprühte aber nur so vor Energie und eroberte alle mit seiner Eloquenz. Ersterer hatte Ambitionen auf die Schauspielerei und bereits einige Fernsehspots gedreht, während der andere am liebsten an der frischen Luft war, körperliche Anstrengung liebte und als Förster arbeitete.

Beide hatten Erfahrung und arbeiteten nur im Team. Und nur schwarz.

Betta nahm sie sofort.

Jacopo hingegen kam an einem verregneten Montagmorgen. Das Restaurant war noch leer, es waren nur Betta und Violetta da, die den Tresen putzen wollte. Jacopo war groß und so schlaksig, wie es nur ganz junge Männer sein können. Über abgewetzten und ausgeblichenen Chucks trug er eine tief geschnittene Jeans und ein blaues Kapuzenshirt. Seine kastanienbraunen Haare waren kurz und nass. Schweigend schaute er Betta einen Moment lang an: zwei klare Augen, über die gerade ein Gewitter hinweggezogen war.

»Ich suche Arbeit«, sagte er ohne Umschweife, als wollte er es schnell hinter sich bringen.

»Was für eine Arbeit?«

»Irgendwas, mit dem ich Geld verdienen kann. Ich muss meine Miete zahlen.«

Betta war sofort von ihm eingenommen. Er sah gut aus. Und er hatte Ausstrahlung, was bei einem so jungen Typen selten vorkam.

»Ich kann dir hier nur Gelegenheitsjobs anbieten, etwa als Kellner bei einem Catering, aber wenn du was Festes suchst, musst du mit dem Inhaber des Restaurants sprechen, der kommt aber, fürchte ich, erst später.«

»Kein Problem. Ich kann noch mal vorbeikommen«, antwortete er. »Nach der Uni.« Kurz blitzte Dankbarkeit im Blick des jungen Mannes auf. Für den Bruchteil einer Sekunde, kaum mehr als ein Wimpernschlag, leuchteten seine Augen und wurden ganz hell. Fast unmöglich, den Unterschied wahrzunehmen, doch Betta hatte es gesehen. Und es hatte sie berührt.

»Dann also bis später«, sagte sie zu ihm und streckte ihm die Hand hin.

Jacopo ergriff sie linkisch, zog sich dann die Kapuze über den Kopf und lief rasch hinaus, als wäre er furchtbar in Eile. Dann kam er noch einmal herein und dankte auch Violetta, die bei dem Gespräch dabei gewesen war. Und wieder hinaus, in den Wolkenbruch. Ohne Schirm.

»Ich hab nicht genau gesehen, was für eine Farbe seine Augen hatten«, sagte Betta laut und sah dem Jungen hinterher, wie er um die Ecke bog und verschwand.

»Sie sind grau«, kam prompt Violettas Antwort.

Jacopo war um einiges zu früh dran, als er auf einem Moped zurückkehrte, das er sich von einem Freund geliehen hatte, weil er, wie er sagte, nicht riskieren wolle, sich zu verspäten.

Betta fiel erst wieder ein, Tito Bescheid zu sagen, als sie ihn mit einer großen Sporttasche hinausgehen sah, denn sie war mit den Vorbereitungen für die Party bei Dodo so beschäftigt, dass sie den zerzausten Jungen mit dem wilden Blick ganz vergessen hatte.

»Ausgerechnet heute?«, schnaubte Tito. So unorganisiert er in vielen Dingen war, an seiner körperlichen Fitness lag ihm viel.

»Ich weiß, du hast recht, aber du wirst sehen, es dauert nur ein paar Minuten.«

»Und das genügt, dass die mich nicht mehr reinlassen! Du weißt doch, dass mein Abo nur bis vier gilt.«

»Aber er ist so ein zartes Pflänzchen!«

»Ist mir doch egal!«

»Mir schien, er braucht irgendwie Hilfe.«

»Dann soll er doch zur Fürsorge gehen!«

Tito brummelte noch ein wenig weiter, doch am Ende war er geblieben. Violetta brachte ihm einen Kaffee mit Chililikör, den er so mochte, sowie ein Stück Brombeertarte, die gerade aus dem Ofen kam.

»Toll, jetzt mästet ihr mich auch noch!«, blaffte er sie an und widmete sich dann der Lektüre seiner Lieblingszeitung, der *Gazzetta dello Sport*.

Das ist bestimmt nicht die richtige Laune, um objektiv zu sein, dachte Betta und machte sich wieder an die Arbeit. Wer weiß, wie er den armen Jungen behandeln würde!

Doch weit gefehlt: Tito mochte Jacopo auf der Stelle.

Ein bisschen, weil er – wie der Junge auch – Fan von Milan war; weil auch Jacopo groß und mager war (obwohl Tito ein paar Pfund zugelegt hatte und deshalb regelmäßig das Fitnessstudio besuchte), vielleicht auch, weil Tito unter jenem ruhelosen Blick, ebenso wie Betta, einen tiefen Kummer wahrnahm. Doch am allermeisten beeindruckte ihn eine Formulierung, die dem Jungen während des Vorstellungsgesprächs herausgerutscht war.

Etwas, das sich auf seinen Vater (den von Jacopo) bezog, das ihn (Tito) jedoch auch an seine eigene Vergangenheit erinnerte. Jacopo hatte gesagt: »Mein Vater interessiert sich nicht für mich. Er hat anderes im Kopf.«

Da war sie, diese Wut, diese Enttäuschung – und eine Vertraulichkeit, die der Junge sofort wieder zu bereuen schien, als schämte er sich, etwas Derartiges zu einem Unbekannten gesagt zu haben. Auf einmal fühlte sich Tito viele Jahre zurückversetzt, und er sah in Jacopo sich selbst als Jungen, chaotisch und stolz, unglücklich und dickköpfig, einsam und verängstigt.

»Willst du einen Kaffee?«, fragte er ihn und ging zum Tresen, um Jacopo die Gelegenheit zu geben, wieder Herr seiner Gefühle zu werden. Auch Tito rang um Fassung, denn das alles wühlte ihn immer noch auf, obwohl doch so viele Jahre vergangen waren.

»Ja, danke, sehr freundlich.«

»Ich kipp dir ein bisschen Schokoladenlikör mit Chili dazu. Das nennen wir *caffè tagliato,* und das musst du dir merken, wenn du hier arbeiten willst.«

Der Junge blickte auf, im Gesicht eine Mischung aus Ungläubigkeit und Freude. Jetzt sah auch Tito dieses Licht, das nur einen Augenblick lang seinen Blick erhellte. Und auch ihn rührte es.

»Wie heißt du?«, fragte er und nahm wieder vor ihm am Tisch Platz.

»Jacopo.«

»Das hast du mir schon gesagt, ich meinte den Nachnamen.«

»Ist der denn von Bedeutung?«

»Ja, schon, für den Fall, dass ich einen Vertrag mit dir machen will.«

»Belfiore«, sagte der Junge, nachdem er einen Moment lang nachgedacht hatte. »Aber wenn es für dich in Ordnung ist, würde ich lieber schwarzarbeiten.«

»Und?«, fragte Betta, nachdem Jacopo gegangen war.

»Könnte funktionieren.«

»Und das ist alles? Du hast mehr als eine halbe Stunde mit ihm geredet, und mehr fällt dir nicht dazu ein?«

»Mir scheint, er hat was drauf.«

»Hat er Erfahrung? Hat er schon gekellnert?«

»Das schien mir nicht so wichtig zu sein.«

»Und woher weißt du dann, dass es gut gehen wird?«

»Intuition!«

Intuition! Wenn es einen Menschen gab, der mit der geringstmöglichen Menge an Intuition gesegnet war, dann Tito. Statt sich zu freuen, war Betta auf einmal verärgert. Und wenn sie sich getäuscht hatte? Wenn statt Dankbarkeit das, was sie im Blick dieses Jungen gesehen hatte, doch nur einfach Opportunismus war? Schon wollte sie ihrem Zweifel Ausdruck verleihen, als Tito fortfuhr: »Er fängt nächsten Montag an, fünf Abende die Woche, sechs Monate lang. Donnerstag hat er frei.«

»Und die Probezeit?«

»Keine Probezeit.«

»Wie, keine Probezeit?«

»Nein, keine. Wenn es in sechs Monaten nicht gut läuft, fliegt er.«

»Aber, Tito ...«

Er streichelte ihr, etwas müde, über die Wange und sagte: »*Stay beautiful, baby,* sonst kriegst du Falten. Außerdem – hast du nicht selber gesagt, er ist ein süßer Kerl und braucht Hilfe?«

»Ja, aber ...«

»Nichts aber. Ich fälle hier die Entscheidungen, und das Restaurant gehört mir. Du wirst mich noch anflehen, ihn dir fürs Catering zu geben. Und vielleicht lehne ich ab.«

Mit diesen Worten nahm er seine Lederjacke und machte sich auf den Weg nach draußen.

»Wo gehst du denn jetzt hin? Ich muss dir ein paar Sachen für die Präsentation von Dodo zeigen und brauche deine Meinung.«

»Baby, ich verlass mich blind auf dich! Und da heute dank dir das Fitnessstudio gestorben ist, gehe ich jetzt ein Nickerchen machen. Wir sehen uns heute Abend.«

Mit diesen Worten stieg Tito auf sein Fahrrad und fädelte sich in den Verkehr der Innenstadt ein.

»Mir schien er jedenfalls schwer in Ordnung zu sein«, sagte Violetta, die das Gespräch verfolgt hatte.

»Da bin ich mir auch sicher. Mich nervt nur, wie Tito an die Sache rangeht. Er hat doch in Personaldingen keine Ahnung.«

»Aber er ist ein guter Kerl, der immer versucht, seinen Mitmenschen zu helfen«, gab das Mädchen zurück und schenkte ihr ein besonders aufmunterndes Lächeln. »Und er ist weniger unbedarft, als es den Anschein hat.«

»Meinst du?«

Auch wenn sie niemals ein junges Mädchen um Rat bitten würde, wollte Betta ihr doch gerne glauben.

Costanza
She walks in beauty

»Wow, das ganze Viertel spricht vom neuen Stern am Cateringhimmel!«

Diese Einschätzung kam von Costanza, der weltgewandten Costanza, die Betta von allen Gästen des Restaurants die Liebste war. Sie wohnte gleich nebenan und arbeitete an der Scala. Genaueres über ihre Tätigkeit war nicht bekannt, doch es musste etwas Wichtiges sein, denn Costanza redete und bewegte sich wie jemand, der etwas von dem verstand, was er tat. Außerdem sprach ihr aus zwei Teilen bestehender Nachname Bände über ihre adlige Herkunft, was sie allerdings nicht daran hinderte, umgänglich zu sein, überhaupt nicht hochnäsig, sondern sehr angenehm und witzig, ein Mensch mit viel Humor und einem entschiedenen und eigenen Geschmack, was Betta sehr gut gefiel. Costanzas Urteil war ihr wichtig, weshalb Betta oft abends vorbeikam und auf sie wartete.

Bettas Leben spielte sich mittlerweile sowieso hauptsächlich im Restaurant ab. Sie hielt sich mehr dort auf als bei sich zu Hause, und auch wenn sie dabei meistens im Weißen Salon saß, entging ihr nicht die kunterbunte Flora und Fauna, die das *Heaven's Gate* besuchte.

Da waren Titos Groupies, die größte Gruppe und zugleich diejenige, die Betta am feindlichsten gesinnt war. Frauen jeden Alters, aus allen Klassen und Schichten, die in Tito verliebt waren oder zumindest um ihn herumscharwenzelten. Da sie Bettas gemeinsame Vergangenheit mit Tito nicht kannten und folglich nicht aus ihr schlau wurden, erlebten sie sie als Eindringling und ernst zu nehmende Konkurrentin und hielten sie deshalb auf Abstand. Was Betta im Grunde durchaus recht war.

Dann waren da die Schwulen, die immer paarweise auftraten und fast ausschließlich am Abend. Sie wollten immer einen Tisch im Hauptraum des Restaurants, weit weg von der Fensterfront, wo es heimelig und dunkel war, und wenn sie etwas zu essen bestellten, waren es meistens die gesundheitsbewussten Gerichte wie Seitan mit Traubenmost oder einen Salat aus Gerste und Grünkern; dazu tranken sie eisgekühlten Weißwein oder Hefeweißbier aus Deutschland, das Tito eigens importierte (eines der wenigen Zugeständnisse an ausländische Produkte auf der Karte) und auf das er besonders stolz war. Sie alle gehörten dem »Titos-Blaue-Augen-Fanclub« an und machten ihm unverblümt den Hof, selbst in Anwesenheit ihrer jeweiligen Partner und auf die typisch ungenierte und nonchalante Art, mit der Schwule versuchen, die Aufmerksamkeit von Heteros – oder vermeintlichen Heteros – auf sich zu ziehen.

Dann waren da die Männer, die in der Gegend arbeiteten: Ärzte aus der nahe gelegenen Poliklinik, Anwälte aus dem ebenfalls nicht weit entfernten Gericht, Steuerberater, Bankdirektoren, ein paar Geschäftsleute. Sie kamen ausschließlich zur Mittagszeit, hatten ihr Handy auf dem Tisch liegen und blieben exakt so lange, wie sie brauchten, um ihre Mahlzeit zu verzehren. Sie bestellten *à la carte* leichte Gerichte wie Bresaola, Tomaten mit Mozzarella, Salat, Steak oder gegrillten Fisch. In Bettas Augen waren sie die interessanteste Klientel. Bei ihnen fühlte sie sich ganz besonders zu kleinen Plaudereien und Flirts aufgelegt, während sie darauf warteten, bedient zu werden, auch wenn sie – manchmal zu Bettas Bedauern – schnell wieder zu ihrer ach so wichtigen Arbeit zurückmussten, sodass nur wenig Zeit für eine ernsthafte Vertiefung blieb.

Schließlich war da noch der Club der schrägen Vögel: eine Gruppe von komischen Käuzen oder Menschen, die sehr einsam oder schüchtern waren und meist erst nach elf Uhr, wenn sich das Lokal langsam leerte, auf einen Plausch mit Tito kamen. Oft baten sie ihn auch um Rat in allen möglichen Angelegenheiten, ob es nun um ein bestimmtes Medikament oder den Umgang mit einem schwierigen Vermieter ging, um ein kaputtes Waschbecken oder um einen Familienzwist.

Jedem einzelnen Gast dieser Gruppe gab Tito, der Befehlshaber dieser bunt zusammengewürfelten Schar, geduldig Antwort, er beschwichtigte und beruhigte sie, sorgte für Unterhaltung, zog sie ein wenig auf und schickte sie dann irgendwann nach Hause, immer ein wenig glücklicher, als sie gekommen waren. Für manche fand er kleine Tätigkeiten, die sie verrichten konnten, anderen lieh er etwas Geld, mit wieder anderen trank er ein Bier oder rauchte eine Zigarette, doch den meisten genügte das Wissen, dass er da und ihr Freund war und dass es einen Platz gab, an dem sie herzlich willkommen waren.

In jeder Gruppe gab es Sympathische und Unsympathische.

Bettas Lieblinge waren der Ingenieur und der Kardiologe, die auch beide eine Schwäche für sie hatten; unerträglich fand sie hingegen den Broker mit dem gelben Maserati, der grundsätzlich immer im Halteverbot parkte, und den Anwalt D'Arsi, einen gut aussehenden Typ, so groß wie Tito, der zwar die Blüte seiner Jahre hinter sich hatte, aber offenbar immer noch topfit war, stets einen perfekt sitzenden Dreiteiler in Schiefergrau trug und Betta nicht einmal eines Grußes würdigte. Während die Verwegensten unter den weiblichen Stammgästen des *Heaven's Gate* entweder Tito anhimmelten oder Fabio, seinen Personal Trainer – einen modernen Gladiator mit griechischem Profil, vollbepackt mit Muskeln, die er sich stundenlang im Fitnessstudio antrainierte und die wie gemeißelt aussahen –, hätte Betta selbst so einiges darum gegeben, mit dem gleichmütigen Herrn Anwalt wenigstens ein paar Worte zu wechseln.

Schade, dass er so hochnäsig war! Er war durchaus höflich, wie es in seinem Milieu natürlich auch angebracht war, doch es war eine kalte und unnahbare Höflichkeit, als wollte er unterstreichen, dass Bettas und seine Welt meilenweit voneinander entfernt waren.

Was ein Typ wie dieser in Titos Restaurant zu suchen hatte, hatte sich Betta immer schon gefragt. Schon auf den ersten Blick war klar, dass D'Arsi einen ganz anderen Umgang pflegte: seine makellosen Zweireiher von Caraceni, die feinen Manschettenknöpfe an den maßgeschneiderten Hemden, die Krawatten von Marinella, dies alles gut verteilt auf stattliche ein Meter neunzig Körpergröße, dazu die Church-Schuhe aus quietschendem und auf Hochglanz gewienertem Leder – dies alles zeigte auf unmissverständliche Art und Weise, in welchen Lokalen der Knabe eigentlich zu Hause war: Edelrestaurants wie *Bice* oder *Girarrosto* oder *Boeucc*, wo sich die Mailänder Finanzwelt zum Schlemmen traf. Und doch fand der

Schnösel sich jeden Donnerstag hier ein, stets in Begleitung einer wesentlich jüngeren blonden Angestellten, mit der er intensive Gespräche führte, die allerdings nicht nach Liebesgeflüster aussahen.

Tito hatte von Anfang an auf Kriegsfuß mit ihm gestanden, was sich noch verstärkte, als D'Arsi eines Tages so unvorsichtig gewesen war, zu Titos angebeteter Bresaola aus Valchiavenna um Öl zu bitten. Fast wäre Tito der Kragen geplatzt, doch dann legte er eine unerwartete Professionalität an den Tag und verwies den Anwalt gnadenlos in seine Schranken: »Avvocato, glauben Sie mir, Öl auf dieser Bresaola wäre ein Verbrechen! Schnuppern Sie doch nur, dieser Duft, dazu die knusprigen Brotscheiben mit Almbutter. Einfach auf der Zunge zergehen lassen und genießen ...«

Mit diesen Worten kehrte er höchst zufrieden in die Küche zurück, um die Glückwünsche der gesamten Kochmannschaft entgegenzunehmen, die den Typen ebenso wenig ausstehen konnte wie er.

»In seinem Beruf mag er eine Koryphäe sein, aber was nützt ihm das, wenn er vom Essen nichts versteht?«, fragte er sie selbstgefällig.

Dass der Mann eine wichtige Person war – wovon im Restaurant keiner etwas wissen wollte –, daran ließ jeden Donnerstag seine Sekretärin keinen Zweifel, wenn sie für ihn einen Tisch reservierte und dabei mit beharrlicher Höflichkeit unterstrich, welche Vorlieben der Herr Anwalt bezüglich des Standorts des Tisches, der Speisenfolge sowie der genauen Uhrzeit habe, zu der sich die Türen dieses bescheidenen und im Grunde vollkommen unangemessenen Restaurants für ihn öffnen sollten.

Wer war dieser Mann? Costanza lüftete das Geheimnis,

als sie eines Tages auf ein schnelles Mittagessen vorbeikam und ihn sitzen sah, wie er das Risotto Milanese verspeiste, das auch sie gerade zu sich genommen hatte. Überrascht trat sie auf D'Arsis Tisch zu.

»Ach, du bist es wirklich! Ich kann es nicht glauben! Was machst du denn hier?«

Der Anwalt erhob sich sofort, hauchte ihr mit der größten Selbstverständlichkeit einen formvollendeten Handkuss auf die Hand und lud sie ein, bei ihm Platz zu nehmen.

Aha, dachte Betta, als sie die beiden lächelnd miteinander plaudern sah – das war doch klar, dass die sich kannten!

Es lag auf der Hand, dass die beiden aus dem gleichen Milieu stammten, obwohl sie doch vollkommen verschieden waren. Einer Laune folgend und nur, um dem unnahbaren Rechtsverdreher zu zeigen, dass sie immerhin eine gemeinsame Bekannte hatten, schlenderte Betta wie zufällig an den beiden vorbei, auf eine Einladung von Costanza hoffend, sich zu ihnen zu setzen, die auch prompt nicht auf sich warten ließ.

»Betta, meine Liebe, darf ich dir Avvocato D'Arsi vorstellen, den Vorsitzenden der Associazione Fatebenefratelli, geschäftsführendes Vorstandsmitglied von Mediobanca, Ehrenvorsitzender der Amici della Scala … und bestimmt habe ich noch so einiges vergessen, nicht wahr?«

Betta, die ihre Tollkühnheit bereits bereute, war so beeindruckt von der langen Liste von Titeln, dass sie sich prompt zu einer unüberlegten Bemerkung hinreißen ließ. »O mein Gott, bleibt Ihnen da überhaupt noch Zeit zum Leben?«, kommentierte sie, in der festen Überzeugung, etwas Nettes zu sagen.

Doch Ironie war für D'Arsi kein Terrain, auf dem er sich

zu bewegen wusste. Er schenkte ihr nur einen eisigen und befremdeten Blick, der sie durchbohrte wie ein Schwert.

Da Betta nicht wusste, was sie noch sagen sollte, trat sie Hals über Kopf den Rückzug an. Woraufhin D'Arsi sich erneut Costanza zuwandte und, nun wieder wohlgelaunt, ihr Gespräch fortsetzte.

Bettas Beine fühlten sich auf einmal so schwer an wie Marmor, und sie flüchtete auf die Toilette, wo wenigstens niemand sehen konnte, wie peinlich es ihr war.

Was dachte sich eigentlich dieser unerträgliche und arrogante Lackaffe, sie mit einer solch eisigen Hochnäsigkeit zu behandeln? Und wie hatte der sie bloß angeglotzt, als wäre sie ein dumme Gans?

Betta war gerade dabei, ihr Refugium zu verlassen und sich der Welt wieder in Bestform zu präsentieren, als Costanza hereinkam, die sie offenbar suchte. Doch die Erklärungen der Freundin bezüglich D'Arsis griesgrämigen Charakters fruchteten nichts, und Betta war dermaßen verärgert über ihn, dass sie von jenem Tag an versuchte, ihm möglichst aus dem Weg zu gehen.

Für emotionale Ablenkung hatte sie keine Zeit, und was Männer betraf, fehlte ihr sowieso die Unbefangenheit, ja, Unverfrorenheit, die sie bei vielen ihrer Freundinnen beobachten konnte, wenn diese mit der größten Mühelosigkeit ihre männliche Beute erlegten. Das war Betta nicht einmal in Jugendjahren gelungen, geschweige denn jetzt, im fortgeschrittenen Alter von fast fünfzig!

Da war es viel besser, sich auf die Arbeit zu konzentrieren und die Energie zu nutzen, die wie selbstverständlich und als stets erfrischender Quell in ihr sprudelte.

Indessen begann der Name *Più dolce* immer mehr die Runde zu machen; es hatte bereits drei Cateringaufträge gegeben, allesamt von namhaften Kunden, für die Betta eine, wie sie sagte, kleine große Idee entwickelte.

Bei Dodo waren es die Pappschachteln, in denen der Juwelier seinen hauseigenen Schmuck präsentierte und in denen Betta nun ihre kulinarischen Spezereien anbot: kleine Muscheln aus Zartbitterschokolade mit einer Füllung aus Rosenmousse; Karamell-Beignets mit Chantilly-Creme; Blätterteigherzen mit Taleggio und Minze; sowie kleine Körbchen aus Mürbeteig, gefüllt mit gepfefferter Ricottacreme. Die Damen von der Presse waren nicht nur begeistert von der Idee der Präsentation – sie hatten zur Abwechslung ihre Diäten vergessen und rissen sich um die Häppchen –, sondern hin und weg vom Geschmack dieser ganz besonderen kulinarischen »Schmuckkollektion«.

Beim Turnschuh-Papst Hogan landete Betta, zusammen mit ihrer Freundin, der PR-Frau, die ihr freie Hand gegeben hatte, einen großen Erfolg mit kleinen Kuchen in der Form von Sneakers, auf denen deutlich sichtbar ein H prangte und die in durchsichtigen, mit einer Schnur zugebundenen Beutelchen an die Frau gebracht wurden. Betta hatte höchstpersönlich mehr als tausend der kleinen Turnschuhe verpackt, die ihr buchstäblich aus den Händen gerissen wurden; prompt buchte Hogan ihr Catering auch für seine Weihnachtsfeier.

Für die winzige, schneeweiße Boutique des Handtaschendesigners Malìparmi in der Via Solferino kam Betta hingegen die Idee, alles auf Weiß zu trimmen. Sie kaufte einer alten Eisdiele in der Nähe der Piazza Cinque Giornate Eisbecher ab (die natürlich ausdrücklich weiß sein mussten) und ließ diese während des Events im hinteren Bereich des Ladens mit lauter ebenfalls weißen Speisen, blitzschnell von Marcello zubereitet, füllen: Risotto mit vier Käsesorten, Salat aus Birnen und Käse, ein Tatar aus Makrele und Fenchel, eine Creme aus herzhafter Ricotta mit Ingwer, eine weiße Schokoladenmousse sowie – das durfte nicht fehlen – Mandelsulz.

Einige Tage nach dem jüngsten Event traf sie Costanza, die, vollkommen außer Atem und mit Akten beladen, ins Restaurant kam.

»Hallo, Betta! Ich hab gehört, du hast in den vergangenen Tagen ganz schön Furore gemacht«, sagte sie zu ihr, legte ihren Aktenstapel auf dem Tisch ab und lächelte ihr mit der gewohnten Herzlichkeit zu.

»Hat Tito dir das gesagt?«

»Ja, als ich heute Morgen vor diesem infernalischen Tag auf einen Kaffee vorbeikam, hat er einige Andeutungen gemacht. Aber es waren ein paar Freundinnen, die kürzlich an der Via Solferino deine kleinen Leckereien im Eisbecher probiert haben und mir in den höchsten Tönen von diesem Cateringservice namens *Più dolce* vorgeschwärmt haben. Ich muss zugeben, dass ich richtig ein bisschen stolz war, als ich ihnen sagte, dass du eine Freundin von mir bist und großes Talent hast.«

Betta freute sich so sehr, dass sie einen Moment lang vor Rührung kaum einen Ton herausbekam. »Wirklich? Du nimmst mich nicht auf den Arm?«

»Warum sollte ich?«, antwortete Costanza. »Ich hab nur die Wahrheit gesagt. Und um dir zu beweisen, wie ernst ich es meine, habe ich sogar einen neuen Auftrag für dich: Im November möchte ein Freund von mir seinen Geburtstag in seiner wunderschönen Villa außerhalb von Mailand feiern. Ich bin mir sicher, dir wird etwas Kreatives einfallen, um diese etwas fade Feierlichkeit aufzulockern, die zu besuchen viele, mich eingeschlossen, keine besondere Lust haben. Wenn du willst, können wir dieser Tage eine Ortsbesichtigung machen.«

Kurz darauf schaffte es Costanza tatsächlich, sich für einen Nachmittag von der Arbeit loszueisen, und so saß Betta, wie versprochen, mit ihr im Auto und fuhr nach Besana in Brianza, einem verwunschenen kleinen Dorf nur wenige Kilometer außerhalb Mailands, auf dem Weg zu der noch verwunscheneren Villa ihres Freundes Vittorio.

Es war ein sonniger Tag, warm und angenehm, und Betta genoss die Fahrt über das offene Land. Hier hatte sie überlebt, die nostalgische Sommerfrische in lieblicher Umgebung, die man im achtzehnten und neunzehnten Jahrhundert genossen hatte, in prachtvollen Villen inmitten verwunschener Gärten, die sich hartnäckig dem Modernisierungswahn und der Betonisierung widersetzten, welche mit dem zwanzigsten Jahrhundert Einzug gehalten und eine Bausünde nach der anderen geboren hatten, ob es nun Villen oder kleine Einfamilienhäuser waren, ob Fabriken oder Mietskasernen, ganz zu schweigen von Hochhäusern … »Alles, alles war den Architekten in den Sinn gekommen … außer vielleicht Merkmale des guten Geschmacks«, hatte es der Schriftsteller Emilio Gadda, der die Brianza gut kannte, bitter formuliert.

Nach knapp einer Stunde Fahrt und angenehmer Plaudereien hielt Costanza vor einem imposanten schmiedeeisernen Zaun, hinter dem sich ein großer, gepflegter Park erstreckte. Direkt neben dem Pförtnerhäuschen – bei dem es sich immerhin um ein elegantes Wohnhaus mit fünf Zimmern handelte – hieß sie eine gewaltige, uralte Buche willkommen, so groß, wie Betta noch nie eine gesehen hatte; dahinter kam jetzt die prachtvolle Villa in Sicht, ein längliches, flaches Gebäude, an beiden Seiten mit Türmchen bewehrt.

»Was für ein herrliches Haus!«, seufzte Betta voller Begeisterung, als sie Vittorio, den Hausherrn, einen eleganten und selbstsicheren Mann, begrüßte, der sie an der Eingangstür erwartete, sogleich duzte und vor die Villa führte, damit sie die Aussicht auf die brianzolische Seenlandschaft bewundern konnten, auch sie leider durch manche Bausünde verschandelt.

Vom süßlichen Duft seines Pfeifentabaks etwas benebelt, folgte Betta Vittorios Ausführungen, die dieser gestenreich mit seinen wunderschönen Händen untermalte. Niemals hätte sie es Costanza – und vielleicht nicht einmal Tito – gegenüber zugegeben, aber ihr Traummann entsprach genau diesem Typus: ein Mann in den allerbesten Jahren, elegant gekleidet, von liebenswerter Art und ausgezeichneten Manieren, ein Gentleman vom Scheitel bis zur Sohle, *very british*, wie ein Landedelmann aus dem Bilderbuch.

»Wie schade, dass dein Geburtstag in den Herbst fällt: Im Frühling muss dieser Garten ja ein einziges Blumenmeer sein«, rutschte es Betta heraus. Sie war immer noch etwas benommen von der Anwesenheit dieses Mannes, der ihr gefiel, und spielte zerstreut mit ihren Ohrringen.

Vittorios Miene verfinsterte sich. Er war offenbar nicht Bettas Meinung und widersprach, obwohl sie ihm durchaus sympathisch war.

»Wieso wird eigentlich der Herbst immer so schlecht gemacht, obwohl er doch die herrlichste Jahreszeit von allen ist? Sind denn die Erntemonate nicht die faszinierendste Zeit des Jahres, voll leuchtender Farben? Und wenn dann die Chrysanthemen blühen …«

»Chrysanthemen?«

»Gewiss, Chrysanthemen! Welchen Grund sollten sie haben, auf andere Blumen neidisch zu sein? Es ist doch unsere eigene Schuld, wenn wir sie mit dem Tod assoziieren und hauptsächlich für den Friedhof verwenden. Dabei fängt es schon bei ihrem Namen an, der aus dem Griechischen kommt und ›Blume aus Gold‹ bedeutet. In Korea und China sind diese Blumen bei Feierlichkeiten weit verbreitet und werden gerne bei Hochzeiten und Geburtstagen verschenkt. In Japan ist die Chrysantheme sogar Nationalblume, und wenn sie zu blühen beginnt, öffnet der Kaiser ihr zu Ehren die Gärten seines Palastes für die Öffentlichkeit.«

Vittorio hängte sich vertrauensvoll bei ihr ein, als wäre sie eine Freundin aus Kindertagen und keine Unbekannte, die ihm gerade erst vorgestellt worden war, und führte sie quer durch den großen Park bis zu seiner Lieblingsecke, vor der sich eine schier endlose Fläche von Chrysanthemensträuchern erstreckte, Blüten jeder Art und Farbe, die er ihr voller Begeisterung zeigte.

Es war ein rascher, aber angenehmer und informativer Rundgang, und Betta genoss jeden Augenblick in der Gesellschaft dieses gebildeten und passionierten Mannes.

Als sie die Besichtigung des Geländes abgeschlossen hatten, schien es Vittorio fast unangenehm zu sein, dass sie nun ins Haus gehen mussten, und auch Betta wäre am liebsten noch viel länger mit ihm herumspaziert und hätte seinen Geschichten über diesen Ort gelauscht, der ihm offenbar am Herzen lag.

Ja, es war wirklich ein wundervoller Spaziergang gewesen – und schade, dass im Haus eine ganz andere Atmosphäre herrschte, denn Margherita, Vittorios Frau, empfing Betta kühl und abweisend und fragte sie auf der Stelle nach ihren Referenzen.

Noch bevor Betta etwas sagen konnte, griff Vittorio ein, indem er sich bei seinen Gästen entschuldigte und Margherita mit einem finsteren Blick in ihre Schranken verwies.

Leider währte das Schweigen der Megäre nicht lange, denn kaum war die gute Stimmung wiederhergestellt und sie konnten beginnen, in die nähere Planung des Festes einzusteigen, mischte sich Margherita prompt mit einer neuen Gemeinheit ein. »Wer weiß, was uns dieser ganze Zirkus kosten wird«, zischte sie. Weder Vittorio noch Costanza würdigten die Bemerkung einer Antwort, und so beschloss auch Betta, nichts zu sagen.

Wahrscheinlich war es auch sinnlos, mit dieser Frau zu argumentieren, ebenso wenig, wie Betta ihr Honig um den Bart schmieren wollte, denn Margherita gehörte zu der Sorte Frauen, die immer und ewig unzufrieden waren und jedem anderen die Schuld an ihrem Unglück gaben. Hätte sie sie mit einem Satz beschreiben wollen, so hätte Betta wohl den gewählt, den sie als junges Mädchen einmal bei Jane Austen gelesen hatte: »… eines dieser zahlreichen Geschöpfe, in deren Gesellschaft es nur ein einziges Gefühl gibt – die Überraschung darüber, dass es auf der Welt einen Mann gegeben haben soll, der so freundlich war, sie zur Frau zu nehmen.«

Am Tag danach war es an Tito, nach Besana zu fahren und sich die Gegebenheiten anzuschauen. Er musste die Küche kontrollieren, die Kochstellen überprüfen und dafür sorgen, dass für die zusätzlichen Öfen, die sie mitbringen würden, die Stromversorgung reichte. Er hatte Jacopo gebeten, ihn zu begleiten, weil er ihn gerne bei sich hatte und sich ihm aus unerfindlichen – und doch nicht ganz abwegigen – Gründen nahe fühlte.

Jacopo erinnerte die Gegend um Vittorios Villa an den Comer See, wo er als Kind immer die Ferien mit seinen Eltern verbracht hatte, wie er Tito berichtete. Damals habe sich der Vater noch nicht als das Arschloch entpuppt, das er später werden würde, sagte er; vielleicht habe er als Kind dies auch einfach noch nicht gemerkt. Doch das große Haus mit den Säulen und dem Rosengarten, um den sich seine Mutter persönlich kümmerte, war Jacopo noch gut in Erinnerung. Dort habe er ganze Nachmittage mit ihr verbracht, ihr beim Pflanzen, Unkrautjäten, Düngen geholfen und dabei zugeschaut, wie die Rosen heranwuchsen und Knospen bildeten.

Wenn die Rosen blühten, habe seine Mutter sie abgeschnitten und in Vasen gestellt, denn sie sagte, am Busch würden sie sowieso in wenigen Tagen verblühen, im Wasser hingegen hielten sie sich frisch und könnten viel länger bewundert werden. Ihr intensiver Duft verteilte sich überall, sogar bis in sein Zimmer hinauf, das am Ende des Flurs lag und wo sie ihn jeden Abend besuchte, um ihm einen Gutenachtkuss zu geben, während sein Vater kein einziges Mal einen Fuß in das Zimmer gesetzt hatte.

»Ich bin ganz hier in der Nähe aufgewachsen«, erzählte Tito ihm während der Fahrt. »Das da unten war die Fabrik meines Vaters.«

Jacopo riss sich von seinen eigenen Erinnerungen los.

»Was hat er denn hergestellt?«, fragte er ihn, mehr aus Höflichkeit denn aus Interesse.

»Mixer, elektrische Messer, Fritteusen und andere kleine Küchengeräte.«

»Dann bist du ja standesgemäß geblieben«, sagte Jacopo und brachte sogar ein Lächeln zustande.

»In gewisser Weise kann man das so sagen. Obwohl ich die Leidenschaft fürs Essen von meiner Mutter habe.«

»Wohnt sie noch hier?«

»Nein, sie ist vor langer Zeit gestorben, als ich etwa in deinem Alter war. Heute wäre sie fast neunzig.«

»Und dein Vater?«

»Auch.«

»Dann bist du früh Waise geworden.«

»Wenn du so willst, ja. Aber man muss keine Waise sein, um allein zu sein. Mein Vater hat es nie geschafft, mir das Gefühl zu geben, dass ich zur Familie gehöre, deshalb glaube ich auch, ich hab mich schon als Waise gefühlt, bevor ich es wirklich wurde.«

»Verstehe«, sagte Jacopo und nickte, und Tito sprach weiter von seinen Erinnerungen, vielleicht weil ihm danach war, aber auch, weil er dachte, dass es diesem verschlossenen und verwirrten Jungen helfen könnte.

»Mit meiner Mutter habe ich mich allerdings gut verstanden. Manchmal haben wir zusammen gekocht. Das hat Spaß gemacht.«

»Ich habe mit meiner Mutter Rosen gezüchtet.«

»Aber du hast nicht vor, Florist zu werden, oder?«

»Nein, Rosen machen mich eher traurig. Sie erinnern mich zu sehr an sie.«

»Lebt sie nicht mehr?«

»Nein, sie lebt nicht mehr.«

Einige Momente lang schwiegen sie. Dann durchbrach Tito das Schweigen. »Magst du drüber reden?«

»Nein ... ich weiß nicht ... ich glaube nicht.«

»Manchmal hilft es, über das zu reden, was uns wehtut, und wir fühlen uns besser.«

Und Jacopo begann tatsächlich, etwas preiszugeben. »Sie hatte einen Tumor. Einen Knoten in der Brust, der zu lange übersehen worden war. Heutzutage kommt einem das unmöglich vor, aber es ist passiert.«

»Und dein Vater?«

»Er ist zur Beerdigung gekommen. Und dann hat er das Haus verkauft, in dem ich mit ihr gewohnt hatte.«

»Ich wusste nicht, dass deine Eltern getrennt waren.«

»Sie waren es schon seit Jahren. Ich weiß nicht genau, wer die Scheidung eingereicht hat. Wahrscheinlich sie, denn der Mann war wirklich in der Lage, einen Engel zu zerstören.«

»Und sie war ein Engel?«

»Nein … ich weiß nicht … sie war meine Mama und hatte mich lieb. Sie interessierte sich für mein Leben, sie hörte mir zu, wenn ich etwas sagte, sie war einfach da, bei mir, so wie alle Mütter der Welt. Manchmal nervte sie auch, aber eigentlich immer aus gutem Grund. Du weißt, was ich meine, oder?«

»Und dein Vater …«

»War mir vollkommen fremd. Als ich bei ihm wohnte – die wenigen Monate, die ich durchgehalten habe –, gab es Abende, an denen ich Angst davor hatte, mit ihm allein zu essen. Er hat keinerlei Gefühle. Er lacht nicht, er weint nicht, er wird nicht einmal wütend. Für ihn gibt es nur Regeln. Du darfst das nicht, du darfst jenes nicht, du sollst dort nicht hingehen, und da auch nicht, gib dich bloß nicht mit dem ab oder mit jenem. Wenn du ihn dann nach dem Grund fragst, gibt er dir nicht mal eine Antwort. Und weißt du, warum? Weil er es nicht weiß. Er ist darauf programmiert, Befehle zu erteilen, nicht aufs Denken. Oder darauf, etwas zu empfinden.«

»Für viele ist es schwer, aus sich herauszugehen. Und je älter man wird, desto schwerer wird es.«

»Willst du mir damit sagen, dass es nicht seine Schuld ist? Dass er leidet, es aber nicht zeigen kann? Dass ich einfach versuchen soll, ihn zu verstehen?«

»Nein, nur …«

»Du, hör mal, ich hab mich wirklich bemüht. Ich bemühe mich schon, seit ich klein war, aber es hat nichts gebracht. Irgendwo mache ich immer einen Fehler, ich bin ihm nie genug. Meine Mama war es auch nicht, und auch wenn sie ihn liebte – denn ich schwöre, in all den Jahren, in denen ich mit ihr zusammengelebt habe, habe ich sie nie mit einem anderen Mann gesehen –, hat sie ihn verlassen. Habe ich mich klar ausgedrückt?«

»Ja. Vollkommen klar. Und ich wollte mich nicht irgendwie einmischen, sondern nur helfen.«

»Das tust du ja auch. Du hast mir eine Arbeit gegeben, du erträgst es, dass ich dich manchmal anschreie, und denkst nicht, ich wäre verrückt, du interessierst dich für mich, ohne mich zu kennen. Du hilfst mir sehr, glaub mir, mehr als du denkst. Aber wenn ich über meinen Vater rede, gehen mit mir die Pferde durch … Hast du was dagegen, wenn wir das Thema wechseln?«

»Nein, gar nicht. Ich könnte dir das Segeln beibringen, wenn du willst. Es hilft dabei, nachzudenken und mit sich selbst ins Reine zu kommen.«

»Wirklich?« Der Junge schenkte ihm einen Blick voller Dankbarkeit.

»Ja, manchmal schon. Nicht immer, aber …«

»Das würde ich wirklich gern, danke.«

Tito merkte, wie sehr sich Jacopo über sein Angebot freute.

»Wunderbar«, antwortete er ihm gut gelaunt. »Dann fahren wir jetzt zu diesem vermaledeiten Ortstermin und machen dann einen Tag aus, an dem wir mit dem Unterricht beginnen.«

Titos Abrechnungen gingen nicht auf. Die Kosten für das Restaurant überstiegen den Umsatz. Dabei spielte es nur eine geringe Rolle, dass mehr Gäste kamen, seit Betta da war, denn mit ihnen hatten sich auch die Ausgaben erhöht. Allerdings konnte man auch feststellen, dass es mit dem Catering voranging. Nach Dodo, Hogan und Malìparmi bereitete Betta gerade eine Party im Marlboro-Store vor, doch noch waren es zu wenige Veranstaltungen, die außerdem nur begrenzt etwas einbrachten. Vielleicht würden sich die Dinge ja in einem Jahr ändern, doch so viel Zeit hatte Tito nicht mehr. Die Lieferanten machten Druck, viele von ihnen hatten gewiss nicht vor, noch lange zu warten. Außerdem musste er im November Steuern zahlen. Woher sollte er dafür das Geld bekommen? Ganz zu schweigen davon, dass er auch mit der Pacht für das Lokal im Hintertreffen war. Der Verkauf des Bootes hatte nur dazu gedient, die Lizenz für das Restaurant zu kaufen, und einmal im Vierteljahr musste er Umsatzsteuer abführen – eine Summe, die er nie beiseitegelegt hatte –, dazu Licht, Gas, Versicherungen, die Lieferanten, die Miete für seine eigene Wohnung, und schließlich auch noch das Bußgeld für die nicht normgerechte Toilette im Restaurant, das am Ende des Jahres fällig wurde. Und als wäre das nicht genug, musste er ja auch noch diesen bescheuerten Kredit an die Bank zurückzahlen. Innerhalb eines Monats würde er sich mehr als hunderttausend Euro aus den Rippen schneiden müssen. Allein bei dem Gedanken bekam er Schnappatmung. ER! Dabei hatte er, um sich genau mit solchen Dingen nicht herumschlagen zu müssen, auf sein Erbe verzichtet. Hätte doch wenigstens dieser Idiot von Bruder nicht alles für leichte Mädchen ausgegeben, wäre ja vielleicht noch etwas für ihn abgefallen. Doch so wie die Dinge jetzt standen, und bei dem Glück, das er hatte, würde er doch nur Schulden erben.

»Dann kannst du nur noch zum Buchmacher gehen. Oder zu einem Kredithai«, hatte sein Freund Bruno scherzhaft zu ihm gesagt, als er ihm seine Probleme andeutete. Allerdings nur vage, denn so gut sie auch befreundet waren – Tito gab nicht gern etwas von sich preis, weder Gutes noch Schlechtes. Zum Beispiel sprach er nie mit jemandem über Liebesdinge, oder über das, was er auf See erlebt hatte, auch nicht über seine Ängste, denn kritische Momente hatte es genug gegeben; auch über das, was er während der langen Überfahrten gedacht hatte, die er ganz allein, immer allein gemacht hatte, sprach Tito mit niemandem. Selbst Betta wusste von jenen Jahren kaum etwas, und das wenige, das sie wusste, benutzte sie gern, um ihm das Gewand des geheimnisvollen Weltenbummlers auf den Leib zu schneidern, des mutigen einsamen Seglers ohne Fehl und Tadel, der ihren Freundinnen so sehr gefiel und sich deshalb gut für Bettas Akquise von Aufträgen eignete. Zwei oder drei gut ausgedachte und erzählte Storys genügten den potenziellen Kundinnen, die, abgesehen von der Qualität seiner Küche und der Originalität der Präsentation, auch das stattliche Aussehen von Bettas Kompagnon zu schätzen wussten. Doch Tito hatte nichts dagegen, die Rolle des pflegeleichten Abenteurers zu geben, und war gern bei dem Spielchen dabei. Nicht nur, weil das, was Betta erzählte und wie sie es erzählte, ihn nicht im Geringsten störte, sondern weil selbst er – bei aller Bescheidenheit – nicht vollkommen unempfindlich für Schmeicheleien war.

Allerdings war sich Tito ebenso sicher, dass sein ganzer Zauber und seine Stattlichkeit ihm nichts nützen würden, wenn es darum ging, die hunderttausend Euro aufzutreiben, die er brauchte. Nach einigen schlaflosen Nächten, vielleicht den ersten seines Lebens, und so manchem Tag, der durch ebendiese Schlaflosigkeit schier endlos war, fielen Brunos Worte in ihm auf fruchtbaren Boden. Je mehr er darüber nachdachte, desto naheliegender schienen sie Tito zu sein.

Er begann mit Pferdewetten und hoffte auf sein Anfängerglück. Mit den Einnahmen von zwei Tagen – circa fünfhundert Euro – ging er zu dem Buchmacher gleich um die Ecke seiner Wohnung und setzte auf ein Pferd, das er nicht kannte, dessen Name Oceano – Meer – ihm jedoch wie ein gutes Omen erschien.

Doch das Schicksal war Tito nicht hold. Innerhalb weniger als einer Minute hatte er das ganze Geld verloren. Es war weg, einfach futsch.

Tito zog den Schluss, dass Wetten nichts für ihn waren, und suchte stattdessen mehrere Pfandhäuser auf, die ihm allerdings nicht einmal die Hälfte der Summe garantieren konnten, die er benötigte. Die Idee, sich an einen Kredithai zu wenden, war ihm bislang nicht einmal im Traum gekommen, auch weil er überhaupt nicht wusste, wo er solche Leute finden sollte, doch vielleicht war es ja tatsächlich ein Weg, sich jemanden zu suchen, der weniger Garantien von ihm verlangte.

Und den fand er am Ende auch – über den Broker mit dem gelben Maserati.

Es waren nur noch fünfzehn Tage bis zu der Party in Besana, und im Laufe der gefühlt hundertsten Ortsbesichtigung hatte

Betta endlich die zündende Idee. Gekocht würde in der großen Küche der Villa, und zusammen mit Marcello hatte sie sich ein herbstliches Menü ausgedacht, das perfekt zu dem Anlass passte: Kürbisrisotto und Pilzcremesuppe, Kalbsbraten mit Trauben, eine Terrine mit Pfifferlingen und Steinpilzen, Kartoffelgratin mit Artischocken und Bergkäse, und als schönen Abschluss Granatapfelgalantine, Kastanienmehltarte und geschichtete Mascarponecreme mit Amarettokeksen und Maronen.

Es gelang ihr sogar, Margheritas Zaudern zu überwinden und diese dazu zu bewegen, ihr – wenn auch nur widerwillig – das zu überlassen, worüber das Haus im Überfluss verfügte: mehrere herrliche Porzellanservices, Silberbesteck, Etageren jeglicher Form und Machart, die Betta auf den bestickten Leinentischdecken, die seit Jahren, vielleicht Jahrzehnten, in den Schubladen schlummerten, anrichten würde und die förmlich danach schrien, endlich einmal wieder ihrer Bestimmung zugeführt zu werden.

Als sie von Bettas Plänen erfuhr, ließ sich Margherita sogleich zu einem boshaften Kommentar hinreißen. »Na ja, wenn das die geniale Idee deiner Freundin sein soll, dass sie meine alten Tischdecken aus dem Schrank holt …«, sagte sie zu Costanza betont laut, damit auch Betta sie hören konnte, die nur ein paar Meter entfernt stand. »Mir kommt die sowieso nicht besonders originell vor. Zumal sie die Tischdecken hinterher nicht mal waschen muss!«

Costanza schützte Gleichgültigkeit vor, drehte sich Betta zu und rollte mit den Augen.

»Ich weiß ja nicht, was deine Freundin mit ihm angestellt hat, aber ich hab Vittorio schon seit Jahren nicht mehr so munter gesehen«, fuhr Margherita indessen, allerdings leiser, mit ihren Sticheleien fort und folgte Costanza dabei wie ein Schatten, während sich Costanza sowohl für ihre Freundin als auch für Vittorio freute, denn Betta hatte ihn wenigstens ein paar Tage aus dem tristen Pensionärsdasein gerissen, zu dem seine Gemahlin ihn zwang.

Und es stimmte, Vittorio wirkte wie neugeboren. Irgendwie sah er aus wie der junge Vittorio, den Costanza als junges Mädchen kennengelernt hatte. Reich und ein wenig verwöhnt, ehrgeizig und unternehmungslustig.

Obwohl das Fest für Mitte November geplant war, wurden Vorkehrungen dafür getroffen, dass es im Garten stattfinden konnte. In den alten Stallungen hatte Betta alles gefunden, was das Herz begehrte: Stühle, Schemel, Bänke und Bänkchen, mehrere Chaiselonguen, Récamièren, alte Schaukelstühle, die wundervoll erhalten waren, aber im Schuppen ein trauriges Dasein fristeten. Dankbar dafür, dass jemand sie entdeckt hatte – Betta spürte das! –, würden die Möbelstücke genau so benutzt werden, wie man das in der guten alten Zeit getan hatte, und an die Stelle der hässlichen weißen Plastikmöbel treten, mit denen Margherita den Garten überschwemmt hatte. Nur schade, dass Margherita, statt mit ihrem klugen und vernünftigen Mann zusammenzuarbeiten, jede von Bettas Entscheidungen missbilligte.

»Aber es regnet ständig im Herbst«, schimpfte sie wieder und wieder, Vittorio gegenüber und jedem, der ihr unter die Finger kam, ob es nun das Hausmädchen, der Gärtner oder irgendein Freund war, der anrief und sich nach dem Stand der Festvorbereitungen erkundigte. Dabei sorgte sich Margherita bestenfalls um die Makellosigkeit ihres neuen Kleides; das Gelingen des Festes war ihre allerletzte Sorge.

Bettas Zuversicht war hingegen unerschütterlich: Nein, an jenem Sonntag würde es nicht regnen, es würde sogar die Sonne scheinen, und alles würde gut werden.

Natürlich war auch Vittorio ihrer Meinung. Er schätzte Betta ohne Wenn und Aber, weil er sie für eine sehr tüchtige Person hielt, die genau wusste, was sie tat. Außerdem hatte er das Gefühl, ihre Gesellschaft tue ihm gut, denn mit ihrer positiven Art steckte sie ihn buchstäblich an, manchmal wühlte sie ihn regelrecht auf, doch es war eine schöne Aufgewühltheit, wie er sie seit Jahren nicht mehr empfunden hatte. In seinen Augen wurde Betta von Tag zu Tag jünger, frischer, munterer. Die hektische Trunkenheit der Vorbereitungen, die viele Zeit, die sie miteinander verbrachten, um jede Einzelheit durchzusprechen, hatten eine spontane Verschworenheit und innere Verbundenheit zwischen ihnen entstehen lassen, die ihn dem Grau seines Daseins entriss und ihm das Gefühl schenkte, endlich wieder zu leben, zu leben, zu LEBEN! Meine Güte, er wurde gerade mal sechzig Jahre alt! Da war doch sein Leben noch lange nicht zu Ende!

Am Tag der Party stand die Sonne hoch am Himmel, und all diejenigen, die die vierzig Kilometer von Mailand her im Auto zurückgelegt hatten, wurden mit der herbstlichen Farbenpracht des riesigen Gartens und des feurig leuchtenden Laubs der großen jahrhundertealten Bäume belohnt. Die riesige Buche am Eingang zeigte jede nur erdenkliche Schattierung von Orange und bereitete den zahlreichen Gästen einen würdigen Empfang.

Vittorio hat recht gehabt, dachte Betta, während sie, bereits seit dem frühen Morgen auf den Beinen, mithilfe von Jacopo und Violetta die Möbel im Garten verteilte. Der Herbst war wirklich die allerschönste Jahreszeit. Erst recht in diesem Jahr, in dem sie mit besonders milden Temperaturen verwöhnt wurden.

Nicht ein einziger Gast aß im Salon, auch wenn sie dort ein Büfett aufgebaut hatten, mehr, um Margheritas Proteste im Keim zu ersticken, als aus wirklicher Überzeugung. Stattdessen strömten die Gäste sofort nach draußen, um diesen vermutlich allerletzten und unverhofften Spätsommertag zu genießen. Die Zeit verging langsam und genüsslich mit Plaudereien, Scherzen und geistreichen Bonmots, wie es unter Menschen üblich war, die sich seit Langem kannten. Offenbar taten die zu neuem Leben erweckten Möbel dazu ein Übriges, denn jeder erinnerte sich ganz genau an das letzte Mal, an dem er auf diesem oder jenem Stuhl gesessen (vor vielen, vielen Jahren) oder an ebendiesem Tisch gegessen hatte.

Hinter den Kulissen lief jedoch nicht alles nach Plan. Die Induktionskochplatten, die Tito für das Event gemietet hatte, führten in dem alten Gemäuer mehrfach zu einem Kurzschluss, und in der Küche herrschte, glücklicherweise von den Gästen und von Margherita vollkommen unbemerkt, Chaos.

Das Garen des Risottos stellte sich am schwierigsten dar; allerdings litt die Qualität nicht darunter. Als jedoch auch der Ofen den Geist aufgab und das Gratin aus Kartoffeln und Artischocken ruiniert war, brach zwischen Tito und Marcello ein hitziger Streit darüber aus, wer denn nun daran schuld sei. Ängstlich und aufgewühlt verließ Betta die Küche und bat ihre »Kids« um Hilfe, die sofort alles dafür taten, damit die Anspannung unter den Gästen nicht spürbar wurde.

Am Ende landete das Gratin im Mülleimer.

Während sie servierten, arbeiteten Jacopo und Violetta Hand in Hand. Kaum kam sie mit einem voll beladenen Tablett aus der Küche, lief er ihr entgegen und nahm es ihr ab, so wie es früher die Edelleute getan hatten, wenn sie ihre Dame von einer vermeintlich viel zu schweren Last befreiten.

Die einvernehmlichen und häufigen Blicke, die die beiden wechselten, blieben Betta ebenso wenig verborgen wie die, die Vittorio ihrer eigenen Person schenkte. Wo auch immer sie sich gerade befand und was sie auch tat, spürte sie, wie er sie nicht aus den Augen ließ, eine Aufmerksamkeit, durch die sie sich wichtig und auf gewisse Weise auch beschützt fühlte. Und das war etwas, das sie, vor allem bei dem Chaos in der Küche, besonders dringend brauchte.

Nachdem man den Braten aufgetragen hatte, der trotz der Garprobleme absolut perfekt gelungen und butterweich war, entspannten sich auch Tito und Marcello und rauchten im hinteren Bereich der Küche eine Zigarette. Ein leicht geschmolzenes, aber tadellos schmeckendes Dessert rundete das Essen ab und schenkte auch Betta eine verdiente Ruhepause. Es schien ein wahrlich verzauberter Nachmittag zu sein, einer von denen, bei denen alles wie von selbst läuft und an dem man glaubt, die Zukunft habe gerade erst begonnen, und alles würde gut. Und das war schön.

Schön war es auch für die Gäste, die aus dem Schwärmen gar nicht mehr herauskamen, ob es nun um den besonderen Zauber der Örtlichkeiten, die ausgezeichnete Qualität des Essens oder die ausgesuchte Freundlichkeit und Zuvorkommenheit von Bettas Team ging.

Dann kam der allerletzte und unerwartete Coup des Abends.

»Meine Lieben«, hub Vittorio an, erhob sich von der Chaiselongue und stellte sein Rotweinglas auf dem Tischchen vor ihm ab. »Wie ihr wisst, ist der Herbst meine liebste Jahreszeit, und nicht nur deshalb, weil ich im November geboren bin. Der Herbst gefällt mir, weil er eine feinsinnige und reiche Jahreszeit ist, ganz anders, als viele glauben. Einschließlich unserer unvergleichlichen Festorganisatorin.«

Alle drehten sich zu Betta, die, verlegen ob plötzlich so großer Aufmerksamkeit, errötete wie ein Teenager. Jemand deutete sogar einen Applaus an, und in Vittorios Blick leuchtete Genugtuung auf. Dann sprach er weiter und lenkte mit der Selbstverständlichkeit eines Menschen, der daran gewöhnt war, immer alles unter Kontrolle zu haben, die Aufmerksamkeit wieder auf sich.

»Und deshalb lade ich euch ein«, fuhr er strahlend fort, »zusammen mit mir die Blumen dieser außergewöhnlichen Jahreszeit zu bewundern, bevor der Winter sie mit sich reißt.«

Er forderte die Gästeschar auf, ihm in den hinteren Teil des Gebäudes zu folgen, in ein Gewächshaus, von dessen früherer Pracht nur noch das Metallgerüst übrig war und in dem man bis vor wenigen Tagen kaum etwas gesehen hatte, so verschmutzt und staubig waren die Glasscheiben gewesen.

Betta hatte das Innere des Gewächshauses gründlich reinigen lassen und darin eine Art englischen Blumenmarkt aufgebaut, mit zahlreichen, auf der ganzen Fläche verteilten Pflanztrögen, in denen Hunderte von Chrysanthemen, nach ihren Arten sortiert, ausgestellt waren: manche mit einzelnen Blütenköpfen, andere gefüllt oder halb gefüllt; dann grüne Pompom-Chrysanthemen, die man auch Santini nannte und die Betta im ersten Moment fälschlicherweise und sehr zum Amüsement des Hausherrn für Margeriten gehalten hatte; schließlich Samurai-Chrysanthemen oder die prachtvoll bunte Multiflora-Solaya mit ihren länglichen Blütenblättern.

Wie der Kaiser von Japan öffnete nun auch Vittorio den

Schrein seines Herzens und suchte für jeden einzelnen Gast höchstpersönlich sein ganz eigenes Potpourri an Blumen heraus, die Bettas Kellner, kurzzeitig zu Pagen geworden, dann zu ihr brachten, damit sie sie verpackte.

Es war ihr tatsächlich gelungen, eine alte Zimmermannswerkbank im Gewächshaus aufzustellen, die sie in einem großen Lager aufgetrieben hatte und mit Seidenpapier in allen erdenklichen Farben sowie einer großen Auswahl von Bändern ausgestattet hatte. Hier stand Betta nun, als frischgebackene Floristin, und band Sträuße, die dann, üppig mit Schleifchen verziert, den Damen überreicht wurden.

Was für ein Triumph! Am Ende gingen alle zufrieden mit ihren Blumen unter dem Arm nach Hause, und Vittorio fühlte sich wie der glücklichste Mann der Welt.

Als alle gegangen waren, trat er auf Betta zu und umarmte sie. Das hatte er schon tun wollen, seit er sie zum ersten Mal gesehen hatte, bei jenem gemütlichen und vertrauten Spaziergang durch den Garten, bei dem ihm Margherita nicht im Weg gewesen war. Und jetzt endlich war die Gelegenheit gekommen.

»Danke! Ich danke dir so sehr, meine Liebe! Besana, die Chrysanthemen, meine allerliebsten Freunde und vor allem du. So schön und so sonnig! Das war der allerschönste Geburtstag, den ich jemals hatte!«

Betta war ganz gerührt von so viel Dankbarkeit. Vittorios Umarmung war überaus herzlich gewesen, und es fiel ihr schwer, sich daraus loszumachen, was sie nur tat, weil sie aus der Ferne Margherita erblickt hatte, die jemanden zu suchen schien. Ach, wie herrlich, in diesen Armen zu liegen! Und wie lange war es her, dass sie sich so sicher und geborgen gefühlt hatte? Den ganzen Tag schon war der zärtliche und liebevolle

Blick dieses Mannes ihr überallhin gefolgt und hatte sie liebkost, mehr als einmal hatte er direkt neben ihr gestanden, und sie hatte deutlich gespürt, wie sehr es ihn danach verlangte, sie wie zufällig zu berühren. Die gut gelaunte Verschworenheit, die ganz spontan zwischen ihnen entstanden war, hatte sich bereits vom ersten Moment an zu einem Gefühl der Vertrautheit und Innigkeit entwickelt.

Es war ein pures Vergnügen, ihm dabei zuzusehen, wie er diesen so besonderen Tag genoss, doch einen Wermutstropfen gab es: Dieser Mann war nicht Bettas Mann, und sie würde sich von ihm fernhalten müssen, um nicht wieder und wohl zum hundertsten Mal in ihrem Leben in Liebesdingen baden zu gehen. Denn ein kleines, aber unüberwindbares Detail durfte sie nicht vergessen: Er war der Mann von Margherita.

Tito hatte sich schon direkt nach dem Dessert verdünnisiert, und Betta, die zu müde war, um zu fahren, bat Jacopo, sich an ihrer Stelle ans Steuer zu setzen. Sie machte es sich auf der Rückbank gemütlich, erschöpft, aber zufrieden, und überließ den vorderen Platz Violetta. Im Halbschlaf hörte sie die fröhlichen und unbeschwerten Stimmen der beiden jungen Leute, die das Fest Revue passieren ließen, ließ sich davon einlullen und schwelgte in Erinnerungen an ihre eigene Jugend, eine Zeit, die lange vorbei war. Es war die Zeit der ersten wahren Liebe gewesen, eines schwerelosen und doch bewusst empfundenen Gefühls, wie man es nur mit zwanzig haben kann. Noch hatte sie damals nur wenig über sich selbst und ihre Empfindungen gewusst, doch mit den Ängsten und Nöten der allerersten Verknalltheit war es vorbei, jener Teenagerzeit, in der es zumindest ihr so vorgekommen war, als wäre die ganze Welt außer Kontrolle geraten und sie selbst nur ein Blatt im Wind, das ebenso gut hoch hinauf in den Himmel flattern wie am Boden in einer Pfütze landen und vermodern konnte, und allein der Zufall würde für sie entscheiden.

Als Betta merkte, wie Violetta sich nach ihr umdrehte, um nachzuschauen, ob sie schon schlief, tat Betta so, als wäre sie bereits tief in Morpheus' Arme gesunken.

Sie wartete ein paar Sekunden und machte dann die Augen einen Spaltbreit auf, um die beiden zu beobachten.

Jacopo lenkte mit einer Hand und hatte die andere auf Violettas Oberschenkel gelegt, eine unmissverständliche Geste der Intimität.

Sie hatte es gewusst! Die beiden hatten etwas miteinander! Und vielleicht schon seit einiger Zeit. Zwar war es ihnen gelungen, ihre Gefühle zu verbergen, aber Betta hatte es trotzdem gemerkt. Sie war Romantikerin, Liebesgeschichten waren ihre große Leidenschaft, und in Herzensdingen konnte man ihr nichts vormachen.

»Bleibst du heute Abend bei mir?«

Jacopo versuchte, leise zu sprechen, doch wie allen Männern war ihm dies praktisch unmöglich.

»Nein. Ich hab meiner Mama versprochen, dass ich nach Hause komme. Vielleicht das nächste Mal.« Violettas Stimme war entschieden leiser, aber aus der geringen Entfernung trotzdem gut zu hören.

»Aber es ist spät! Morgen musst du früh im Restaurant sein, das wäre doch viel bequemer für dich. Und ich würde mich freuen. Sehr. Es war doch ein wunderschöner Tag, warum sollten wir den nicht auf die allerschönste Weise beenden?«

»Weil ich nicht kann, das hab ich dir doch gesagt. Sie ist

allein zu Hause, und es ist mir nicht recht, sie jetzt noch anzurufen und mein Versprechen zurückzunehmen. Es gibt bestimmt andere Gelegenheiten.«

»Das sagst du immer…«

Dann nahm Betta eine Bewegung wahr und schloss schnell die Augen. Ihr kam es so vor, als hätte Violetta sich zu ihm gewandt, um ihm einen Kuss zu geben. Verflixt, was hätte sie darum gegeben, das zu sehen! Aber das ging nicht, denn sie wollte nicht das Risiko eingehen, dass die beiden merkten, wie sie sie belauschte. Beide waren sehr zurückhaltende Menschen und hätten das bestimmt als ungehörig empfunden.

»Na gut, dann eben morgen«, schloss Jacopo, resigniert, aber nicht wirklich traurig.

Er wirkte so gar nicht mehr wie der düstere Junge von vor ein paar Monaten, sondern wie ein entspannter und glücklicher junger Mann.

»Schauen wir mal«, antwortete Violetta gut gelaunt.

Dann hörte Betta wirklich das unverwechselbare Schmatzen eines Kusses.

Als sie vor dem Restaurant angekommen waren, parkte Jacopo den Panda auf dem Gehweg, und Betta ging, nachdem sie sich ein wenig gestreckt hatte, hinein, um mit Tito die Abrechnung zu machen. Dieser überprüfte gerade die Einnahmen des Tages und die unleserlichen Notizen von Mario, der aufgelistet hatte, wer hatte anschreiben lassen und erst am nächsten Tag zahlen wollte. Auch die beiden jungen Leute schauten kurz herein, um Hallo zu sagen, und verabschiedeten sich dann vor der Tür.

Jacopo bestand darauf, Violetta zur U-Bahn zu bringen, doch sie wollte nicht.

»Wenigstens ein letzter Kuss«, bettelte er.

Violetta warf einen besorgten Blick durch die Fensterfront des Lokals.

»Die sehen uns doch.«

»Wer? Wer sieht uns? Wir stehen im Dunkeln, mitten auf der Straße, wer kann uns da sehen?«, spielte Jacopo den Ungeduldigen.

»Tito und Betta.«

Jacopo spähte zu den beiden nach drinnen, die sich konzentriert über die Papiere beugten.

»Die machen die Abrechnung und merken nicht einmal, dass wir hier draußen stehen.«

»Das weiß man nie.«

»Na gut, und selbst wenn? Wen kümmert das denn? Wir sind zusammen. Wir küssen uns, und nicht nur das, um die Wahrheit zu sagen. Daraus muss man aber doch kein Staatsgeheimnis machen!«, antwortete er, wider Willen nun doch etwas verärgert.

Es kam vor, dass die übertriebene Reserviertheit von Violetta ihn ausrasten ließ, doch im Grunde gefiel sie ihm auch, denn dadurch fühlte er sich groß und erwachsen. Violetta hatte klare Regeln aufgestellt, wie sie sich in der Öffentlichkeit zu benehmen hatten, denn sie war schamhaft, nicht nur in Bezug auf ihren Körper, sondern auch in ihren Gefühlen und Emotionen. Zum Beispiel durfte er ihre Hand halten, sie auch umarmen, aber Zärtlichkeiten waren nicht erlaubt. Die gab es nur, wenn sie allein waren. Als sie zum allerersten Mal die Nacht miteinander verbracht hatten – einige Wochen, nachdem er im Restaurant aufgetaucht war –, hatten sie es getan, als sein Mitbewohner Mattia übers Wochenende weg war, weil es Violetta peinlich war. Doch Jacopo akzeptierte sie so, wie sie war, und auch jetzt, obwohl sie ihn zurückwies, war sein Ärger in Windeseile verflogen, und an seine Stelle waren die Sehnsucht und die Zärtlichkeit getreten, die ihn immer erfüllten, wenn sie sich ihm widersetzte.

»Komm jetzt, es ist spät, und ich verpasse noch meine U-Bahn. Ich ruf dich an, wenn ich zu Hause bin, und sag dir noch gute Nacht, okay?« Wegen der Kälte mit den Füßen trippelnd, schob Violetta ihn von sich und lief lächelnd in die andere Richtung davon.

Als sie um die Ecke bog, fiel ihr auf, dass die Straßenlaternen seltsamerweise ausgeschaltet waren. Sie konnte sogar schon das Schild der U-Bahn sehen, die nicht weit entfernt war, doch während sie weiter in diese Richtung lief, merkte sie auf einmal, wie sich ein Schatten von einem Zaun vor einem Haus löste und ihr entgegenkam. Fast gleichzeitig trat auch auf der anderen Straßenseite jemand aus dem Dunkeln, und zwei Männer kamen auf sie zu, leicht schwankend, die Köpfe von Kapuzen bedeckt. Violetta lief es vor Angst eiskalt über den Rücken. Panik ergriff sie, als sie zu spüren glaubte, dass noch ein dritter Mann sie verfolgte, doch sie war zu verängstigt, um sich umzudrehen. Ohne lange nachzudenken, überquerte sie die Straße und schlug die entgegengesetzte Richtung ein.

Während sie ihre Schritte zurück zum Lokal lenkte, schlug ihr das Herz bis zum Hals, und sie hatte das Gefühl, die Beine würden ihr versagen. Zum Glück war auf dieser Seite die Straße hell erleuchtet. Erleichtert lief sie bis zu ihrem Ende. Im *Heaven's Gate* saßen Tito und Betta an einem Tisch und schrieben irgendwelche Sachen auf Papier. Der große Rollladen war immer noch hochgezogen.

Violetta stürzte hinein, wie von Furien gejagt.

»Was ist denn passiert?«, fragte Betta sie und sprang beunruhigt auf, als sie das kreidebleiche Gesicht des Mädchens und seine Nervosität sah.

»Jemand verfolgt mich«, stammelte Violetta und ließ sich auf einen Stuhl fallen. »Zwei Männer, da draußen, vielleicht auch drei.«

Tito stürzte auf die Straße, um nachzusehen.

»Da ist niemand«, berichtete er, als er nach ein paar Augenblicken wieder hereinkam. Er nahm seine Jacke. »Die sind vermutlich abgehauen, als sie dich hier reingehen sahen. Ich geh mal bis zur Ecke.«

Violetta zitterte und schlang ihren Mantel enger um sich herum, als könnte sie das vor einer Gefahr schützen.

Betta nahm sie in den Arm, um sie zu beruhigen.

»Jetzt bist du in Sicherheit. Hier kommen sie bestimmt nicht rein. Ruhig, ganz ruhig. Ich geb dir ein Gläschen von unserem Kräuterlikör, der wirkt Wunder, wie du weißt.«

Sie goss einen Doppelten des Zaubertrankes in ein Glas und stellte es vor sie hin.

Violetta trank einen kleinen Schluck.

»Los, runter damit, auf ex!«, sagte Betta, um sie aufzuheitern und ihr wieder Mut zu machen. »Sonst wirkt er nicht.«

Violetta folgte ihrem Rat. Der Likör brannte ihr so sehr in der Kehle, dass sie husten musste.

»Vielleicht habe ich mich ja völlig unnötig erschreckt, und die gingen einfach nur so ihres Weges. Mir schien, sie waren betrunken, und sie hatten Kapuzen auf dem Kopf. Ich hatte einfach Angst«, erklärte sie, als sie wieder etwas herausbrachte und ihr Gesicht eine normale Farbe angenommen hatte.

»Vielleicht ist es ja so. Aber du hast gut daran getan, noch mal zurückzukommen; es ist immer besser, kein Risiko einzugehen. Wir warten jetzt auf Tito, und dann bringe ich dich mit dem Auto nach Hause. Heute Abend hast du genug Aufregung erlebt.«

Violetta trank den Schnaps aus und musste wieder husten. Und auch kurze Zeit später, im Auto, musste sie immer weiter husten, als auf einmal ihr Handy klingelte. Als sie nicht dranging, schaute Betta sie fragend an.

»Es ist Jacopo«, sagte Violetta nach einem kurzen Blick aufs Handydisplay zu ihr.

»Echt? So spät noch? Der Junge muss ja wirklich an dir hängen.« Auf den freundlich-anzüglichen Ton, den Betta dabei anschlug, reagierte Violetta mit einem verlegenen Lächeln, doch sie antwortete ihr nicht.

Auf der Umgehungsstraße war trotz vorgerückter Stunde viel Verkehr.

Violetta versuchte, das Gespräch am Laufen zu halten.

»Tut mir leid, dass ich dich jetzt so lange aufgehalten habe. Du warst doch bestimmt schon müde, und ich bin schuld daran, dass du immer noch auf bist.«

»Kein Problem. Wie fühlst du dich denn jetzt? Keine Angst mehr?«

»Nein, danke, mir geht's schon viel besser.«

Einen Augenblick lang war es still, dann klingelte erneut das Handy in der Tasche des Mädchens, so hartnäckig und laut, dass es klang, als würde es schreien. Sie ging trotzdem nicht dran.

»Ist nur ein Freund«, erklärte sie, wich dabei aber Bettas Blick aus.

»Wer denn?«

»Jacopo noch mal.«

»Ach, Mensch, schade! Ich hatte schon auf eine wunderschöne Liebesgeschichte gehofft.«

Violetta schaute sie verstohlen an und drehte dabei an einer Haarlocke. Vielleicht hatte Jacopo ja recht. Man musste wirklich kein Staatsgeheimnis daraus machen.

»Wieso sagst du, dass es schade wäre?«, fragte sie. Offenbar konnte sie doch nicht der Versuchung widerstehen, in Erfahrung zu bringen, was Betta von der Sache hielt.

»Weil ihr meiner Meinung nach füreinander geschaffen seid, das ist es. Und ich hatte den Eindruck, ihr versteht euch sehr gut. Normalerweise trügt mich meine Intuition nie, aber offenbar habe ich mich diesmal getäuscht.«

»Äh … na ja, vielleicht ja doch nicht«, gab Violetta zögernd zu. »Es stimmt, wir sind zusammen. Aber das weiß niemand.«

»Dann verspreche ich dir, dass ich es für mich behalte.«

»Weißt du, normalerweise werden Beziehungen unter Kollegen nicht gern gesehen. Bei anderen Jobs riskiert man sogar, entlassen zu werden.«

Betta drehte sich zu ihr, ungläubig und amüsiert.

»Was sagst du da? Wirklich? Ich kann mir nicht vorstellen, dass Tito Leute entlässt, nur weil sie sich ineinander verliebt haben. Erst recht nicht zwei so tüchtige Leute wie ihr. Das könnte er nie. Jacopo erinnert ihn viel zu sehr an sich selbst, als dass er ihm so was antun könnte. Als junger Mann war Tito auch sehr verschlossen, ein mürrischer Einzelgänger, der auf alles und jeden wütend war, vor allem auf seinen Erzeuger.«

»Hatte Tito denn auch ein Arschloch als Vater?«

Betta nickte nachdenklich. Sie erinnerte sich sehr wohl an Titos Vater, den Herrn Eugenio. Ihr gegenüber war er immer sehr freundlich gewesen, hatte sie gegrüßt, wenn sie sich begegneten, und wusste sogar ihren Namen, was bei einem Typen wie ihm nicht selbstverständlich war, aber sie merkte trotzdem, dass mit ihm nicht gut Kirschen essen war. Da war eine gewisse Strenge in seinem Blick und seinem Benehmen, die dazu führte, dass man ihn in ihrem Freundeskreis fast ein wenig fürchtete. Wenn sie sich bei Tito zu Hause trafen, was damals häufig vorkam, saß sein Vater meistens in seinem Ledersessel und las in irgendwelchen Wälzern, die ihr schon vom Aussehen her sterbenslangweilig vorkamen. Auch im Sitzen hielt sich der Mann kerzengerade wie ein Brigadegeneral, mit seinen akkurat übereinandergeschlagenen Beinen und der unvermeidlichen Kaschmirstrickjacke über den Schultern. Kaum hörte er die Tür gehen, ließ er die Brille gerade so weit auf der Nase herunterrutschen, wie es nötig war, um darüber hinwegzuschauen, betrachtete den Neuankömmling von Kopf bis Fuß und gab sich nicht einmal die Mühe zu verbergen, wie sehr er sich gestört fühlte. Dann wandte er sich, ohne ein Wort zu sagen, wieder seinem Buch zu, ohne auf die schnelle und unbeholfene Begrüßung seines jungen Gastes zu antworten.

»Ich weiß nicht, ob er ein Arschloch war«, antwortete Betta jetzt und schob nur allzu gerne jene flüchtige Erinnerung beiseite. »Jedenfalls war er kein besonders angenehmer Mensch. Und auch kein sehr liebevoller Vater.«

»Dann muss Tito aber nach seiner Mutter geraten sein, denn er ist alles andere als kalt oder unsensibel. Jacopo gegenüber ist er sehr aufmerksam, fast väterlich. Wusstest du, dass er ihm sogar das Segeln beibringt?«

»Nein, das wusste ich nicht.«

»Jeden Dienstag fahren sie mit Brunos Boot raus.«

»Ich hatte keine Ahnung. Das hat er mir nicht gesagt. Jetzt

weiß ich wenigstens, dass er seine freien Tage sinnvoll verbringt.«

»Und Jacopo wirkt hinterher immer ein bisschen fröhlicher.«

»Das wundert mich nicht; dieser Mann hat einfach die Gabe, andere Menschen zu verstehen und ihnen zu helfen. Schade, dass ihm das bei sich selbst nicht gelingt.«

»Tito ist ein guter und großzügiger Mensch«, nahm Violetta ihren Chef in Schutz.

»Das ist er zweifellos, aber er ist auch oberflächlich und lässt niemanden an sich heran. Wohlgemerkt, das sage ich, weil ich ihn gernhabe. Ich kenne ihn schon seit Ewigkeiten und wünschte mir nur, er wäre ein bisschen strukturierter und ginge mit genaueren Vorstellungen durchs Leben, sowohl beruflich als auch in seinem Privatleben. Warum findet er zum Beispiel keine Partnerin, die zu ihm passt? Nicht eine von den hirnlosen Grazien, mit denen er sich so gerne umgibt und die ihn irgendwann tödlich langweilen; ich meine eine Frau mit Sinn und Verstand, mit der er sein Leben gestalten kann. Okay, er sieht gut aus und ist ein sympathischer Typ, aber Schönheit ist vergänglich, und wenn du dich nicht bemühst, an deinen anderen positiven Eigenschaften zu arbeiten, nützt es dir am Ende gar nichts, dass dich die Leute sympathisch finden.«

»Aber er will keine Frau mit Sinn und Verstand. Er ist kein Typ nur für eine einzige. Er hat jede Menge Frauen in seiner Umgebung, die alles für ihn tun würden.«

Betta schenkte dem Mädchen einen gutmütigen Blick.

»Violetta, ein Mann in seinem Alter braucht nicht jede Menge Frauen, sondern nur eine einzige. Ich wiederhole, eine, mit der er Pläne machen kann und Lust hat, alt zu werden. Nicht diese albernen Hühner, die im Restaurant um ihn herumgackern und mit dem wenigen zufrieden sind, das er bereit ist, ihnen gefühlsmäßig zu geben.«

Darüber dachte Violetta eine Weile nach.

»Eine gäbe es, im Restaurant.«

»Wen denn?«, fragte Betta, die fürchtete, es handelte sich auch wieder nur um eines seiner Groupies mit Herzchen in den Augen.

»Costanza.«

»Costanza?«

»Ja, Costanza, die Dame, die uns den Auftrag für das Fest von heute vermittelt hat. Die übrigens auch mit dem Anwalt befreundet ist, der donnerstags kommt, der gut aussehende Herr, der immer seine blonde Mitarbeiterin dabeihat. Jedenfalls, für Tito wäre Costanza eine perfekte Kandidatin, findest du nicht?«

Betta verdrängte schnell die Erinnerung an den verhassten D'Arsi, bevor ihr die Galle hochkam.

»Aber Costanza würde sich nie auf einen wie Tito einlassen«, antwortete sie, als hätte Violetta gerade etwas komplett Absurdes von sich gegeben. »Ich glaube wirklich nicht, dass ein Oberchaot wie er auch nur die winzigste Chance bei einer Frau wie ihr hätte! Das ist eine ganz Aufgeweckte, die ihr Ding macht und bei der Tito nie und nimmer landen kann, glaub mir! Da ist es noch eher möglich, dass sie eine Schwäche für diesen Winkeladvokaten hat.«

»Ich glaube, du irrst dich«, beharrte Violetta.

»Wie kommst du eigentlich überhaupt darauf? Weibliche Intuition etwa? Oder einfach nur die vergebliche Hoffnung, dass unser Tito irgendwann doch etwas Besseres abbekommt?«

»Ich weiß es nicht, ich habe nicht so eine große Menschenkenntnis wie du. Aber ich habe bemerkt, dass der Anwalt nur wenig mit Costanza spricht, und fast immer nur über die Arbeit. Außerdem ist da nicht dieses gewisse Leuchten in ihren Augen, wenn sie ihn ansieht.«

»Was für ein Leuchten denn?«, fragte Betta, neugierig geworden.

»Das in ihre Augen tritt, wenn sie mit Tito spricht.«

»Das habe ich nie bemerkt.«

»Weil du sie weniger häufig siehst. Sie kommt doch immer erst am späten Abend, wenn du schon auf dem Weg nach draußen bist. Oder vielleicht hält sie sich auch zurück, wenn du da bist, weil sie glaubt, zwischen dir und ihm …«

»Zwischen mir und ihm was?«

»Im Restaurant gibt es ein paar, die glauben, dass du und Tito was miteinander habt.«

»Um Gottes willen, nein! Das würde mir gerade noch fehlen, dass Tito mein Leben noch mehr durcheinanderbringt, als es so schon ist. Nein, Gott sei Dank sind wir nur gute Freunde. Wahre und einander sehr zugetane Freunde, aber eben nur Freunde. Jedenfalls, um auf Costanza zurückzukommen, du sagst also, sie und Tito …«

»Nein, ich habe nur Costanzas Gefühle gemeint. Was Tito für sie empfindet, weiß ich nicht.«

»Na ja, wenn es so wäre, wäre es wunderbar. Sie ist praktisch die perfekte Frau für ihn, und wohlhabend ist sie wahrscheinlich noch dazu … ganz bestimmt sogar. Wenn sie mit dem Anwalt befreundet ist, und mit Vittorio und den ganzen Leuten, die heute auf dem Fest waren, muss sie ja deren Welt angehören.«

Über diesem vertraulichen Gedankenaustausch waren

sie endlich vor Violettas Haus angekommen, und Betta fuhr rechts ran, um Violetta aussteigen zu lassen. Doch die junge Frau zögerte.

»Kann ich dir eine persönliche Frage stellen?«, hub sie an, offenbar ermutigt durch ihr langes und angenehmes Gespräch, nahm die Hand wieder vom Türgriff und drehte sich zu Betta, um sie im Halbdunkel des Fahrzeugs besser betrachten zu können.

»Schieß los«, sagte Betta lachend, die in der Stimmung für Vertraulichkeiten war.

»Gibt es denn eigentlich in deinem Leben keinen Freund oder sonst einen besonderen Herzensmenschen?«

Einen Moment lang war Betta so verblüfft, dass sie keinen Ton herausbrachte. Mit einer so unverblümten und auch schmerzlichen Frage hatte sie nicht gerechnet.

»Nein«, gestand sie und versuchte, sich nicht anmerken zu lassen, wie die Traurigkeit, die sich immer einstellte, wenn sie an ihr wenig geglücktes Liebesleben dachte, von ihr Besitz ergriff.

»Und würdest du dich nicht gerne verlieben?«

»Klar würde ich das gerne, was für eine Frage! Wer auf dieser Welt wäre nicht gerne verliebt? Außer Tito vielleicht …«

»Worauf wartest du dann? Du bist doch noch jung. Warum machst du es ihm zum Vorwurf, dass er seine Zeit verplempert, tust aber selbst dasselbe?«

Gute Frage, sagte sich Betta, der es nicht gelang, eine ehrliche und plausible Antwort darauf zu finden.

»Vielen Dank für das ›noch jung‹, meine Liebe«, versuchte sie zu scherzen. »Ich arbeite daran, bevor es wirklich zu spät ist, das verspreche ich dir. Aber weißt du, so einfach ist das nicht. Und bis dahin versuche ich, allein glücklich zu sein, denn anständige Männer wachsen leider nicht auf den Bäumen. Umso besser, wenn sich dann wirklich etwas ergibt. Ich kann dir jedenfalls garantieren, dass ich einer Veränderung nicht abgeneigt wäre. Oder wenigstens hoffe ich das.«

»Das hoffe ich auch. Wirklich. Und entschuldige das ›noch jung‹, ich wollte nicht unhöflich sein. Du bist schön, sympathisch, intelligent, positiv, ich kann gar nicht glauben, dass es keinen Mann gibt, der …«

Betta unterbrach sie, fast gerührt. »Okay, Botschaft angekommen, aber jetzt geh. Deine Mama wartet bestimmt auf dich … und vergiss nicht, Jacopo anzurufen. Ich bin mir sicher, er macht sich Sorgen. Und wir sehen uns morgen.«

Sie wartete, bis Violetta sicher im Haus war, und machte sich dann auf den Heimweg.

Eigentlich stand ihr nicht der Sinn danach, über ihr Gefühlsleben nachzudenken, doch Violetta hatte in der Tat ins Schwarze getroffen. Außerdem … konnte es wirklich sein, dass Costanza eine Schwäche für Tito hatte? Das kam Betta total verrückt vor. Oder waren die beiden wirklich dabei, miteinander anzubandeln?

Nein, unmöglich, Violetta hatte sich bestimmt geirrt. Ganz bestimmt hatte sie sich geirrt.

Die Rechnung geht (nie) auf

Es war Viertel nach sechs, und in wenigen Minuten würden die ersten Gäste des Marlboro-Empfangs eintreffen. Betta genoss vom Eingang aus den Blick in den Saal.

Links war das Büfett mit dem Junkfood aufgebaut, ein langer Tisch, abgedeckt mit der amerikanischen Flagge und beladen mit allen nur erdenklichen kulinarischen Schweinereien *made in the USA*. Darüber hing ein übermannsgroßes Plakat mit dem Konterfei von Uncle Sam von der Decke, der hager und runzlig und mit finsterem Blick dem Betrachter den Zeigefinger entgegenreckte – der Albtraum der jungen Amerikaner der Sechzigerjahre, die zwangsrekrutiert und nach Vietnam verschifft wurden. Nur dass der gute alte Sam nicht wie damals *We want you* sagte, denn stattdessen hatte Betta in großen Lettern den Befehl *EAT THIS* aufdrucken lassen.

Auf der rechten Seite hingegen prangte das gesunde Büfett, ein wahrer Garten Eden mit allerlei gesundheitsfördernden Leckereien wie einer Kürbis-Quiche mit Zimt, Bio-Gemüsesticks, dazu eine köstliche Joghurtcreme, knusprige Dinkelmehltäschchen mit Büffelmozzarella sowie kleine Sandwichecken aus fünf Getreidesorten, belegt mit hauchdünn geschnittener Truthahnbrust auf Estragoncreme.

Darüber hing die Abbildung der ehemaligen First Lady, Michelle Obama, beim Unkrautjäten im Garten des Weißen

Hauses, die dem teuflischen Uncle Sam ihr *PLEASE CHOOSE ORGANIC* entgegenrief.

Nicht schlecht, sagte sich Betta, die sich mittlerweile hinter den Vorhang zurückgezogen hatte, der den Küchenbereich abtrennte.

Seit der Laden vor weniger als einer Viertelstunde seine Türen dem Publikum geöffnet hatte, waren beide Büfetts gleichermaßen gestürmt worden und mittlerweile von Menschentrauben umlagert.

»Da draußen ist zu viel Chaos«, beklagte sich Violetta, die genervt in den Küchenbereich zurückkehrte. »Man kommt nicht einmal ans Büfett, um die Servierplatten auszutauschen. Die sind schon wieder leer, kaum dass wir hier raus sind.«

»Auch das Bier ist seit einer Weile alle. Wer hilft mir, mehr reinzutragen?«, fragte Jacopo, auch er ziemlich außer Atem.

»Überall stehen schmutzige Gläser herum«, schrie Stefano, ein blonder Neuzugang, der mit seiner athletischen Figur an den Mann aus der Kaugummiwerbung erinnerte.

Mittlerweile kamen alle Kellner mit der Bitte um Hilfe zu Betta. Der eine fragte nach Hotdogs, der andere nach Sandwiches, wieder ein anderer wollte Gemüse für die Smoothie-Maschine, Eis oder Papierservietten, und Gianmaria suchte nach einem Lappen, weil ein Gast einen Fruchtshake auf dem Boden verschüttet hatte. Indessen war die Party in vollem Gange, und die Gäste aßen und tranken mit beeindruckender Gier und Geschwindigkeit. Marcello und seine Leute arbeiteten auf Hochtouren, doch sosehr sie sich auch bemühten, schafften sie es doch nie, den Wünschen nach Nachschub gerecht zu werden. Innerhalb kürzester Zeit wurde die Anspannung in dem winzigen Küchenkabuff unerträglich. Und in genau dem Moment, als Betta schon fürchtete, alles könnte den Bach runtergehen, übernahm Tito die Führung.

Mit der Ruhe und Entschlossenheit eines erfahrenen Kapitäns, der sein Schiff durch den schlimmsten Sturm aller Zeiten lenkt und wieder Ruhe und Ordnung in seine außer Rand und Band geratene Mannschaft bringt, übernahm er das Ruder, gab Anweisungen und legte Prioritäten fest. Er verteilte Aufgaben, hatte für jeden ein tröstendes oder aufbauendes Wort. Unter seiner Führung lief die Arbeit schnell wieder wie am Schnürchen, das aufgeregte Geschrei der Kellner legte sich, und jeder kämpfte für jeden, statt nur an seinen eigenen Bereich zu denken. Auch Marcello wurde sichtlich entspannter und gab dies auch an seine Hilfsköche weiter. Die zugeteilten Rollen waren wiederhergestellt. Innerhalb einer Viertelstunde war die prekäre Situation überwunden, und die Truppe arbeitete erneut wie ein gut geschmiertes Uhrwerk.

Nachdem die letzte Gruppe von Zechern um ein Uhr nachts gegangen war – die Uhrzeit, mit der auch offiziell der Service endete –, vergingen noch weitere zwei Stunden, bis die Servicekräfte geputzt und alles aufgeräumt hatten.

»Heute waren mehr als fünfhundert Leute da, wusstest du das?«, fragte Tito Betta, während er sie nach Hause brachte. Die Uhr am Piazzale Loreto stand auf zwei Uhr vierzig. »Ich hab mindestens sechshundert gezählt.«

»Ja, ich hatte auch den Eindruck, dass viel mehr da waren als man uns gesagt hatte, aber wir haben die Situation gemeistert. Bist du etwa nicht zufrieden?«, antwortete Betta, die hundemüde, aber, wie nach jedem Event, auch überglücklich war. »Außerdem bist du absolut super gewesen, als kurzfristig die Panik ausbrach. Das hat mich wirklich, wirklich beeindruckt. Ich konnte es kaum glauben. Wie ein alter Seebär, der sein Schiff durch den schlimmsten Sturm lenkt.«

»Da können einem auf See viel schlimmere Sachen passieren«, antwortete Tito und zuckte die Achseln mit gespielter Unbekümmertheit.

»Unser Kunde wird sehr zufrieden sein.«

»Das glaube ich gern. Wir allerdings ein bisschen weniger. Wir konnten viel später als vorgesehen Schluss machen, jede Servicekraft hat uns zwei Stunden mehr gekostet. Marcello ebenso. Ganz zu schweigen von der Arbeitszeit von uns zwei alten Eseln, die zu dieser nachtschlafenden Zeit längst in den Federn liegen müssten.«

Betta gähnte seelenruhig. »Das sind jetzt die ersten Aufträge. Du wirst sehen, dass wir mit der Zeit lernen, uns besser zu organisieren.«

»Das hoffe ich. Weil wir sonst nämlich unseren Bankrott erklären können.«

»Ist es denn so schlecht gegangen?«

»Nein, aber wir müssen mehr Geld verlangen. Wir sind einfach zu günstig für das, was wir bieten. Schau dir doch nur mal die Veranstaltung von heute an. Was haben wir verdient? Nichts, *nada, nothing.*«

»Hat es dir denn gefallen?«

»Ob es mir gefallen hat? Es war … es war …«

»Traumhaft?«

»Mehr als das! Da war Liebe, Leidenschaft, es war nicht nur Fantasie, sondern echtes Gefühl. Du bist einfach mit dem Herzen dabei, bei allem, was du tust.«

»Soll das heißen, ich habe mir endgültig dein Vertrauen verdient?«

»Das hattest du gar nicht nötig, aber heute hast du dich selbst übertroffen.«

»Dann wirst du ab jetzt also mehr auf mich hören?«

»Zweifelsohne.«

»Und ich muss nicht mehr über jede Kleinigkeit mit dir diskutieren?«

»Darauf gebe ich dir mein Wort.«

Das war der Moment. Der entscheidende Moment. Jetzt oder nie.

»Dann nimm endlich diese Schiefertafeln ab.«

»Was für Tafeln denn?«

»Du weißt, welche Tafeln. Die, die immer noch da hängen.«

Auf einmal wirkte Tito wie ein kleines Kind, das sich verirrt hatte.

»Aber mir gefallen sie«, jammerte er, viel zu müde, um wütend zu werden.

»Ich weiß. Und es tut mir leid. Aber sie sind hässlich, Tito, wirklich. Und der größte Teil deiner Gäste findet sie ebenso furchtbar wie ich.«

»Das stimmt nicht!«, brauste er auf. »Woher willst du das denn wissen?«

»Ich habe nachgefragt! Und viele finden sie genauso trostlos wie ich. Glaub mir, mir geht es nur um dein Wohl und das des Restaurants. Meiner Meinung nach werden die Leute viel lieber reinkommen, wenn die Tafeln nicht mehr da hängen.«

»Du gibst nie auf, stimmt's?«, fragte Tito resigniert, als er Betta vor ihrem Haus aussteigen ließ.

»Nein, das habe ich viel zu lange getan. Damit habe ich aufgehört.« Sie gab ihm einen Kuss auf die Wange und verschwand im Hauseingang.

Tito legte den Rückwärtsgang ein und kehrte in die City zurück.

Verflixt noch mal! Immer ließ er sich um den Finger wickeln, wenn seine Gefühle mit ihm durchgingen!!!

Tito nahm das Geld an. Ziemlich viel Geld. Mehr als hunderttausend Euro. Damit bezahlte er seine Schulden und hatte immer noch ein paar Tausend Euro übrig. Keine Riesensumme, aber doch eine schöne Abwechslung, nachdem er die letzten Jahre immer tief in den Miesen gesteckt hatte. Er zahlte auf der Bank seinen Kredit ab und kündigte sein Konto. Dann schüttelte er sanft, aber bestimmt die Hand des Bankdirektors ab, die dieser ihm aus guter alter Gewohnheit auf die Schulter gelegt hatte, wobei er noch hinzufügte, er bedauere sehr, ihm Unannehmlichkeiten gemacht zu haben, und ging hinaus, ohne die andere Hand zu schütteln, die ihm entgegengestreckt wurde.

Draußen hieß ihn ein grauer Morgen willkommen, doch Tito hatte das Gefühl, es scheine die Sonne. Er freute sich schon jetzt auf den nächsten Tag, wenn der Bankdirektor sich wie gewöhnlich im Restaurant einfinden würde und nach dem Essen statt einer bestenfalls symbolischen Rechnung den vollen Preis für das Verzehrte präsentiert bekam. Wahrscheinlich würde das Lokal ihn nie wiedersehen, aber was kümmerte ihn das? Die Welt war voller Banken und Bankdirektoren! Außerdem hatte sein Freund Giampi, der als Broker sogar schon in manchen Wirtschaftszeitungen zitiert worden war, längst eine neue Bank für ihn gefunden.

»Der Direktor ist ein Freund von mir«, hatte er ihm versichert. »Du wirst sehen, du wirst dich bei ihm wohlfühlen.«

Und tatsächlich musste sich Tito fortan keine Sorgen

mehr ums Geld machen. Giampi hatte ihm nicht nur besagte Summe geliehen, sondern auch angeboten, ihm dabei zu helfen, den kleineren Betrag, der ihm geblieben war, nutzbringend anzulegen. Wenn man richtig investiere, würde man jede Menge Gewinn machen, hatte er gesagt, denn in Krisenzeiten wie diesen könne jeder, der das Spiel an der Börse beherrschte, reich werden. Er hatte ihn an eine Gruppe von erstklassigen Anlegern angeschlossen, obwohl die Summe, die er investieren konnte, lächerlich gering war im Vergleich zu den anderen, aber das Tatar im *Heaven's Gate* sei so gut, dass er alles dafür tun würde, und Tito fühlte sich entsprechend geschmeichelt.

Sicher, ein gewisses Risiko bestand trotzdem, ganz sauber ging es bei diesen Geschäften nie zu, aber das war Tito egal, und Giampi kannte die Börse wie seine Westentasche. Nur eine Woche später hatte Tito bereits fünftausend Euro mehr auf dem Konto. Ohne auch nur den Finger zu rühren. Und natürlich investierte er auf Anraten von Giampi das Geld wieder neu.

Sie hatten jede Menge neue Cateringaufträge, und der Dezember und die Weihnachtszeit standen vor der Tür. Tito war endlich wieder auf der Überholspur.

Wieder war es Dienstag und Segelstunde mit Jacopo. Ein ganzer Tag auf dem Meer, weg von den Sorgen und dem Stress des Restaurants.

Bruno war so nett gewesen, ihm sein Boot zu leihen. »Ist doch eine Ehre für mich, Maestro! Außerdem liegt das Boot sowieso schon seit Mai auf dem Trockenen und freut sich, mal wieder einen kleinen Ausflug zu machen!«, hatte Brunos Antwort gelautet, als Tito ihn um den Gefallen bat.

Das alte Schiffchen war besser in Schuss, als er es in Erinnerung hatte, aber vielleicht lag das auch an ihm, weil er schon so lange nicht mehr gesegelt war. Wie immer stachen sie im Hafen von Rapallo in See, und nach nur zwanzig Minuten Navigation wirkte die Küste schon sehr weit entfernt. Es wehte ein ablandiger Wind, und der Himmel war wolkenlos und von einem leuchtenden Türkis. Die kalte Luft schmeckte nach Salz, nach Jod und nach Freiheit. Genau so, wie er es in Erinnerung hatte.

»Kaffee?«, fragte er Jacopo, der auf einen Punkt am Horizont blickte.

»Warum nicht?«

Die Schränke der Kombüse waren gut gefüllt, doch Tito hatte trotzdem eingekauft, weil er den Geschmack von frisch Zubereitetem mochte. Auch wenn es sich dabei nur um einen Kaffee handelte.

»Ich dachte mir, vielleicht hast du auch Lust auf ein Stück Focaccia?«

»Wo hast du denn die her?«, staunte Jacopo. »Ich hab gar nicht gemerkt, dass du welche gekauft hast.«

»Weil du mit deinem Handy beschäftigt warst und telefoniert hast. Ihr jungen Leute seid so besessen von diesen Dingern. Wie kann man nur so viel Zeit damit verbringen?«

»Ich weiß nicht. Gewohnheit, glaube ich.«

»War es denn wenigstens jemand Interessantes?«

»Es war Violetta.«

»Oh, là, là, dann war es in der Tat interessant.«

»Sie hat mich angerufen und mir gesagt, dass das Lokal rappelvoll ist und Betta beim Service mithilft. Offenbar hat sie einen Mordsspaß daran.«

Tito nickte. »Das sollte sie öfter machen.«

»Was, im Restaurant servieren?«

»Nein, Spaß haben. Ich mache mir Sorgen um sie. Immer ist sie am Arbeiten, immer allein, nie hat sie mal einen Verehrer, von einem Freund ganz zu schweigen. Das ist nicht in Ordnung. Ab und zu muss man doch ein bisschen loslassen können, oder?«

»Ja, klar. Ich dachte immer, dass du und sie … dass ihr … na ja, du weißt schon.«

»Echt? Aber nein. Wir sind Freunde. Immer schon gewesen. Aber ich mag sie gern. Wir streiten, sie quatscht mich permanent voll, aber sie ist auf Zack.«

»Und sie ist immer nett … mir gegenüber, meine ich. Auch wenn ich nicht ein solches Vertrauensverhältnis habe wie zu dir, vermittelt sie mir den Eindruck, dass sie keinen Moment lang zögern würde, mir zu helfen, wenn es nötig wäre.«

»Darauf kannst du wetten! Betta hat ein gutes Herz, weißt du; unter diesem Panzer aus Effizienz und Selbstsicherheit verbirgt sich ein weiches und zerbrechliches Wesen.«

»Das sagt Violetta auch. Sie hängt sehr an ihr.«

»Weil sie sich ähneln. Auch Violetta wirkt auf den ersten Blick superorganisiert, selbstsicher und bodenständig, und trotzdem war sie jahrelang mit einem Vollidioten zusammen.«

»Das hast du schon gesagt, ja.«

»Klar.«

»Und woher weißt du, dass sie nicht mehr mit ihm zusammen ist?«

»Mein lieber Junge, es hat auch seine Vorteile, wenn man ein alter Mann ist. Nun, und einer dieser Vorteile ist, dass man kapiert, wann eine Frau glücklich ist. Ich meine damit nicht, dass man lernt, *wie* man eine Frau glücklich macht, denn das wird mir bis an mein Lebensende ein Rätsel sein, das ich vermutlich mit ins Grab nehme. Aber ich weiß, wann eine Frau glücklich ist, denn dann sieht man in ihren Augen ein Leuchten, das vorher nicht da war. Und Violetta lächelt seit einiger Zeit oft, vor allem, wenn sie ans Handy geht, statt wie vorher eine finstere Miene zu ziehen. Daraus schließe ich entweder, dass der Anrufer sich geändert hat – in dem Sinne, dass er beschlossen hat, sich für seine Liebe zu ändern –, oder dass es sowieso ein anderer ist. Was meinst du?«

Jacopo wich diplomatisch einer Antwort aus, indem er auf das Meer hinter Tito hinausblickte.

»Ich glaube, ich habe gerade einen Delfin gesehen.«

Tito drehte sich um, doch es war weit und breit kein Meeressäuger zu sehen. »Vielleicht hast du dich getäuscht?«, kommentierte er mit ironischem Lächeln. »Und wenn es doch einer war – wir treffen bestimmt auf noch mehr. Ein Delfin ist wie die Wahrheit – er kommt immer ans Licht. Und du kommst jetzt ans Steuer, wir üben ein bisschen. Nimm es fest in die Hände, versuch zu lenken. Du musst das Meer spüren, musst begreifen, wie stark es ist, wo es hinwill, wie es sich bewegt. Denn das Meer ist lebendig, es ist wie ein Pferd: Es tritt aus, es bäumt sich auf, steigt hoch, sinkt zurück. Bist du schon mal geritten?«

»Nein, Captain«, antwortete Jacopo und stand stramm. Er fühlte sich gut, fühlte sich frei. Es war kalt, aber in sich drinnen verspürte er eine große Wärme.

»Aber macht ihr jungen Leute denn keinen Sport?«

»Manchmal spiele ich Hallenfußball, Captain.«

Tito schüttelte enttäuscht den Kopf. »Ich hasse Hallenfußball, ich glaube, das habe ich in meinem ganzen Leben noch nicht gespielt. Früher hab ich richtigen Fußball gespielt.«

»Ich dachte, das wäre das Gleiche, Captain.«

»Nein. Ist es nicht. Die Fußballer, die Millionen von Menschen begeistern und sie zum Weinen und zum Träumen gebracht haben, die als Helden in die Annalen eingingen, die haben richtigen Fußball gespielt, sie haben ihn geliebt und wollten Teil seiner Geschichte sein. Und so was kann man nicht in der Halle spielen.«

Eine Welle hob das Segelschiff hoch. Tito hatte immer noch nicht das Steuer übernommen, doch Jacopo gelang es auch ohne seine Hilfe, das Boot so zu lenken, dass sich die Wellen mit weniger Wucht brachen.

»Gut, ich sehe, du bist voll auf Kurs«, sagte Tito anerkennend und zündete sich eine Zigarette an.

»Ich wusste nicht, dass du rauchst.«

»Du weißt vieles nicht über mich.«

»Das stimmt. Erzähl mir doch mal was.«

Tito machte es sich gemütlich und streckte die Beine aus, das Gesicht der Sonne zugewandt. Er schloss die Augen.

»Was willst du denn wissen?«

»Wieso hast du nie geheiratet?«

»Weil ich nie die richtige Frau gefunden habe.«

»Banale Antwort. Wieso hast du keine Kinder?«

»Ich hab's dir doch gesagt, ich hab nie die richtige Frau gefunden.«

»Kinder kommen doch trotzdem zur Welt. Auch wenn die Frau nicht die richtige ist.«

»Meinetwegen. Dann hab ich halt irgendwo welche.«

»Aber du weißt es nicht.«

»Nein.«

»Und wenn du es wüsstest?«

»Keine Ahnung, darüber habe ich nie nachgedacht.«

»Nehmen wir mal an, jemand würde es dir sagen.«

»Kommt darauf an. Wenn das Kind eine Familie hätte, wenn es glücklich wäre, würde ich es in Ruhe lassen.«

»Du würdest ihm oder ihr nicht sagen, dass du sein Vater bist?«

»Warum sollte ich?«

»Weil es dein Kind ist!«

»Bloß weil ich einmal mit seiner Mutter ins Bett gegangen bin, macht mich das noch lange nicht zum Vater! Ein Vater ist derjenige, der dich großzieht, der dich versorgt, der dich kennt und liebt, auch wenn du nicht so bist, wie er dich gerne hätte.«

»Und dein Vater hat all diese Dinge gemacht?«

»Nicht, dass ich mich erinnere. Aber wer weiß ... vielleicht hat er ja geweint, als ich auf die Welt kam, es hat ihn gerührt, als ich meinen ersten Zahn gekriegt habe, oder er hat mir ein Schlaflied vorgesungen, wenn ich nicht schlafen konnte. Vielleicht war er auch stolz, als ich in der sechsten Klasse die Vierhundertmeterstaffel gewonnen habe. Für mich hingegen war mein alter Herr einfach ein Buch mit sieben Siegeln, ich wusste nicht, was er dachte, oder warum er etwas tat. Dann, als ich größer war, habe auch ich meine Fehler gemacht. Ich hatte keinen guten Charakter, ich war reizbar und stolz. Ich bin nie auf ihn zugegangen, und so ist unser Verhältnis immer schlechter geworden.«

»Es war doch nicht deine Aufgabe, auf ihn zuzugehen.«

»Vielleicht nicht. Aber ist es denn überhaupt wichtig, jetzt, wo er tot ist und wir keine Chance mehr haben, miteinander zu reden?«

Jacopo schwieg eine Weile. »Fehlt er dir?«, fragte er am Ende.

Tito öffnete die Augen und schaute ihn an, doch als er sprach, hatte es den Anschein, als redete er nur mit sich selbst. »Nein. Mir fehlt die Möglichkeit, ihm zu erklären, wie ich mich damals wirklich gefühlt habe.«

Was Tito schließlich aus der wehmütigen Stimmung riss, die ihn unweigerlich immer befiel, wenn er an seine Vergangenheit dachte, war der Wind, der plötzlich auffrischte. Rapallo war nur noch ein kleines Pünktchen hinter ihnen. Er stand auf und trat zu Jacopo ans Ruder.

»Wird Zeit, dass du endlich eine Wende lernst«, sagte er zu ihm und legte seine großen, warmen Pranken auf die mageren und kalten Hände des Jungen. »Bist du bereit?«

Weihnachten und jede Menge Kummer

Der November endete für *Più dolce* mit der Party bei Colnaghi.

Mit einem Empfang für seine besten Kunden wollte das alteingesessene Bekleidungsgeschäft im Herzen Mailands seine jüngsten Kollektionen präsentieren und wünschte sich dafür eine legere und schlichte, aber auch originell und – das versteht sich von selbst – ausgesprochen raffiniert gestaltete Party.

Zwischen den Mailänder Bekleidungsgeschäften verlief sowohl physisch als auch stilistisch eine unsichtbare Grenzlinie. Da waren auf der einen Seite die hippen Fashionistas mit ihrem Faible für die allerneuesten Trends und Marken, auf der andere Seite die traditionellen Handwerksbetriebe, die sich seit Generationen nur an Geschäften wie dem Colnaghi orientierten, dem Inbegriff für Mailänder Couture, gelegen im Magenta-Viertel, der Trutzburg des Mailänder Konservatismus.

Seit vielen Jahren schon pilgerten Generationen von Mailändern zu diesem eleganten Einkaufspalast, der auf drei Stockwerken und in mehreren diskreten und gedämpft beleuchteten Salons seine Schätze traditionsbewusster und kompromissloser bürgerlicher Eleganz im reinsten britischen Stil präsentierte: von Kaschmirpullovern bis zu unnachahmlichen Tweedjacken, vom Lodenmantel bis zu Jagdjankern, alles schnörkellos und vortrefflich geschneidert von einer ganzen Heerschar von Nadelkünstlern, die ihren Kunden, ohne mit der Wimper zu zucken, sogar Boxershorts aus Baumwollgabardine auf den Leib schneiderten.

Alba, die Tochter des Geschäftsinhabers, gehörte zu den treuesten Gästen des *Heaven's Gate*, und trotz Titos erklärter Abneigung gegenüber allem, was er als bourgeois bezeichnete, war es ihr gelungen, zu ihm eine Art Freundschaft aufzubauen, beruhend auf gegenseitiger Wertschätzung und Verbundenheit, die zwar nicht den Bekleidungsstil betraf, wohl aber die Liebe zur guten Küche. Jeden Donnerstag fand sich Alba in Begleitung ihrer liebsten Freundinnen ein, immer am gleichen Jugendstil-Ecktisch, und ließ sich von Tito die Köstlichkeiten der Tageskarte erläutern. Noch nie war sie von seinen Empfehlungen enttäuscht worden, und genau diese besondere Fähigkeit Titos, gepaart mit der Sympathie für einen Gastwirt, der sich in Albas Augen wohltuend von den meisten anderen Mailänder Gastronomen abhob, hatte sie dazu bewogen, ihren betagten Vater davon zu überzeugen, für die wichtigste Veranstaltung des Colnaghi-Jahres Bettas Catering zu wählen.

Einerseits hatte sich Tito darüber gefreut, andererseits war es nicht zu vermeiden, dass er seine Abneigung gegenüber dieser snobistischen und erzkonservativen Welt zum Ausdruck brachte.

Umso mehr, nachdem ihn bei der allerersten Ortsbesichtigung der greise Besitzer des Geschäfts heftigst dafür gerügt hatte, dass er seinen Wagen unverschämterweise direkt vor dem Schaufenster des Ladens geparkt hatte, woraufhin er hastig umparken musste.

Als Tito ins Restaurant zurückkehrte, war er stinksauer.

»Hier fühlt man sich ja wie lebendig eingemauert«, schimpfte er, an Betta gerichtet. »Der Laden ist dermaßen verstaubt und verknöchert, dass ich mir beim besten Willen nicht vorstellen kann, mit welcher Idee du den aufpeppen könntest.«

»Wir könnten sie ja überraschen und von vorneherein etwas vorschlagen, das ihren feinen Ansprüchen komplett entgegengesetzt ist«, erwiderte Betta, die pragmatischer an die Sache heranging, obwohl Colnaghi ganz gewiss auch nicht ihre Kragenweite war. »Warum bieten wir nicht zum Beispiel nur Käse und Salami an, aber von allerbester Qualität, wie nur du sie auszusuchen verstehst? Dazu vielleicht noch handgeschnittenen Schinken, präsentiert auf alten Holzbrettern.«

Diese wenigen Worte genügten, um Titos Zweifel und Vorurteile in alle Winde zu zerstreuen.

Auf einmal hatte dieser Auftrag für ihn den Geschmack von Wiedergutmachung, denn seit Monaten schlug er ihr für jedes Event seine berühmten Wurstwaren vor: Parmaschinken, Coppa, Pancetta, Lardo, Speck und zu guter Letzt die berühmte Salami von Varzi. In einem Wort, das Beste, was Italien an Produkten aus ländlich-deftiger Tradition zu bieten hatte. Ganz zu schweigen von der Hähnchengalantine mit Trüffeln, seinem Leibgericht, so gut, dass es, wie er es nannte, auf der Zunge zerging – ein Ausdruck, bei dem es Betta hingegen immer ein wenig schlecht wurde, denn sie hasste das Glibberzeug.

»Das ist alles zu fett, zu reichhaltig und schwer zu präsentieren«, enttäuschte sie ihn jedes Mal. »Du weißt doch, dass unsere Kundinnen immer auf Diät sind und die meisten von ihnen vegetarisch leben. Wenn die auch nur eine Scheibe davon essen, kann es sein, dass sie uns wegen Überschreitung der täglichen Höchstkalorienzahl vor den Kadi bringen.«

»Unseren Kundinnen würde es nicht schaden, wenn sie ein bisschen mehr essen würden«, lautete dann unweigerlich seine Antwort. »Vor allem aber müssten sie mehr vögeln: Das Einzige, was bei euch nicht mehr ganz jungen, aber immer noch vögelbaren Mädels helfen würde. Das sag ich dir, die hätten gleich wieder mehr Appetit.«

Da wären wir mal wieder. Sexistisch und primitiv, wie jeder Mann, dachte Betta.

»Wer sagt dir eigentlich, dass die nicht vögeln?«, konterte sie mit einem genervten Seufzen.

»Dann eben nicht genug.«

»Und woher weißt du das wieder? Lass hören.«

»Ich weiß es. Glaub's mir. Man sieht einfach den Unterschied zwischen einer, die vögelt, und einer, die nicht vögelt«, antwortete er ihr mit der ganzen Selbstherrlichkeit des erfahrenen Mannes, die Betta sofort auf die Palme brachte.

»Du bist wie alle anderen.«

»Und ist das schlimm?«

»Klar ist es das. Denn das Wichtigste ist nicht das Vögeln, sondern …«

Tito schaute sie angewidert an. »Nein, ich bitte dich! Komm mir jetzt bitte bloß nicht mit dem Stichwort Liebe! Ich bitte dich. Nicht jetzt! Nicht mit mir! Und vor allem nicht in unserem Alter.«

Einen Moment lang war Betta sprachlos. Sie wollte nicht über die Liebe sprechen. Solch abgedroschene Themen nahm selbst sie nicht gerne in den Mund.

»Das habe ich nicht gemeint, du Blödmann! Ich habe gemeint, man soll es mit Achtsamkeit tun, Achtsamkeit gegenüber den Bedürfnissen und Wünschen des anderen. Und mit einem Minimum an emotionaler Beteiligung. Es *gut* machen, das meine ich!«

»Na gut, dann diskutieren wir das eben. Ich versteh was davon!«

Bei der letzten Bemerkung musste Betta lächeln. Und sie war in Gedanken schon fast wieder beim Thema Colnaghi, als er hinauslief und dabei rief: »Hast du etwa Angst vor einer Konfrontation mit einem, der euch Frauen gut kennt, hm?«, was die Diskussion wieder anheizte.

»Aber was weißt du denn darüber? Was wisst ihr schon, was uns gefällt? Die meisten von euch arbeiten doch mit der Holzhammermethode und merken gar nicht, ob wir …«

»Ob ihr was?«

»Ob es uns wirklich gefällt, zum Beispiel.«

»Aha! Da liegt also der Hase im Pfeffer! Dass Frauen keine Befriedigung finden, ist also immer Schuld eines Höhlenmenschen, der … wie hast du es formuliert? Mit der Holzhammermethode arbeitet!«

»Und nichts anderes ist es auch, und damit Schluss! Können wir jetzt bitte wieder zum Thema Colnaghi zurückkehren?«

Betta konnte das Thema nicht mehr hören; dabei amüsierte es sie normalerweise, mit Tito über das Thema Sex zu reden, weil er keine Hintergedanken hatte und sie immer wieder zum Lachen brachte, doch jetzt wurde es ihr langsam zu bunt; außerdem wollte sie endlich Feierabend machen und nach Hause gehen. Vielleicht würde sie allerdings vorher noch bei Zara vorbeischauen und sich diesen Fummel aus Chiffon leisten, den sie schon vor einer Woche anprobiert hatte, ohne den Mut aufzubringen, ihn zu kaufen. Das erste Kleidungsstück nach – wie viel? Sechs Monaten?

»Nein, wir kehren nicht zum Thema Colnaghi zurück«, erwiderte Tito jetzt hitzig, der offenbar ernsthaft gekränkt war und nicht die Absicht hatte, den Streit ad acta zu legen. »Es seid doch ihr, die hart und kalt seid und euch auf nichts einlasst, da wundert es mich überhaupt nicht, wenn ihr keinen Spaß daran habt! Aber ich frage mich, was soll man denn um alles in der Welt noch anstellen, um den eiskalten Marmor zu erweichen? Und das auch noch länger als eine Viertelstunde? Das ist nämlich die höchste Dauer, die ihr uns erlaubt, keine Minute mehr.«

Betta blieb stehen und schaute ihn, neugierig geworden, an. Da war zu viel Heftigkeit in dem gewesen, was er gesagt hatte. Das passte gar nicht zu Tito. Wo war seine Ironie geblieben, das unvermeidliche und flapsige *Stay beautiful, baby!*, mit dem er früher jede Diskussion beendet hatte?

»Wer ist es?«, fragte sie ihn unverblümt und schaute ihm forschend in die Augen.

»Wer ist wer?«

»Diese harte und gefühlskalte Frau, die dir ganze fünfzehn Minuten gewährt hat, die dir dann, allem Anschein nach, nicht reichten?«

Auf einmal stand auf Titos Gesicht ein Ausdruck kompletten Desinteresses. »Das war nur so dahingesagt. Du hast mit dem Thema angefangen. Wie auch immer, die Idee für Colnaghi gefällt mir ausnehmend gut. Ich würde sagen, wir schlagen sie gleich vor.«

Diesmal war es Betta, die nicht nachgeben wollte. »Du bist doch nicht etwa mit einer meiner Kundinnen ins Bett gestiegen, oder?«

»Wie kommst du denn darauf? Ich bin doch nicht blöd!«

Betta schaute ihm aufmerksam ins Gesicht.

»Überhaupt«, erklärte er entrüstet, »hast du denn den Eindruck, ich würde tatsächlich unsere Arbeit aufs Spiel setzen, nur wegen einer durchvögelten Nacht?«

Log er? War er ehrlich? Betta hätte es nicht sagen können.

»Ich bitte dich, Tito«, flehte sie ihn an, denn wütend zu werden hätte die Sache nur noch schlimmer gemacht. »Ich bitte dich, ich bitte dich inständig: Mach keinen Unsinn mit unseren Kundinnen! Sie sind meine Zukunft, *unsere* Zukunft. Wir dürfen uns keine Schlampereien erlauben.«

»Natürlich nicht. Versprochen. Außerdem gibt es da sowieso keine, die mich anmacht.«

Das stimmte nicht, und Betta wusste, dass es nicht stimmte. Es gab mindestens ein Dutzend Frauen unter ihren Kundinnen, die genau Titos Beuteschema entsprachen. Und ganz sicher hatte er mit der ein oder anderen auch schon angebandelt. Nein, gerade eben hatte er offenbar von jemandem aus seiner Vergangenheit gesprochen; sie kannte ihn einfach zu gut, um zu glauben, dass er dieses Thema durch Zufall angeschnitten hatte. Betta wusste, wann man ihn verletzt hatte. Doch sie wusste auch, dass sie jetzt nichts mehr in Erfahrung bringen würde. Deshalb war sie bereit, die Diskussion zu beenden und nicht weiter in ihn zu dringen.

»Aber bei Colnaghi schnappe ich mir vielleicht eine. Eine von deren Kundinnen, nicht von unseren. Das geht doch, oder?«

»Ich glaub bloß nicht, dass die dein Typ sind.«

Er lachte. »Oh, da täuschst du dich. Ich mag Frauen, die gerne Schinken und Speck und Taleggio und Gorgonzola essen. Besonders, wenn sie dazu die Hände benutzen.«

Betta bedachte ihn mit einem eisigen Blick.

»Schätzchen, das wird bestimmt nicht die große Schinkenmesse oder so was. Mach dir keine Illusionen. Das Essen wird so sein wie geplant, schlicht und ursprünglich, aber die Präsentation wird den Unterschied machen. Es wird Tellerchen geben, und …«

»Wieso denn Tellerchen? Du hast doch von Schneidebrettern gesprochen.«

»Die Bretter liegen auf dem Büfett, und davon nimmt sich jeder das, was er will, auf den Teller. Aber mach dir keine Sorgen, wir bestellen die biologisch abbaubaren aus Maisstärke, die du so gerne magst. Und dann Besteck …«

»Auch Besteck?«

»Aus Holz, ja.«

»O nein! Du willst mich umbringen!«

»Und Tabletts aus Recycling-Karton, und für das Brot und die Focaccia Tüten vom Bäcker …«

»Es reicht jetzt, ich bitte dich. Ich habe verstanden. Es wird das übliche alternative Getue wie jedes Mal.«

»Und noch was, Tito: Ich will dich nicht umbringen. Ich will dich lebendig, gesund und munter. Vor allem munter.«

Munter war er. Und auch aufmerksam, pünktlich, der große Regisseur wie immer, der höchstpersönlich dafür sorgte, dass die Holztabletts ebenso schnell wieder aufgefüllt wurden, wie sie sich leerten, was mit einer überraschenden Geschwindigkeit geschah, die man von dem eher vornehmen Publikum gar nicht erwartet hatte, das zuhauf in das Geschäft strömte. Sicher, Tito achtete nicht besonders auf die Genauigkeit, die Betta ihnen allen anbefohlen hatte – so sollten die Tabletts nach einer strengen Reihenfolge aufgefüllt werden, bei der sich Schinken und Käse immer abwechselten –, doch das schien den Gästen nicht weiter aufzufallen. Wichtiger war, dass die mit beigefarbenem Pikeestoff abgedeckten Tische, perfekt auf den Teppichboden abgestimmt, niemals leer wurden.

»Hab ich mir doch gleich gedacht, dass du hier deine Finger im Spiel hattest.«

Es war Vittorio, der mit einem Glas Champagner in der Hand vor ihr stand und Betta bewundernd ansah. Er trug eine aufgeknöpfte Lodenjacke und am Hals einen Kaschmirschal, der schon beim Ansehen ein Gefühl der Behaglichkeit weckte.

Es war aufregend, ihn wiederzusehen. Seit seiner Geburtstagsparty waren sie einander nicht mehr über den Weg gelaufen, und Betta hatte seither nur noch ein paarmal an ihn gedacht, ihn bewusst aus ihrer Erinnerung verdrängt. Nun jedoch stand er vor ihr und brachte die Wärme jenes Tages und jener Umarmung schlagartig zurück.

»Was für eine Eleganz!«, sagte sie, küsste ihn auf die Wange und hoffte, dass er ihre Aufregung nicht bemerkte. »Du bist wirklich das Aushängeschild dieses Geschäfts.«

»Du bist selbst ein Augenschmaus! Ich habe dich noch nie in Hosen gesehen. Du wirkst viel größer!«

»Das liegt bloß an den hohen Absätzen«, wehrte sie ab.

»Und auch schlanker.«

»Na gut, ich hab's kapiert. Die Botschaft ist klar: keine weiten Röcke und flachen Schuhe mehr, wenn ich Komplimente von einem Mann bekommen möchte.«

»Nein, du siehst in allem gut aus. Du wärst auch in einem Kartoffelsack attraktiv.«

Während sie sprachen, nahm er ihre Hand, und Betta ließ es zu, glücklich darüber, dass sich zwischen ihnen sofort wieder diese Vertrautheit einstellte.

»Ach, da bist du ja. Ich suche dich schon seit einer halben Stunde.« Das war die schrille Stimme von Margherita, die dem Zauber blitzschnell ein Ende bereitete. »Ich habe dich überall gesucht. Unten habe ich Gilda und Umberto Fabiani getroffen, komm mit, sie wollen Hallo sagen.«

Vittorios Angetraute trug ein wunderschönes Pucci-Kostüm, das an sie leider vollkommen verschwendet war, als sie sich mit ihrer wie üblich missgünstigen Art an Vittorio wandte.

Ihr Gatte hieß sie formvollendet willkommen. »Hallo, meine Liebe! Erinnerst du dich noch an Betta? Costanzas Freundin? Sie hat doch meine Geburtstagsparty in Besana ausgerichtet.«

Margherita lächelte ihr zerstreut zu, offenbar nur darauf erpicht, alle höflichen Floskeln hinter sich zu bringen und wieder zu ihren Freunden zu gelangen.

»Natürlich erinnere ich mich«, sagte sie spitz. »Guten Abend, wie geht es Ihnen? Haben Sie das hier organisiert? Es ist alles sehr schön und gut. Kompliment. Leider werden mein Mann und ich unten erwartet. Aber es hat mich gefreut, Sie wiederzusehen, und richten Sie bitte Costanza meine allerherzlichsten Grüße aus. Wir haben sie schon eine Weile nicht mehr gesehen.«

Mit diesen Worten machte sie ihren Abgang und zog Vittorio die Treppe hinunter.

Betta ging kurz durch den Kopf, dass aus dem »mein Mann und ich«, das Margherita gerade geäußert hatte, keinerlei Eifersucht gesprochen hatte, es bestand also gar kein Zweifel daran, dass sie Vittorio als ihren Besitz betrachtete. Dass ihr Mann sich gerade noch in der Gesellschaft einer anderen, begehrenswerten Frau befunden hatte, schien vollkommen an Margherita vorbeigegangen zu sein. Vielleicht war sie aber auch überhaupt nicht mehr an den kleinen Ränkespielchen der Liebe interessiert, wenn sie es denn je gewesen war.

Verflixt und zugenäht! Wieso hatte Vittorio bloß so eine geheiratet? Und warum gab er dieser Zimtzicke nicht endlich den Laufpass und kam zu ihr?

Als Betta entmutigt einen Blick in die Runde warf, entdeckte sie Tito, der in ein angeregtes Gespräch mit einer Blondine versunken war. Alba prostete ihr vom anderen Ende des Raumes zu, ein Zeichen dafür, dass alles bestens lief.

Es war sinnlos, sich traurigen Gedanken hinzugeben. Da war es schon besser, das Fest zu genießen, so wie es alle anderen auch taten. Betta schnappte sich im Vorübergehen schnell ein Glas Prosecco und plauderte mit ein paar Kunden.

Erst am Ende der Party, als sich die Gäste, satt und zufrieden, auf den Heimweg gemacht hatten, lief ihr erneut Alba über den Weg.

»Wo ist Tito? Ich hab ihn überall gesucht, aber er ist verschwunden«, erkundigte sich Betta bei ihrer Auftraggeberin.

»Mir scheint, der hat sich mit einer Blondine abgesetzt, die mit den Händen aß«, antwortete Alba mit engelsgleicher Miene.

Der Dezember begann vielversprechend, und Betta verließ kaum noch den Weißen Salon, wo sie den Ansturm von Anfragen wie ein Verkehrspolizist regelte. Mittlerweile war das ihr angestammter Platz, und niemand, weder Tito noch Marcello oder einer der Kellner hätte etwas dagegen gehabt. Es war so, als wäre sie immer da gewesen, sie war zu einer Mitstreiterin geworden, die sich perfekt ins Team integriert hatte.

Più dolce konnte indessen eine beträchtliche Anzahl von

Vormerkungen für private Feste wie auch für Weihnachtsfeiern von Firmen vorweisen. Marcello hatte ein Weihnachtsmenü entworfen, das als Grundlage für alle Einladungen diente und je nach Anlass variiert wurde: Risotto mit Blattgoldverzierung, Kapaun mit einer Füllung aus Maronen, Senf, Rosinen und Pinienkernen – nach einem seit Generationen weitervererbten Familienrezept von Tito –, karamellisierte Ente, Räucherlachs mit Avocado, Schwertfisch in Safransauce, Riesengarnelen mit Limette, Russischer Salat sowie zwei verschiedene Sorten Leberpastete, beide unfassbar gut.

Am Dessert arbeitete Marcello hingegen noch, weil er sich nicht recht mit dem traditionellen Mailänder Panettone anfreunden konnte; er musste ihn auf jeden Fall anbieten, aber, so köstlich er auch war, konnte man ihn nicht als Neuheit bezeichnen.

Schließlich kam Tito auf eine geniale Idee. In einer kleinen Bäckerei auf dem Lande war er auf einen Bäcker und Konditor gestoßen, der einen neuen Panettone entwickelt hatte, der mit Sauerteig angesetzt wurde, was den Teig dunkel und nicht gelb machte; zwar brauchte er wesentlich länger zum Gehen, wurde aber ganz besonders weich und duftend. Außerdem waren keine Rosinen und Zitrusfrüchte darin, sondern Waldbeeren, und eine Schicht weiße Schokolade bildete den krönenden Abschluss. Es war ein Panettone, doch es war mehr als das: nämlich der Panettone von *Più dolce.* Eine Köstlichkeit, die ihresgleichen suchte, ein echter Leckerbissen, der das Zeug zum Kult hatte.

Betta trat sofort in Aktion, um die ganze Stadt von dieser Neuerung in Kenntnis zu setzen, denn sie hatte beschlossen, aus jedem Panettone ein Unikat zu machen. Dafür plünderte sie ihren gesamten Bestand an Stoffresten, verpackte jeden Panettone eigenhändig in Samt, Leinen, Walkloden, Flanell, Tüll oder Organza und dekorierte ihn danach mit Bändern, bunten Kugeln, Stechpalmenzweigen, Zimtstangen oder Pinienzapfen. Der allererste Panettone, der in roten Samt gehüllt, mit einem Tüllband verschnürt und mit einer goldenen Christbaumkugel verziert war, wurde postwendend von einem englischen Touristen, der zufällig im Restaurant zu Mittag aß, zum stolzen Preis von hundertzwanzig Euro gekauft.

Beeindruckt von diesem ersten lukrativen Verkauf schlug Tito ihr vor, eine Ausstellung mit den hübsch verpackten Panettoni zu machen, und stellte ihr dafür den großen Tisch direkt vor der Fensterfront zur Verfügung, an dem sich sonst einzelne Gäste zu einem gemeinsamen Essen zusammenfanden und den Betta nun, zur Freude der Passanten, zum großen Verpackungstisch umfunktionierte. Dafür hatte sie sich mehrere Glas-Etageren in verschiedenen Höhen besorgt, die für einen sehr gelungenen dramatischen Effekt sorgten und nicht nur die Aufmerksamkeit derer auf sich zogen, die zum Essen ins Restaurant kamen, sondern auch all derjenigen, die zufällig am Lokal vorbeiflanierten, denn der Tisch wurde bewusst vom diffusen Licht des Restaurants von hinten beleuchtet und sah aus, als wäre er direkt einem Märchen von Hans Christian Andersen entsprungen.

Es dauerte nicht lange, bis Tito gezwungen war, weitere Panettoni nachzubestellen, doch er hatte nicht mit den begrenzten Kapazitäten des Ofens seines Lieferanten gerechnet, der mit den vielen Bestellungen nicht mehr nachkam. Sympathie allein genügte allerdings nicht, um ihnen die Anzahl von Panettoni zu bescheren, die sie gebraucht hätten, und am Ende musste Tito, allein um die Exklusivität zu wahren, einen deutlich höheren Preis dafür zahlen.

Bereits eine gute Woche vor Weihnachten waren die Panettoni alle reserviert. Betta schwebte auf Wolke sieben; Tito hingegen befürchtete, mal wieder einen Fehler gemacht zu haben, denn die Herstellung der Panettoni hatte ein tiefes Loch in die Kasse gerissen.

Auch Vittorio kam im *Heaven's Gate* vorbei, unter dem Vorwand, einen Panettone für sich zu reservieren.

»Die Nachricht von euren Köstlichkeiten ist sogar bis zu uns vorgedrungen«, sagte er gut gelaunt, als er eines Mittags das Restaurant betrat und Betta im Weißen Salon antraf, den sie gerade mit Stechpalmenzweigen dekorierte. »Wenn du bedenkst, dass ihr hier im Süden seid und ich in San Siro wohne, ist das eine ganz schöne Entfernung!«

»Das stimmt. Und ich freue mich sehr, dass du den langen Weg auf dich genommen hast, um herzukommen. Bist du allein oder in Begleitung deiner besseren Hälfte? Und wie geht es ihr?«

Auch Bettas scherzhafte Bezeichnung »bessere Hälfte« wischte nicht das Lächeln von Vittorios Gesicht.

»Du, frag mich lieber was anderes, ja?«

Sie lachte und gab ihm einen Kuss auf die Wange. »Komm, gehen wir rüber. Hier ist zu viel Unordnung. Kann ich dir etwas anbieten? Ein Glas Rotwein? Einen Kaffee? Etwas zu essen?« Und an Tito gewandt, der gerade mit einem dampfenden Teller aus der Küche kam, sagte sie: »Schau mal, wer uns einen Besuch abstattet!«

Tito schenkte Vittorio ein zerstreutes Lächeln und ging in Richtung Tisch 9 weiter.

»Vielleicht eine Kleinigkeit zum Mittagessen, aber nur, wenn du mir Gesellschaft leistest!«

»Gerne! Ich habe einen Bärenhunger. Kann ich dir unsere wunderbare Pilzpolenta empfehlen?«

»Oder das beste Couscous der Welt«, unterbrach Tito sie, der mit dem Notizblock in der Hand an ihren Tisch trat. »Das schlägt Betta nie vor, aus Prinzip nicht, weil sie es nicht mag. Wer weiß, was mein armes Couscous ihr getan hat, aber Sie versäumen wirklich was.«

Vittorio begrüßte ihn herzlich, und beide scherzten über Bettas Geschmackslaunen. Am Ende befolgte Vittorio dennoch ihren Rat und entschied sich für die Polenta.

»Was sich ein Mann doch alles entgehen lässt, nur um der Frau seiner Träume zu gefallen!«, nahm Tito ihn auf den Arm. Dann brachte er die Bestellung in die Küche und ließ die beiden endlich allein.

Betta blickte ihm hinterher, bis er um die Ecke verschwunden war.

»Du musst ihn entschuldigen. Tito ist einfach so. Er hält sich für den größten Kenner der menschlichen Seele.«

»Aber es stimmt ja. Er hat recht. Du bist die Frau meiner Träume. Ich kann einfach nicht anders, als jede Sekunde meines Tages an dich zu denken, und nachts träume ich von dir. Jede Nacht!«, gestand er ihr kleinlaut.

»Vittorio!«, spielte Betta die Entrüstete. »Ich muss dich daran erinnern, dass du ein verheirateter Mann bist und es dir nicht gestattet ist, solche Dinge zu einer Dame zu sagen!«

»O weh!!!«

»Was würde denn Margherita sagen, wenn sie das hörte?«

»Margherita hört schon seit Jahren nicht mehr, was ich sage.«

»Das behaupten alle verheirateten Männer, die sich bei anderen Frauen einschmeicheln wollen.«

»Ich will mich nicht einschmeicheln.«

»Doch, das willst du.«

»Ich habe dir ein Gefühl gestanden. Ein tiefes Gefühl. Und du solltest den Mut bewundern, den ich aufbringen muss, um mich nicht der Lächerlichkeit preiszugeben.«

Betta amüsierte sich köstlich. Vittorio gefiel ihr, und seine Art, ohne Umschweife und mit flapsigem Charme zur Sache zu kommen, fand sie ausgesprochen anziehend.

»Ach was. Mir scheint, du bist ein Typ, der ständig so was von sich gibt. Costanza sagt, du bist ein ziemlicher Frauenheld«, fügte sie hinzu und bezog sich damit auf etwas, das ihre Freundin einmal erzählt hatte und das ihr jetzt wieder einfiel.

»Costanza lügt, oder sie hat keine Ahnung. Aber ich gebe zu, ihre Einschätzung schmeichelt mir. Es ist schön zu denken, dass man den Frauen gefällt. Besonders als Mann, der bereits im Ruhestand ist.«

»Genau. Ein Mann, der eigentlich mit allem abgeschlossen haben und keinen Sinn mehr für solche Spielchen haben sollte.«

»Ein Mann, der nach Jahren der Dunkelheit einen Lichtstreifen am Horizont sieht und die Chance, wieder glücklich zu sein, sollte sich diese Möglichkeit nicht versagen. Das darf er nicht.«

»Auch wenn dieser Mann nicht frei ist?«

Er nahm eine ihrer Hände und schaute Betta in die Augen. »In mir drinnen bin ich frei. Ich bin der freieste Mensch der Welt.«

»Drinnen«, wiederholte Betta lächelnd, doch sie ließ es zu, dass er ihre Hand hielt. Diese kleine Intimität zwischen ihnen gefiel ihr. Sie fühlte sich zur gleichen Zeit als Verführte und als Verführerin, so wie es bei so manchen Liebesscharmützeln ist, in denen vieles ganz natürlich und spontan geschieht.

»Ja, drinnen.«

»Und draußen?«

»Draußen ist die Vulgarität der Welt mit ihren Kompromissen und ihren dummen Regeln.«

Betta musste lachen. »Du bist mir vielleicht einer! Kommst hierher und mimst den Schwerenöter, obwohl du weißt, dass du es dir eigentlich nicht erlauben kannst, und schämst dich nicht einmal dafür. Außerdem – wer sagt dir denn, dass ich interessiert sein könnte?«

»Niemand. Es ist nur eine Hoffnung. Eine leise Hoffnung. Ich sage mir jeden Tag wieder, dass es unmöglich ist, dass du viel zu schön, viel zu sonnengleich bist, begehrt von wer weiß wie vielen Männern, die interessanter und jünger sind als ich, aber ich mache mir trotzdem diese Illusion. Ich werde sie einfach nicht los.«

»Achtung, hier kommt die Polenta!«, rief Tito in diesem Moment und stellte ihnen einen dampfenden Teller mit dem intensiv nach Pilzen duftenden Maisbrei vor die Nase. Dann blieb er am Tisch stehen und wartete auf die Komplimente von Vittorio, der, um ihn zufriedenzustellen, rasch einen viel zu heißen Bissen nahm.

»Langsam, langsam, nicht so gierig. Sonst verbrennst du dich noch«, riet ihm Tito doppeldeutig und schenkte ihm Wasser nach.

Dann lächelte er Betta übertrieben herzlich zu und ging weiter zu Tisch 7.

Als Vittorio sich wieder gefangen hatte, war der Zauber verflogen und ließ sich auch trotz aller Versuche von beiden Seiten nicht mehr wiederherstellen. Das Mittagessen verlief angenehm, jedoch ohne dass der amüsante Schlagabtausch vom Beginn fortgesetzt wurde. Erst kurz bevor er sich verabschiedete, mit seinem Panettone unter dem Arm, fand Vittorio zu seinem Humor zurück und weckte damit erneut Bettas Interesse.

»Ich komme wieder, um mit dem Feuer zu spielen«, sagte er zu Tito und drückte ihm herzlich die Hand.

Dann hängte er sich bei Betta ein, sodass sie gezwungen war, ihn bis zur Tür zu begleiten.

»Darf ich dich anrufen? Dich vielleicht zum Mittagessen einladen, oder zum Abendessen, irgendwo weit weg von hier und der Welt?«

»Wohin zum Beispiel?«, flirtete sie.

»Monte Carlo, Venedig … du suchst dir die Stadt aus und ich das Restaurant.«

»Mal sehen.«

Vittorio sah sich bereits am Ziel seiner Träume und hakte nach. »Wann?«

»Ich weiß nicht …«

»Morgen? Übermorgen?«

»Gib mir ein wenig Zeit, um darüber nachzudenken.«

»Man sollte niemals nachdenken. Einfach handeln. Das ist viel besser. Mittwoch?«

»Nein, Mittwoch kann ich nicht.«

»Dann Donnerstag. Das ist beschlossene Sache. Ich hole dich am späten Nachmittag ab.«

»Du weißt doch noch nicht mal, wo ich wohne! Und dann habe ich dir gesagt, gib mir ein bisschen Zeit, um darüber nachzudenken. Du bist mir viel zu raffiniert und ich viel weniger gewappnet, als es den Anschein hat.«

In genau diesem Moment verschloss Vittorio ihre Lippen

mit einem Kuss: unerwartet, plötzlich, fordernd, weich und genüsslich, wie Betta ihn seit Jahren nicht mehr bekommen hatte, und sie gab sich ihm gerne hin, dort draußen auf dem Gehweg, an einem nebligen Montag im Dezember, zwischen den Autos, die an ihnen vorbeisausten, und inmitten der Jungs aus dem nahe gelegenen Gymnasium, die gerade aus der Schule kamen und sich anrempelten und kicherten, als sie die beiden alten Esel beim Küssen sahen.

Betta löste sich erst von ihm, als sie hörte, wie die Tür des Restaurants aufging. Immer noch aufgewühlt, drehte sie sich um und sah sich Tito gegenüber, der ihr Mobiltelefon in der Hand hatte. »Das klingelt seit zwei Minuten ununterbrochen. Vielleicht Kundschaft. Gehst du dran, oder soll ich?«

Unter all den Caterings, die Betta vor Weihnachten organisierte, war das für eine unbekannte österreichische Elektronikfirma bei Weitem das unterhaltsamste. Den Namen Trapik hatte sie noch nie vorher gehört. Es war keine Firma, die ihren Mode- und Stylingkreisen angehörte, doch der Kommunikationsverantwortliche war der Bruder einer jungen Frau, die sie kannte.

Die Location für die Veranstaltung, an der die hundertfünfzig Mitarbeiter der italienischen Filiale des Unternehmens teilnehmen sollten, war bereits ausgewählt: ein alter Tanzschuppen aus den Sechzigerjahren in der Nähe der Via Procaccini, der gewöhnlich von rüstigen Rentnern frequentiert wurde.

Nicht, dass Betta etwas gegen einen solchen Tanzschuppen hatte, erst recht nicht, wenn er so malerisch und kitschig war wie der, doch dort eine Weihnachtsfeier zu organisieren stellte sich als größere Herausforderung dar. Wie konnte sie die verspiegelten Wände und die kleine Tanzbühne mit dem fuchsiafarbenen Vorhang zum Schauplatz des lauschigsten Festes des Jahres machen?

Die einzige Lösung bestand in der Übertreibung. Ja, sie würde die außergewöhnlichste und bunteste Weihnachtsfeier aus der Taufe heben, die jemals stattgefunden hatte, die schrillste und originellste, im Vergleich zu der jede andere vor Neid erblassen würde. Her mit den bunten Lichterketten, dem goldenen und silbernen Lametta, den Kugeln in jeder Form und Größe, dem künstlichen Schnee, und dazu jeder Menge Rot! Rot im Überfluss. Sie brauchten Hunderte Meter Stoff, um die zerschlissenen kleinen Sofas, die den Tanzteebesuchern so ans Herz gewachsen waren, abzudecken.

Doch als Allererstes bestellte Betta Bäume. Sie brauchte etwa fünfzig davon, mindestens zwei Meter hoch und vor allem echt. Daraus wollte sie eine Art Spalier bilden, das am Eingang begann und bis in den Festsaal führte, ein Weg, den alle Gäste gehen mussten, um sich am Tannenduft zu berauschen und an den unendlich vielen Lämpchen der Girlanden zu erfreuen, die abwechselnd aufblinkten und wieder erloschen. Dreißig Meter dichter Wald, ein wie verzauberter, üppiger Tunnel, der das übrige Lokal und seine grauenvolle Einrichtung verdeckte und direkt ins Herz der Party führte.

Und dort wartete auf die Gäste das Schlaraffenland: ein ganzer Saal, mit rotem Stoff verkleidet, in seiner Mitte ein großer, aufgebockter Tisch, mit purpurrotem Samt abgedeckt, und darauf Myriaden von weißen Boule-de-Neige-Rosen in jeder erdenklichen Größe, beleuchtet von den Spotlights des Lokals. Von der Decke hingen Hunderte von bunten Kugeln, ganz hinten, nachdem der fuchsiafarbene Vorhang sich geöffnet hatte, sah man die Bühne, von einer Lichterflut erhellt, und in der Mitte stand ein altes Mikrofon aus den Fünfzigerjahren, an dem später der Direktor der Firma seine Ansprache halten würde.

Betta sah jedes Lächeln, jeden Ausdruck von Überraschung, jeden entzückten Ausruf und sogar manchen Schrei der Begeisterung vor ihrem geistigen Auge.

Womit sie allerdings nicht gerechnet hatte, war der Stau, der auf dem baumgesäumten Weg entstand, als die ersten Gäste, noch unwissend und voller Erstaunen, auf der Schwelle zum Festsaal stehen blieben und es vor Ehrfurcht nicht wagten weiterzugehen.

Die Verzögerung verursachte ausgerechnet der Firmendirektor, der auf halbem Wege stecken blieb, weil er einen leichten Anfall von Klaustrophobie erlitt, aus dem er jedoch prompt von Tito befreit wurde, der dafür nicht zögerte, einen der Bäume zu fällen. Was im Ganzen gesehen jedoch nur ein kleiner Zwischenfall war, denn ansonsten verlief die Party wie am Schnürchen.

Der Direktor war voll des Lobes für jedes einzelne Detail, das sich Betta ausgedacht hatte, insbesondere für die Gestaltung der Bühne, von der aus er eine kurze und außergewöhnlich geistreiche Rede hielt; dann gab er die Tanzfläche frei. Eine Aufforderung, der auch Betta gerne nachkam, die Tito davon überzeugt hatte, gemeinsam mit ihr einen sinnlichen Tango aufs Parkett zu legen.

»Und, wie war ich?«, fragte er sie, betont ungerührt und gut gelaunt, obwohl er bisher noch keine besondere Neigung zu dieser Art der Körperertüchtigung gezeigt hatte. »Schau nur, wie ich dich zum Schwingen bringe, anders als deine betagten Verehrer, mit denen du auf der Straße herumknutschst wie ein Teenager.«

Betta hatte schon seit Tagen mit einer solchen Bemerkung gerechnet und sich eine entsprechende Antwort zurechtgelegt.

»Na hör mal, Vittorio ist nur ein paar Jahre älter als du.«

»Und die zählen so viel wie zwanzig. Der sieht doch aus wie mein Vater!«

»Bist du vielleicht eifersüchtig?«

»Ich? Auf den alten Knacker? Meine Aufgabe ist es nur, unbedarfte junge Frauen vor einem handfesten Skandal zu bewahren.«

»Ach, ausgerechnet du kommst mir mit solchen Vorwürfen? Du, der du dich um gar nichts scherst und mit jeder vögelst, die nicht bei drei auf den Bäumen ist? Sollen wir mal eine Liste der verheirateten Frauen aufstellen, die du in den vergangenen zwei Monaten mit nach Hause genommen hast?«

»Jedenfalls ist bei mir die Ware noch frisch …«, antwortete er und bog Betta in einer besonders abenteuerlichen Pose so weit nach hinten, dass sie zu Boden ging.

Dann richtete er sie blitzschnell wieder auf, klopfte ihr das etwas staubig gewordene Kleid ab, gab ihr einen Kuss auf die Stirn und machte sich grußlos von dannen.

Noch acht Tage bis Weihnachten.

Im Restaurant schmückte Betta die alten Tische mit Läufern aus Schottenkaro, Kiefernzweigen und Beeren, große rote Kerzen spendeten ein warmes Licht. Im Hintergrund spielten leise Bing Crosbys *Xmas Carols*. Die Stimmung war behaglich, und Betta war gut gelaunt damit beschäftigt, den riesigen Weihnachtsbaum zu schmücken, den Tito in wirklich allerletzter Minute endlich angeschleppt hatte.

Jacopo, den man noch schnell hinzugerufen hatte, obwohl er donnerstags immer freihatte, ging ihr zur Hand und schien ebenso fröhlicher Stimmung zu sein wie sie.

»Du schmückst auch gerne den Christbaum, stimmt's?«, fragte Betta ihn, als sie sah, mit welcher Sorgfalt er den Baumschmuck auswählte, bevor er ihn ihr reichte. »Ich liebe das und wollte auf gar keinen Fall darauf verzichten.«

»Meine Mutter war darin Spezialistin. Ich erinnere mich an riesige Weihnachtsbäume in meiner Kindheit, aber vielleicht kamen sie mir auch nur so groß vor, weil ich so klein war. Später fand ich das Brimborium vor Weihnachten ein bisschen übertrieben, aber mittlerweile fehlt es mir wieder.«

»Warum macht sie es denn nicht mehr?«, fragte Betta, etwas gedankenlos, während sie sich streckte, um an einen der höheren Zweige heranzukommen. Jacopo verstummte, sein Lächeln erlosch.

»Meine Mutter ist tot«, antwortete er, als er wieder sprechen konnte.

Betta erstarrte.

»Jacopo, ich … es tut mir leid«, stammelte sie, konnte aber nicht weiterreden. In diesem Moment rief Tito nach Jacopo, und der Junge entfernte sich mit einem traurigen Lächeln auf den Lippen, während Betta immer noch reglos dastand und ihm hinterherschaute.

Wie hatte sie das nur vergessen können? Sie wusste doch ganz genau, dass seine Mama tot war. Das hatte Tito ihr bestätigt, denn sie hatte es vom ersten Moment an gespürt, als sie Jacopo gesehen hatte. Das war auch der Grund, warum sie für ihn eine ganz besondere Zärtlichkeit empfand, denn die große Melancholie, die ihn umgab und die immer spürbar war, konnte nur von einem großen Verlust herrühren.

Ihr Blick folgte ihm immer noch, während er mit hängenden Schultern von Tito die Teller entgegennahm, die er zu Tisch 5 bringen sollte.

Das Restaurant war voll, nicht nur mit Stammgästen, sondern mit mehreren Grüppchen von Freunden, die vor Weihnachten ein letztes Mal zusammen aßen, bevor sie zu beschäftigt mit dem Fest der Liebe sein würden.

An Tisch 5 saß der Anwalt. Betta hatte ihn erst kurz vorher gesehen, wie er zusammen mit seiner üblichen weiblichen Begleitung Platz nahm. Eiskalt und hochnäsig, wie immer. Armer Jacopo, da hatte er aber keine sehr schöne Aufgabe zu bewältigen! Erst kränkte Betta ihn mit ihrer Oberflächlichkeit, und dann kam auch noch diese Arschgeige von Anwalt, der mit Sicherheit kein bisschen auf ihn Rücksicht nahm und mit seinem eiskalten Gebaren ein Übriges zu seiner Traurigkeit beitrug. Betta sah, wie Jacopo sich dem Tisch näherte und D'Arsi sich ein Stück weit zurücklehnte, damit der Junge servieren konnte. Auf einmal erstarrte Jacopo, den Arm auf halber Höhe, als er sah, wer da am Tisch saß.

»Jacopo!«, rief der Anwalt und sprang von seinem Sitz hoch. »Was machst du denn hier? Was tust du da?« Als er dann den Teller in Jacopos Hand sah, rief er entrüstet: »Du willst mir doch nicht etwa sagen, du …«

Einen Moment lang trat ein Ausdruck der Verblüffung in die Augen des Jungen. Nur einen Moment lang. Dann gewann die Wut in ihm offenbar die Oberhand, denn er fuhr mit dem Servieren fort – allerdings nicht in der gewünschten Weise, denn der Teller Tortelloni al limone landete akkurat auf dem perfekt frisierten Haupthaar des Rechtsverdrehers. »Das ist für dich, du verfluchter Anwalt! War mir ein Vergnügen, dir zu servieren!«, schrie Jacopo.

Dann drehte er sich auf dem Absatz um und marschierte mit großen, entschlossenen Schritten aus dem Lokal.

Alles erstarrte, Betta mit einer ihrer Christbaumkugeln in der Hand, Tito mit den Tellern für Nummer 16. Die Gäste an den Tischen saßen mit offenem Mund da. Eisiges Schweigen senkte sich über den Saal. Alle schauten wie betäubt auf die schauerliche (und lächerliche) Gestalt des Anwalts, der reglos dasaß, besudelt von der Sauce, die ganz allmählich auf sein perfekt gestärktes Hemd und die makellos reine Jacke tropfte.

Als Erste löste Betta sich aus ihrer Erstarrung und lief mit einer Serviette zu dem beschmutzten Gast. Unbeholfen versuchte sie ihn abzuwischen, entschuldigte sich vielmals, doch D'Arsi schob sie nur verärgert von sich.

Da stand sie, bestürzt, mit der Serviette in der Hand und viel zu entsetzt, um den ungewohnten Anblick dieses mächtigen Mannes in einer so lächerlichen und demütigenden Situation zu genießen, der – möglicherweise zum allerersten Mal in seinem Leben – nicht in der Lage war, damit umzugehen.

Die anderen Gäste und Anwesenden würden diese Szene lange nicht vergessen: den armen, vor Sauce tropfenden Anwalt D'Arsi, dem ein Tortellone aus der Westentasche lugte, wie er sich zwischen den Tischen mit den verblüfften Gästen hindurch nach draußen kämpfte.

Tito war noch nie bei Jacopo zu Hause gewesen, doch er wusste, wo er wohnte. Nach ihren Ausflügen auf dem Segelboot, jeden Dienstag, brachte er ihn nach Hause, und oft begegnete er ihm auf dem Weg ins Restaurant, wenn Jacopo zur Universität ging oder von dort kam.

Tito hatte eine Studentenbude erwartet, unaufgeräumt und

nicht besonders sauber, doch alles hier war picobello, und es herrschte eine fast manische Ordnung, besonders in Jacopos Zimmer. Die Bücher auf den Regalen waren nach Themen sortiert, das Bett perfekt gemacht, beinahe wie beim Militär, nur breiter. Jacopos Kleidung hing ordentlich über der Stuhllehne, zwar nicht gefaltet, aber sorgfältig gelegt, denn mit dem Bügeln hatte es Jacopo nach eigener Aussage nicht so. Auf einer Ablage über dem Bett waren, feinsäuberlich in Reih und Glied, etwa hundert Plastiksoldaten aufgereiht.

Unter dem Fenster stand ein Schreibtisch mit zwei Computern darauf, einem PC und einem Laptop; Letzterer stand auf *standby* und zeigte mehrere Fotos von Violetta. Sie lächelte auf allen.

»Nicht ein einziges Foto von der *Tina*?«, fragte Tito, auf Brunos Boot Bezug nehmend, um das Eis zu brechen, während Jacopo mit gesenktem Kopf in der Tür stehen geblieben war.

»Ich weiß, warum du hier bist. Ich wäre später selber im Restaurant vorbeigekommen, weil es mir wichtig war, dir zu sagen, dass es mir leidtut. Nicht, dass ich diesem Arschloch die Tortelloni über den Kopf gekippt habe, aber weil ich in deinem Restaurant so eine Szene gemacht habe. Das hätte ich nicht tun dürfen. Und ich bitte dich aufrichtig, meine Entschuldigung anzunehmen, falls sie dir überhaupt etwas wert ist.«

Tito nahm auf dem Bett Platz und schaute sich um.

»Einverstanden. Hm. Hier lebst du also … Ich habe es mir ganz anders vorgestellt, aber es ist … hübsch. Für meinen Geschmack ein bisschen zu sehr aufgeräumt, aber interessant. Was ist das denn für ein Apparat?«

»Ein Synthesizer. Betta hat mich gebeten, eine alte Stereoanlage für das nächste Fest aufzutreiben, aber die kosten zu viel, deshalb hab ich versucht, eine selber zusammenzubauen.«

»Und, wie geht es?«

»Mir fehlen immer noch Teile.«

»Nein, ich meinte, wie es dir geht.«

»Mir?«

»Wem denn sonst? Der Typ, dem du die Tortelloni über den Kopf gekippt hast, ist nach einer schönen Dusche wieder ganz der Alte. Bei dir weiß ich nicht, ob so schnell wieder alles gut ist.«

»Und bei dir?«

»Was meinst du?«

»Du bist doch bestimmt sauer. Bist du denn nicht gekommen, um mich rauszuschmeißen?«

»Nein. Ich bin gekommen, um zu erfahren, wie es dir geht. Und um zu begreifen, warum du es gemacht hast.«

»Hat dir Violetta nichts gesagt?«

»Was hat denn Violetta damit zu tun?«

»Sie weiß es. Sie war gestern Nachmittag hier, kurz nach dem Vorfall. Ich hab ihr alles erzählt.«

»Nein, sie hat nichts gesagt. Und ich will es auch nicht von Violetta hören, sondern von dir.«

Jacopo stand immer noch an der Tür. »Er ist mein Vater.«

Tito lehnte den Kopf ans Ende des Bettes. Das war ein starkes Stück. Das war wirklich ein starkes Stück.

»Dein Vater? Avvocato D'Arsi ist dein Vater?«

»Ja. Tut mir leid. Ich bin einfach ausgerastet.«

»Und woher kommt der Name Belfiore?«

»So hieß meine Mutter. Ich habe einen Doppelnamen. Das habe ich so gewollt; kurz bevor sie starb, wurde er geändert.«

In genau diesem Moment begann Titos Handy zu klingeln. Er zog es nicht einmal aus der Tasche.

»Gehst du nicht dran?«

»Nein. Sonst hast du mir nichts zu sagen?«

»Außer der Tatsache, dass es mir leidtut?«

»Außer der Tatsache, dass es dir leidtut, ja.«

Jacopo zuckte mit den Achseln. »Ich glaube nicht.«

»Dann bis heute Abend um sechs, ja?«

»Ist es dir denn egal, was ich gemacht habe?«

»Natürlich ist es mir nicht egal. Aber nicht, weil ich einen Gast verloren habe. Dein Vater war mir nicht einmal besonders sympathisch. Ich mache mir Sorgen um dich, verstehst du das nicht? So schrecklich ist die Welt nicht. Als ich so jung war wie du, hab ich das gedacht, aber irgendwann merkt man, dass es noch so viele andere Dinge auf der Welt gibt.«

»Mag sein«, erwiderte Jacopo zweifelnd, »aber für mich ist sie immer noch ziemlich kompliziert.«

Tito stand auf. Hier gab es nichts mehr für ihn zu tun, zumindest heute nicht.

»Bis später«, sagte er und verwuschelte Jacopo das Haar, als er an ihm vorbeikam.

Und Jacopo zwang sich zu einem Lächeln.

Draußen roch die Luft nach Schnee. Tito knöpfte sich die Jacke zu und schlang sich seinen Schal um den Hals.

Jetzt begann das Handy in seiner Tasche wieder zu läuten.

Es war Betta. »Was gibt's?«, fragte er.

»Wo bist du?«

»Ich bin auf dem Nachhauseweg.«

»Ich habe gerade eine Entdeckung gemacht.«

»Und zwar?«

»Weißt du, wer Avvocato D'Arsi ist?«

»Jacopos Vater.«

»Das hast du schon gewusst?« Bettas Ärger war nicht zu überhören. »Du hast es gewusst und mir nichts gesagt?«

Aha. Sie nahm es ihm also wirklich krumm.

»Ich habe es auch erst vor zehn Minuten erfahren. Ich bin zu ihm hin, weil ich wissen wollte, was gestern Mittag in ihn gefahren ist, und er hat es mir gesagt. Und du, wie hast du es herausgefunden?«

»Durch Violetta. Unglaublich, nicht wahr?«

Eine kurze Pause, dann redete sie weiter. »Und, wie geht es ihm?«

»Er sagt, es geht ihm gut, aber da bin ich nicht so überzeugt.«

»Violetta macht sich große Sorgen. Gestern nach der Arbeit ist sie zu ihm gegangen und fand, dass er ziemlich durcheinander war.«

»Mir schien er eher verschlossen zu sein, aber durcheinander eigentlich nicht. Jedenfalls kommt er heute Abend wieder in die Arbeit.«

»Hat er dir gesagt, warum er es gemacht hat?«

»Ich habe ihn nicht danach gefragt. Ich weiß nur, dass er seinen Vater hasst.«

»Das kann ich verstehen.«

»Ja, ich auch, aber ich glaube, das sagen wir ihm besser nicht.«

»Ganz sicher nicht, das bleibt ein Geheimnis zwischen dir und mir«, gab ihm Betta versöhnlich zur Antwort. »Aber ich muss zugeben, ich bin in meinem ganzen Leben nur wenigen Arschlöchern wie Avvocato D'Arsi begegnet.«

»Na ja, ein besonders sympathischer Typ ist er nicht.«

»Sagen wir ruhig, er ist eingebildet und ein Rüpel dazu. Hast du gesehen, wie der mich behandelt hat? Er hat mich weggescheucht, als hätte ich die Pest. Dabei wollte ich ihm nur dabei helfen, sich zu säubern.«

»Okay. Können wir dann jetzt mal über was anderes reden? D'Arsi ist nicht gerade mein Lieblingsthema.«

»Dabei wollte ich ihm wirklich bloß helfen, weil er in einer bemitleidenswerten Lage war, wirklich schlimm ...«

»Ja, ist ja gut.«

»Und er, statt mir zu danken ...«

»Ja, ist ja gut.«

»... wie kann das denn sein, dass jemand so unsensibel ist?«

»Können wir jetzt endlich mal mit dem Thema aufhören?«

»Bloß, weil er ...«

»Mann, du bist ja ganz außer dir!«

»Ja, so ist es.«

»Kann es sein, dass du Interesse an dem hast?«

»Wie bitte? Spinnst du? Wie kommst du denn darauf ...?«

»Ich weiß nicht, du nimmst dir das alles viel zu sehr zu Herzen. Passt gar nicht zu dir, so viel Eifer. Aber ich gebe dir diesen Rat als Freund, und dann mach damit, was du willst, machst du ja sowieso immer. Jedenfalls scheint mir der alte Muffelkopf ziemlich gaga zu sein, lass also bitte die Finger von ihm. Und jetzt vergiss diese Zirkusnummer und konzentrier dich wieder auf das nächste Fest. Apropos: Jacopo saß gerade über der Stereoanlage, um die du ihn gebeten hast. Wofür ist die denn eigentlich?«

Titos Worte brachten sie zum Schweigen, und schließlich hatte sich Betta nach einigen Momenten des Zögerns wieder unter Kontrolle.

»Für die Befana-Party am 6. Januar. Wo hat er denn die Stereoanlage gefunden?«, fragte sie, wieder deutlich ruhiger.

»Er hat sie nicht gefunden. Er kauft die Teile einzeln und baut sie zusammen.«

»Willst du damit sagen, eigenhändig?«

»Genau. Und zwar sehr genau. Und auch sehr ordentlich. Die Ordnung, die bei ihm herrscht, macht einen sogar ein bisschen nervös, da sieht es aus wie geschleckt. Und so sauber, dass man vom Boden essen könnte.«

Betta stieß einen Seufzer aus. »Der Junge hat doch irgendein Problem. Warum sonst wäre er so lieb?«

»Ich dachte daran, über Weihnachten mit dem Segelboot mit ihm rauszufahren. Auf dem Meer kommt er wenigstens nicht ins Grübeln.«

»Wenn du meinst. Hoffen wir bloß, er beschließt nicht, dreißig Jahre lang zum Seelenklempner zu gehen, so wie du.«

»Das ist wirklich nicht witzig, weißt du«, erwiderte Tito pikiert.

»Und wie witzig das ist! Und du hol mir bitte die Strümpfe für die Befana in der Via Melzi d'Eril ab. Du hattest es mir versprochen und wolltest es schon gestern machen.«

Tito schnaubte und legte auf.

Betta stand vor der Fensterfront des Lokals und dachte über das nach, was Tito bezüglich D'Arsi zu ihr gesagt hatte. Dachte er wirklich, sie könnte von einem solchen Snob fasziniert sein? Sicher, er war ein gut aussehender Mann, ein Mann mit Macht, immer elegant, aber bei so viel Perfektion gab es immer einen Haken. Nicht so sehr die Tatsache, dass der Mann nie lächelte, dass er dem Servicepersonal nie dankte, dass er kaum grüßte, weder beim Kommen noch beim Gehen – sondern dass er Betta jetzt bereits zweimal herablassend behandelt hatte, um damit seine vermeintliche Überlegenheit zu unterstreichen.

Obwohl Costanza anderes behauptete, war D'Arsi kein gutmütiger Mensch. Ganz im Gegenteil: Er war aufbrausend und auf perfide Weise sarkastisch. Und Tito hatte recht: Ganz gewiss war es keine gute Idee, ihr Herz an diesen ungehobelten Klotz mit seinen goldenen Manschettenknöpfen zu hängen. Schließlich gab es Männer, die ihre Aufmerksamkeit wesentlich mehr verdient hatten als er.

Betta hatte nämlich eine ganze Liste von Verehrern, jawohl! An erster Stelle stand Vittorio, der sie seit ihrem gemeinsamen Mittagessen im Restaurant mit amüsanten und amüsierten Nachrichten überhäufte. Ja, er war verheiratet, das stimmte, aber suchte sie denn überhaupt nach einer festen Beziehung? Jemandem, dem sie über Schritt und Tritt Rechenschaft schuldig war? Jemandem, mit dem sie jeden Abend aß? Mit dem sie vor der Glotze hockte? Mit dem sie das Bett teilte und möglicherweise Sex hatte, obwohl sie darauf überhaupt keine Lust hatte? Oder dem sie das dann erklären musste? Alles verschwendete Zeit, die sie doch viel besser nutzen konnte, indem sie den Roman las, der auf ihrem Nachttischchen lag und der ihr tatsächlich das Herz gebrochen hatte!

Tito hätte vermutlich gesagt, dass Betta frustriert war, und vielleicht stimmte das auch, aber was war denn so schlimm daran, wenn man gut allein zurechtkam? Sicher, wenn einen dann tatsächlich Amors Pfeil traf, war das etwas anderes. Aber passierte das denn überhaupt, wenn man die fünfzig überschritten hatte? Passierte es überhaupt? War es da nicht viel besser, eine Beziehung auf Zeit einzugehen, eine von diesen unkomplizierten Geschichten, die mit einem Lächeln begannen und ebenso endeten? Eine Beziehung, wie auch Tito sie führte, wohlgemerkt. Man trifft sich, findet Gefallen aneinander, bleibt ein wenig zusammen, betreibt ein bisschen Matratzensport, durchaus auf liebevolle Art, und dann macht man nicht einmal Schluss, sondern trifft sich einfach immer seltener. Bis man sich am Ende gar nicht mehr sieht, und dann geht man nach ein paar Monaten mal wieder zusammen essen, wie gute alte Freunde, und erzählt sich, mit wem man neuerdings das Bett teilt.

Ganz sicher war das besser als all die Male, als sich Betta in jemanden verguckt hatte und irgendwann mit einem schalen Geschmack im Mund aufgewacht war. Gefolgt von finsteren Tagen, in denen sie sich die Augen nach irgendwelchen Nullen ausgeweint hatte, die ihr am Anfang wie Halbgötter vorgekommen waren. Vermeintlich makellose und stolze Heerführer, die sich als schwache und ängstliche Memmen entpuppt hatten. Geistlose und egoistische Dummschwätzer, die nur an sich selbst dachten und an niemand anderen.

Genau wie dieser Winkeladvokat! Genug jetzt, sie würde keinen Gedanken mehr an ihn verschwenden. Und gleich morgen würde sie Vittorio anrufen.

Auch wenn er sich nicht im Geringsten verantwortlich fühlte, versuchte Tito – zur Verteidigung der Ehre und des guten Namens seines Restaurants – mehrfach, den Anwalt telefonisch zu erreichen.

»Ich will mich nur bei ihm melden, im Grunde ist er ja schließlich einer meiner besten Gäste«, lautete seine Rechtfertigung, wobei er dies weniger für sich tat als für Jacopo.

Die ebenso zuverlässige wie säuerliche Sekretärin ließ Tito

jedes Mal einen Moment lang in der Leitung hängen, um ihm dann mit kaum verhohlener Genugtuung mitzuteilen, der Herr Anwalt sei leider in einem Meeting und nicht verfügbar.

»Dann sagen sie ihm doch bitte, er soll mich zurückrufen, sobald es ihm möglich ist«, antwortete Tito, den dies überhaupt nicht störte, und war's damit zufrieden. Na gut, dann war er eben nicht nur daran gescheitert, Jacopo zu helfen, sondern er hatte auch zwei Gäste verloren.

Groß war deshalb seine Überraschung, als einen Tag später seine Einberufung durch die – unverändert säuerliche – Sekretärin erfolgte.

»Avvocato D'Arsi erwartet Sie nächsten Montag um neunzehn Uhr in seiner Kanzlei an der Piazzetta dell'Amore 26.«

So viel Herablassung ärgerte Tito maßlos.

»Ehrlich gesagt fange ich um genau diese Uhrzeit mit der Arbeit an«, antwortete er, ohne aus seinem Unmut einen Hehl zu machen.

»Soll ich die Verabredung dann streichen?«

Über diesen Vorschlag dachte er nur eine einzige Sekunde nach. Was hatte er denn im Grunde zu verlieren?

»Nein, danke. Um nichts in der Welt möchte ich mir die Gelegenheit entgehen lassen, ihn endlich kennenzulernen.«

Und so fand sich Tito an diesem Tag, pünktlich und auf seine Art höchst elegant – braunes Cordsamtsakko, Jeans, hellblaues Hemd mit Kaschmirweste, ebenso ein Erbstück seines Vaters wie die Lederschuhe von Church – im verborgensten Winkel der Finanzwelt von Mailand ein.

Der Portier zeigte ihm den Weg zum Fahrstuhl, der ihn direkt ins Wartezimmer der Kanzlei beförderte. Von der Sekretärin war weit und breit nichts zu sehen, doch dann ertönte die

Stimme des Anwalts aus dem Inneren der Kanzlei und forderte Tito zum Eintreten auf. Während Tito durch die Tür schritt, ließ er es sich nicht entgehen, das Arbeitszimmer des Anwalts einer genaueren Prüfung zu unterziehen. Alles hier, von der Holzvertäfelung bis zum unheimlich knarzenden Parkett und den üppigen Teppichen, strahlte etwas Düsteres aus. Doch was Tito am allermeisten beeindruckte, war das Bild, das hinter dem Anwalt an der Wand hing: ein Gemälde aus dem siebzehnten Jahrhundert, ganz gewiss von hohem Wert, das zwei kleine Mädchen zeigte. Bei dem einen handelte es sich vermutlich um die Infantin von Spanien, ein kleines Wesen von ausgemachter Hässlichkeit, das in einem steifen Kleidchen, gekrönt von einer gewaltigen weißen Halskrause, steckte und mit seinen schwarzen Augen hochmütig und mitleidlos auf den Betrachter herabblickte. Neben ihm stand eine Hofdame – auch sie unansehnlich und voller Herablassung –, bei der es sich jedoch nicht, wie auf den ersten Blick vermutet, um ein kleines Mädchen handelte, sondern um einen Zwerg!

Tito konnte sich ein Lächeln nicht verkneifen, als er sich vorstellte, welche Kommentare Betta wohl zu dieser »anmutigen« Einrichtung abgegeben hätte!

Das Büro wurde nur durch eine Lampe auf dem Schreibtisch des Anwalts beleuchtet, welcher, als Tito näher trat, sein Studium der Dokumente, die vor ihm ausgebreitet lagen, unterbrach, die Brille abnahm, sich erhob und Tito auf einen Stuhl verwies. Die Hand gab er ihm nicht.

Wenn er meinte, ihn damit zu beeindrucken, hatte er sich gewaltig getäuscht. Fast amüsierte es Tito, als er sah, wie unwohl sich der Anwalt offenbar fühlte.

Schließlich räusperte sich D'Arsi und sagte mit ernstem,

aber auch ein wenig zerknirschtem Ton: »Ich denke, Sie wissen, warum ich Sie hergebeten habe.«

»Vermutlich wollen Sie mit mir über Ihren Sohn sprechen.«

»Richtig.« D'Arsi nickte ernst.

Es folgte eine verlegene Pause, in der sich der Anwalt offenbar nach Kräften bemühte, noch hochnäsiger zu wirken, als es sowieso der Fall war, doch Tito dachte nicht im Traum daran, ihn auch nur einen Moment lang von der Peinlichkeit zu befreien, die es für den Anwalt offenbar bedeutete, dieses Thema anzuschneiden.

»Nun, Jacopo arbeitet also in Ihrem Restaurant.«

»Ja. Es wäre mir lieber gewesen, auf weniger traumatische Weise zu erfahren, dass Sie miteinander verwandt sind, aber so ist es nun mal.«

»Was genau sind denn nun seine Aufgaben bei Ihnen?«

»Er ist Kellner, aber bei uns packen alle mit an, weshalb er bei Bedarf auch in der Küche oder beim Catering aushilft, die Klos putzt und …«

Letzteres hatte Tito aus reiner Provokation gesagt, damit D'Arsi das Bild seines Sprösslings, der sich auf den Toiletten seines – in den Augen des Anwalts – erbärmlichen Restaurants zu schaffen machte, deutlicher vor Augen stand, weil er wusste, dass dies den Mann verärgern würde. Und in der Tat schien die hochmütige Miene seines Gegenübers deutlich zu bröckeln.

»Dann gehe ich davon aus, dass Jacopo offiziell bei Ihnen angestellt ist«, stieß er hervor.

»Da muss ich Sie leider enttäuschen, Avvocato. Ihr Sohn arbeitet schwarz bei uns.«

»Folglich könnte eine eventuelle Steuerprüfung zu Problemen führen?«

Wieder nur Stolz und Hochmut. Doch diesmal war D'Arsi über das Ziel hinausgeschossen, denn drohen ließ sich Tito nicht gern.

»Avvocato, Sie haben mich, wenn ich Sie daran erinnern darf, um neunzehn Uhr hierherzitiert, die Zeit, zu der ich mit meiner Arbeit beginne«, erwiderte er und bemühte sich um eine Gelassenheit, die er so nicht empfand. »Ich bin gerne gekommen, weil ich dachte, Sie wollen über Ihren Sohn sprechen. Nun aber sehe ich, dass Sie lieber über mein Restaurant reden wollen, was wir jederzeit gerne tun können, aber bei mir, nicht hier. Hiermit verabschiede ich mich und wünsche Ihnen schöne Weihnachten.«

Worauf er sich erhob und hinausging, ohne dem Anwalt die Hand zu geben, die dieser – das wusste er – sowieso nicht genommen hätte.

Kaum war Tito aus dem Fahrstuhl, durchquerte er den Flur, der in die große, nur spärlich beleuchtete Eingangshalle führte, grüßte den Portier, und schon war er draußen. Auf dem kleinen Platz, über dem ein leichter, kaum spürbarer Nebel hing, blieb er stehen und atmete erst mal tief durch. Dann zündete er sich eine Zigarette an und rauchte gierig, ließ das gerade Erlebte noch einmal Revue passieren.

»Was glaubt der denn, wer er ist? Betta hat recht. Was erlaubt er sich eigentlich? Hält sich für was Besseres, was?«, schimpfte er vor sich hin.

Dann schlug er den Kragen seiner Jacke hoch und machte sich auf den Weg zum Restaurant.

Er war erst ein paar Minuten unterwegs, als sein Handy zu läuten begann.

Unbekannte Nummer. In Gedanken versunken ging er dran; vielleicht war es ja Kundschaft.

»Ja?«

Auf der anderen Seite verlegenes Schweigen. Dann die Stimme des Anwalts, der seinen Namen nannte. Eine unsichere Stimme, zögernd, aufgewühlt. Tito glaubte seinen Ohren nicht zu trauen: D'Arsis Selbstsicherheit – wo war sie hin?

Verschwunden war seine Arroganz, sein Stolz. Wieder eine Pause der kaum verhohlenen Anspannung.

»Ich möchte gerne noch einen Moment mit Ihnen reden … über meinen Sohn.«

Aha. Nicht mehr das unpersönliche »Jacopo«, sondern »mein Sohn«, *mein* Sohn. Offenbar besann sich der Anwalt gerade auf seine Vaterschaft, die er bisher nur schlecht ausgelebt hatte. Es bedurfte nur so wenig, um Tito zu erweichen.

»Ich warte in der Bar an der Ecke auf Sie. Kommen Sie, und ich gebe Ihnen ein Glas Prosecco aus.«

Vittorio kam um Punkt acht.

Als Betta die Tür öffnete, um ihn hereinzulassen, stand sie vor einem riesigen Strauß Blumen. Doch es handelte sich weder um das übliche, kostspielige Gebinde von irgendeinem Floristen im Zentrum noch um die sprichwörtlichen Rosen. Vittorio hatte ihr einen Strauß Amaryllis gebracht: lange fleischige, elegante Blumen, eingewickelt in durchsichtiges Papier und mit einer einfachen Schnur zusammengebunden.

Kurz entschlossen packte sie den Strauß in den Schirmständer, der auf dem Flur stand, denn für jedes andere Behältnis wäre er zu groß gewesen. Dann stellte sie die improvisierte Vase neben den kleinen Zimmergarten, den sie sich aus zurückgelassenen Blumenkästen ihres Vormieters gebaut und mitten im Wohnzimmer aufgestellt hatte, mehrere übereinandergeschichtete Kästen, die sie mit Grünpflanzen bepflanzt hatte.

Vittorio nahm seinen Mantel und stand etwas ratlos da, weil er nicht wusste, wohin damit.

»Hier«, sagte Betta zu ihm und hängte das gute Stück in den einzigen Schrank, über den die Wohnung verfügte. Er befand sich in einer Nische in dem kleinen Flur, vor dem Bad.

»Diese Wohnung ist so wie du: so klein, und so voller Wärme«, hörte sie ihn sagen, während sie nach einem freien Bügel zwischen ihrer eigenen Kleidung suchte.

»Findest du?«

Vittorio nahm auf einem Sessel Platz und schaute sich um.

»Magst du ein Glas Rotwein, während ich die Pasta ins Wasser gebe?«

»Gern. Ich leiste dir Gesellschaft in der Küche.«

Sie schaute ihn lachend an.

»Besser, du wartest hier. Da drinnen ist es zu eng für zwei Leute.«

Doch Vittorio wollte sich nicht geschlagen geben.

»Perfekt, dann kommen wir uns ja zwangsläufig näher.«

Auf den zwei Quadratmetern der Küche war in der Tat nur wenig Platz, und so war es unvermeidlich, dass sie sich in die Arme fielen.

Während die Spaghetti auf kleiner Flamme vor sich hin köchelten, erwiderte Betta Vittorios Kuss voller Leidenschaft.

Sie hatte eine Weile gebraucht, bis sie ihn zu sich nach Hause einlud. Zwei Wochen lang, in denen er sie mit SMS und geistreichen Bemerkungen bombardiert hatte. Zu Beginn hatte sie ihm noch geantwortet, ihn dann ignoriert; am Ende war ihr seine Hartnäckigkeit sogar ein wenig auf die Nerven gegangen. Bis zu seiner jüngsten SMS am vergangenen Sonntag: »Habe gerade mein Golfturnier abgeschlossen, auf der Terrasse sind die ersten Alpenveilchen rausgekommen, und Inter gewinnt auswärts 3:0. Jetzt fehlst nur noch du, dann ist der Tag perfekt.«

Warum zum Teufel ließ sie diesen Mann eigentlich so lange zappeln? Sie gefiel ihm, er gefiel ihr, sie waren erwachsene Menschen. Was war denn so schlimm daran, sich ein bisschen zu amüsieren?

Deshalb hatte sie ihn also angerufen und zum Abendessen eingeladen. Und jetzt, wo Vittorio hier war, war sie glücklich.

Sie kosteten gerade genüsslich den Geschmack ihrer Lippen, als das Telefon läutete. Beide versuchten, den leisen Klingelton nicht zu beachten, aber er wollte und wollte einfach nicht aufhören. Kurz brach er ab, dann setzte er wieder ein.

Betta ging entnervt dran. »Was ist denn, Tito?«, fragte sie und machte aus ihrem Unmut keinen Hehl.

»Ich kann den Panettone von Costanza nicht finden. Hast du ihn vielleicht irgendwo versteckt?«

»Ich habe ihn ihr bereits gegeben. Sie ist gestern im Restaurant vorbeigekommen. Warum fragst du danach?«

»Weil ich ihn an seinem Platz nicht mehr finden konnte. Ich wusste nicht, dass sie ihn schon abgeholt hat, und machte mir Sorgen.«

»Na gut, Problem gelöst. Dann ciao.«

»Kommst du heute Abend nicht vorbei?«

»Nein, heute Abend nicht. Außerdem ist es schon spät, nach acht.«

»Ich hatte eigentlich mit dir gerechnet. Wir müssen die Abrechnung machen.«

»Das kann bis morgen warten. Ich komme ein bisschen früher. Und jetzt …«

»Nein, morgen kann ich nicht. Ich gehe zum Blutspenden und dann zum Zahnarzt, ich weiß nicht mal, ob ich morgen überhaupt ins Restaurant komme.«

»Dann übermorgen …«

»Auch nicht. Übermorgen ist Heiligabend. Und ich muss noch Geschenke kaufen.«

»Geschenke für wen, Tito? Es gibt doch in deinem Leben niemanden außer mir.«

»Eben. Dein Geschenk muss ich noch kaufen, und nachdem du so kompliziert bist, brauche ich bestimmt den ganzen Nachmittag dazu.«

»Na gut. Wie du willst. Dann hören wir uns morgen auf alle Fälle.«

»Und du kommst heute wirklich nicht mehr vorbei?«

»Nein, komme ich nicht. Ich KOMME NICHT VORBEI. Heute Abend nicht. Und jetzt muss ich wirklich aufhören, meine Pasta ist fertig.«

»Ist ja gut, ich lass dich jetzt in Ruhe. Viel Spaß noch!«

»Den werde ich haben«, antwortete sie und drückte auf den roten Knopf, bevor ihm womöglich noch etwas einfiel.

»Probleme?«, fragte Vittorio, als sie in die Küche zurückkam.

»Nein, das war Tito. Der ist in letzter Zeit so komisch. Fast könnte man meinen, er weiß, dass du hier bist, und will mich ein bisschen ärgern.«

»Ich bin ihm nicht besonders sympathisch.«

»Er ist nur ein wenig eifersüchtig. Das kommt mal vor, unter Freunden.«

Die Zeituhr klingelte. Die zwölf Minuten Kochzeit für die

Nudeln waren vorbei. Betta goss sie ab und schwenkte sie in ihrer berühmten Sauce aus Pesto und Tomaten.

Nach dem Abendessen gingen die beiden schnurstracks hinüber ins Schlafzimmer, wo Betta nun auf ihrer Bettdecke von Kenzo, einem weihnachtlichen Überbleibsel aus alten Zeiten, lag, ganz entspannt und ein winziges bisschen beschwipst. Neben ihr lag Vittorio, küsste sie und versuchte etwas unbeholfen, ihr Kleid zu öffnen. Schließlich beschloss Betta, dies selber zu tun, während er sich den Pullover über den Kopf zog und sein Hemd aufknöpfte. Eng umschlungen machten sie weiter, Betta ließ ihre Schuhe mit einem leisen Klacken auf den Boden fallen und zog ihm die Anzugjacke aus.

Vittorio machte sich an seinem Gürtel zu schaffen und küsste sie voller Leidenschaft weiter, auf den Mund, den Hals, die Wangen.

Der Duft der Amaryllis drang ganz zart bis zu ihnen herüber und mischte sich mit dem köstlichen Aroma der Sahnetorte, die noch auf dem Tisch stand, daneben eine leere Flasche Spumante.

Dort im Halbdunkel ihres Schlafzimmers fühlte sich Betta genau am richtigen Platz.

Endlich hatte sie sich aus ihrem Kleid geschält und schlüpfte rasch unter die Decke.

»Frierst du?«, flüsterte Vittorio fürsorglich.

»Nein, ist mir nur lieber so.«

Sie hatten es sich gerade im Bett gemütlich gemacht, als ein Handy klingelte.

»Ich glaube, das ist meins«, murmelte Vittorio und hielt einen Moment lang inne.

»Musst du rangehen?«

»Nein.«

Unter den Laken war es angenehm kühl. Betta lächelte, genoss diesen ersten Moment fast unschuldiger Intimität. Vittorio streichelte sie verzückt. Das Handy klingelte weiter.

»Bist du sicher, dass du nicht rangehen musst?«

»Ja.«

»Aber es hört nicht auf.«

»Nur eine Frage der Zeit.«

Betta versuchte, sich nicht aus der Stimmung bringen zu lassen, doch ohne es zu wollen, wurde sie ganz steif. Dieses Klingeln nervte.

»Schau doch wenigstens, wer es ist.«

Vittorio löste sich widerwillig von ihr und zog sein Handy aus der Tasche der Jacke, die zu Füßen des Bettes lag.

Der Name Margherita war so hell unterlegt, dass er das ganze Zimmer beleuchtete.

»Ja, hallo?«

Betta konnte die schrille Stimme der Frau selbst aus einem Meter Entfernung hören.

»Mein Auto! Die haben mir das Auto geklaut! Mein Auto!«, kreischte sie hysterisch.

»Wie, die haben dir das Auto geklaut? So beruhig dich doch, Margherita. Wo bist du denn?«

»Im Kino. Ich bin hier mit Renata, und sie haben mir das Auto geklaut. Es stand hier, ich hatte es hier geparkt, und jetzt ist es nicht mehr da. Hol mich ab.«

»Aber schau doch noch mal genau nach, vielleicht steht es gar nicht da, sondern woanders, ich bin mir sicher …«

»Nein! Es ist gestohlen, ich sag es dir. Der Kassierer im Kino hat gesagt, hier werden oft Autos gestohlen. Und jetzt hol mich ab!«

»Aber ich bin am anderen Ende der Stadt … bis ich dahin komme … willst du dir nicht lieber ein Taxi nehmen?«

»Ich muss jetzt erst einmal Anzeige erstatten. Um diese Uhrzeit gehe ich nicht allein zur Polizei. Du musst sofort kommen.«

»Margherita, ich …«

»Ich bin im *Gloria* am Corso Vercelli. Ich warte im Kino auf dich. Mach schnell. Wir müssen auch noch Renata heimbringen.«

Das Licht des Displays erlosch. Vittorio blieb mit dem Handy in der Hand sitzen und sagte eine Weile nichts. Als er sich dann zu Betta drehte, sah er sehr müde aus, sein ganzer Übermut war wie weggeblasen.

»Es tut mir leid«, sagte er, ohne noch etwas hinzuzufügen. »Es tut mir wirklich leid.«

Nachdem er seine wild auf dem Boden verteilten Kleidungsstücke eingesammelt, sich hastig angezogen und kontrolliert hatte, ob er nichts vergessen hatte, verschwand Vittorio.

Er rief sie weder am Tag danach an noch an den weiteren Tagen. Es fiel Betta nicht leicht, die Ruhe zu bewahren, zumal sich Tito, der offenbar ahnte, um wen es ging, keine Gelegenheit entgehen ließ, sie mit dem aufzuziehen, was er als »neues Techtelmechtel« bezeichnete und aus Gründen, die ihr schleierhaft waren, nicht guthieß.

Betta war sich sicher, dass es dabei nicht darum ging, dass Vittorio verheiratet war. Tito war kein Typ, der sich als Moralapostel aufspielte, doch es war klar, dass er Vittorio nicht mochte. Genauer gesagt mochte er ihn nicht *mehr*. Und zwar genau seit dem Moment, als Betta begonnen hatte, ihn zu mögen.

Na gut, Eifersucht hin oder her, aber musste er permanent auf ihr herumhacken und sie mit giftigen Anspielungen auf den »alten Mann« und seine »kindische und unerträgliche Verliebtheit« aufziehen?

Machte sie das vielleicht mit seinen angeblichen Freundinnen, ob sie nun schön oder hässlich, jung oder angegraut waren?

Von denen gefiel ihr auch keine Einzige, aber das rieb sie ihm doch nicht ständig unter die Nase!

So machte man das unter Freunden: Man behielt seine Meinung für sich, versuchte, den Wunsch zu unterdrücken, mit dem Störenfried kurzen Prozess zu machen, und zwang sich dazu, sich für den anderen zu freuen. So lange, bis sich nach einer Weile der irrationale Besitzanspruch, den die Menschen in ihren Beziehungen so gerne entwickeln, legte und man am Ende begann, auch die positiven und unterhaltsamen Seiten des zuvor als Eindringling empfundenen Fremden – der schließlich so fremd gar nicht sein konnte, weil er immerhin dieselbe Person liebte wie man selbst – wahrzunehmen und ihn schließlich sogar lieb zu gewinnen.

Tito war es allerdings nicht gegeben, sich in Herzensdingen allzu sehr anzustrengen. Er war ehrlich, oder, besser gesagt, schonungslos. Wenn einer ihm nicht passte, dann war das eben so.

Und Vittorio passte ihm nicht. Warum eigentlich? Weil er das genaue Gegenteil von ihm selbst war: Vertreter der Mailänder Bourgeoisie, der er immer schon hatte entfliehen wollen und die er noch immer ablehnte. Dabei waren unter dem Strich diese ehemals braven Jungs aus den teuren Privatschulen San Carlo oder Gonzaga auch nicht viel anders als er: Sie hatten die gleiche Musik gehört, hatten die gleichen Filme gesehen und bewunderten die gleichen Idole. Von ihren Familien emanzipiert hatten sie sich genauso wie er – allerdings ohne das Bedürfnis zu verspüren, ihnen gleich drei Jahrzehnte fernzubleiben. Vielleicht sahen sie ja wegen ihres klassischen Stylings älter aus als er, aber in Wirklichkeit waren sie das nicht. Auch sie waren Kinder des Wirtschaftsbooms, auch sie verlebten eine lange Jugend und ein Gefühl der Sorglosigkeit, das ihre Väter niemals gekannt hatten und das ihnen bleiben würde bis ans Ende ihrer Tage.

Wie jeden Tag saß Betta an ihrem Schreibtisch, schaute permanent auf ihr Handy, war sich aber unsicher, ob sie den ersten Schritt machen sollte, denn ihr war durchaus bewusst, wie peinlich Vittorio das Geschehene vermutlich war.

»Statt hier zu sitzen und auf Nachricht von deinem alten Knacker zu warten, warum kommst du nicht mal hier rüber? Hier gibt's was für dich«, sagte Tito, als er den Weißen Salon betrat und sie wieder einmal mit dem Handy in der Hand erwischte.

Es war fast vier Uhr nachmittags, und das Restaurant war leer. Nach diesem Abend würde es eine Woche geschlossen bleiben.

Auf dem Gemeinschaftstisch thronte ein riesiges, in Goldpapier gewickeltes und mit blauem Band verschnürtes Paket.

»Es ist nicht so schön eingepackt, wie du das machen würdest, aber wir haben unser ganzes Herzblut reingesteckt«, sagte Tito, während die gesamte Mannschaft ihn umringte.

Betta trat gerührt näher. Tito, Jacopo, Violetta und Marcello schauten sie voller Ungeduld an.

Ganz langsam begann sie mit dem Auswickeln, und als das Papier weg war, stand ein funkelnagelneues weißes Fahrrad mit vielen Gängen, einem anatomisch geformten Ledersattel und einem stabilen Korb vor ihr. Auf dem Rahmen stand groß und breit: *Più dolce.*

»Wird Zeit, dass du das alte wegschmeißt«, erklärte Tito, der vor Stolz platzte, »und endlich mal auf was Modernerem rumstrampelst.«

Als Betta in den Weißen Salon zurückkehrte, um ihre Geschenke für die anderen zu holen, die viel banaler und bescheidener waren als das, was sie gerade erhalten hatte, stellte sie fest, dass sie eine SMS von Vittorio aus dem Skiurlaub bekommen hatte.

Es gibt so vieles, über das ich mit dir reden möchte, und das alles ist mir furchtbar peinlich, aber die Angst, dich zu verlieren, ist stärker als jede Verlegenheit. Ich hasse Courmayeur und finde es schrecklich, so weit weg von dir zu sein. Darf ich dich heute Abend anrufen?

Neues Jahr, neues Glück?

Jacopo hatte er nichts verraten. In Mailand regnete es wie aus Kübeln, doch kaum hatten sie den Cisa Pass hinter sich gebracht, kam die Sonne zum Vorschein. Die Autobahn war leer, und Tito drückte auf die Tube, überschritt genüsslich die Geschwindigkeitsbegrenzung. Sie waren um fünf Uhr morgens aufgebrochen und in Richtung Punta Ala unterwegs. Es war Weihnachten, und dafür brauchte es ein besonderes Ziel und ein besonderes Boot.

Das Ziel war Golfo Stella im Süden von Elba und das Boot ein Wally von zwanzig Metern Länge mit dem Namen *Ippocampo*; es lag an Mole 7 der toskanischen Marina. Rumpf und Mast aus Karbonfiber, silbergraue Kompositsegel, selbstwendende und selbstaufrollende Fock, Doppelruder und elektrische Seilwinde mit Fernbedienung.

Selbst Tito hatte noch nie einen Fuß auf ein so schönes Boot gesetzt, doch es war das erste Weihnachten seit fünf Jahren, das er auf See verbrachte, und er wollte einfach, dass es perfekt wurde. Das Boot zu mieten hatte ihn mehr gekostet als vorhergesehen, zumal seine jüngste Investition an der Börse nicht gut gegangen war und ein großes Loch in seine Finanzen gerissen hatte. Eines frühen Morgens hatte Giampi ihn angerufen und gesagt: »Mach dir keine Sorgen, das ist derzeit ein ganz normaler Vorgang an der Börse. Ist alles einkalkuliert«, hatte er ihm versichert. »In zwei Wochen haben wir das wieder reingeholt, noch bevor die zweite Rate für den Kredit fällig wird.«

Und so hatte Tito seine Kreditkartendetails sorgfältig auf der Website von www.veleggiarecongaudio.it eingegeben, die ihm sein Freund Bruno empfohlen hatte, auch wenn Titos finanzielle Situation dies eigentlich gar nicht erlaubte. Als er nun jedoch vor diesem schlanken, schimmernden Wunderding stand, das ihm schöner und sinnlicher vorkam als jede Frau, der er in all den Jahren begegnet war, bereute er keinen Cent, den er dafür ausgegeben hatte.

»Wow!«, rief Jacopo aus und betrachtete das Boot mit der gleichen Begierde wie Tito. »Aber bist du denn sicher, dass wir das Boot auch fahren können?«

»Steuern, Jacopo, steuern! Ein Boot fährt man nicht, das steuert man. Ich hoffe bloß, dass ich es nicht gleich wieder bereuen muss, dich auf dieses Wunderding eingeladen zu haben. Außerdem musst nicht du es steuern, sondern ich, der ich – sorry, wenn ich dich daran erinnern muss – mehr als die Hälfte meines Lebens auf einem Boot verbracht habe. Es gibt nichts, was ich nicht schon gesehen habe.«

»Ich habe Dinge gesehen, die ihr Menschen niemals glauben würdet«, zitierte Jacopo die Schlussszene aus *Blade Runner*, weil er wusste, dass Tito diesen Film liebte.

»Genau! Auch wenn es keine gigantischen Schiffe waren, ›die brannten, draußen vor der Schulter des Orion‹, und keine ›C-Beams, glitzernd im Dunkeln, nahe dem Tannhäuser Tor‹. Dafür habe ich fünf Meter hohe Wellen gesehen, mitten auf dem Pazifik, und Blitz und Donner bei den Komoren, eine ganze Schule Orcas, die zwanzig Meter von meinem Boot entfernt aus dem Wasser kamen, und Albatrosschwärme, so groß, dass sie den Himmel verdunkelten.«

»*Cool!*«

Jacopo sagte es fast ein wenig spöttisch, und Tito spielte den Gekränkten. »Vielleicht ist es ja besser, du schläfst im Auto.«

»Entschuldige, ich wollte nicht respektlos klingen.« Und dann fügte Jacopo, der gerne scherzhaft einen militärischen Ton anschlug, hinzu: »O Captain! Mein Captain! Verzeih mir. Ich bin bereit. Gehen wir!«

»Es gefällt mir, dass du guter Laune bist«, bemerkte Tito und ging ihm auf der Laufplanke voraus.

»Ich bin immer guter Laune, wenn ich mit dir zusammen bin.«

Das Meer war ein türkisblauer Spiegel, der Maestrale blies nicht allzu stark. Am Himmel keine einzige Wolke, und der Horizont sah aus wie mit dem Lineal gezogen.

»So nah, als könnte man ihn berühren«, sagte Jacopo und blieb am Heck stehen, um die paradiesische Aussicht zu bewundern.

Bevor sie in See stachen, unterzog Tito das Innere des Bootes noch einer kurzen Prüfung. Die Küche sah aus wie ein Showroom von Boffi, dem Edelküchenausstatter, wohin Betta ihn einmal zu einer Präsentation mitgenommen hatte, aseptisch und minimalistisch.

Einen Moment lang war er irritiert. So viel Design störte ihn auf einem Boot und erst recht in der Küche, doch als er den Herd ausprobierte, um auf dem »Kombinationsgerät mit intelligentem Hitzemanagement« einen Kaffee zu kochen und die frischen Brioches aufzuwärmen, die er tiefgefroren aus dem Restaurant mitgebracht hatte, änderte er seine Meinung. Technik war eine gute Sache, wenn sie einem das Leben leichter machte, und gegen sie anzukämpfen war nicht nur eine verlorene Partie, sondern auch dumm. Außerdem war Weihnachten, und er wollte besser sein als sonst, nicht nur der gute alte Tito. Er verstaute die Lebensmittel: zwei Flaschen ligurischen Vermentino, wie nur Gott ihn gekeltert haben konnte, zwei Flaschen Jahrgangs-Spumante Brut, Tintenfischsalat mit Sellerie, Fischfilet mit gerösteten Pinienkernen, gratinierte Sardinen, frische Krebse und Scampi, das überirdisch gute Pesto, das Marcello am vorangegangenen Abend extra für ihn zubereitet hatte, frischer Thunfisch und Lachs, aus denen Tito Tatar machen wollte, Spaghetti, Roggenbrot als Basis für die Crostini und natürlich ein Panettone von *Più dolce,* dazu Kaffee, Grappa, Kräuterbitter sowie – ein Geschenk von Bruno – eine kubanische Zigarre, die schon seit Monaten auf ihren Einsatz wartete.

Schweigend verließen sie den Hafen, mit Tito am Steuer, während Jacopo die Fender einholte und festmachte. Die Uhr zeigte 10.15. Vor ihnen lagen mindestens fünf Stunden puren und absoluten Segelvergnügens.

Die *Ippocampo* flitzte mit neun Knoten dahin. In weniger als drei Stunden hatten sie ihr Ziel erreicht.

In einer der Buchten, die sich in den Golf hineinschnitten, von Stränden mit hellem Sand umgeben, gingen sie vor Anker. Das Meer war glasklar, von einem geradezu flirrenden Blau, und es roch intensiv nach den Sträuchern, Blüten und Bäumen der Insel – Ginster, Myrte und den Pinien, die Elba und seine Felsküste bedeckten, so intensiv und durchdringend, obwohl es doch tiefster Winter war. Über ihnen lag der Ort Capoliveri; malerisch erstreckte er sich auf den Hängen des Berges Calamita und blickte weit über die Bucht, von trägen, unermüdlichen Möwen umflattert, die ihre schrillen, traurigen Schreie ausstießen. Die Luft war so klar, dass die

Insel Korsika mit ihren verschneiten Gipfeln zum Greifen nah schien. Diese Bucht gehörte zu Titos liebsten Orten auf der ganzen Welt.

Sie war seine Zufluchtsstätte gewesen, als er sich damals, nach einem schlimmen Streit mit seinem Vater, einfach das Boot genommen und eine Woche lang damit in diesem Archipel herumgeschippert war. Zurückgekehrt war er erst, als die Polizei ihn an der Hafeneinfahrt der Insel Giglio festgenommen hatte. Und kaum hatte er daheim in Mailand die Wohnungstür geöffnet, war sein Vater über ihn hergefallen, hatte ihn geohrfeigt, war vollkommen ausgerastet. Die beiden Polizisten, die ihn ablieferten, waren so peinlich berührt gewesen, dass sie sich ganz schnell verabschiedeten, während sein alter Herr immer noch herumbrüllte wie ein Wahnsinniger. Tito hingegen hatte damals keinen Ton gesagt. In seinem Inneren litt er Höllenqualen, die schlimmsten seines Lebens, doch nach außen blieb er ungerührt.

Dieser Mann hatte die Macht gehabt, ihn zu terrorisieren und ihm das Gefühl zu geben, ein Ausgestoßener zu sein. Auch wenn Tito damals eigentlich das genaue Gegenteil sein wollte, denn im Grunde war er nur ausgebüxt, damit sein Vater merkte, wie toll er war, wie tapfer, wie mutig, all dies, um endlich von ihm wahrgenommen und beachtet zu werden. Damals war er eine ganze Woche lang auf See gewesen, ohne auch nur einmal die Kontrolle über das Boot zu verlieren oder Angst zu haben. Das war etwas, wozu die anderen, seine Freunde, nicht in der Lage waren, diese Lackaffen, mit denen er zwangsläufig zu tun hatte. Söhne aus guten Mailänder Familien, genau wie sein Bruder, Jungs, für die nur zählte, gut in der Schule zu sein, wo das größte Risiko darin bestand, einmal eine schlechte Note zu bekommen; und Leute, die sich dort draußen auf dem Meer, ganz allein, vor Angst in die Hose gemacht hätten. Tito hingegen nicht, er konnte anpacken und war zu vielem fähig. Und er wusste seinen Kopf zu benutzen, auch auf die Gefahr hin, am Ende draufzuzahlen. Warum nur erkannte sein Vater diese Begabung bei anderen, nicht aber bei ihm? Was sollte er noch tun, um von ihm respektiert zu werden? Jeder andere wäre froh darüber gewesen, seinen Sohn heil zurückzubekommen, jeder andere hätte ihn in die Arme genommen und an sich gedrückt, weil endlich die Zeit des Bangens vorbei war. Sicher hätte er ihn dann bestraft, und Tito wäre durchaus bereit gewesen, eine exemplarische Strafe hinzunehmen. Sein Vater jedoch wäre nicht einmal auf die Idee gekommen, ihm seine Zuneigung zu zeigen. Ihm war nur wichtig, dass nicht über ihn geklatscht wurde, es zählte nur das, was die Leute über ihn dachten. Zum Teufel mit den Leuten, und zum Teufel auch mit dir, Papa!

Als das große Geschrei vorüber war, war Tito auf sein Zimmer gegangen und hatte es tagelang nicht mehr verlassen, hatte sich geweigert zu reden, zu essen, ja zu trinken. Diesen Hungerstreik hatte er erst unterbrochen, als seine Mutter ihm ein Stück Kirschkuchen und ein Glas Milch gebracht hatte. Ja, sie hatte ihn immer zu nehmen gewusst. Es hatte dennoch vier Tage gedauert, bis sie es geschafft hatte, zu ihm zu gehen, so beschäftigt war sie mit irgendwelchen mondänen Verpflichtungen, doch irgendwann hatte sie die Zeit gefunden. Wenn es hingegen nach seinem Vater gegangen wäre, dann hätte Tito in diesem Zimmer ruhig krepieren können. Oder wenigstens glaubte er das damals.

Während Jacopo mit dem Decken des Tisches beschäftigt war, welcher wie durch Zauberhand auf Knopfdruck erschienen war, fand Tito mal wieder Geschmack am Kochen.

Der Herd war einer dieser modernen und besonders sicheren Induktionsherde, kein Gasherd, wie sie ihn im Restaurant hatten, doch er erfüllte seinen Zweck ganz ausgezeichnet. Tito brachte Wasser zum Kochen und warf die Garnelen zum Bräunen in die Pfanne, dann ging er mit einem Teller Fischfilet und ein paar gratinierten Sardinen nach oben an Deck, dazu zwei Gläser Vermentino.

Der Tisch war fürstlich und mit allem Schnickschnack gedeckt: blaue Tischdecke und ebensolche Servietten, auf denen handgestickt der Name des Schiffes stand, weiße Porzellanteller von Rosenthal, dazu Kristallgläser und Besteck von Alessi.

»Das gehört alles zum Schiff. Ich dachte, das können wir bestimmt benutzen«, sagte Jacopo, stolz auf seine Arbeit.

»Da hast du vollkommen richtig gedacht. Ich glaube, ich mache gleich noch ein Foto und schicke es an Betta. Sie freut sich bestimmt zu sehen, dass wir nicht aus Tupperdosen essen.«

Sie schenkten sich Wein ein und machten mit Titos Handy ein Selfie.

»Achte bitte darauf, dass der Tisch gut drauf ist«, sagte Jacopo und veränderte ein wenig den Blickwinkel.

Nur wenige Minuten später kam Bettas Antwort. Ihre Nachricht begann mit dem Kuss-Smiley mit den vielen Herzchen rundum.

Frohe Weihnachten, meine Lieblingsjungs!
Allerliebste Grüße und einen dicken Kuss
von Betta

P. S. Ich bin froh, dass ihr nicht von Papptellern esst!

Tito zeigte Jacopo grinsend das Display. »Hab ich's dir nicht gesagt?«

Die handgemachten Spaghetti mit Pesto und Krebsen waren ein Gedicht, ebenso wie das Tatar, der Oktopussalat und der Panettone als krönender Abschluss, alles hinuntergespült mit einem feinen Tröpfchen Wein.

Um drei Uhr nachmittags waren sie mit dem Mittagessen fertig, und während Tito alles aufräumte, wozu er später ganz bestimmt keine Lust mehr haben würde, putzte Jacopo das Deck und telefonierte zwischendurch mit Violetta.

Fetzen ihres verliebten Geplänkels drangen an Titos Ohr, und was ihn am meisten daran überraschte, war der fröhliche Grundton, dieses verschwörerische und liebevolle Flüstern, die kleinen Scherze und Doppeldeutigkeiten, wichtige Worte, mit Sorglosigkeit dahingesagt, deshalb jedoch nicht weniger ernst. Dabei waren Jacopo und Violetta noch so jung!

Wann hört ein sorgloser Umgang mit einer Frau eigentlich auf, unterhaltsam zu sein, und wird stattdessen verbindlich?, fragte sich Tito, der lauschte, ohne sich dessen bewusst zu sein.

Er zum Beispiel sagte nie »Ich liebe dich«. Und auch nicht »Ich hab dich lieb«, denn das war, wenn man es recht betrachtete, eigentlich das Gleiche und wäre ihm in seinem Alter sogar albern vorgekommen. Als junger Mann jedoch hatte er dergleichen durchaus gesagt. Und keine der Empfängerinnen dieser Liebesschwüre hatte damals daran geglaubt, es könnte für immer sein; das war erst später, etwa mit dreißig, der Fall, und noch schlimmer mit vierzig. Am Ende hatte Tito, um unangenehme Diskussionen zu vermeiden, auf linguistische Spitzfindigkeiten wie »Du bist die Einzige« oder »Ich bin verrückt nach dir« zurückgreifen müssen. Denn wenn es stimmte, dass die Frauen gerne solchen Unsinn hörten, war es auch richtig, dass sie solche Euphemismen weniger ernst nahmen als ein »Ich liebe dich.«

Wer weiß, warum das so war? Für Tito gab es da keinerlei Unterschied. Eine, nach der er verrückt war, die liebte er in diesem Moment doch auch. Frauen hingegen schienen eine Art Begriffswörterbuch für Liebesschwüre zu haben, das ein »Ich bin verrückt nach dir« als Momentaufnahme definierte, ein »Ich liebe dich« hingegen mit einer dauerhaften Bindung assoziierte. Wie auch immer, für Tito hatte es immer funktioniert. Es gelang ihm sogar, mit seinen Exfreundinnen befreundet zu bleiben, und es war öfters vorgekommen, dass er einer aktuellen Freundin eine Ex vorgestellt hatte.

»Ich liebe dich auch. Bis später.«

Und da war es, der gute Jacopo schien Gedanken lesen zu können. Tito war kurz in Versuchung, ihn auf die Gefahren der Liebe hinzuweisen, die dem Jungen im Laufe der Jahre noch bevorstehen würden, doch warum sollte er ihm das verderben, was ihn im Moment so glücklich machte?

Außerdem gab es etwas anderes, über das er mit ihm reden wollte: über seinen Vater. Der zwar ein Arschloch war, aber doch immer noch sein Vater. Und über das, was Tito vor Jahren mit seinem eigenen Vater passiert war, der ihn vielleicht ja doch nicht in diesem Zimmer hätte verrecken lassen, und damals möglicherweise nur deshalb so laut brüllte, weil er vorher solche Ängste um ihn ausgestanden hatte.

Der Vater, der dann ganz plötzlich gestorben war, ohne dass Tito die Zeit – oder die Lust? – gehabt hatte, ihn noch einmal zu sehen. Tito wollte Jacopo sagen, dass er noch immer unter diesem Schweigen litt und dass er nicht wollte, dass so etwas jemandem passierte, den er gernhatte.

Er nahm seine Zigarre und ging nach oben, entschlossen, sein Vorhaben in die Tat umzusetzen. Mühelos und auf ganz einfache, natürliche Weise fand er die richtigen Worte und erzählte Jacopo von seinen Erfahrungen, ohne ihn zu belehren, denn das war nicht Titos Stil. Das Komische war, dass ihm, noch während er sprach, jede Menge Einzelheiten in den Sinn kamen, an die er sich selbst gar nicht mehr erinnert hatte. Wie jenen Satz, einen von vielen, den sein Vater ihm damals entgegengebrüllt hatte: »Glaubst du wirklich, ich hätte nicht gewusst, wo du bist?«

Damals war ihm das gar nicht bewusst gewesen, doch jetzt stellte er sich natürlich die Frage, warum sein Vater ihm nicht gefolgt war, wenn er es tatsächlich gewusst hatte, oder warum er nicht jemanden gebeten hatte, dies zu tun, Gaetano zum Beispiel, der am Hafen arbeitete, damit er ein Auge auf Tito hatte und ihm gegebenenfalls helfen konnte. Vielleicht war ja diese Wut seines Vaters nichts anderes gewesen als ein Gefühl der Machtlosigkeit ihm gegenüber, diesem jungen, starken, lebenstüchtigen Mann, der an der Schwelle zur Unabhängigkeit stand.

Jacopo lauschte Titos Bericht, ohne ihn zu kommentieren. Er blieb stumm bis Punta Ala, wo sie ankamen, als es bereits dunkel war, und auch noch im Auto, wo er bis Mailand schlief. Erst vor seiner Haustür umarmte er Tito und sagte mit bewegter Stimme: »Danke, mein Freund, vielen Dank für jeden Moment dieses wunderbaren Tages.«

Und vielleicht, so sagte sich Tito, wollte er ihm mit dieser Dankbarkeit ja vermitteln, dass er wirklich über das nachdenken wollte, was er ihm gesagt hatte.

Betta hatte mit einem bangen Gefühl an Weihnachten gedacht, an dieses ganz besondere und von ihr so geliebte Fest, das sie normalerweise immer an irgendeinem Urlaubsort mit ihrer Mutter verbracht hatte. In den vergangenen Jahren waren die beiden in New York gewesen, in Paris, Venedig, in Wien, in London. Nur sie beide; sie stiegen in einem luxuriösen Hotel ab, schlenderten den ganzen Tag durch Museen, Kirchen, Galerien, dinierten in landestypischen Restaurants und schauten sich danach ein Musical an, was sie beide leidenschaftlich gern taten.

In diesem Jahr jedoch würden sie zu Hause bleiben, weil ihre Mutter seit einiger Zeit leicht ermüdete. Bei ihrer letzten Städtetour, die sie nach Madrid führte, hatte der Besuch des Prado ihr so sehr zu schaffen gemacht, dass sie am nächsten Tag aussetzen und sich im Hotel ausruhen musste.

Und so wurde es ein eher gedämpftes Weihnachten, ein schlichtes Mittagessen ohne großen Aufwand, nur wenige Geschenke, praktische Dinge. Ein Paar Lederhandschuhe für sie und ein Kaschmirschal für ihre Mutter, ein altes Giveaway vom Luxuslabel Agnona und Vermächtnis aus guten alten Zeiten, das Betta mit ungewohnter Weitsicht aufgehoben hatte, um es weiterzuverschenken.

Sie hatte damit gerechnet, dass es eine traurige Angelegenheit werden würde, doch überraschenderweise ging es beiden sehr gut damit. In dem großen Haus ihrer Familie vor den Toren Mailands, wo Betta aufgewachsen und dem sie schon in jungen Jahren entflohen war, fühlte sie sich beschützt und geliebt. Ihre Mutter verschonte sie diesmal mit ihrem gewohnten Sarkasmus und verwöhnte und tröstete sie stattdessen, und Betta genoss es, sich verhätscheln zu lassen, wie damals, als sie noch ein kleines Mädchen war. Sie las, schlief, schaute sich alte Filme im Fernsehen an und trug fast die ganze Zeit nur ihren alten blauen Jogginganzug. Einige Tage lang vergaß sie vollkommen ihre Arbeit und ihre Sorgen, erlaubte es sich, faul zu sein, und diese Auszeit tat ihr sowohl körperlich als auch seelisch gut. Telefonate mit Tito, mit Violetta, Jacopo und vor allem die Nachrichten von Vittorio, der sie noch immer so schnell wie möglich treffen wollte, sobald die Ferien zu Ende waren, leisteten ihr Gesellschaft und erfüllten ihr Herz mit Wärme.

Oft dachte sie darüber nach, wie viel Zeit und wie viel Energie sie in ihrem Leben darauf verschwendet hatte, dort nach Glück zu suchen, wo es gar nicht war. Darüber, wie sehr ihr früher daran gelegen gewesen war, sich beschäftigt zu halten, nur um nicht darüber nachdenken zu müssen, was sie wirklich brauchte und ob das, was sie sich wünschte, nicht bereits in greifbarer Nähe war. Die Zuneigung weniger Menschen, die wirklich etwas in ihrem Leben bedeuteten, war unendlich befriedigender als all die gesellschaftlichen und weltlichen Verpflichtungen, die sie früher immer in Bewegung gehalten hatten.

Wenn sie recht darüber nachdachte, war es überhaupt kein gedämpftes Weihnachten, sondern das lebendigste, das sie seit Jahren erlebt hatte.

In den ersten Tagen des Jahres kehrte Betta nach Mailand zurück, nicht nur voller Energie, sondern auch in dem gewachsenen Bewusstsein, wie viel Reichtum sie in Wirklichkeit umgab. Sie fühlte sich gestärkt, sowohl körperlich als auch seelisch.

»Sie ist die einzige echte Dame hier. Ja, ich frage mich wirklich, wieso sie sich überhaupt in so einer Kaschemme herumtreibt. Aber Costanza war immer schon so avantgardistisch drauf, seit sie ein junges Mädchen war.«

Betta lauschte nicht absichtlich. Sie hatte sich nur zufällig gerade hinter dem Tresen geduckt, um nach frischen Saftflaschen zu suchen, als Avvocato D'Arsi mit jemandem das Restaurant betrat, es aber gleich wieder verließ, mit ebendieser unglücklichen Bemerkung auf den Lippen, ohne auf die Idee zu kommen, dass jemand ihn gehört hatte.

Seit jener unerquicklichen Szene zwischen Jacopo und seinem Vater war fast ein Monat vergangen, doch entgegen Bettas Erwartungen war D'Arsi wiedergekommen, als wäre nichts geschehen.

Zunächst hatte sie das erstaunt, doch eine Bemerkung Costanzas brachte sie zum Nachdenken.

»Ein Mann wie der lässt sich von einem solchen Vorkommnis nicht aus der Bahn werfen, so unangenehm und demütigend es auch war.«

Betta jedenfalls mied D'Arsi wie die Pest und fand, sobald er das Lokal betrat, immer eine Möglichkeit, sich zu verdünnisieren, nur um nicht gezwungen zu sein, ihn in irgendeiner Form zu grüßen. Jetzt jedoch musste sie den allerneusten Affront über sich ergehen lassen: »Costanza ist die einzige Dame hier«, hatte er gesagt. Und sie? War sie etwa keine Dame? Nein, dieser Mann war nicht bloß ein Miesepeter, wie Costanza gesagt hatte, sondern ein Trampel, das war er.

Hatte sie es etwa verdient, nur deshalb ignoriert zu werden, weil sie freundlich war und versuchte, sich nützlich zu machen? Ja, freundlich! Dabei war Betta alles andere als eine Heilige. Auch ihr riss manchmal der Geduldsfaden. Bei Tito passierte ihr das zum Beispiel oft. Nur war sie eben kein Trampel wie dieser Winkeladvokat und hatte gute Manieren, auch wenn sie sich nicht sicher war, ob das überhaupt ein Vorzug war, denn es gab Momente, in denen auch sie furchtbar gerne einmal ausgerastet wäre. Aber leider gelang ihr das nicht. Sie brachte es einfach nicht über sich, Menschen Widerworte zu geben, sich zu streiten bereitete ihr Unbehagen. Wenn sie jemandem etwas Unschönes zu sagen hatte, bereitete sie sich ausgiebig darauf vor, wie sie es formulieren sollte, und schlief die ganze Nacht davor nicht. Einmal hatte sie eine Mitarbeiterin entlassen müssen, die sich vor der Arbeit drückte, und sich deshalb eine ganze Woche schlecht gefühlt. Man hätte auch sagen können, es lag weniger an ihrer Höflichkeit und ihren guten Manieren als an der Tatsache, dass sie schüchtern war, vielleicht auch ein wenig feige, was nun auch nicht gerade eine positive Eigenschaft war. Andererseits war Betta nicht der Ansicht, dass jemand stark und mutig war, wenn er andere Menschen schlecht behandelte, was dieser widerliche D'Arsi offenbar fest von sich glaubte. Aber warum ließ sie es eigentlich zu, dass er sie dermaßen aus dem Konzept brachte? Wie gerne hätte sie in diesem Moment mit Vittorio gesprochen! Wie sehr er ihr fehlte! Schade nur, dass er sich, trotz all der liebevollen Nachrichten, die er ihr schickte, trotz allen Flehens um ihre Gunst und all der Komplimente, die er ihr machte, nie und nimmer von seiner Frau trennen würde.

Da blieb Betta wohl nichts anderes übrig, als sich wieder auf die Arbeit zu konzentrieren, was ihr immer große Befriedigung verschaffte. Und vielleicht auch auf den Typen mit der Brille, der ihr in der vergangenen Woche, auf der Party von Ludovica und Gilberto Borgonovo, immer so nett zugelächelt hatte …

Das Fest hatte Betta in einer prachtvollen Wohnung in der Via Melzi d'Eril ausgerichtet. Die Dame des Hauses war eine schöne Frau, mehr oder weniger in ihrem Alter, groß und schlank, und hatte einen steinreichen Mann, der wesentlich älter war als sie. Es war alter Brauch bei dem Paar, jedes Jahr am Dreikönigstag einen großen Empfang zu veranstalten, und als sie sich zu einer Ortsbesichtigung getroffen hatten, hatte die Signora den Wunsch geäußert, frischen Wind in die Sache zu bringen.

»Was meinen Sie dazu, wenn wir als Dresscode bei den Damen die Hexe Befana nehmen? Schließlich bringt sie am Dreikönigstag die Geschenke.«

Betta war entsetzt und konnte nur mit Mühe ihre alte feministische Ader unterdrücken, die sie immer schon auf die Barrikaden gebracht hatte, doch dann gelang es ihr, die Gastgeberin von einer ansprechenderen Verkleidung für ihr Servicepersonal zu überzeugen, indem sie vorschlug, die Mädels sollten sich stylen wie einst die Soul-Ikone Amy Winehouse, mit riesigen, rabenschwarzen Aufsteckfrisuren, breitem Lidstrich, hell geschminkten Lippen, superhohen Absätzen und üppigen Dekolletés, die in atemberaubend enge Schlauchkleider gezwängt wurden. Es war sehr lustig. Und das Ergebnis eindeutig sexy.

Als die Dame des Hauses allerdings sah, wie die Kellnerinnen in der besagten Montur auftauchten, eine nach der anderen, geriet sie in Panik. Die jungen Frauen waren einfach zu schön, und trotz aller Kunstfertigkeit vonseiten ihres Friseurs und Make-up-Artists konnte Ludovica nicht mithalten. Schon sah sie ihre Felle davonschwimmen, doch Betta schaffte prompt Abhilfe.

Indem sie ihre ganze Kompetenz aus ihrer Tätigkeit als Stylistin hervorkramte, brachte sie die Gastgeberin dazu, einen steifen schwarzen Hut, den sie Jahre nicht getragen hatte, aus ihrem Kleiderschrank zu holen, und schneiderte daraus, bewaffnet mit Nadel, Faden, einem Strang Wolle, den sie aus ihrer Louis-Vuitton-Arbeitstasche gezaubert hatte, im Handumdrehen eine schwindelerregend hohe Aufsteckfrisur nach Art von Marie Antoinette, wie sie selbst Starfriseur Coppola in so kurzer Zeit nicht hinbekommen hätte. Dazu reichlich Kajal, und voilà, das Ergebnis war überraschend beeindruckend, weil Signora Ludovica immer noch einen atemberaubenden Körperbau hatte.

Zum Glück hatten nur wenige ihrer weiblichen Gäste die Aufforderung befolgt, sich als Hexen zu verkleiden – höchstens zwei oder drei hatten auf äußerst peinliche Weise ihre ganze Selbstliebe und ihre Geschmackssensoren über Bord geworfen, waren mit einem langen Umhang und Spitzhut ausstaffiert und hatten sogar einen Besen dabei.

Während Betta in der riesigen Küche aus weißem Marmor zugange war und die von Marcello frisch zubereiteten Vorspeisen auf dem Präsentiertablett anrichtete, kam ein Typ mit Brille herein und ließ einen Gartenbesen zurück.

»Bitte entschuldigen Sie und danke«, sagte er, sympathisch kurz angebunden, stellte das Kehrgerät in eine Ecke und kehrte zu den Feiernden zurück.

Einige Minuten später hielten Matteo und Gianluca ihren Einzug im Salon, gefolgt von vier bildschönen, lächelnden jungen Frauen. Sie marschierten wie bei einem richtigen Defilee mitten durch die Gästeschar, trennten sich in der Mitte des Saales, wo sich Gianluca, blond und engelsgleich, zum Tisch der »Guten« begab – gedeckt mit einem Tischtuch aus weißer Spitze, das allein schon das Vierfache des gesamten Caterings gekostet hatte, dazu Porzellan mit Goldrand und eine geradezu skandalöse Fülle von Kristall und

Silber –, während Matteo, dunkel und geheimnisvoll, schnurstracks zum Tisch der »Bösen« ging – mit schwarzem Leinen abgedeckt, deutlich karger ausgestattet mit schwarzen Keramiktellern von Ikea und Gläsern aus schwarzem Plexiglas.

Natürlich waren auch die Menüfolgen unterschiedlich, das eine mit jeder Menge Blattgold und -silber, das andere – natürlich Marcellos Lieblingsmenü – schwarz wie Kohle: Sepia-Tagliolini, Rote-Bete-Creme, eine Mousse aus dunkler Schokolade und süße Kohle aus schwarz eingefärbter Meringe, wie man sie traditionell zum Befana-Fest herstellte, um sie an die unartigen Kinder zu verteilen.

Während die Party ihren Lauf nahm und alle sich den Bauch vollschlugen, reichte Ludovica den Typen mit dem Besen wie eine Trophäe herum, indem sie ihn allen Gästen vorstellte, wobei sie sich fest bei ihm eingehängt hatte. Betta kannte seinen Namen nicht, doch sein Gesicht kam ihr seltsam bekannt vor. Bei Tisch war der Ärmste von rechts und links so eingezwängt, dass er kaum zum Essen kam, doch schien ihm weder das erzwungene Fasten etwas auszumachen noch die Tatsache, dass er so sehr im Mittelpunkt des Interesses stand. Ganz im Gegenteil, er schien sich prächtig zu amüsieren, und wenn Betta seinem Blick begegnete, schenkte er ihr stets ein zufriedenes Lächeln. Das ging den ganzen Abend so, bis es Betta peinlich wurde und sie sich schließlich in die Küche zurückzog.

Sie mochte es nicht, während der Arbeit zu flirten, schließlich waren die Events nicht dazu angetan, neue Kunden zu akquirieren. Sicher, mit Vittorio hatte sie geflirtet, aber er würde eine Ausnahme bleiben. Die Erfahrung hatte Betta nämlich gelehrt, dass es nicht die Männer waren, die Einladungen zum Abendessen oder Partys organisierten, sondern ihre Frauen (zumindest, wenn sie nicht so waren wie Margherita!). Aus diesem Grunde hielt sie sich lieber an die Damen, war freundlich und zuvorkommend zu ihnen, statt sich mit einem Ehemann abzugeben, der ihr möglicherweise an die Wäsche wollte.

Der Typ mit der Brille musste allerdings ein Mann von Bedeutung sein, und Betta war, ohne es zu wollen, neugierig geworden. Alle buhlten um seine Aufmerksamkeit, die er auch gerne schenkte, wobei er einem jeden nur wenige Minuten gewährte und dann am Arm von Ludovica zum nächsten Gast weiterwanderte. Irgendwie wirkte es so, als bewegte er sich gar nicht in seinem wahren Umfeld, denn er kannte offenbar fast niemanden, doch die Lässigkeit, mit der er sich gab, deutete darauf hin, dass er alles andere als schüchtern war.

Erst nachdem der Nachtisch serviert worden war, kam Betta wieder aus der Küche, weil sie sich vergewissern wollte, dass mit dem Büfett noch alles in Ordnung war, keine schmutzigen Teller oder Gläser herumstanden und die Gäste entspannt und glücklich waren. Während sie Obst auf einem Teller anrichtete und gerade eine kleine Pause zwischen einer Plauderei und der nächsten genoss, trat der mysteriöse Unbekannte auf sie zu und beglückwünschte sie zu dem erfolgreichen Fest – vielleicht war sie auch einfach die Einzige, mit der er bislang noch nicht gesprochen hatte.

»Alles ganz ausgezeichnet und hervorragend geplant. Leider konnte ich nicht viel probieren, aber ich habe nur Lob gehört, und, glauben Sie mir, das hier ist kein Ambiente, in dem man leichtfertig mit Komplimenten um sich wirft. Nur eine Frage hätte ich, die Sie mir möglicherweise beantworten können. Wie kommt es eigentlich, dass das Menü der Bösen besser angekommen ist als das der Guten? Finden Sie das nicht seltsam?«

»Könnte ich nicht sagen. Vielleicht weil es einfach besser war?«, antwortete Betta, die beschlossen hatte, ehrlich zu sein. »Nur ein klein wenig, aber ja, es war das Bessere. Sagen wir, unser Koch hat mehr Leidenschaft reingesteckt. Aber verraten Sie das bitte nicht denjenigen, die das andere serviert bekommen haben.«

Das versprach er ihr hoch und heilig, indem er sich sogar scherzhaft eine Hand an die Brust legte.

»Alles wirklich perfekt: die Tische, das Menü, sogar die Kellnerinnen, die dem Motto entsprechend angezogen waren. Sie müssen wirklich gut sein. Und wie ich sehe, betätigen Sie sich sogar als Schneiderin. Ihre Mädchen sehen atemberaubend aus. Ludovica natürlich ebenso.«

»Na ja, vier Kostüme …«

Er schaute sie aufmerksam an. »Perfektion liegt im Detail, hat Michelangelo gesagt«, hielt er ihr mit ernster Miene entgegen. »Wussten Sie das?«

»Nein, das wusste ich nicht. Aber ich glaube nicht, dass er dabei an eine Party gedacht hat«, antwortete Betta kurz angebunden, denn sie hatte bemerkt, dass Marcello an der Tür stand. »Bitte entschuldigen Sie mich jetzt, ich werde im Maschinenraum gebraucht.«

Er ließ sie mit einem Nicken vorbei, schien aber betrübt zu sein, sie gehen zu lassen.

Am Ende des Abends, vor dem großen Kamin aus rosa Marmor am Eingang, sprachen sie erneut miteinander, als Betta die Geschenkstrümpfe mit dem Logo *Più dolce* an die Damen verteilte, kleine Meisterwerke aus schwarzem Samt, die mit einem prachtvollen Goldband verschlossen waren.

»Kann ich mir auch einen von diesen wunderbaren Strümpfen nehmen? Ich bin mir sicher, die Dame des Hauses hat nichts dagegen, stimmt's, Ludovica?«, sagte der Fremde.

Und dann fügte er, an Betta gewandt, hinzu: »Noch einmal meine allergrößte Bewunderung, es war wirklich ein äußerst originelles Fest. Und dieses Geschenk hier werde ich in großen Ehren halten.«

»Warten Sie, ich hole Ihnen noch schnell den Besen, den Sie in der Küche haben stehen lassen.«

»Machen Sie sich keine Gedanken. Es ist Brauch, ihn der Hausherrin zu überlassen. Ich hoffe wirklich, Sie bald wiederzusehen. Nächste Woche bin ich in London, aber vielleicht können wir uns ja nach meiner Rückkehr verabreden. Übrigens weiß ich nicht einmal, wie Sie heißen. Eine schöne Frau wie Sie kann doch eigentlich nur einen wunderschönen Namen haben.«

»Betta. Ich heiße Betta.«

»Ach, Betta«, wiederholte er verzückt, als handelte es sich um den schönsten Namen der Welt. »Dann nochmals danke, Betta, *au revoir.*«

»Danke Ihnen für die Teilnahme an der Party«, antwortete sie amüsiert.

Woraufhin er sich mit einem formvollendeten Handkuss verabschiedete, ohne sich selbst vorgestellt zu haben. Wahrscheinlich ging er davon aus, dass sie wusste, wer er war.

Heiliger Strohsack!, dachte Betta und sah ihm hinterher, wie er in der Rauchwolke einer frisch angezündeten Zigarette verschwand. Der ist wahrlich nicht auf den Mund gefallen.

Bei ihrem Treffen im Dezember hatten Tito und D'Arsi nicht lange um den heißen Brei herumgeredet. Da sie beide Männer waren, die keine großen Worte machten, erst recht nicht, wenn es um Gefühle ging, hatten sie sich zunächst über die jungen Leute von heute und die Schwierigkeit, mit ihnen zu kommunizieren, ausgetauscht, ohne jedoch allzu sehr ins Detail zu gehen. Tito deshalb nicht, weil er die sowieso schon geringe Bereitschaft des Anwalts, sich endlich für seinen Sohn zu interessieren, nicht auch noch mit sinnloser Kritik aufs Spiel setzen wollte, D'Arsi, weil er spürte, dass es sich bei Tito keineswegs um einen Rivalen handelte, sondern um jemanden, den der Junge schätzte und mochte und den er erst noch selbst zu erobern hatte.

Auf ihre Weise hatten sie sich verstanden. Sowohl der Wein als auch Titos Aufrichtigkeit, ebenso wie D'Arsis Versuch, sich weniger streng und formell zu geben, hatten die gegenseitige Abneigung mehr abgeschwächt, als sie für möglich gehalten hätten, und der Händedruck, mit dem sie sich schließlich verabschiedeten, war zwar nicht herzlich, aber doch immerhin ehrlich, wie es schien.

Noch Tage nach dem Zusammentreffen hatte sich Tito gefragt, warum er sich eigentlich so sehr für den Jungen einsetzte. Lag es vielleicht an dem, was seine Quasseltanten im Restaurant in letzter Zeit so von sich gaben – nämlich dass ein Mann über fünfzig allmählich in ein gefährliches Alter kam, in dem er angreifbar wurde, weil er Angst vor dem Alter und der Gewissheit hatte, dass das Beste im Leben bereits hinter ihm lag? Oder konnte es etwa sein, dass der gute alte Tito endlich zur Ruhe gekommen und auf den Boden der Tatsachen zurückgekehrt war? Vielleicht stimmte es ja, dass all die Jahre auf See nur eine Flucht gewesen waren, um nicht nachdenken zu müssen …

Und da war er nun, kümmerte sich um einen Jungen, den

er kaum kannte und der ihm doch ans Herz gewachsen war, und um seinen eher anstrengenden Vater. Es war schwer zu erklären, aber all das führte immerhin dazu, dass er sich wie ein besserer Mensch fühlte.

Tito wartete bis nach den Ferien, um das Thema Jacopo gegenüber anzusprechen. Genauer gesagt bis zum Abend des 7. Januar, als er den Jungen gut gelaunt das Restaurant betreten sah.

»Dein Vater hat sich bei mir gemeldet, um mit mir über dich zu sprechen«, sagte Tito ohne Umschweife und forderte ihn dazu auf, am Gemeinschaftstisch Platz zu nehmen, der endlich frei von Panettoni war und wieder zu Titos Lieblingsplatz fürs Zeitunglesen geworden war.

Es war unübersehbar, dass der Junge zusammenzuckte und erstarrte.

»Danke für die Information, aber ich bitte dich darum, dich rauszuhalten. Misch dich nicht ein. Das alles geht dich nichts an, und du kannst auch nichts tun.«

Mit einer solchen Reaktion hatte Tito gerechnet, sie war vorauszusehen gewesen. Und er wusste, wie tief verwurzelt der Groll in einem Menschen sein konnte, besonders in einem jungen Menschen, der sich zurückgewiesen fühlte. Doch er wusste auch, dass es für alles Abhilfe gab, selbst für die Gleichgültigkeit eines Vaters. Genau dafür hatte er sich seine Antwort zurechtgelegt.

»Kommt nicht infrage«, entgegnete er und spürte, wie er sich dabei mehr erhitzte, als er eigentlich wollte. »Was dagegen, wenn ich mich dieses Mal eben nicht raushalten will? Auch wenn er nicht gerade begeistert von den Tortelloni auf seinem Kopf war, haben sie ihm immerhin ein bisschen mehr Klarheit verschafft. Ob du es glaubst oder nicht, aber es ist so.«

»Interessiert mich nicht. Halt dich raus und basta.«

»Immer mit der Ruhe, mein Junge, ganz ruhig. Ich habe nicht vor, dich dahin zu kriegen, dass du zu ihm zurückkehrst. Aber euch einmal in der Woche zum Mittagessen zu sehen, hier oder auf neutralem Boden, würde euch meiner bescheidenen Meinung nach nicht schaden. Ich bitte dich nur, es dir zu überlegen. Lass dir Zeit. Was kann dir schon passieren? Schlimmer als jetzt kann es jedenfalls nicht werden.«

Jacopo erwiderte nichts darauf, aber er wehrte sich auch nicht dagegen. Und das tat er auch später nicht, all die Male, als Tito, betont beiläufig, aber ebenso entschlossen, auf das Thema zurückkam. Er ließ nicht locker, bearbeitete ihn behutsam, aber hartnäckig, und am Ende befolgte Jacopo seinen Rat: Er ließ sich Zeit. Und irgendwann, eine Woche später, verkündete er, man könne es ja mal versuchen.

Tito hatte beschlossen, für das allererste Zusammentreffen einen Tisch in den Weißen Salon bringen zu lassen. Die Verabredung war für zwölf Uhr anberaumt, und der Anwalt kam sogar früher, hochnäsig wie immer, doch Tito wusste ihn mittlerweile zu nehmen. »Probieren Sie doch mal diesen Falanghina, Herr Anwalt. Und sagen Sie mir, was Sie davon halten.«

Er goss D'Arsi ein großzügiges Glas Weißwein ein, das sich der Anwalt dankbar zu Gemüte führte. Anschließend brachte Tito ihn in den Weißen Salon und zeigte ihm seinen Tisch.

Jacopo verspätete sich, und der Anwalt war sichtlich angespannt, obwohl er doch durch seine eigene strenge Erziehung und viele Jahre strikter Praxis daran gewöhnt war, seine Gefühle im Zaum zu halten.

Zehn nach zwölf. Dass sich sein Sohn verspätete, regte ihn

offenbar auf und verärgerte ihn. Um sich die Wartezeit zu vertreiben und ruhig zu bleiben, schaute er sich neugierig im Raum um. In der gegenüberliegenden Ecke stach ihm sofort Bettas Arbeitstisch ins Auge, sei es wegen der Unmenge von Dingen, die wild durcheinander darauf verteilt waren – Paletten, Körbchen, Stoffreste, Einwickelpapier für Gebäck –, sei es wegen all der Fotos, die direkt daneben an die Wand gepinnt waren. D'Arsi trat darauf zu, um sie näher zu betrachten. Es waren alles Bilder von Partys.

Wahrscheinlich von den Partys, die Titos Partnerin organisiert hat, dachte D'Arsi. Während er gedankenverloren daran vorbeiging, fiel ihm auf, dass Betta auf vielen der Bilder voller lächelnder junger Leute abgebildet war, auch Jacopo tauchte oft auf, immer gut gelaunt und lächelnd.

Auf anderen Fotos waren gedeckte Tische zu sehen, geschmückte Räume und kunstvoll angerichtete Büfetts, ausgesuchte Teller und Speisen, Tischdekorationen jeglicher Art.

Nicht schlecht, diese ganzen Arrangements, dachte er. Die Frau hat wirklich Fantasie.

»Na, gefällt dir das, was wir machen?«

Das war Jacopos Stimme. D'Arsi nahm Haltung an, drehte sich um, und da stand er vor ihm. Weniger zerzaust, als er ihn in Erinnerung hatte, gut aussehend, scheinbar ebenso ruhig wie er selbst. Mein Gott, wie sehr er seiner Mutter ähnelte!

Einen Moment lang ging es ihm durch und durch. Er war nicht dazu in der Lage gewesen, sie zu lieben, sie zu halten, und hatte es einfach zugelassen, dass sie ging, ohne etwas dagegen zu unternehmen.

Und was sollte jetzt diese plötzliche Schwäche, diese Sehnsucht? Wurde er womöglich alt und gebrechlich?

Da stand er, stocksteif und keineswegs Herr der Lage, mit

dem Weinglas in der Hand, und wusste nicht, was er tun sollte. Spontan kam ihm die Idee, Jacopo die Hand hinzustrecken, doch er gebot sich rechtzeitig Einhalt. Schließlich war das keine Geste, die ein Junge von seinem Vater erwartet hätte.

Dass Tito hereinkam, schien beiden wie ein Geschenk des Himmels.

»Also, nehmt ihr denn nun endlich Platz, oder willst du deinem Vater unsere schönsten Cateringaktionen zeigen?«, fragte er, an Jacopo gerichtet.

»Mir scheint, die hat er sich schon selber angeschaut. Setzen wir uns, was meinst du?«

D'Arsi nickte, und Tito begleitete sie zum Tisch, wo er versuchte, ein Gespräch in Gang zu bringen.

»Haben Sie gesehen, wie fotogen Ihr Sohn ist? Wenn Sie wüssten, wie wichtig unserer Cateringkönigin ist, dass er dabei ist! Er ist einer ihrer Lieblinge, immer so aufmerksam und professionell. Und seien Sie ganz beruhigt, er kellnert nicht nur, sondern studiert auch viel; manchmal schickt er uns sogar seine Referate zum Lesen. Und er empfiehlt uns Bücher! Gerade eben hat er mir *Die Erwählten* gegeben, und ich kann es gar nicht mehr aus der Hand legen.«

»Ach, das Buch von Chaim Potok«, fiel ihm der Anwalt nickend ins Wort.

Jacopo drehte sich ungläubig zu ihm. »Ich dachte, du liest nur *Il Sole 24 Ore* und andere Wirtschaftsblätter«, sagte er, etwas spitz.

Doch D'Arsi ging nicht auf die Provokation ein, wofür Tito dankbar war.

»Na gut, ich sehe, ihr beiden habt noch so manches aneinander zu entdecken. Sagt mir, was ihr essen wollt, dann lass ich euch allein.«

Woraufhin er in den Gastraum zurückkehrte und mit dem Service weitermachte. Nur gelegentlich warf er einen Blick auf Vater und Sohn, um festzustellen, ob alles in Ordnung war.

Eigentlich hatte er an diesem Tag nicht mit dem Erscheinen von Betta gerechnet, sie hatte ihm gesagt, sie sei zu einer Ortsbesichtigung außerhalb der Stadt und würde die Gelegenheit nutzen, um bei ihrer Mutter vorbeizufahren. Doch da war sie auf einmal, fegte durch das Lokal wie ein Wirbelwind und war bereits auf dem Weg zu ihrem Schreibtisch, weil sie offenbar etwas vergessen hatte. Tito schaffte es nicht mehr rechtzeitig, sie aufzuhalten oder ihr Bescheid zu sagen, dass ihr Arbeitsplatz anderweitig belegt war. Einen Moment später stand sie im Weißen Salon, überrascht und glücklich zugleich, Jacopo zu sehen, der aufsprang, um sie zu umarmen.

»Hallo, mein Lieber, entschuldige, aber ich bin in Eile«, sagte sie nach einem raschen Küsschen.

Erst jetzt sah sie, wer da noch am Tisch saß. D'Arsi erhob sich, steif wie ein Stockfisch. Vollkommen überrumpelt, versuchte er sich an einem Scherz, der natürlich in die Hose ging: »Auf Ihrem Tisch herrscht ein sehr interessantes kreatives Chaos. Das habe ich vorhin bemerkt, als ich auf Jacopo wartete.«

Einen kurzen Augenblick lang wandelte sich die Befangenheit, die Betta in der Anwesenheit des Mannes immer verspürte, in Ärger. Großen Ärger. *Chaos?* Was für ein Chaos denn? Was sollte das? Wovon plapperte der eigentlich, dieser ergraute Winkeladvokat? Begriff der denn irgendwann endlich mal, dass er es lassen sollte, seine eigene penible Art und seine Spießigkeit auf andere Leute zu übertragen? Das hier war kein Chaos, es waren ihre Ideen, ihre Art zu arbeiten, die Art zu arbeiten, die alle normalen Menschen hatten. Heiliger Strohsack, dieser alte Trottel merkte wirklich gar nichts! Der war eine echte Pest! Und warum tat er eigentlich nichts anderes, als sie zu piesacken?

»Bitte entschuldigt mich jetzt, ich bin sowieso spät dran«, rief Betta eisig, bewusst nicht auf das reagierend, was er gesagt hatte, griff nach einem Umschlag, der auf dem Tisch lag, und war so schnell wieder draußen, wie sie hereingeschneit war.

D'Arsi war perplex. Seine etwas unbeholfene Würdigung war nicht so aufgenommen worden wie erwartet, und statt die Sache zu ignorieren, wie er es noch am Tag zuvor getan hätte, wurde ihm in irgendeinem verborgenen Winkel seines Gehirns bewusst, dass er vielleicht gerade eine Taktlosigkeit begangen hatte. Genau in diesem Moment sagte Jacopo lächelnd zu ihm: »Betta ist eine Naturgewalt«, und er tat dies mit einer Zuneigung, die er ihm, seinem eigenen Vater, gegenüber nie geäußert und vielleicht auch nie empfunden hatte.

Er schaute sich seinen Sohn, der da vor ihm saß und gerade begann, ein Steak zu schneiden, genauer an. Jacopo schien sich wohlzufühlen, wirkte glücklich, vielleicht war er ja sogar stolz darauf, Teil dieser Welt zu sein, Teil eines Teams, dass allem Anschein nach bestens eingespielt und einander vertraut war. Es war nicht zu übersehen, dass sein Sohn eine aufrichtige Verbundenheit mit dem Lokal und mit den Menschen hier empfand, die ihn schätzten und mochten.

Jacopo war zum Mann geworden, einem jungen Mann, der gut organisiert und bewusst durchs Leben ging, nicht mehr der verwöhnte Junge, für den sein Vater ihn immer gehalten hatte. Warum war er eigentlich nie in der Lage gewesen, ihn wirklich *zu sehen*? So schwierig war das doch gar nicht, man musste nur einmal innehalten und ihn in aller Ruhe betrachten, so wie er das gerade tat. Würde er all das, was er versäumt hatte, noch einmal aufholen können?

D'Arsi sah sich aufmerksam um. Er hörte das leise Geplauder an den Tischen im Saal nebenan, Titos Stimme, der jemanden willkommen hieß. Er beobachtete die Gäste, offenbar allesamt anständige und gut gelaunte Menschen. Erst jetzt nahm er den herrlichen Duft wahr, der von seinem Teller aufstieg, und merkte, wie hungrig er war. Vielleicht war ja dieses Restaurant doch etwas Besonderes; und vielleicht würde er irgendwann auch bei dieser Betta Abbitte leisten.

»Hallo, Betta, hier spricht Silvio De Van.«

»Wer bitte?«

»Wir haben uns beim Befana-Fest bei den Borgonovos kennengelernt, erinnern Sie sich? Ich habe Sie gebeten, mir auch so einen Strumpf zu geben.«

Natürlich erinnerte sie sich! Und jetzt begriff sie auch, warum ihr dieses Gesicht so seltsam bekannt vorgekommen war – der Mann war ein bekannter Journalist, der oft in Talkshows auftrat. Und wie es schien, hatte er ihre Handynummer.

Als könnte er Gedanken lesen, fügte er hinzu: »Ihre Nummer habe ich von der Visitenkarte, die in dem Strumpf steckte. Ich hoffe, mein Anruf kommt nicht ungelegen.«

Betta war kurz sprachlos, worauf er, so wortgewandt und bestens gelaunt, wie sie ihn vom Fest her in Erinnerung hatte, die Gunst der Stunde nutzte, um sie zum Essen einzuladen.

Nur wenige Minuten später hatten sie sich auf eine Uhrzeit geeinigt, De Van hatte sich ihre Adresse notiert, dann wurde das Telefonat mit einem vertraulichen »Ciao, bis dann« beendet.

Betta war höchst zufrieden und auch ein wenig aufgeregt, als sie das Handy beiseitelegte. Endlich mal wieder ein Rendezvous nach allen Regeln der Kunst!

Erst vor ein paar Tagen hatte sie Vittorio wiedergesehen, der von seinem ausgiebigen Hüttenurlaub in Courmayor mit der Familie zurück war und zum Mittagessen ins Restaurant kam.

Eigentlich fand sie, er war ganz der Alte, doch die Vorstellung, die Szene von ihrem Tête-à-Tête noch einmal zu durchleben, passte ihr gar nicht ins Konzept. Es war einfach unter ihrer Würde, mit einem Mann zusammen zu sein, der mitten im Liebesspiel einfach zu seiner Frau davonlief.

Und obwohl ihr die vielen SMS, die er ihr in der Weihnachtspause geschickt hatte, geschmeichelt hatten, war Betta bewusst geworden, dass es sich bei ihrem Techtelmechtel nur um eine Episode handelte, ohne Verpflichtung und ohne Zukunft, bei der es noch dazu nie wirklich zur Sache gegangen war. Jedenfalls nichts, das sie davon abhalten könnte, auch mit jemand anderem auszugehen.

Betta konnte es kaum glauben, dass dies alles passierte und sich plötzlich tatsächlich jemand auftat, mit dem sie ein Rendezvous haben konnte. Und dann auch noch De Van! Das war doch wohl nicht irgendjemand! Einer der anerkanntesten Mailänder Intellektuellen, über den regelmäßig in den Klatschspalten der Zeitschriften berichtet wurde.

Sicher, rein äußerlich war er kein Sahneschnittchen und entsprach nicht gerade ihrem Beuteschema, aber wer weiß, vielleicht war er ja jemand, der sie mit seiner Intelligenz verhexen würde!

Sie musste unbedingt einen Friseurtermin ausmachen. Und Maniküre auch. Außerdem würde sie gleich nachschauen, ob ihr Lieblingsoutfit, das schwarze, nicht allzu eng anliegende Strickkleid, gewaschen war.

Als sie De Van googelte, stellte sie innerhalb von Sekunden fest, dass er 128.000 Ergebnisse zeitigte, und Wikipedia lieferte ihr alle Informationen, die sie brauchte. Der Mann war in erster Linie Journalist, lehrte aber auch Journalismus an der Sapienza und war Autor zahlreicher Aufsätze.

Er war verheiratet gewesen, doch sein gegenwärtiger Familienstand ebenso wie eventuelle Kinder wurden nicht erwähnt.

Hier musste sie noch weiter forschen. Zeit genug hatte sie.

Zwei Tage später auf die Minute genau um halb neun stand Silvio De Van vor dem anonymen Klingelschild ihres anonymen Mietshauses in dem noch anonymeren Viertel Mailands, in dem sie lebte, und meldete sich über die Sprechanlage, während Betta gerade mit dem Lackieren ihrer Fingernägel fertig war.

Sie hielt den Hörer vorsichtig in der einen Hand, um den frisch aufgetragenen Lack nicht zu zerkratzen, und pustete gleichzeitig auf die freie Hand, damit er schneller trocknete. »Gibst du mir eine Minute?«, bat sie.

»Alle Zeit, die du brauchst«, antwortete er.

Rasch noch etwas Fixierspray, ein paar Sekunden Innehalten, dann rief Betta den Fahrstuhl.

De Van erwartete sie im Wagen, einer luxuriösen schwarzen Limousine, die quer auf dem Gehweg parkte. Er war tief in eine Lektüre versunken.

De Van stieg nicht aus, um ihr die Tür zu öffnen, und erst als Betta Anstalten machte einzusteigen, bemerkte er die Papiere, die auf dem Beifahrersitz lagen und den Platz versperrten, und räumte sie weg. Im Wagen roch es stark nach Rauch.

»Wow, du siehst toll aus«, rief er und verrutschte seinen Sitz ein wenig nach hinten, um sie besser bewundern zu können.

Betta lächelte etwas verlegen und erwiderte seinen Blick. De Van trug einen zerknitterten Regenmantel in undefinierbarer Farbe, aus der aufgeknöpften Jacke lugte eine deutliche Wampe hervor, seine Frisur war zerzaust. Sie hatte ihn ganz anders in Erinnerung: gepflegter, schlanker, gut aussehend, ja sogar jünger.

»Warst du schon mal bei *Salumaio*?«, fragte er, legte geräuschvoll einen Gang ein und fuhr vom Bürgersteig herunter, ohne in den Rückspiegel zu schauen. Bei besagtem Lokal handelte es sich um eines der besten und teuersten Restaurants der Stadt, das in einer Seitenstraße der Via Montenapoleone lag, mit Blick auf den alten Kreuzgang des Museums Bagatti Valsecchi. Endlich ein Restaurant, das ihre Erwartungen erfüllte …

Während sie sich am Griff festhielt, um nicht auf ihn draufzurutschen, war er schon im Eiltempo auf dem Weg in Richtung Innenstadt.

Nur fünf Minuten später hatten sie die Tiefgarage der Via Borgospesso erreicht. Das Restaurant war nur ein paar Schritte entfernt, und kurze Zeit später saßen sie an einem Tisch am Fenster.

Während des Essens bombardierte Silvio sie mit Fragen über ihr Privatleben, ihre Arbeit, und kaum hatte sie eine beantwortet, kam bereits die nächste. In der Zwischenzeit telefonierte er immer wieder, denn er bekam viele Anrufe auf sein Handy. Bei alldem trank er ziemlich viel und entschuldigte sich circa jede Viertelstunde, um draußen eine Zigarette zu rauchen. Wahrscheinlich warf er die Hälfte von den Glimmstängeln weg, denn er war bestenfalls eine Minute weg, und wenn er zurückkam, füllte er sogleich Bettas Weinglas, das immer noch halb voll, sowie sein eigenes, das stets leer war.

Betta erfuhr aus seinem eigenen Munde, dass er geschieden war und drei mittlerweile erwachsene Töchter hatte, die in alle Winde verstreut lebten; außerdem die Tatsache, dass er im Jetset des gesamten italienischen Stiefels zu Hause war, ein buntes Häufchen von Intellektuellen, Unternehmern, Freiberuflern und Politikern – alles mehr oder weniger bekannte, jedoch gleichermaßen einflussreiche Zeitgenossen, die Betta hingegen nur vom Hörensagen oder durch die Klatschspalten der Zeitungen vertraut waren.

Sie war stolz darauf, dass er ihr so viel Aufmerksamkeit schenkte, und genoss es unerwarteterweise sehr, von vielen der Gäste, die ihren Tischgenossen erkannt hatten, neugierig betrachtet zu werden.

Die ganze Situation schmeichelte ihr und ließ Betta über die nachlässige Kleidung De Vans und seine ein wenig schrille Stimme hinwegsehen, die allerdings der Tatsache keinen Abbruch tat, dass er ein hervorragender Unterhalter war. Für sie lag es auf der Hand, dass er körperlich für sie alles andere als ein Traummann war, auch hatte er nicht den geschmeidigen Charme Vittorios, doch er glänzte durch seine Intelligenz und seinen Erfolg. Ein geschiedener, einflussreicher Mann, wahrscheinlich wohlhabend und berühmt noch dazu.

Und was sie an einem Mann am allermeisten faszinierte – weit über jegliche körperlichen Attribute hinaus –, waren Intelligenz, logisches Denkvermögen, Eloquenz und Reflektiertheit.

De Van hatte weder ein athletisches Äußeres noch Augen, in denen man sich verlieren konnte, aber sie fand ihn äußerst unterhaltsam.

Sollte das also heißen, sie wollte etwas von ihm?

Betta war in genau dieser Zwickmühle, als sie das Restaurant verließen, und während er sie nach Hause fuhr, wurde die Frage, die sie sich soeben gestellt hatte, immer drängender. Vor ihrer Haustür fuhr er an den Bordstein und schaltete den Motor aus.

Sollte sie ihn küssen oder nicht? Viel Zeit zum Überlegen blieb ihr nicht. Einerseits begehrte sie ihn, andererseits war sie sich dessen doch nicht so sicher, zumal ihr das alles viel zu schnell ging. Im Halbdunkel sah sie, wie er ihre Hand nahm und sein Gesicht langsam auf sie zukam. Ohne nachzudenken, schloss sie die Augen und machte sich auf den umstrittensten Kuss ihres Lebens gefasst.

Doch De Van streifte nur ihre Hand mit den Lippen.

»Danke. Es war ein schöner Abend«, sagte er mit belegter Stimme, wozu vermutlich auch der genossene Alkohol beitrug.

»Für mich auch, ja«, erwiderte sie erleichtert.

»Kann ich dich morgen anrufen?«

»Natürlich.«

»Nächstes Mal versuche ich, weniger zu trinken.«

»Bist du sicher, dass es dir gut geht?«

»Das Einzige, dessen ich mir sicher bin, ist, dass ich dich wiedersehen will.«

De Van wartete noch, bis sie das Haus betreten hatte, dann brauste er in einem solchen Tempo davon, dass Betta schnell noch einmal vor die Tür trat, um sich zu vergewissern, dass er nicht gegen irgendeine Hauswand donnerte, doch sie sah nur noch die roten Rücklichter des Wagens am Ende der Straße. Dann zog sie den Schlüssel aus der Tasche und ging hinein.

Es ist nicht alles Gold, was glänzt

Beim nächsten Mal küsste De Van sie. Und es war kein Kuss, an den man sich auf ewig erinnert. Woran Betta sich am meisten erinnerte, war der Gestank nach Zigaretten.

Vielleicht ist es ja zu früh, sagte sie sich, und bat ihn zunächst auch nicht mit hoch in ihre Wohnung, wie sie es eigentlich vorgehabt hatte. Sie war noch nicht bereit. All diese blendende Intelligenz hatte sie noch nicht wirklich verführt. Vielleicht war es aber auch nur eine Frage des Atems. Für eine Nichtraucherin wie Betta gab es einfach nichts Schlimmeres als einen Mund, der nach Camel schmeckte.

»Was ist denn?«, fragte er prompt, als er ihr Unbehagen spürte.

»Ich mag den Geschmack von Rauch nicht.«

Er kramte in seiner Tasche und zog schließlich ein paar Pfefferminzbonbons aus einer Schachtel.

Betta kam es lächerlich vor, sitzen zu bleiben und zu warten, bis er brav sein Bonbon gelutscht hatte, aber danach war es deutlich besser. Zumindest schmeckte er nicht mehr so stark nach Rauch. Als er spürte, dass sie seinen Kuss mehr erwiderte, wurde De Van mutiger und küsste sie mit immer größerer Intensität. Nicht, dass ihr die Direktheit, mit der er zugange war, nicht gefiel, aber eingezwängt in seine Arme und gegen den Rahmen der Autotür gedrückt, blieb Betta nicht viel Raum, seine Leidenschaft zu erwidern.

Der Gedanke, jemand könne sie dabei sehen, wie sie, gleich einer Zwanzigjährigen, in einem Auto herumknutschte, und die vollkommen unsinnige Befürchtung, Tito könne sie erneut in flagranti erwischen, machte ihr Sorgen, und so lud sie ihn, mehr um sich von diesen unangenehmen Gedanken zu befreien als aus echter Überzeugung, doch zu sich in die Wohnung ein. Kaum fiel die Wohnungstür hinter ihnen ins Schloss, schlüpfte De Van blitzschnell aus seinem Mantel und nahm sie erneut in seinen Klammergriff, wie ein Tintenfisch auf einem Felsen.

Es war genau der Punkt, an dem es in Bettas Kopf klick machte. Da war etwas so Unbeholfenes in seiner Umarmung, etwas so Kindliches und zugleich Verzweifeltes, dass auf einmal Zärtlichkeit in ihr erwachte.

Sie begehrte ihn nicht mit der gleichen Intensität, die er ihr offenbar entgegenbrachte, doch sie wollte ihn trösten, ihn beschützen, ihm zur Seite stehen. Und um das zu tun, schien es ihr die einzige Möglichkeit, mit ihm ins Bett zu gehen.

Und so schlief sie mit ihm und fühlte sich dabei wie eine Mischung aus Samariterin und Dummkopf, was, genauer betrachtet, durchaus miteinander zu vereinbaren war. Und dieses eine Mal hatte sie nicht einmal etwas dagegen.

Am Morgen danach verließ De Van ihre Wohnung, glücklich wie ein Kind, und zwei Stunden später klingelte es an der Haustür, und ein Bote brachte Betta eine Schachtel mit dem Apple-Logo. Darin befand sich das allerneueste Computermodell – der schönste und teuerste, den sie sich niemals hätte leisten können und den sie erst ein paar Tage zuvor, bei einem gemeinsamen Mittagessen im Restaurant, als ihren allergrößten Wunsch bezeichnet hatte.

»Aber du bist ja verrückt!«, sagte sie zu ihm am Telefon,

kaum war der Bote weg. »Der hat doch bestimmt ein Vermögen gekostet!«

»Nein, gar nicht. Ich habe ihn billiger gekriegt. Außerdem habe ich mehr Geld als du.«

»Da gehört nicht viel dazu.«

Dieser Satz schien ihm zu gefallen. »Du wirst schon sehen, dass sich das ändert«, sagte er, etwas gönnerhaft. »Jetzt musst du dich um nichts mehr kümmern. Ich werde für dich sorgen. Denk dran, was ich dir heute Nacht gesagt habe: Ich liebe dich.«

Ja, das hatte er wirklich gesagt. Es gab Männer, die alles Mögliche sagten, wenn sie sich dem Höhepunkt näherten, und es dann prompt wieder vergaßen, und Betta hatte gedacht, auch er gehöre zu dieser Sorte, jedoch nein: Er sagte es ihr sogar noch einmal am Morgen danach. War sie zufrieden? Oder war das vielleicht alles ein wenig zu früh?

Im Grunde kannten sie sich gar nicht. Ganz gewiss war eine miteinander verbrachte Nacht nicht genug, um sich zu verlieben, und Betta glaubte sowieso nicht an Liebe auf den ersten Blick. Selbst als junges Mädchen hatte sie nicht daran geglaubt und jetzt erst recht nicht. Sie wusste nicht einmal, ob sie ihn wirklich mochte und bereit war, es ernsthaft mit ihm zu versuchen. Vielleicht war sie ja nur verwirrt, oder sie hatte Angst. Möglicherweise war es ja am besten, sich einfach auf ihn einzulassen und nicht in die alten Fehler zu verfallen: voreingenommen sein, die Dinge in zu feste Kategorien einteilen, sie bewerten und für alles einen schlauen Satz parat haben. Vielleicht sollte sie ihn einfach weiterhin sehen und basta. Die Dinge würden sich schon klären, es gab keinen Grund zur Eile, früher oder später würde sie schon kapieren, was genau sie empfand. Jedenfalls sah sie schon vor sich, wie sie mit ihrem Macbook Air Platinum Edition den Weißen Salon betrat, und stellte sich vor, was Tito wohl sagen würde. Sie musste sich irgendwas einfallen lassen, was sie auf die mit Sicherheit aufkommenden Fragen antworten würde. Sie könnte ihm sagen, es sei ein Geschenk von Vittorio; sicher würde er sie dann wieder mit ihrem ergrauten Lover aufziehen, aber wenigstens musste sie dann keine Erklärungen darüber abgeben, was es denn mit dieser neuen Liebe auf sich hatte. Aha – jetzt hatte sie es, ohne nachzudenken, selbst als Liebe bezeichnet. Sie war auf gutem Wege. Jetzt musste sie sich nur noch ein wenig entspannen.

»Hast du Lust, dieses Wochenende mit mir nach Cortina zu fahren?«

Betta kam gerade aus der Dusche und stellte fest, dass Silvio viermal vergeblich angerufen hatte.

»Ehrlich gesagt, habe ich einer Freundin versprochen, ich würde mit ihr aufs Land fahren.«

Das stimmte nicht, aber Betta wollte einfach Zeit schinden.

»Aha. Und absagen kannst du nicht, oder?«

»Nicht, dass ich es nicht kann, aber …«

»Dann willst du es also nicht? War ich wirklich so schlecht?«

Betta musste unwillkürlich lächeln. »Nein, gar nicht.«

»Dann komm doch mit, bitte. Ich verspreche dir auch, dass du jede Menge Spaß haben wirst.«

Und in der Tat war es eigentlich dumm von ihr abzusagen. Sie brauchte dringend ein wenig Ablenkung, ein prickelndes Wochenende in einem schönen Hotel mit anständigem Wellnessbereich wäre also wunderbar. Vielleicht konnte sie ja Ski fahren, sie liebte Skifahren. Das Leben bestand doch nicht nur aus Arbeit, verdammt noch mal!

Es war bereits Nachmittag, und Betta saß in der Suite 303 des Grand Hotel in Cortina d' Ampezzo und wartete auf Silvio. Wo zum Teufel steckte der eigentlich?

Er hatte sie gebeten, im Hotel zu bleiben und nicht Ski zu fahren, sondern ihm Gesellschaft zu leisten, doch als sie einzuwenden versuchte, die Sonne scheine, der Schnee sei perfekt, und sie fahre so gerne Ski, hatte er sie praktisch angefleht: Er hasse jede Art von Sport und wolle nicht gern den ganzen Tag allein bleiben.

»Aber es handelt sich doch bloß um ein paar Stunden, und du musst nur in die *Bar del Posta* gehen und hast genug Gesellschaft!«

Nein, er hatte darauf bestanden; die einzige Gesellschaft, die er wollte, war die ihre.

Und so blieb sie und war, um ihre Frustration loszuwerden, auf eine Runde Schwimmen in das Spa des Hotels gegangen. Das dauerte etwa eine halbe Stunde, maximal vierzig Minuten, doch als sie zurückkam, war er nicht mehr da.

Ans Handy ging er nicht, und er hatte auch keine Nachricht für sie an der Rezeption hinterlassen.

Nach etwa einer Stunde, in der Betta Zeitung gelesen und ein wenig ferngesehen hatte, begann die makellose Stille in dem Zimmer ihr auf die Nerven zu gehen. Zum Skifahren war es mittlerweile zu spät, doch ein Spaziergang im Dorf würde ihr guttun.

Silvio rief sie an, als sie gerade vor einem Schaufenster stand.

»Ich bin im *Posta*, wie du mir geraten hast, und habe Freunde getroffen. Warum kommst du nicht zum Mittagessen vorbei?«

Betta war sauer, doch sie ging trotzdem hin, weil sie neugierig war und wissen wollte, um wen es sich bei Silvios Freunden handelte. Schließlich hatte sie auch in das Wochenende eingewilligt, weil sie ein wenig von der Welt der Reichen und Schönen kennenlernen wollte, und wahrscheinlich handelte es sich in der Tat um irgendwelche Berühmtheiten.

Ihre Erwartungen wurden nicht enttäuscht. Silvio aß mit etwa zehn Journalisten, Politikern und Intellektuellen zu Mittag, allesamt bekannte Persönlichkeiten, wovon Betta zunächst begeistert war. Sie setzte sich zu Silvio, glücklich darüber, Teil der Gruppe zu sein, und bereit, ihren Diskussionen zu lauschen, die für sie sicher eine Bereicherung sein würden. Doch es dauerte nicht lange, bis sie merkte, dass es sich bei den Gesprächen um ausschweifende und höchst langweilige Diskurse, vor allem um sterile Übungen in Sachen Selbstdarstellung handelte. Von Erleuchtung oder Bereicherung konnte nicht die Rede sein, außerdem schien sich das Treffen endlos hinzuziehen. Alle nahmen den Mund sehr voll, und je länger Betta darüber nachdachte, desto mehr kamen ihre Tischgenossen ihr vor wie ein Grüppchen aufgeblasener Kleingeister, deren Gedanken für ihren Geschmack viel zu sehr um die eigene Person kreisten. Am Ende musste sie feststellen, dass die selbstgefällige Eloquenz dieser Leute, kaum schauten sie zu tief ins Glas, auch nichts anderes war als Klatsch und Tratsch.

Gegen Ende des Mittagessens verabschiedete sie sich unter einem Vorwand und ließ Silvio mit seinen Freunden zurück. Sie brauchte dringend frische Luft, und da sie die Spazierwege rund um das Dorf nicht kannte, blieb sie stattdessen im Ortskern und sah sich bis zum Erbrechen Stores der Nobelmarken Gucci, Prada und Dior an, nachdem von den ersehnten kleinen Künstlerboutiquen weit und breit nichts zu sehen war.

Sie war gerade auf dem Rückweg ins Hotel, als Vittorio anrief.

»Mensch, wohin bist du denn verschwunden? Ich bin im Restaurant vorbeigegangen, aber Tito hat mir gesagt, du seist in Urlaub.«

»Ich bin in Cortina«, sagte sie lakonisch.

»Ach, wie schön! Allein oder mit Freunden?«

Vittorio wirkte alles andere glücklich über diese Neuigkeit, doch Betta stand nicht der Sinn danach, ihn einzuweihen.

»Mit Freunden«, sagte sie kurz angebunden.

»Ach, vielleicht kenne ich die. Wer ist es?«

»Ich glaube nicht, dass sie zu deinen Kreisen gehören.«

Er wollte sich offenbar noch nicht geschlagen geben. »Wie kannst du denn da sicher sein? Ich kenne viele Leute, die ein Haus in Cortina haben.«

Seine Hartnäckigkeit ärgerte sie. »Was soll das eigentlich? Ist das ein Verhör oder was? Ich bin ein freier Mensch, Vittorio. Ich bin nicht verheiratet und darüber, wohin ich gehe und mit wem, niemandem Rechenschaft schuldig, erst recht nicht dir.«

Es war Betta bewusst, dass sie gerade sehr hart zu ihm war, was ihr auch leidtat, doch andererseits wollte sie auch nicht, dass er sich Illusionen machte. Zwischen ihnen war nichts, und es würde nichts werden. Vittorio brauchte auch nicht lange, bis er begriffen hatte, und legte kurz danach auf.

In schlechtester Laune kehrte Betta ins Hotel zurück, wo Silvio erst am späten Nachmittag wieder eintrudelte, bestens gelaunt und gesprächig wie jemand, der gut getafelt und reichlich gezecht hatte.

»Wart ihr etwa bis jetzt zu Tisch?«, fragte sie ihn und hob den Blick von dem Buch, in dem sie gelesen hatte.

»Nein, wir sind zu Gregorio Brancati nach Hause gegangen, du weißt schon, der stellvertretende Aufsichtsratsvorsitzende der Confindustria. Der hat ein Chalet gleich dort hinten. Wir haben einen erstklassigen Portwein getrunken und über die wirtschaftliche Lage diskutiert.«

»Interessant. Klingt aber weniger nach Arbeit als nach Vergnügen.«

»Nein, eigentlich kann man wirklich sagen, dass ich gearbeitet habe.«

Betta beobachtete ihn nachdenklich. »Nimmst du dir denn eigentlich überhaupt jemals eine Auszeit von der Arbeit?«

»Niemals«, antwortete er und ging ins Bad. »Wenn ich mal ein paar Stunden nicht arbeite, werde ich traurig.«

Dieser Satz kam ihr wieder in den Sinn, als sie einige Zeit später im *Tivoli* beim Abendessen saßen und Silvio, der schweigsam und zerstreut war, ein paar Gähner nicht unterdrücken konnte.

Sie schaute ihn voller Aufmerksamkeit an: Die Wirkung, die dieser Mann auf sie hatte, wechselte übergangslos von totaler Faszination zu tödlicher Langeweile. Als gäbe es da in ihm zwei vollkommen verschiedene und einander entgegengesetzte Persönlichkeiten, die immer wieder willkürlich und unerwartet die Oberhand gewannen. Ein Ungleichgewicht, das sich an diesem Abend zum ersten Mal zeigte und ihr nicht gefiel. Zum Glück wurden diese Erkenntnisse durch das Eintreffen von Virgilio Villani, dem Filmkritiker, unterbrochen, der sich ebenso unerwartet wie unaufgefordert zu ihnen an den Tisch setzte, in Begleitung seiner neuen Flamme, bei der es sich zwar um eine transvestitenhaft dick geschminkte und aufgebrezelte, aber auch ungezwungene und geistreiche Person handelte, mit der Betta den Rest des Abends nach Herzenslust ratschte und tratschte, ebenso wie ihre beiden Begleiter dies bezüglich des neuen Kulturministers taten, der erst seit Kurzem im Amt war.

Obwohl ihr erstes gemeinsames Wochenende nicht besonders gut gelaufen war, sagte sich Betta dennoch immer wieder, es sei ja erst der Anfang. Schließlich kannten sie sich noch nicht gut; außerdem habe auch sie ihre Eigenheiten und Stimmungsumschwünge. Wahrscheinlich brauchten sie alle beide noch eine gewisse Zeit der Eingewöhnung, dachte sie, und dass diese schönen Geschichten von intelligenten und unabhängigen Frauen, die beschlössen, ihr Leben zu ändern, oft nur erzählt würden, weil frau nicht bereit war, den Tatsachen ins Auge zu blicken.

Sie hoffte sehr, dass sich der Tenor ihrer Beziehung am darauffolgenden Wochenende ändern würde, auch weil sie sich während der Woche aufgrund der vielen Verpflichtungen von De Van, die oft dazu führten, dass er unterwegs war, nur wenig sehen konnten. Immerhin rief er sie jeden Tag an, oft fünf-, sechsmal am Tag, und das machte sie zuversichtlich.

Es handelte sich immer um kurze Telefonate, die ihr oft sogar allzu euphorisch klangen, doch De Vans Energie, seine Redegewandtheit, seine Diskussionsfreude und seine unzähligen Erzählungen von berühmten Persönlichkeiten, die er traf, faszinierten und amüsierten sie.

Nur schade, dass sich das darauffolgende Wochenende in der Villa d'Este einzig und allein als Neuauflage des vorangegangenen entpuppte. Abgesehen davon, dass es sich um einen internationalen Gipfel handelte und De Van sowieso nur wenig Zeit für sie hatte. Allein miteinander waren sie nur nachts, und dann schliefen sie tief und fest, Seite an Seite, er vollkommen erschöpft von seiner Tätigkeit auf dem Gipfel, sie ebenfalls müde von dem umfangreichen Bespaßungsprogramm, das man für die Begleitpersonen veranstaltete.

Im Hotel wimmelte es nur so von hochrangigen Persönlichkeiten, denen Silvio, entsprechend geschniegelt und gespornt, seine ganze Aufmerksamkeit und seine allerbesten Pointen widmete. Zum ersten Mal fühlte sich Betta ignoriert, doch obwohl dies sie eigentlich hätte verärgern sollen, war es in Wirklichkeit nicht der Fall, denn ihrem Selbstwertgefühl tat es gut, von den Showgrößen der Finanzwelt umgeben zu sein und auf Du und Du mit ihren Partnerinnen zu stehen; so langweilig und unbedeutend Letztere auch sein mochten – sie gaben ihr das Gefühl, Teil einer exklusiven und derart schillernden Welt zu sein, dass sie buchstäblich davon geblendet war.

Wer hat, der hat, sagte sie sich, ein kleines bisschen stolz, als sie am darauffolgenden Montagabend ins Restaurant zurückkehrte, entschlossen, ihre Erlebnisse gut gelaunt und mit Esprit zum Besten zu geben.

Allerdings schenkte Tito ihren Erzählungen aus der Welt der Reichen und Schönen nur wenig Gehör und zog es vor, sie mit Bemerkungen über die miesen Fähigkeiten ihrer neuen Eroberung im Bett zu piesacken. De Van erinnere ihn an Meister Geppetto, den Schöpfer des hölzernen Bengele, sagte er, folglich eine Karikatur, kein richtiger Mann. Woraufhin sie versuchte, ihn zum Schweigen zu bringen, indem sie ihm Silvios Universitätstitel und die Anzahl der Bücher aufzählte, die er veröffentlicht hatte.

»Okay, meinetwegen ist er gebildet, aber bringt er's auch im Bett?«, fragte er Betta wieder und wieder, weil er der Meinung war, wenn man den Mann genauer betrachtete, könne es mit seinen Liebeskünsten nicht weit her sein.

»Sag mal, denkst du eigentlich nur an das Eine? Du nervst. Es geht doch nicht immer und einzig und allein um Sex. Gott sei Dank habe ich auch noch was anderes im Kopf.«

Tito lächelte, offenbar nur bestätigt in seiner These.

»Ich hab schon verstanden. Er ist also eine Niete.«

Das stimmte. Silvio war kein besonders guter Liebhaber, leider. Aber das zuzugeben tat weh, weshalb Betta in die Defensive ging und erst recht auf ihrer Position beharrte.

»Was weißt du schon darüber? Woher nimmst du die Gewissheit? Ich werde dir jedenfalls ganz bestimmt nicht erzählen, wie gut oder schlecht De Van im Bett ist.«

»Das ist auch nicht nötig, das sehe ich in seinem Gesicht.«

»Ich sag dir was, Tito, deine Eifersucht geht mir langsam aber sicher auf den Keks.«

»Eifersucht? Wie kommst du denn auf die Schnapsidee, ich könnte auf diese lächerliche Schießbudenfigur eifersüchtig sein? Da vergnüge ich mich lieber mit einer Fünfundzwanzigjährigen.«

»Was auch haargenau deinem geistigen Niveau entspricht. Ich bin mir sicher, da hast du keinerlei Schwierigkeiten, Themen zu finden, über die man reden kann.«

Er bedachte sie mit einem abfälligen Blick. »Ach, und du meinst, wenn ich mit einer Fünfundzwanzigjährigen ins Bett gehe, wird viel geredet?«, gab er zurück, offenbar um sie noch weiter aufzustacheln.

Am liebsten hätte sie ihn auf den Mond geschossen, doch da dies leider nicht möglich war, kehrte sie ihm den Rücken zu und wandte sich wieder ihrem funkelnagelneuen Macbook zu.

Unter dem Strich passierte es ihr nur selten, dass sie an De Van dachte und dabei wirklich etwas empfand, dass ihr etwas einfiel, was er gesagt oder was sie in letzter Zeit zusammen unternommen hatten, aber die Orte, an die er sie brachte, die sündhaft teuren Hotels und Villen, die bühnenreif gestalteten Wohnungen seiner Freunde, ja, insgesamt die Mailänder Welt der Reichen und Berühmten, ob es nun Zeitungsverleger oder Bankiers waren, ob Schauspieler oder Erdölmagnaten, dies alles prägte sich Betta nachhaltig ein. Die Esszimmer, die luftigen Salons, die Marmorfreitreppen in den uralten Palazzi, und dann die Gemälde, die Skulpturen, all die Vintagestücke, die sie so sehr liebte, selbst die Kleider der Damen beeindruckten sie schwer, und all die Male, bei denen sie mit diesen illustren Leuten zusammengekommen war, erweckten ihren Hang zum mondänen Leben wieder, der vermutlich nie ganz erloschen war. All der Luxus und Reichtum, die exklusive Umgebung, zu der nur wenige Menschen Zugang hatten, die privaten Essenseinladungen, ob bei einem berühmten italienischen Schriftsteller, der von seinem Haus auf die Piazza Castello schauten konnte, beim angesagtesten Regisseur oder einem Finanzhai, der ständig auf Seite eins der Zeitungen zu sehen war, machten Betta zwar wie benommen, bereiteten ihr andererseits aber kein wirkliches Vergnügen.

Es lag an diesen Privilegien, dass sie bereit war, De Van mehr nachzusehen, als sie es bei anderen getan hätte. Doch genügte wirklich diese Art von Rausch, um ihre Beziehung am Laufen zu halten? Als sie dort an ihrem Arbeitstisch saß, stellte sich Betta diese Frage, ohne eine Antwort darauf zu finden. Es fiel ihr schwer, es zu glauben, doch Tito hatte recht. Wären bloß Silvios Freunde ein wenig unterhaltsamer gewesen und er selbst echter, authentischer, ein weniger ichbezogener Mensch, und hätte es zwischen ihnen doch nur endlich einmal einen echten Dialog gegeben …

Zerstreut schaute sie auf ihre Notizen zum neuesten Event, das anstand. Lust hatte sie keine, aber nun musste sie sich wirklich darauf konzentrieren, sich ganz und gar ihrer Arbeit widmen. Schluss mit der Ablenkung…

Die Wahl der Location war bereits getroffen und rechtfertigte schon allein für sich ein Fest, denn es handelte sich um die Treibhäuser nebst Garten der Schwestern Riva in der Via Arena. Mitten in der Stadt gelegen, nur wenige Meter vom Säulengang von San Lorenzo entfernt, hatten die beiden betagten und überaus originellen Schwestern Luisella und Angela ein ganz eigenes, duftendes Refugium geschaffen. Hier wuchs jede Art von Blumen und anderen Pflanzen, wild und frei und nur von einer kleinen Schar Gärtnern gehegt und gepflegt, einer Art Miniaturheer von Gärtnerguerilleros, die allesamt das gleiche hohe Alter wie die beiden Schwestern hatten und dem längst in Zement gegossenen Stadtzentrum ein kleines, intaktes Stück Paradies entrissen hatten. Und es war leicht gewesen, ihrer Kundin diese Location schmackhaft zu machen, denn wer hätte sich an diesem Ort wohler gefühlt als Anna M., die Herrin der Rosen in der Modewelt?

Nun ging es darum, sich ein geeignetes Menü auszudenken, und Betta hatte zu ihrem allergrößten Bedauern feststellen müssen, dass sie nicht mehr auf den alten Eismacher zurückgreifen konnte, der sein Geschäft schon vor Jahren aufgegeben hatte und ihr damals zu ihrem vierzigsten Geburtstag eine viel gelobte Torte hergestellt hatte: zwei Schichten herrlich cremiges Eis, obendrauf ein ganzes Füllhorn von Marzipanrosen in den zartesten Farben.

Was ihr momentan auch noch den letzten Rest Konzentration raubte, waren drei besonders lärmende kleine Mädchen, die, legitimiert durch das vollkommene Desinteresse ihrer Mütter, kreischend kreuz und quer durch das Restaurant rannten und es damit riskierten, dass Betta jeden Moment ausrastete.

»Eltern sind auch nicht mehr das, was sie mal waren«, brachte es Costanza auf den Punkt, die Betta einen Besuch im Weißen Salon abstattete. Betta blickte von ihren Papieren hoch. Endlich ein vertrautes Gesicht!

Diese Frau besaß wirklich die bemerkenswerte Eigenschaft, immer dann aufzutauchen, wenn Betta eine kleine Plauderei oder eine tröstende Geste brauchte. Und auch diesmal bewirkte Costanza ein kleines Wunder.

»He, ihr da!«, rief sie und verteilte ein paar Buntstifte und Blätter, die sie von Bettas Schreibtisch konfisziert hatte, an die Mädchen. »Was haltet ihr von einem kleinen Wettmalen? Ich will mal sehen, wer von euch den schönsten Märchenprinzen zeichnet. Kommt, setzt euch da hinten an den Tisch und fangt schon mal an. Und die Gewinnerin darf ihr Bild eine Woche lang hier aufhängen!«

Ohne den kleinen Nervensägen die Möglichkeit eines Einwands zu geben, drehte sich Costanzas zu Betta, die dankbar und voller Bewunderung zu ihr hochblickte.

»Du kannst aber gut mit Kindern. Auf die Idee wäre ich nie gekommen.«

»Erfahrung, meine Liebe. Ich habe jahrelang Spielenachmittage für meine Sprösslinge und ihre Freunde organisiert, man kann also sagen, ich habe eine gewisse Übung.«

»Ich wusste gar nicht, dass du verheiratet bist und Kinder hast.«

»Na ja, verheiratet bin ich schon seit geraumer Zeit nicht mehr, aber die Kinder sind mir geblieben, auch wenn Michele und Tommaso mittlerweile zweiundzwanzig und vierundzwanzig sind und ihrer eigenen Wege gehen. Am Anfang war es schwer für mich, und ich habe eine Weile gebraucht, um mich von der Rolle der rund um die Uhr präsenten Mutter zu verabschieden, aber jetzt habe ich mir mein Leben zurückgeholt und fühle mich himmlisch. Aber erzähl doch mal von dir. Wie läuft's denn so?«

Auch wenn sie sich noch nicht lange kannten, begegnete Costanza Betta mit genau der natürlichen Herzlichkeit und Aufrichtigkeit, die ihr so sehr im Leben fehlten.

De Van schien von Tag zu Tag mehr von seinem Freundeskreis in Beschlag genommen zu werden, allesamt Leute, die davon überzeugt waren, kraft ihrer Herkunft oder Bildung zur höheren Gesellschaft zu gehören, dabei aber kaum etwas äußerten, das zu hören sich gelohnt hätte – zumindest nicht ihr gegenüber. Betta hatte längst erkannt, dass das Einzige, in dem diese Leute wirklich die Nase vorn hatten, ihr eigener Hochmut und Dünkel war.

Auch Costanza gehörte dieser Elite an, verfügte jedoch über einen gesunden Menschenverstand und eine sympathische Art, einen offenen und ehrlichen Charakter, allesamt Qualitäten, die Betta derzeit besonders zu schätzen wusste.

Mit ihr zu reden würde ihr helfen, da war sie sich sicher. Nur schade, dass in diesem Moment Tito hereinkam und die angenehme Atmosphäre zerstörte, indem er zu einer seiner gewohnten Sticheleien ansetzte.

»Hast du gesehen, wie unsere Kleine hier aufgeblüht ist?«, fragte er, an Costanza gewandt, und kniff Betta väterlich in die Wange. »Einen Freund, das ist es, was ihr Frauen eben braucht.«

Was fiel dem eigentlich ein? Nicht nur, dass er sie schon seit Wochen mit feinen Nadelstichen piesackte – jetzt machte er sich auch noch in Anwesenheit anderer über sie lustig! Betta bedachte ihn mit einem flammenden Blick, worauf er sich beeilte, zu seinen Gästen zurückzukehren, die seine witzigen Bemerkungen vielleicht eher zu goutieren wussten als sie.

Costanza hingegen fand, wie üblich, die richtigen Worte, um sie zu trösten.

»Ist es nicht bescheuert, dass die Männer immer noch denken, ein Mann würde genügen, um alle Probleme im Leben einer Frau zu lösen? Wenn eine Frau deprimiert und angeschlagen ist, dann heißt es von ihr gleich, sie werde nicht genügend gevögelt. Das ist doch unverschämt!«

Betta zuckte mit den Achseln.

»Und ärgere dich nicht über Tito«, fuhr Costanza fort. »Ich bin mir sicher, er wollte nicht gemein sein. So ein Mensch ist er nicht, und er mag dich viel zu gern, um dich zu verletzen. Aber ich freue mich zu hören, dass es endlich einen Mann in deinem Leben gibt. Ich habe mich schon länger gefragt, wann das endlich passiert.«

Als sie das sagte, war Betta noch deprimierter als zuvor.

»Ja, es gibt einen, aber ich bin nicht besonders begeistert. Genauer gesagt wäre es mir manchmal lieber, es gäbe ihn nicht. Ich fühle mich nicht wohl, irgendwas fehlt mir.«

»Na ja, jede Beziehung hat doch ihre Anlaufschwierigkeiten, und in unserem Alter ist es besonders schwierig, zwei Welten zusammenzubringen.«

»Das weiß ich sehr gut, deshalb tue ich auch mein Bestes, mich in Toleranz zu üben, aber mir scheint, von der anderen Seite besteht da wesentlich weniger Flexibilität. Er glaubt, das Spektakel seiner illustren Bekanntschaften aus der Welt der Reichen und Schönen genüge, um mich glücklich zu machen.«

»Ist es denn jemand Berühmtes?«

»Ach ja, entschuldige, das habe ich vergessen, dir zu sagen. Es ist Silvio De Van, der Journalist.«

»Ach, der! Den habe ich schon ein paarmal getroffen. Scheint mir ein interessanter Typ zu sein.«

»Das ist er in vieler Hinsicht auch. Ein sehr gebildeter Mann, ganz gewiss intelligent, nur dass er manchmal sehr nett sein kann und dann wieder abwesend und überheblich. Durch ihn lerne ich die wichtigsten Leute kennen und komme viel rum, aber mehr scheint es mir irgendwie nicht zu sein, und deshalb frage ich mich: Ist das genug? Reicht das? Reicht es mir?«

Es fiel Betta leicht, bei einem Menschen, der so gut zuhören konnte, aus sich herauszugehen, und so erzählte sie Costanza, ohne dass es ihr peinlich war, von den Zweifeln, die sie in dieser Beziehung quälten. Und sie erzählte, wie unzufrieden sie gerade ihre abendlichen Treffen machten, welche hauptsächlich zwei Mustern folgten: einerseits die Abende, an denen sie alleine im Restaurant saßen und er sich vor allem durch sein permanentes Gähnen hervortat; und die anderen, in Gesellschaft, die De Van viel lieber waren und an denen er, wie es ihr schien, hauptsächlich sich selbst beweihräucherte.

»Es soll ja gar nichts Großartiges sein, ab und zu ein Film, eine Ausstellung, nur wir beide und ohne das Publikum, dem er sich so gerne präsentiert. Wie kommt es nur, dass ich mit Tito lachen kann, auch wenn mir manchmal gar nicht danach ist, und mit Silvio überhaupt nicht?«

Costanza machte es sich auf dem Sesselchen, das vor Bettas Arbeitstisch stand, gemütlich.

»Du könntest versuchen, die Sache weniger romantisch zu sehen und mehr mit dem Verstand heranzugehen. Du hast gesagt, er sei ein hochintelligenter Mann, der bestimmt seine Faszination hat; du könntest also deine gefühlsmäßigen Erwartungen überdenken und stattdessen versuchen, seine Bekanntschaften und die Chancen, die er dir mit seinem Umfeld für deine neue Tätigkeit bietet, zu nutzen.«

Da war sie, die Wahrheit. Offen und ehrlich, so wie die Person, die sie gesagt hatte. War das denn nicht genau das, was sich auch Betta dachte und nur nicht den Mut gehabt hatte auszusprechen? Costanza hatte vollkommen recht, und Betta musste endlich aufhören, sich etwas einzureden, als wäre sie ein dummer Backfisch. Sie hatte hier eine Gelegenheit und musste entscheiden, ob sie sie für sich nutzen oder aufgeben wollte. Und es stimmte, dass die Bekanntschaft mit De Van ihr viele gesellschaftliche Möglichkeiten eröffnete. Wenn es ihr nicht gelang, von ihm so geliebt zu werden, wie sie es sich wünschte, wenn Silvio zu sehr auf sich selbst konzentriert war, um auf sie einzugehen, dann musste sie wenigstens eine Möglichkeit finden, sich von ihm unterstützen zu lassen. Und nicht darauf warten, dass er es aus eigenem Antrieb tat, was sie insgeheim gehofft hatte, sondern ihn ausdrücklich darum bitten, so wie es viele an ihrer Stelle getan hätten, ganz lieb, vielleicht mit ein paar zärtlichen Worten oder auch Gesten. Sie musste es nur schlau anstellen.

Aber ach, wie mühsam würde das sein! Allein bei dem Gedanken wurde ihr ganz schwindlig. Das konnte sie nicht, das würde ihr nie gelingen. Es war nicht ihre Art, jemandem Honig um den Bart zu schmieren …

Außerdem konnte es sein, dass De Van ihr gar nicht viel helfen konnte, denn er selbst war kein großer Kenner, wenn es um gutes Essen ging: Sein einziges Auswahlkriterium bei Restaurants war, dass sie teuer waren. Gepflegt und gut zu speisen war für ihn nebensächlich, und, das musste gesagt werden, er hatte auch sonst keinen besonderen Geschmack. Sein Zuhause, das Betta so wenig wie möglich aufsuchte, war eine eher zufällige Ansammlung von teuren Designerstücken, ausgesucht von irgendeinem angesagten Architekten, dem es wichtiger war, bei dem betreffenden Künstler zu punkten, als Räume wohnlich und gemütlich zu machen. Und so konnte man De Vans Zuhause bestenfalls als unterkühlt, wenn nicht gar eiskalt bezeichnen, so stolz er es auch präsentierte.

»Ich werde es versuchen«, antwortete Betta, an Costanza gerichtet, die voller Zuneigung sah, wie sie mit sich rang. »Ich verspreche dir, dass ich es versuchen werde.«

Er musste mit einer Zahlung aussetzen. Seine Transaktionen an der Börse hatten sich nicht ausgezahlt, und er hatte sogar Geld verloren.

Nach einer Woche vergeblicher Versuche gelang es Tito endlich, Giampi an die Strippe zu bekommen.

Er war auf den Malediven.

»Aber was ist denn eigentlich los? Du hast mir gesagt, die Situation würde sich in wenigen Tagen regeln, aber ich bin nach einem Monat immer noch in den Miesen. Und du fährst einfach auf die Malediven und gehst nicht ans Telefon. Was zum Teufel machst du eigentlich?«

»Immer mit der Ruhe, mein Freund. Es ist alles unter Kontrolle. Ich hatte an eine schnelle Lösung des Problems geglaubt, aber jetzt dauert es doch ein bisschen länger, das ist alles.«

»Aber diese Zeit habe ich nicht! Ich bin mit einer Ratenzahlung im Rückstand. Und du weißt, was das bedeutet, oder? Du warst doch mit auf der Bank, als ich unterzeichnet habe, du hast gehört, was der Direktor gesagt hat: dass ich pünktlich sein soll, das sei das einzig Wichtige …«

»Jetzt mal ganz ruhig, um den kümmere ich mich. Ich rufe ihn an und denk mir was aus.«

»Das passt mir nicht, dass du anrufst. Das mache ich lieber selbst. Ich erkläre ihm, was passiert ist und dass es Probleme an der Börse gab.«

»Spinnst du? Du willst ihm sagen, dass du mit deren Geld an der Börse spekulierst? Und Aktien mit hohem Risiko kaufst?«

»Ich wusste nicht, dass das welche mit hohem Risiko waren.«

»Ach, nein? Glaubst du denn, eine Gewinnspanne von 100 % wie bei dir im ersten Monat kriegt man ohne ein Risiko?«

»Keine Ahnung …«

»Ich bitte dich, Tito, die Rolle des Unbedarften passt nicht zu dir. Du wusstest sehr wohl, dass es ums Spekulieren geht. Aber wie alle anderen beschwerst du dich nur, wenn es nicht läuft.«

»Ich beschwere mich nicht, ich mache mir Sorgen. Das ist was anderes.«

»Ich hab dir bereits gesagt, du sollst ganz beruhigt sein. Ich rede mit der Bank. Kümmer du dich weiterhin um die Partys mit deiner Freundin, und ich kümmere mich ums Geld.«

»Aber bist du denn sicher, dass …«

»Entspann dich. Sag lieber Marcello, dass ich in zehn Tagen wieder da bin und gerne sein berühmtes Ingwerhuhn hätte, das aus Bodenhaltung, das du immer aus Viterbo kommen lässt. Wir sehen uns am Ende des Monats, mein Lieber. Kopf hoch. Also dann, ciao.«

Er legte auf, doch Sorgen machte sich Tito trotzdem.

Den ganzen Tag über war er angespannt und schlechter Laune. Als Violetta eine Tasse zerbrach, machte er sie zur Schnecke, als Federico eine Anweisung missverstand, rastete er fast aus, und selbst Marcello erregte Titos Zorn, weil seiner Meinung nach der Seehecht versalzen war.

Und als Betta kam und ganz selig und stolz verkündete, sie habe möglicherweise ein Event bei der Triennale an Land gezogen, war das Einzige, was ihm dazu einfiel: »Schauen wir, dass wir für die Deko diesmal nicht so viel Geld ausgeben. Das ist rausgeschmissenes Geld.«

Sie gab ihm nur deshalb keine entsprechende Antwort, weil Violetta auf der anderen Seite des Tresens stand und ihr bedeutete, sie solle es gut sein lassen.

Noch im Mantel ging Betta in den Weißen Salon, und die junge Frau folgte ihr.

»Der ist schon den ganzen Tag unausstehlich. Ich weiß nicht, was für eine Laus ihm über die Leber gelaufen ist. Aber ich habe gehört, wie er heute Morgen am Telefon eine hitzige Unterredung geführt hat. Keine Ahnung, wer am anderen Ende der Leitung war, aber du hättest sehen sollen, was der hinterher für ein Gesicht gemacht hat, als er wieder reinkam.«

»Er hat das Gespräch draußen geführt? Auf der Straße? Bei dieser Kälte?«

»Ja.«

»Denkst du, ich soll mal mit ihm reden?«

»Ich glaube, es ist besser, ihn in Ruhe zu lassen. Das geht bestimmt wieder vorbei.«

Betta nickte. Ja, vielleicht war es besser, es auf sich beruhen zu lassen. Wahrscheinlich hatte Tito sich mit seiner derzeitigen Flamme gekabbelt. Manchmal hatten Fünfundzwanzigjährige eine Art, einen auf die Palme zu bringen …

Mittlerweile verlief ihr Leben von Event zu Event und ließ Betta nicht mehr viel freie Zeit. Zum Teil aus diesem Grund und zum Teil, weil sie keine Lust hatte, sich der Situation zu stellen, hatte sie die Treffen mit De Van rarer werden lassen. Sie wollte einfach wissen, wie sich die Dinge zwischen ihnen entwickelten. Und vielleicht hoffte sie in ihrem tiefsten Inneren ja, dass sich ihre Beziehung von selbst auflösen würde, ohne dass dafür eine Erklärung erwartet wurde.

Die Arbeit hat immer Vorrang vor Herzensangelegenheiten, und ich schaffe es hervorragend, selber Kunden an Land zu ziehen, sagte sie sich wieder und wieder, und tatsächlich trudelten ständig neue Anfragen ein, auf deren Umsetzung sich Betta nach Herzenslust stürzte.

Noch konnte sie nicht abschätzen, wie viel Geld sie tatsächlich unter dem Strich verdiente und wann sie auf die nicht nur sporadisch eintreffende Unterstützung durch ihre Mutter verzichten konnte, doch im Moment fand sie es wichtiger, sich einen Namen zu machen, potenziell interessierte Leute kennenzulernen und neue Ideen für die Dekoration und Präsentation zu entwickeln.

Die Kunden schienen zufrieden zu sein. Außerdem war es Betta gelungen, das Restaurant auch zu toten Zeiten auszulasten, indem sie es für Präsentationen oder Events anmietete. Vielleicht hatte sie ja in der Tat nicht so viel Geld eingenommen, aber ganz gewiss hatte sie eine Unmenge an Kontakten gesammelt und viel Aufmerksamkeit für sich und ihre Marke bekommen. Und auch Tito schien zufrieden.

Den Anfang bei den Events im Restaurant machte ihre Freundin Lucia, die beschlossen hatte, ihrem Leben eine neue Wendung zu geben und sich ganz ihrer großen Leidenschaft, der *tricotage*, also der Herstellung von Strickwaren, zu widmen. Lucia hatte einen ausgezeichneten Geschmack, und ihre kleinen Pullover und Strickjacken waren unwiderstehlich: weich, warm und in ungewöhnlichen Farben hergestellt, die gerade wegen ihres Kontrasts zu der bei Modeleuten vorherrschenden Farbe Schwarz sehr gut ankamen.

Sie hatten beschlossen, die Strickwaren an einem Sonntagnachmittag im Weißen Salon zu präsentieren.

Es bedurfte eines riesigen Haufens von bunten Wollknäueln und großen Garnspulen, um den Raum auszuschmücken, in dem die feinen Strickwaren auf einfachen Samtkleiderbügeln von der Decke hingen. In der Fensternische legte Betta die Knäuel nach Farben sortiert aus und schuf aus ihnen eine weiche Regenbogenlandschaft aus Wolle. An die Wand gegenüber hängte sie Postkarten aus dem gesamten Farbspektrum, aus denen kleine Wollbüschel herausragten, was den Eindruck einer exzentrischen Farbpalette entstehen ließ. Die Einladung hatte wieder einmal Rossella entworfen und dabei auch an die Einführung der neuen Marke gedacht.

Kommt zuhauf
Und lasst sie euch nicht entgehen
Pullover, Strickjacken und Törtchen von
Cose di Lucia.

Da die Präsentation am Sonntagnachmittag stattfand, hatte sich Betta eine passende Verköstigung ausgedacht. Es wurde dampfender Tee serviert und dazu die gerade sehr angesagten Cupcakes, allerdings in einer ganz neuen Version von Marcello, der die kleinen Kuchen statt mit künstlicher Glasur mit einer Paste aus Mandeln und natürlichem Farbstoff bestrich – weniger leuchtend, aber dafür gesünder! – und mit winzigen

Knöpfen aus handgemachtem, buntem Zuckerguss verzierte. Auch Tito trug zum Menü bei, indem er an einem Nachmittag, an dem es nichts weiter zu tun gab, einen Zitronenpudding mit karamellisierter Orangenschale kreierte.

»Da habt ihr was, Mädels«, sagte er und stellte ein großes Tablett mit Puddingförmchen auf einen freien Tisch. »Die habe ich eigenhändig gemacht. Sagt mir, was ihr davon haltet. Eure Meinung ist mir wichtig.«

Dann verließ er die Szene mit seinem altbekannten *Stay beautiful, girls* und ließ, wie üblich, das ein oder andere gebrochene Herz zurück.

Die Strickwaren von Lucia waren wirklich wunderschön, doch selbst sie war überrascht vom Erfolg und von der Anzahl der Bestellungen, die wesentlich höher ausfiel, als sie es erwartet hatte.

Die klassische Atmosphäre einer Verabredung zum Tee unter Freundinnen war eine so genial ausgedachte Formel, dass Betta beschloss, eine solche Teeparty auch an anderen kalten und trüben Wintersonntagen zu veranstalten, wenn das Grau des Himmels draußen die Seele erschaudern ließ und ein wenig Wärme und Fröhlichkeit gewiss geschätzt wurden.

Es war kaum zu glauben, aber die Welt war voller Menschen, die erpicht darauf waren, ihre Sonntage so zu verbringen, und der Newsletter, mit dem Betta die Teeevents ankündigte, kam sehr gut an. Wenn Betta in den Weißen Salon einlud, konnte sie mittlerweile auf einen festen Stamm treuer Besucherinnen bauen, die manchmal auch nur auf einen Sprung vorbeikamen, um zu schauen, was es Neues gab, und eine Tasse Tee zu trinken. Eigentlich hätte Betta durchaus einen Erfolgsanteil an den Verkäufen verlangen können, abgesehen von der Miete für den Salon, aber sie hatte einfach ihren Spaß dabei, dieses ganz besondere Trüppchen von interessierten Frauen bei sich zu begrüßen und dabei natürlich auch Ideen für neue und originelle Projekte zu entwickeln.

Nicoletta zum Beispiel, eine Nachbarin, die gerade dabei war, ein eigenes Geschäft zu eröffnen, präsentierte sich mit einer Kollektion aus Schuhen und Kleidern, die sie miteinander kombinierte und unter dem Markennamen *Deux Chaussettes* zu verkaufen plante. Die in hohen und unregelmäßigen Stapeln präsentierten Schachteln erinnerten sofort an eine Art Mailänder Stadtlandschaft, erst recht, da Betta die originelle Idee gehabt hatte, mit einem breiten Filzstift die Umrisse der neuen Mailänder Wolkenkratzer darauf zu malen: den der UniCredit, des Diamond Tower und der begrünten Zwillingstürme des Bosco Verticale.

Arianna hingegen stellte in Bettas Salon ihre bemalten und einfallsreich mit Stoff gefütterten Obstkörbchen vor – zum Beispiel mit rosa und weiß kariertem Vichykaro oder mit Vintagetextilien aus den Sechzigern –, die sie in großer Zahl nebeneinander an die Wand hängte, was wie ein überdimensionaler Setzkasten wirkte.

Betta gelang es sogar, eine alte Bekannte aus Formentera auszugraben, ein Mädchen aus Parma, das im Sommer auf dem Markt von Mola mit seinen supersexy Unterkleidern aus Nylon im Stil der Sechziger Furore machte; die Kleidchen waren raffiniert durchbrochen, wie Spitze, was durch eine behutsame Behandlung mit Bleiche bewirkt wurde.

Und wie konnte Betta ihrer Freundin Betty die Unterstützung verweigern, die erst vor wenigen Wochen fristlos entlassen worden war? Für sie organisierte Betta einen Nachmittag, bei dem ausgiebig Karten gelegt wurden, eine Tätigkeit, die Betty schon seit Jahren mit Erfolg betrieb.

Bevor er am Samstag Feierabend hatte, buk Marcello für die Events Mürbteiggebäck jeder Art, und Tito ging mit Feuereifer an die Herstellung seiner Puddings. Und so kam es, dass für Betta die Sonntage der gegenseitigen Hilfe so befriedigend waren, dass sie den Wochenenden mit De Van nicht mehr nachweinte, denn je mehr die Events mit anderen Frauen sie mit Stolz und Herzenswärme erfüllten, desto frustrierender und bedrückender gestalteten sich die Treffen mit Silvio.

Wer weiß, wie das Wochenende in Capalbio werden würde, zu dem er sie gerade eingeladen hatte? Betta hatte beschlossen, ihm eine letzte Chance zu geben oder zumindest, wie es Costanza vorgeschlagen hatte, wieder ein paar neue Aufträge an Land zu ziehen.

Die Villa, in der sie nächtigten, lag direkt am Strand von Capalbio und gehörte zum Parco dell'Uccellina. Es war ein flaches Steingebäude mit hellem Holzboden und nur wenigen Möbeln. Von der breiten Glasfront des Wohnzimmers aus sah man das Meer, das direkt hinter dem Rasen und den Sanddünen lag. Es gab auch ein Schwimmbad, das rechter Hand lag, hinter einer Hecke verborgen, ein Infinity-Pool, der aus Stein gebaut und nicht mit den üblichen Mosaiksteinchen ausgelegt war. Ein Traum.

Der Hausherr stammte aus der Gegend, hatte sein Geld mit Küchenstudios verdient und in späteren Jahren eine Mailänder Aristokratin geheiratet, an der nur noch der Nachname adlig war. Die Dame präsentierte sich in einem winzig kleinen Minirock und High Heels, die Betta angesichts der frühen Nachmittagsstunde ausgesprochen lächerlich vorkamen.

»Silvio, mein Lieber! Komm her, hol dir dein Küsschen ab«, kreischte Belinda Sismondi und schmiegte sich an ihn.

Es war eine Umarmung, bei der Silvio, sichtlich unangenehm berührt, zusammenzuckte, denn auch wenn es ihm an Gelegenheiten nicht mangelte, taugte ihm die Rolle des Verführers nicht besonders. So offensichtliche Avancen waren ihm unangenehm, ja, sie ängstigten ihn sogar. Er mochte Diskussionen und die intellektuelle Auseinandersetzung, doch wenn es allzu körperlich wurde, geriet er in Schwierigkeiten, und je mehr er sich bemühte, als Herr der Lage aufzutreten, desto weniger gelang es ihm. Allerdings war es genau diese Schwäche, die Betta uneingeschränkt an De Van zu schätzen wusste, denn sie fand seine mangelnde Vertrautheit mit dem Spiel der Verführung anziehend. Seine Unbeholfenheit in diesen Dingen weckte unerklärlicherweise Zärtlichkeit in ihr, denn sie fand sie viel attraktiver als seine stets zu Tage tretende Eitelkeit, die in Wirklichkeit nur die Angst vor dem Versagen und dem Verlust eines seit Jahren anhaltenden Erfolges war und ihn daran hinderte, wahre Gefühle von geheucheltem Interesse zu unterscheiden.

»Ich habe dir das allerschönste Zimmer des Hauses herrichten lassen«, sagte Belinda und reckte Silvio ein mittlerweile eher runzliges Dekolleté entgegen.

Betta wurde mit Nichtbeachtung gestraft, solange Silvio sie noch nicht vorgestellt hatte, und auch nach den Honneurs bemühte sich die Hausherrin nach Kräften, ihre Besucherin zu ignorieren.

Zum Glück war hier jedoch Gianluca Sismondi zur Stelle, der sich durch das Benehmen seiner besseren Hälfte nicht im Geringsten beeindrucken ließ, sondern beschloss, den formvollendeten Hausherrn zu geben. Er bot Betta einen Platz auf einem herrlichen Samtsofa an, das direkt vor der riesigen Glasfront stand, ließ ihr einen Fruchtsaft servieren und zeigte ihr das Meer, das in einem schmalen dunkelgrünen Streifen in der Ferne sichtbar war.

»Belinda ist manchmal ein bisschen übergriffig, aber sie ist ein guter Mensch«, fühlte sich Silvio verpflichtet zu sagen, als ein Hausmädchen die beiden Gäste zu ihrem Zimmer gebracht hatte.

Betta, die am Fenster stand, hörte ihm gar nicht zu. »Machen wir einen Spaziergang am Strand?«

Silvio schaute zerstreut nach draußen.

»Scheint mir keine gute Idee zu sein. Es fängt doch gleich an zu regnen.«

»Und? Dann werden wir eben nass, was macht das schon?«

»Nein. Ich hab keine Lust. Warum bleiben wir nicht stattdessen hier im Warmen?«

Betta drehte sich um und sah ihn auf dem Bett sitzen, ohne Schuhe und schon wieder mit seinem unverzichtbaren Laptop beschäftigt.

»Wie kannst du bloß drinnen bleiben, wenn draußen das Paradies auf Erden auf dich wartet?«

Silvio machte den Hals lang, um aus dem Fenster zu spähen.

»Sieh doch nur, die Wolken«, sagte er und zeigte auf den grauen Himmel. »Mir scheint, da braut sich gleich was zusammen. Außerdem muss ich meinen Text noch bis sieben heute Abend an die Redaktion schicken.«

Es war offenbar sinnlos zu versuchen, ihn zu überzeugen.

»Was dagegen, wenn ich gehe?«

Er hämmerte bereits wieder auf den Tasten herum.

»Wie meinst du, Liebes?«

»Nichts. Ich geh dann mal.«

»Pass auf, dass du nicht nass wirst. Nicht, dass ich mir Sorgen machen muss«, sagte er noch, während Betta die Tür hinter sich schloss.

Draußen blies ein eisiger Wind. Betta kämpfte sich die Dünen hoch und stieg dann zum Strand hinab. Es war keine Menschenseele zu sehen, nur eine Wüste aus hellem Sand und dem düsteren und stürmischen Meer.

Doch es war eine Landschaft von wilder und unverfälschter Schönheit, die sie sofort in ihren Bann zog und nicht mehr losließ. Am liebsten wäre sie für immer hier draußen geblieben und ganz allein herumgestreift. Die Authentizität der Gefühle, die Betta in diesem Moment mit erschütternder Wucht durchströmten, und das gewaltige Schauspiel, das die Natur ihr bot, weckten in ihr das tiefe Bedürfnis nach Aufrichtigkeit.

Sie kam erst zurück, als es schon dunkel war.

»Ich hab mir schon Sorgen gemacht«, sagte Silvio, ohne den Blick von seinem Laptop zu heben, als sie ins Zimmer kam.

Betta nahm eine dampfend heiße Dusche, und als sie aus dem Badezimmer trat, war er bereits im Smoking.

Zum fünfzigsten Geburtstag Belinda Sismondis war das Speisezimmer, dem Anlass gemäß, festlich gedeckt und geschmückt.

Silvio und Betta saßen an verschiedenen Tischen: Ihn hatte man an den Ehrentisch der Jubilarin platziert, sie hingegen an einen eher abgelegenen Tisch in der Nähe der Küche, zusammen mit mehreren anderen Gästen von geringerer Bedeutung.

So wie sie Silvio kannte, war sich Betta sicher, dass er nicht gegen die Entscheidung der Hausherrin protestieren würde, und so schaute sich Betta ihre Tischgenossen genauer an, um herauszufinden, ob der Abend trotzdem noch zu retten war. Und tatsächlich erwiesen sich einige ihrer Tischnachbarn als viel brillanter und geistreicher als erwartet, und es dauerte nicht lang, bis sich ihr Tisch durch seine Fröhlichkeit und Lebendigkeit aus der Masse hervorhob.

Unter dem Vorwand zu rauchen, gingen einige von ihnen vor dem Dessert nach draußen, einer nach dem anderen, damit es nicht auffiel.

Die Lichter der Villa beleuchteten den Garten bis zu den Dünen, und so marschierte das kleine Grüppchen bis hinaus an den Strand, wo man, aufgelockert durch den reichlichen Genuss des exklusiven Hausweins, der ausgeschenkt wurde, kräftig über Belinda und den langweiligen Verlauf des Abends zu lästern begann. Jeder hatte etwas dazu beizutragen und tat dies genüsslich, um Dampf abzulassen.

Erst zum Anschneiden der Torte unter dem ebenso voraussehbaren wie geheuchelten und armseligen Jubel der Gäste waren sie wieder zurück.

»Du hast heute Abend ziemlichen Eindruck gemacht«, verriet ihr Silvio später auf dem Zimmer, während er im Bad mit seinen Hemdknöpfen kämpfte. »Am Ende war dein Tisch der am meisten bewunderte und du seine unangefochtene Königin. Jeder hätte einiges darum gegeben, bei euch zu sitzen. Ich übrigens auch.«

»Warum bist du dann nicht gekommen?«

»Weil ich die Jubilarin nicht vor den Kopf stoßen wollte«, sagte er und erschien in Boxershorts und Socken auf der Türschwelle.

Betta brach in Gelächter aus. Nein, sie konnte einfach nicht anders. Dieser Mann beherrschte nicht einmal die Grundregeln der Verführung. Außerdem hatte Tito wirklich recht: Im Bett war er eine Niete.

Genug! Genug! Genug! Hatte sie etwa jemals ihren Spaß gehabt – ob in Cortina, in der Villa d'Este oder in Capalbio? Silvio hatte sich ganz anders entpuppt als erwartet. In Wirklichkeit war er ein einsamer und depressiver Mann, und seine Überdrehtheit diente einzig und allein dazu, seine innere Leere zu überspielen. Und je verzweifelter er war, desto mehr bemühte er sich, dies zu negieren.

Doch Betta hatte keine Monate gebraucht, um diese Maskerade zu durchschauen; sie hatte ziemlich schnell begriffen, dass der Mann, der eigentlich zu den attraktivsten gehörte, die ihr in den letzten fünf Jahren begegnet waren, in Wirklichkeit ein großer Bluff war. Doch die Flinte ins Korn zu werfen war trotzdem schmerzhaft. In sich selbst hineinzuschauen und sich einzugestehen, dass bei ihm Hopfen und Malz verloren waren, kostete sie viel, ebenso wie zuzugeben, dass er niemals begriffen hatte, was er an ihr hatte.

Seinen Freunden gegenüber hatte er sie immer vorgezeigt wie eine Trophäe, ohne sie allerdings als ebenbürtig anzusehen, und weil er mit seinen tausend eigenen Verpflichtungen so beschäftigt war, hatte er sich niemals auch nur bemüht, Betta in ihrer Arbeit zu unterstützen. Das war es, was sie am allermeisten verletzt hatte: das totale Fehlen von Aufmerksamkeit ihr gegenüber. Und genau davon wollte sie endlich Abstand nehmen, denn sie wusste, dass sich niemals etwas ändern würde. Silvio würde sie einfach weiterhin in seine mondäne Welt hineinziehen, ihr vielleicht teure Geschenke machen, für die sie schlicht und ergreifend mit ihrer Verfügbarkeit bezahlte. Dabei kannte er sie eigentlich gar nicht und hatte auch nicht die Absicht, sie kennenzulernen. Wie lange wollte er eigentlich noch die Augen vor der Oberflächlichkeit der Welt verschließen, in der er lebte, vor ihrem Pomp und ihren starren Regeln, die nur dazu dienten, ihre Leere zu verhüllen? Die langen Monate des Nachdenkens über den Zusammenbruch ihres früheren Lebens hatten Bettas Beobachtungsgabe ihrer Umwelt gegenüber und ihren gesunden Menschenverstand deutlich geschärft; sie hatte ein Gespür dafür entwickelt, wann es besser war, ein wenig Ordnung und Sauberkeit in ihrem Leben herzustellen und sich darauf zu konzentrieren, was ihr wirklich guttat; dazu gehörten auch kleine Dinge wie ein gutes Buch, ein Spaziergang, eine Ausstellung, ein Konzert. Einen Mann in ihrem Leben brauchte sie nicht, um eine Leerstelle auszufüllen, sondern um eine echte Beziehung zu führen, für die es sich lohnte, zu kämpfen und zu brennen.

Und so beschloss Betta, die Einladung zur unvermeidlichen wöchentlichen Zusammenkunft im Hause des Architekten Neri anzunehmen, um mit Silvio Schluss zu machen. Sie wusste, dass sie zum wohl hundertsten Mal auch diesmal wieder allein gelassen würde, während er ohne Punkt und Komma mit den anderen parlierte, wie stets im Mittelpunkt seiner Fangemeinde.

Als sie gegen Mitternacht merkte, dass sie mit ihren Kräften endgültig am Ende war, ging sie zu ihm und flüsterte ihm ins Ohr: »Ich geh dann jetzt, gute Nacht!«

Ohne auf seine Antwort zu warten, marschierte sie zur Tür und verließ das Haus. De Van lief ihr hinterher und erreichte sie erst, als sie schon auf der Straße war. Er bot ihr an, sie im Auto nach Hause zu bringen, doch es genügte, voller Entschlossenheit zu sagen: »Danke, ich nehme mir ein Taxi«, um ihn davon abzubringen.

Das Bewusstsein, dass dies für sie beide das letzte Zusammentreffen war, war ihr unmissverständlich anzusehen, und auch Silvio merkte es. Er bestand darauf, sie wenigstens bis zum Taxistandplatz zu begleiten, und auch wenn keiner etwas sagte, war ihnen doch beiden klar, dass dies das Ende war.

Es war eine Erleichterung, und Betta wusste, dass es Silvio genauso ging. Ja, sie wusste, dass sie ihm sogar einen Gefallen tat. De Van hätte es nie geschafft, ihr in einer Beziehung das zu geben, was sie brauchte, denn eine wirkliche Bindung hätte sein neurotisches und kompliziertes Leben nur aus dem Gleichgewicht gebracht.

Silvio kannte nur seine eigene Welt, die der teuren Abendessen und Partys, einen ewigen Kreislauf, und am Ende, wenn die Nacht fortgeschritten war, zog man sich in seine seelenlose Behausung zurück, wo man den Aufenthalt im Bad so kurz wie möglich hielt, um sich nicht selbst im Spiegel sehen und sich bewusst machen zu müssen, wie einsam man war.

Dann kam endlich das Taxi. Betta öffnete die Tür.

»Du bist wunderschön, ich ruf dich an«, sagte er, selbst in diesem Moment vollkommen überzogen.

Und während der Wagen davonfuhr, verschwand De Van einfach – in der Nacht und aus ihrem Leben.

Erste Grundlagen im Alphabet der Gefühle

Es ging einfach nicht. Die beiden trafen sich jetzt schon seit fast zwei Monaten regelmäßig, hatten aber immer noch keinen wirklichen Kontakt zueinander hergestellt. D'Arsi und Jacopo belauerten und beobachteten sich, verbrachten Zeit miteinander, doch ihre Beziehung hatte sich nicht nennenswert verbessert. Es gab darin kein echtes Vertrauen, keine Zuneigung, keine Wärme. Wenn sie das Restaurant betraten, wirkten sie angespannt und verlegen, und wenn sie es nach etwa einer Stunde bemühten Gesprächs wieder verließen, wirkten sie wie Menschen, denen eine große Last abgenommen wurde, und erinnerten an zwei Pennäler, die beim ersten Glockenschlag der Pause erleichtert aufsprangen. Gewiss war D'Arsi kein einfacher Mensch; er wusste weder seinen eigenen Gefühlen Ausdruck zu verleihen noch, wie man als Vater agiert. Jacopo wiederum war ein Knäuel aus Wut und Provokation, das jeden Moment zu explodieren drohte. Eines Abends, als er sogar so weit ging, das Putzen des Bodens – das sowieso nicht zu seinen Aufgaben gehörte – so sehr in die Länge zu ziehen, dass sein Vater, der wie üblich angespannt und verschlossen an seinem Tisch saß, auf ihn warten musste, wurde Tito klar, dass er eingreifen musste.

»Wir sind hier nicht in einem Krankenhaus, Jacopo. Ein bisschen Staub ist schon in Ordnung. Wenn der Boden zu glatt ist, rutschen die Leute aus, und ich muss den Schaden bezahlen.«

Einen Moment lang sah er, dass die Anspannung auf D'Arsis Gesicht sich etwas lockerte und er ihm einen dankbaren Blick zuwarf. Dieser Mann wäre allem Anschein nach überall lieber gewesen als hier an diesem Ort, in dieser Situation, doch er hatte offenbar nicht vor aufzugeben. Ein fast heroisches Unterfangen, das er sich da vorgenommen hatte.

Und das war auch der Grund, warum Tito sich noch nicht geschlagen geben konnte. Er war sich nicht sicher, wie das alles ausgehen würde, doch die Flinte ins Korn zu werfen kam auch für ihn nicht infrage. Vielleicht schafften die beiden es ja wirklich nicht, miteinander warm zu werden, und D'Arsi war einfach nicht in der Lage dazu, sich zu öffnen und gehen zu lassen, und würde am Ende tatsächlich darauf verzichten, den Sohn, der so anders war als er selbst, so zu lieben, wie er es sich wünschte, doch allein dieses dankbaren Blicks wegen, und weil er sah, wie sehr der Mann sich bemühte, war Tito bereit, ihm zu helfen. Und vor allem Jacopo zu helfen.

Es gab einen einzigen Ort, an dem Männer zusammen waren, auch wenn sie allein waren: auf einem Boot. Er hoffte nur, dass D'Arsi nicht an Seekrankheit litt.

Es goss wie aus Kübeln. Die Wolken hingen so tief, dass man sie, wenn man die Hand ausstreckte, berühren konnte, und es genügte, die Straße zu überqueren, um klatschnass zu werden. Trotzdem hatte der Tag gut begonnen. Als Jacopo ins Auto stieg, schaute er D'Arsi an, der picobello und mit ernster Miene auf dem Beifahrersitz hockte, und sagte: »He, Papa, du wirst uns doch kein Unglück bringen, oder?«

Der Anwalt zuckte zusammen. Und Tito, der sich ein

Lächeln nicht verkneifen konnte, hätte nicht sagen können, ob es wegen des frechen Spruches war oder wegen der Anrede »Papa«, die er aus Jacopos Mund heute zum ersten Mal gehört hatte …

»Hey, mein Junge«, warf Tito ein, »an deiner Stelle würde ich mal lieber nicht den Geistreichen spielen. Erinnerst du dich noch an das Gewitter vor Sanremo, als wir uns unter Deck einschlossen und mehr als zwei Stunden ausharren mussten?«

Seine Worte rissen D'Arsi aus seiner strengen Apathie. Er drehte sich seinem Sohn zu und schenkte ihm ein etwas angestrengtes Lächeln. »Nein, vielleicht hat Jacopo ja recht. Ein sonniger Typ bin ich bestimmt nicht. Machen Sie sich keinen Kopf, ich nehme es ihm nicht krumm.«

Tito schaute ihn an und schüttelte den Kopf. Verflixt und zugenäht, was war eigentlich mit diesem Typen los? Warum schaffte er es eigentlich nie, sich zu entspannen?

»Avvocato, nehmen Sie es mir bitte nicht krumm, wenn ich mir diese Freiheit herausnehme, aber ab jetzt werde ich Sie duzen. Das ist so unter Seglern. Ihr Name interessiert mich nicht, für mich werden Sie immer ›der Anwalt‹ sein. Nein, *du* wirst der Anwalt sein. Du kannst mich Tito nennen, oder Skipper, wenn dir das lieber ist. Wohlgemerkt: Ich habe nicht vor, dass wir dicke Freunde werden, aber unter uns Seeleuten macht es mich nervös, wenn man sich siezt.«

D'Arsi zuckte wieder zusammen. »Skipper gefällt mir«, antwortete er nach kurzer Bedenkzeit.

»Gut, dann Skipper.«

»Aber mir wird es nicht so leichtfallen, Sie zu duzen. Daran bin ich nicht gewöhnt.«

»Du wirst dich schon noch dran gewöhnen, Avvocato. Wie

sieht man das da hinten auf den billigen Plätzen? Kann man sich daran gewöhnen?«

Jacopo starrte nachdenklich auf den Hinterkopf seines Vaters.

»Schauen wir mal«, antwortete er lakonisch.

Als sie am Hafen ankamen, zwängten sie sich unter den einzigen Schirm, den sie hatten, und beeilten sich, an Bord der *Tina* zu kommen. Jacopo legte die Laufplanke an, während die beiden Männer sich unterstellten und warteten.

Beide waren groß gewachsen, doch ihr Kleidungsstil hätte verschiedener nicht sein können. Der von Tito war lässig und einen Hauch heruntergekommen, mit seiner uralten, himmelblauen Daunenjacke und der Hose, die vermutlich schon seit Jahren kein Bügeleisen mehr gesehen hatte; wie aus dem Ei gepellt und elegant wirkte hingegen D'Arsis Aufmachung, der passend zur Gelegenheit eine blaue Leinenjacke, beige Samthosen und ein Paar Timberlands aus Wildleder trug.

Als sie auf dem Boot waren, verteilte Tito das Ölzeug und wandte sich, bevor er an Deck stieg, an D'Arsi, der seine Mütze festhielt und nicht recht zu wissen schien, was er tun sollte.

»Stell dich ans Heck«, sagte Tito, bemüht, nicht allzu autoritär zu klingen. »Da spürt man den Wellengang nicht so stark.«

»Und du bist nicht im Weg«, fügte Jacopo, etwas boshaft, hinzu und ging Tito voraus.

Kaum hatten sie den Hafen verlassen, hisste Tito die Segel. Das Wasser lief ihm in die Ärmel des Ölzeugs und bis zu den Achseln hoch. Es herrschte wenig Wind, weshalb er eine Weile den Motor anließ. Dann kam endlich die Strömung und mit ihr auch der Spaß. Offenbar hatte der Regen nicht vor, nachzulassen, und die Wellen wurden immer höher. Am Horizont war ein weißer, fast gleißend heller Streifen zu sehen. Das war das gute Wetter, das vor ihnen lag, doch sie waren zu weit weg, um es erreichen und genießen zu können.

Tito, der am Steuer stand, spürte die reglose Gestalt von D'Arsi hinter sich und schaute zu Jacopo, der mit den Tauen hantierte. Wegen des prasselnden Regens war es unmöglich zu sprechen. Schade, dachte er, denn der eigentliche Zweck des Ausflugs war ja gewesen, zwischen den beiden einen Dialog in Gang zu bringen. Stattdessen standen sie nun schweigend da, ein jeder in Gedanken versunken.

Nach weniger als zwei Stunden flaute der Wind plötzlich ab. So war das beim Segeln, die Dinge passierten oft überraschend; einen Moment noch hatte man seinen Spaß, kurz darauf stellte sich tödliche Langeweile ein.

»Ist wohl besser, wenn wir zurückfahren«, rief Tito Jacopo zu, der am Bug stand und den Horizont absuchte, als könnte er höchstpersönlich den Wind herbeirufen. »Ich glaube, weiter kommen wir heute nicht.«

Plötzlich frischte der Wind tatsächlich wieder auf, und die Wellen bekamen Schaumkronen.

Tito drehte sich zu D'Arsi, der sich nicht von seinem Platz gerührt hatte. »Könntest du mal solange das Steuer halten, während ich Jacopo dabei helfe, die Segel zu bergen?«

D'Arsi zuckte, mittlerweile zum dritten Male, zusammen. Das war für einen Tag mit Sicherheit ein Rekord ...

»Ich weiß nicht ... das hab ich noch nie gemacht. Ich weiß nicht, ob ich das kann.«

»Es genügt, wenn du es in dieser Position hältst, so, wie es ist.«

Das runde Steuerrad aus Stahl war warm und ließ sich leicht führen.

»Dreh es ein bisschen nach rechts.«

Tito, der ein paar Meter entfernt stand, kämpfte zusammen mit Jacopo darum, ein Segel zu bergen, das drohte, ins Wasser zu fallen.

»Ist es gut so?«

»Noch ein bisschen mehr. Mindestens zehn Grad.«

D'Arsi wusste nicht, wie viel zehn Grad waren, aber er fragte nicht nach. Das Steuerrad ließ sich nicht drehen, er spürte den Druck der Strömung unter dem Schiffsrumpf. Instinktiv versuchte er, das Stampfen des Bootes durch die Wellen zu nutzen, um das Ruder zu bewegen, doch das war schwieriger als erwartet. Er konzentrierte sich auf die Schwankungen des Bootes und versuchte, nicht auf Tito und Jacopo zu achten, die immer noch mit dem Segel kämpften.

Beim ersten Mal gelang es ihm nicht, beim zweiten Mal auch nicht, doch die dritte Welle war größer, und er spürte, wie sich das Boot leicht hob. Jetzt ließ sich auch das Steuerrad wieder drehen, so wie bei Tito, wenn er auf der Brücke stand.

Ein Tau schlug gegen das Boot, und Jacopo griff blitzschnell danach, bevor der Wind es davontrug. Wenige Minuten später war das Segel eingeholt, und Tito und Jacopo traten darauf, um es zusammenzufalten.

»Gut gemacht, Anwalt«, sagte Tito und nahm seinen Platz am Steuer wieder ein.

Auf dem Rückweg legten sie hinter La Cisa einen kurzen Zwischenstopp ein, um einen Imbiss aus etwas Salami und einem Schluck Wein zu sich zu nehmen. Die ideale Kombination, um die Stimmung aufzuheitern, die bislang, vielleicht auch wegen des Wetters, etwas kühl gewesen war.

Jacopo hatte sich nicht besonders bemüht, es seinem Vater

angenehm zu machen, und D'Arsi war gewiss kein einfacher Mensch und nicht leicht zufriedenzustellen. Tito spürte, dass die Idee, die beiden auf einem Boot zusammenzubringen, nicht so funktioniert hatte wie erhofft, doch er wollte auch nicht zugeben, dass sein Vorhaben vollkommen gescheitert war. Es musste doch eine Möglichkeit geben, dass die beiden sich einander nahe fühlten, wenn auch nur für einen Moment, und sie endlich einmal zusammen lächeln zu sehen!

»Ich trinke auf den Regen, der unseren kleinen Törn von heute zum übelsten gemacht hat, den wir je erlebt haben«, sagte er und hob das Weinglas in Richtung des Fensters der Osteria, in der sie haltgemacht hatten. »Aber er hat es uns auch ermöglicht, hier im Warmen zu sitzen, an einem Ort, der mir lieb und teuer ist, und diesen ausgezeichneten Wein zu trinken.«

»Auf den Regen«, prosteten Jacopo und D'Arsi sich im Chor zu.

»Und wieso lieb und teuer?«, fragte Jacopo, nachdem er den ersten Schluck aus seinem Glas genommen hatte.

Tito zuckte mit den Achseln, als wollte er mit einer Erinnerung nicht herausrücken, ob sie nun positiv oder bitter war.

In Wirklichkeit gab es keinen besonderen Grund, dass dieses Lokal ihm lieb und teuer war, er war erst ein paarmal hier gewesen und erinnerte sich nicht einmal daran, mit wem. Er hatte es nur gesagt, weil es gut klang und er hoffte, damit eine vertraute Atmosphäre herzustellen, wie es einem eben nur an einem Ort gelang, den man kannte und liebte.

»Bin ich indiskret gewesen? Ich wollte nicht aufdringlich sein«, sagte Jacopo.

Tito schaute ihn einen Moment lang an, ohne zu sprechen. »Ich kam hier als junger Mann manchmal her, mit meiner Freundin«, sagte er dann.

Jacopo schaute ihn überrascht an.

»Eine Freundin? Eine richtige Freundin? Das hast du nie erwähnt, ich dachte immer, du bist nur an unverbindlichen Geschichten interessiert.«

»Es hat sich einfach nie ergeben.«

»Ich dachte, du wärst noch nicht einmal verliebt gewesen in deinem Leben.«

»Von wegen! Damals war ich sogar richtig verknallt.«

»Das kann ich mir gar nicht vorstellen, du und verknallt.«

»Sie hat das damals übrigens auch nicht geglaubt. Und tatsächlich hat sie mir dann den Laufpass gegeben.«

Tito goss sich ein weiteres Glas ein, und Jacopo und D'Arsi taten es ihm nach.

»Sie hieß Silvia, war in der IIB meiner Internatsschule und hatte die schwärzesten Augen, die ich jemals gesehen hatte. Ich habe sie auf dem Schulausflug kennengelernt, weil sie auf dem Flur gegenüber wohnte, und es war Liebe auf den ersten Blick.«

»Und wie alt warst du damals?«

»Zwei Jahre älter als sie, achtzehn, und ich war ein totaler Armleuchter, hab mich mit allen angelegt, war immer sauer auf jemanden. Nur sie hatte die Macht, mich zu beruhigen, ich brauchte sie nur zu sehen und hatte gleich Lust, mit ihr im Arm vor dem Fernseher abzuhängen. Damals gab es montags immer Spielfilme, und wir saßen bei ihr im Zimmer und schauten uns alte Schmachtfetzen mit Marlon Brando oder Gary Cooper an, nach dem sie total verrückt war und ich dementsprechend schrecklich eifersüchtig. Die hatte wirklich was drauf und hat mich sogar dazu gebracht zu lernen! Stellt euch das mal vor, ich und pauken!«

»Und warum ging es dann zu Ende?«

»Ich hab Scheiß gebaut. Eines Tages hatte ich Streit mit meinem Vater, bin ausgebüxt und hab mich eine ganze Woche nicht mehr gemeldet. Dann kam ich zurück und präsentierte mich sturzbetrunken bei ihr – oder vielleicht hatte ich auch irgendwas angestellt. Ihr Vater wollte mich wegschicken, und es kam zu Handgreiflichkeiten. Ich weiß nicht mal mehr, warum, er war mir sogar sympathisch, aber ich war damals in dem Alter, in dem alle Väter Monster sind, gegen die man ankämpfen muss, mein eigener ganz besonders. Ich bin nie mehr zurück, um mich zu entschuldigen. Und so habe ich sie aus lauter Stolz verloren. Sie hat sich dann mit einem aus der IIIF zusammengetan, der heute Kardiologe ist. Sie sind verheiratet und haben drei Kinder.«

»Woher weißt du das?«

»Sie wohnt immer noch da, wo sie früher gewohnt hat, in einer Wohnung über der ihrer Eltern. Manchmal komme ich dort vorbei. Aber jetzt Schluss mit den traurigen Erinnerungen, die Flasche ist leer; sollen wir noch eine bestellen?«

Jetzt entspannte sich endlich auch D'Arsi.

»Klar, natürlich«, sagte er und hob den Arm, um den Wirt auf sich aufmerksam zu machen. »Und vielleicht lassen wir auch noch ein bisschen Salami kommen.« Dann konzentrierte er sich wieder auf sein Glas. »Ich kann mich auch noch gut an die Montagsfilme erinnern. Unser Lieblingsfilm war *Die Faust im Nacken*«, fügte D'Arsi hinzu und schaute, in Erinnerungen versunken, in sein Glas.

Titos Gesicht leuchtete auf. Er war ein großer Fan von *Die Faust im Nacken*!

»Ja, klar, mit Marlon Brando und einer blonden Schauspielerin, an deren Namen ich mich nicht mehr erinnere, sie war nicht so bekannt.«

»Eva Marie Saint.«

»Ich wusste gar nicht, dass du so ein Filmkenner bist«, wandte sich Jacopo erstaunt an seinen Vater.

»Ich eigentlich nicht, deine Mama war ein großer Fan. Die hat mich manchmal vier-, fünfmal die Woche ins Kino geschleppt, am Nachmittag, abends, manchmal sogar morgens, wenn sie die Schule schwänzte. Es waren wunderschöne Filme, die ich aber nach einer Weile alle wieder vergessen habe. Doch woran ich mich noch erinnere, war, dass diese Schauspielerin ihr sehr ähnlich sah. Deshalb nannte ich sie auch eine Weile Eva Marie.«

Jacopo war sprachlos.

»Und du, Anwalt, hast du auch manchmal die Schule geschwänzt?«, fragte Tito.

»Nein, ich nicht. Aber sie schon ab und zu. Sie kam dann zu uns nach Hause und sagte zu meiner Mama, es würde gestreikt. Oder sie hat mich an der Uni abgepasst und mich mitgeschleppt.«

Der Wein kam, und D'Arsi unterbrach sich. Offenbar überraschte es ihn selbst, wie viel er von sich preisgab, aber es schien ihm nicht peinlich zu sein.

»Auf die Montagsfilme!«, rief er, nachdem er die Gläser gefüllt hatte.

»Auf Eva Marie Saint!«, fügte Tito hinzu.

Auf Jacopos Lippen erblühte ein zartes und zögerliches Lächeln. »Ja, auf Eva Marie Saint«, prostete er und schaute seinen Vater an.

Etwas mehr als eine Stunde später waren sie wieder in Mailand. Die Rückfahrt brachten sie weitestgehend schweigend hinter sich, doch als Tito D'Arsi und Jacopo absetzte, hatte er den Eindruck, dass die Anspannung ein wenig nachgelassen hatte. Und im Rückspiegel sah er, wie die beiden noch auf einen kurzen Plausch vor dem Audi verweilten, den der Anwalt ganz in der Nähe geparkt hatte.

Tito wusste nicht, warum er die Geschichte mit der Freundin erzählt hatte, auch wenn es dieses Mädchen in seinem Leben tatsächlich gegeben hatte. Sie hieß zwar weder Silvia noch hatte sie die schwärzesten Augen, die er jemals gesehen hatte, aber sie hatte ihm tatsächlich den Laufpass gegeben. Nicht weil er ihren Vater schlecht behandelt hatte, zumindest nicht allein deshalb, denn einen kurzen Wortwechsel hatte es tatsächlich zwischen ihnen gegeben, sondern weil er sie betrogen hatte. Er hatte mit ihrer besten Freundin gevögelt. Einer, die ihm nicht einmal besonders gut gefiel, die aber einfach da war, verfügbar und verführerisch, einmal, als er und seine Freundin über irgendeinen Unsinn, an den er sich nicht einmal mehr erinnerte, gestritten hatten. Tito hatte ihr damals nichts gebeichtet, sondern sich eingeredet, es würde niemals rauskommen.

Doch dann hatte die Freundin, diese blöde Kuh, nichts Besseres zu tun gehabt, als es ihr zu sagen, und statt um Verzeihung zu bitten, stritt Tito alles ab und machte damit die Situation nur noch schlimmer. Am Ende wies sie ihm die Tür. Tito hatte sie nie vergessen, bis zu dem Zeitpunkt, als er zur See fuhr. Wer weiß, was ihn heute wieder an sie erinnert hatte. In dieser Trattoria war er nie mit ihr gewesen, sie waren nie zusammen ausgegangen. Den größten Teil der Zeit hatten sie in ihrem Zimmer verbracht, um zu reden und so zu tun, als würden sie für die Schule lernen. Sie küssten und berührten sich auch, bis zu dem Bereich, den er als *off limits* bezeichnet hatte. Manchmal hatten sie wilde Kämpfe ausgetragen, nach denen Tito vollkommen erschöpft und unbefriedigt nach Hause ging. Und doch ging das Spiel auf jenem Bett jeden Samstag wieder von vorne los, und er war so erregt, dass er fürchtete, gleich zu platzen, konnte aber trotzdem nicht die Finger von ihr lassen. Am Ende hatte er sie überredet, sich ein wenig mehr gehen zu lassen, doch sie wirklich in seinen Armen liegen zu sehen, von der Leidenschaft überwältigt – das also, was er sich am allermeisten wünschte –, war ihm dann doch nicht gelungen. Und so war es gekommen, wie es kommen musste: Er hatte sich mit ihrer Freundin vergnügt. Wer hatte denn auch mit achtzehn sein Testosteron unter Kontrolle?

Vielleicht hatte ja auch Eva Marie den Anwalt auf diese Weise darben lassen. Einen Grund musste es ja gegeben haben, warum er seine Vorlesungen sausen ließ und ihr folgte, ohne Widerstand zu leisten. Tito war sich sicher, dass niemand den Anwalt hätte zwingen können, etwas zu tun, was er nicht wollte, aber vielleicht täuschte er sich ja auch. Oder D'Arsi war früher entschlossener gewesen als er und erst mit den Jahren eingerostet.

Was für eine Erleuchtung die Geschichte von Silvia gewesen war! Als er ins Restaurant zurückkehrte, fühlte er sich mehr als zufrieden. Nur schade, dass ihn ein Kuvert erwartete, das nichts Gutes verhieß.

Sehr geehrter Herr,
hiermit möchten wir Sie daran erinnern, dass diesen Monat die Rate für Ihren persönlichen Kredit fällig wird. Und weiterhin möchten wir Sie auch darauf hinweisen, dass die vorige Rate ebenfalls noch nicht bei unserer Bank eingegangen ist.

Wir bitten Sie deshalb, zügig Abhilfe zu schaffen und Ihren Verpflichtungen nachzukommen.
Mit freundlichen Grüßen.

Tito ging sofort online, um sein Konto zu überprüfen. Er war immer noch in den Miesen. Es war keine exorbitante Summe, doch genug, um ihn daran zu hindern, dass er die geforderten Raten sowie seine Lieferanten zahlen konnte. Wie hatte er nur Giampi vertrauen und ihm seine gesamten Ersparnisse überlassen können? Und sich einreden lassen, es handele sich gar nicht um Investitionen mit hohem Risiko? Er war ein Idiot gewesen und hatte sich ausnehmen lassen wie eine Weihnachtsgans. Wer würde ihm jetzt noch unter die Arme greifen?

Da der Abend sowieso im Eimer war, versuchte Tito, seinen Kummer mit einer Partie Poker am Laptop abzureagieren. Auf einmal ging die Tür auf, und zusammen mit einem Schwung feuchter und kalter Luft kam Costanza herein, eingehüllt in einen orangeroten Schal. Sie hatte rote Backen, trug ihr blondes Haar ausnahmsweise offen und das warmherzigste Lächeln auf den Lippen, das er jemals an ihr gesehen hatte. Einen Moment lang war er von ihrer Erscheinung wie geblendet. Etwas an diesem Lächeln erinnerte ihn an Silvia … Aber was nur, wo die beiden Frauen sich doch physisch denkbar wenig ähnelten?

»Was machst du denn hier so spät?«, fragte er und schaute auf die Uhr über der Bar, die schon zwanzig vor elf zeigte.

»Ach, lass gut sein. Es war ein furchtbarer Tag, ich hab das Mittagessen ausgelassen und sterbe vor Hunger, aber ich habe gute Nachrichten für Betta. Vielleich ein neuer Auftrag. Ist sie hinten?«

»Nein, die liegt mit Grippe im Bett, aber mir kannst du es auch sagen.«

Costanza schaute ihn so zweifelnd an, dass er in Gelächter ausbrach. »Du hättest es wahrlich verdient, dass ich dich ohne Essen dastehen lasse. Sei froh, dass ich ein Gentleman bin.«

Tito begleitete sie zum großen Tisch für alle, wo sie immer saß, und empfahl ihr die Kürbissuppe, die hervorragend zu ihrem Schal passte.

»Ihr Mädels unterschätzt mich«, sagte er dann und nahm neben ihr Platz.

Die übliche Luxuswohnung, die übliche gutbürgerliche und gelangweilte Dame, die einen Laden eröffnet hatte, um sich zu beschäftigen. Betta fragte sich zum hundertsten Mal, wie es kam, dass Costanza, die aus einem ganz anderen Holz geschnitzt war, solche Freundinnen haben konnte. Nicht, dass Betta etwas dagegen einzuwenden hatte – Arbeit war Arbeit, und nachdem sich das Projekt mit der Triennale in Luft aufgelöst hatte, weil ein anderes Catering den Zuschlag bekommen hatte, war der Auftrag auch dringend nötig. Wie auch immer – das Geschäft, in dem Hüte verkauft wurden, war winzig, kaum mehr als ein Mauseloch, und lag an der Via Castel Morone. Trotz der Einrichtung im Shabby Chic mit den kunstvoll auf alt gemachten Möbeln (was Betta hasste, momentan aber zu ihrem Leidwesen überaus angesagt war), herrschte eine gemütliche, intime und behagliche Atmosphäre, wozu auch die anmutigen Hutkreationen, die Hauben aus verschiedensten Materialien und die mit allerlei Federn, Tüll und Spitze besetzten Haarreifen ein Übriges taten.

Allerdings würde es sehr schwierig werden, hier eine Party zu veranstalten. Wo sollte sie die Gäste unterbringen? Die Inhaberin des Ladens wollte das Fest in dem kleinen Innenhof abhalten, doch diese Idee überzeugte Betta nicht wirklich, denn wenn es draußen stattfand, würde niemand den Laden betreten, um etwas zu kaufen oder sich, neugierig geworden, umzuschauen. Kaum hatte sie allerdings die Schwelle der Wohnung der frischgebackenen Modistin überschritten, die über dem Laden wohnte, bezauberte sie sogleich der ganz besondere Schnitt der Räumlichkeiten, der zu Beginn des neunzehnten Jahrhunderts sehr *en vogue* gewesen war: ein mindestens dreißig Meter langer, schmaler Flur, der in zwei geräumigen Salons endete, während die Zimmer nur von einer Seite abgingen. An der gegenüberliegenden Wand, in die keine Türen eingelassen waren, hingen zahlreiche Gemälde – eine Art Galerie, etwas düster, die man allerdings mit einem Anstrich in Lila in eine wunderbare Präsentationsfläche für Hüte verwandeln könnte.

Es machte Betta großen Spaß, die Kreationen von *Madame Chapeau* mit allerlei wundervoll altmodischen Hüten zu mischen, die sie aus den Schränken ihrer Mutter und deren Freundinnen requiriert hatte, allesamt recht betagte Damen, die das Glück gehabt hatten, in einer Zeit aufgewachsen zu sein, in der es einer Dame unmöglich war, das Haus ohne Kopfbedeckung zu verlassen. Zusammen mit der Hausherrin erdachte sie sich Dutzende von Kompositionen, die die gesamte Wandbreite einnahmen, während sich auf dem großen Tisch im Wohnzimmer eine riesige schwarze Samtschlange in Hufeisenform ringelte – auf der sich eine Vielzahl an mit Federn, Strass, Kügelchen und Perlen sowie bunten Steinen und Bändern geschmückten Haarreifen aufreihten, die von den Kundinnen vor einem großen Spiegel mit Goldrahmen anprobiert werden konnten.

»Na, die Party wird Signora Mirabelli noch lange in Erinnerung bleiben! Wer hätte das gedacht – du hast ja wirklich das Zeug zur Bühnenbildnerin!«

Betta drehte sich überrascht um, denn diese Stimme hatte sie sofort erkannt. Simone! Simone Saraceni, der höchstdotierte Visual Designer der Stadt und der Talentierteste von allen Stilikonen: fantasievoll, exzentrisch, unfassbar kreativ, der Mann der tausend Lösungen, um den die großen internationalen Marken buhlten, wenn es um die Organisation von denkwürdigen Events ging.

Simone war tief gebräunt und in Topform, nachdem er vierzehn Tage auf einer ayurvedischen Beautyfarm in Indien verbracht hatte. Sein Lob erfüllte Betta mit Stolz.

»Momentan habe ich bestenfalls das Händchen dafür, mich über Wasser zu halten, indem ich ein paar Ideen verkaufe«, wiegelte sie ab, denn Komplimente waren ihr immer ein wenig peinlich.

Tito, der diesen letzten Satz aufgeschnappt hatte, als er mit einem Tablett köstlichster Mini-Quiches in Hutform vorbeikam, blieb stehen, um Simone zu begrüßen.

»Na, ich bin ja auch noch da, vergesst das nicht! Wenn ich mich nicht täusche, sehe ich hier jede Menge Leute, die nicht nur ihre Geldbeutel öffnen, sondern sich mit Genuss den Wanst vollschlagen.«

Simone strich ihm mit seinen langen, schlanken Fingern über die Wange. »Wie könnte ich denn diese himmelblauen Augen vergessen, hm, mein Lieber?«

Nachdem er diese Schmeichelei gut gelaunt entgegengenommen hatte, stürzte sich Tito erneut ins Getümmel, gefolgt von einer schmächtigen Brünetten, der sein *Hey, baby! Stay beautiful!* so gut gefiel, dass sie es permanent selbst rief.

Auch Simone folgte ihm einen Moment lang mit einem bewundernden Blick und wandte sich dann, etwas ernster geworden, wieder an Betta. »Halt dich bereit, könnte gut sein, dass ich dich in ein paar Tagen anrufe. Ich hab für den Salone zu viele Aufträge, die ich nicht alle bewältigen kann.«

Der Salone – die Mailänder Möbelmesse! Betta traute ihren Ohren nicht. Das wäre die Feuerprobe für ihr Catering! »Wirklich? Oder machst du dich über mich lustig?«

»Warum sollte ich?«

»Ich weiß nicht. Einfach so, blöde Frage. Weißt du denn schon, wer und was?«

»Nein, das sag ich dir nicht, weil ich abergläubisch bin, aber halt dich bereit. Und leg mir bitte auch dieses Käppchen aus weißem Samt da oben zurück! Das finde ich himmlisch und muss es unbedingt haben.«

»Wird gemacht«, antwortete Betta begeistert.

Das gute Stück würde sie gleich von der Wand nehmen und auch nach dem Preis fragen. Wer weiß, vielleicht konnte sie es sich sogar leisten, ihm das Teil zu schenken!

Der Salone. Natürlich hatte Betta auch schon daran gedacht. Um ehrlich zu sein, dachte sie schon eine ganze Weile daran, ohne dies allerdings groß zu erwähnen, denn auch sie war abergläubisch. Der große, magische Moment der Eröffnung dieser internationalen Großveranstaltung stand kurz bevor. Dann verwandelte sich Mailand von einer eher zurückhaltenden, verschlafenen und im Grunde sogar provinziellen Stadt in die wahre und einzig wahre, die unangefochtene und heilige Welthauptstadt des Designs. Es war eine Explosion der Lebensfreude und des Genusses, wenn Tausende von Designern aus aller Herren Länder und jeden Alters zu einer friedlichen Invasion in die Stadt strömten, ein Event, das nicht ohne Grund mit dem Erwachen des Frühlings zusammenfiel. Ein einzigartiges Fest, das mehrere Tage andauerte und jeden auch noch so verborgenen Winkel der Stadt miteinbezog. Auf die Besucher warteten Hunderte von Partys und Präsentationen, und diese waren zudem wesentlich volksnäher als die der Modemesse, denn so snobistisch und exklusiv die Modeleute waren, so fröhlich und offen gab man sich in der Welt des Möbeldesigns.

Auf der Messe stellten nicht nur die berühmtesten Vertreter des internationalen Designs aus, sondern auch die kleineren Marken und diejenigen, die ganz neu auf dem Markt waren. Dementsprechend verbrachte jeder von ihnen Monate vorher damit, anlässlich der Messe das Event des Jahres vorzubereiten, immer auf der Suche nach der besten und ungewöhnlichsten Location, in der man seine Produkte am besten präsentieren konnte, und da sowohl die vornehmen Palazzi als auch die traditionellen Theater bereits auf lange Sicht ausgebucht waren, lag besonderes Augenmerk auf ungewöhnlichen Örtlichkeiten wie aufgelassenen Fabriken, ehemaligen Tanzschuppen oder Kasernen.

Betta erinnerte sich noch gut an eine Präsentation vor einigen Jahren, die im ehemaligen städtischen Schlachthaus stattgefunden hatte, einem normalerweise eher trostlosen Ort, den ein genialer Gestalter in eine Wiese aus bunten Margeriten verwandelt hatte, auf der herrlich gemütliche und luxuriöse Diwane standen. Oder an die Präsentation von Jacopo Foggini, dem einstigen Wunderkind des Acrylglases, der seine Lampen und Skulpturen in einer ehemaligen Fabrikhalle installiert und die Halle in ein riesiges, wie verzaubertes Aquarium aus Plastik verwandelt hatte.

Mit einem eigenen Event an diesem fantastischen Reigen teilzunehmen wäre für Betta wahrlich eine Weihe, doch bis dahin musste sie sich noch auf die Party konzentrieren, die gerade in vollem Gange war; erst jetzt bemerkte sie eine junge Dame, die ihre Meinung zu einem Hutschleier wissen wollte.

Und dann sagte jemand: »Ach, da bist du ja. Endlich kreuzen sich wieder unsere Wege. Wahrscheinlich allein durch meine Gedanken heraufbeschworen.«

Vittorio. Seine warme und besonnene Stimme traf Betta sogleich ins Herz.

Da stand er vor ihr und betrachtete sie, wie immer voller Bewunderung.

Seit De Vans Auftauchen hatte sie Vittorio bewusst gemieden, doch jetzt merkte sie, wie sehr er ihr gefehlt hatte. Und erst recht seine wundervollen Komplimente!

»Und das, wenn man bedenkt, wie ungern ich eigentlich hierhergekommen bin!«, sagte er und verschlang sie mit seinen Blicken. »Aber Margherita hat so lange auf mich eingeredet, dass ich schließlich nachgegeben habe. Dabei sehe ich sie wirklich nicht mit einem dieser Hüte auf dem Kopf! Wie auch immer, ich wurde belohnt, und das kann kein Zufall sein. Ich hätte dich sowieso bald angerufen, damit du demnächst eine Party für mich organisierst. So kann ich dich wenigstens einmal wiedersehen, nachdem du mir in letzter Zeit immer aus dem Weg gehst.«

»Ach, die Party wäre nur ein Vorwand?«

»Nein, die soll es wirklich geben. Anlässlich der Geburtstage von Margherita und Euge, meiner jüngsten Tochter. Wir dachten daran, beide zusammen zu feiern, natürlich wieder in Besana. Was meinst du? Hast du Lust, dich darum zu kümmern?«

Und während sich Betta noch lächelnd darauf freute, endlich wieder an jenem schönen Ort mit ihm Zeit zu verbringen, brach eine laute, raue Stimme hinter ihr den Zauber.

»Ich kann es nicht glauben! Wie machst du das nur, dass du immer schöner wirst?«

De Van! Und noch dazu in Begleitung einer aufgedonnerten Tussi, die schon seit geraumer Zeit das Alter überschritten haben dürfte, in dem man es sich leisten konnte, diesen unglaublichen Minirock im Animalprint zu tragen, was einen geradezu tollkühnen Mut erforderte.

»Sag mir nur, mein Augenstern, was machst du denn hier? Mit wem bist du gekommen? Wer hat dich in dieses dünkelhafte und sterbenslangweilige Ambiente begleitet? Wusstest du denn, dass die Mirabelli und ich zusammen studiert haben?«

Die Unbekümmertheit, mit der Silvio all diese Fragen auf Betta abfeuerte, ärgerte sie. Wieso wunderte er sich darüber, sie hier anzutreffen? Wieso sollte sie diesem Ambiente nicht gewachsen sein, das er als dünkelhaft und sterbenslangweilig bezeichnete, in dem er selbst sich jedoch fühlte wie der Fisch im Wasser?

Jetzt reicht's, sagte sie sich resolut. Wie oft hatte sie ihm gegenüber schon ihr Cateringunternehmen erwähnt, während sie zusammen waren, ohne dass er ihr auch nur ein einziges Mal zu einem Auftrag verholfen hätte? Dabei hätte es genügt, wenn er ihr den ein oder anderen einflussreichen Bekannten vorgestellt hätte, damit sie Zugang zu den richtigen Kreisen erhielt, nämlich den Reichen, die gerne Geld ausgaben? Sie war gut in ihrem Job, sie schuftete Tag und Nacht und hätte sich ganz bestimmt auch in diesen Kreisen Vertrauen und allgemeine Anerkennung erarbeitet.

Von ihm jedoch – nichts. Auf ihre schüchternen Bitten hin war sie bei ihm immer auf taube Ohren gestoßen, weil er sich lieber heraushielt. Und da stand er jetzt, mit diesem Flittchen im Schlepptau, und trug genau die gleichen bornierten Vorurteile ihr gegenüber zur Schau wie immer!

Betta zwang sich zu einem Lächeln und schaute ihn mit gespielt unschuldiger Miene an.

»Ach, herrje, Silvio! Entschuldige bitte! Sag bloß, ich habe dich nicht auf dem Laufenden gehalten, was mein Catering angeht? Was für ein unverzeihliches Versäumnis! Das hätte ich wirklich tun sollen! Mit all den zahlungskräftigen Freunden, die du hast, wer weiß, wie viel Werbung du für mich hättest machen können! Wie auch immer – ich selbst habe diesen Abend organisiert, ich habe auch diese wunderbare Wand hier dekoriert, und ebenso habe ich mir zusammen mit meinem Partner Tito – du erinnerst dich an ihn, oder? Ich hab dir so oft von ihm vorgeschwärmt, das ist dieser große, gut aussehende Typ am Ende des Flurs! – überlegt, was man zum Essen und Trinken reichen könnte. Ach, Jacopo, mein Lieber«, sagte sie, an den jungen Mann gewandt, der gerade vorbeikam, »sei doch so gut und hol einen Teller voll für Dottor Van, damit er unsere leckeren Sachen probieren kann! Und vergessen wir auch nicht, ihm den richtigen Wein dazu zu reichen, du weißt ja, wie stolz wir auf unsere Wahl sind. Und er mag Wein, er mag ihn sehr. Er sagt, davon wird er lockerer.«

Worauf sie, wieder zu Silvio gewandt, aus ihrem kleinen Chanel-Beutel, den sie für diese Gelegenheiten immer von ihrem Handgelenk baumeln ließ, eine Visitenkarte zog und sie ihm in die Westentasche steckte. »Hier, mein Lieber, ich gebe dir noch mal meine Karte, bitte verlier oder vergiss sie nicht noch einmal. Nein, benutze sie bitte«, fügte sie noch mit ihrem unbedarftesten Lächeln hinzu.

Woraufhin sie sich mit koketter Miene Vittorio zuwandte, sich bei ihm einhängte und schloss: »Und nun entschuldige mich bitte, ich muss weiter. Ich habe noch einiges mit meinem lieben Freund Vittorio Chiaravalli zu besprechen, den du sicher kennst und für den ich demnächst ein Event in seiner wundervollen Villa in der Brianza organisiere. Natürlich lade ich nicht selbst ein, aber wenn es dich interessiert, kann ich ein gutes Wort für dich einlegen.«

Vittorio, der nicht allzu viel von dem verstanden hatte, was da vorging, aber aufrichtig darum bemüht war, ihr behilflich zu sein, lächelte Betta zufrieden zu und schlenderte mit ihr am Arm auf dem Flur davon.

Betta fühlte sich herrlich, wie eine Schauspielerin, die gerade eine vielumjubelte Premiere hinter sich gebracht hatte.

An diesen Vollidioten hatte sie zwei Monate ihres Lebens verschwendet! Das würde ihr letzter Irrtum sein, schwor sie sich.

Titos aktuelle Flamme hatte künstlerische Ambitionen. Als Tito sie zum ersten Mal gesehen hatte, spazierte sie auf dem Tresen im Restaurant herum wie auf einem Laufsteg, was Betta, die nur wenige Meter entfernt stand, nicht besonders zu stören schien. Beide betrachteten aufmerksam die letzten übrig gebliebenen Schiefertafeln des Restaurants, die über der Bar hingen.

»Ist das etwa eine neue Idee für eine Party?«, fragte Tito Betta beim Hereinkommen, ohne sich beeindruckt zu zeigen. Mittlerweile hatte er gelernt, sich über die Absonderlichkeiten seiner Partnerin nicht über Gebühr zu wundern.

»Nein. Ist nur eine Idee zur Verschönerung des Restaurants. Wendy ist eine englische Künstlerin, die an der Brera studiert und sich zusammen mit anderen Kursteilnehmern angeboten hat, die Schiefertafeln zu bemalen. Ich dachte mir, es wäre eine hübsche Idee, eine Art Ausstellung von jungen Talenten zu organisieren. Was meinst du?«

»Ich meine, dass das die allerletzten Tafeln sind, die noch übrig sind, und wir sie vor ihrer Vernichtung bewahren sollten«, antwortete er verärgert.

Immer noch diese Schiefertafeln! Das nervte langsam wirklich.

»Sie sind hässlich, Tito. Hässlich, hässlich, hässlich, hässlich. Die, auf die du die Tageskarte mit Kreide schreibst, genügt völlig. Was willst du denn noch mit den anderen, wenn du sie nicht als Tafeln benutzt?«

In diesem Moment mischte sich Wendy ein. Sie beugte sich zu Tito hinab und schaute ihm direkt in die Augen.

»Ich finde sie nicht hässlich, aber ich bin mir sicher, wenn sie erst mal bemalt sind, werden sie dir noch viel mehr gefallen.«

Wie alt war die wohl? Fünfundzwanzig? Achtundzwanzig? Sie hatte die für Engländerinnen so typische helle Haut und sinnliche Lippen. Ohne Zweifel ein schönes Mädchen.

»Na ja, ich bin mir da nicht so sicher«, antwortete Tito, der bereits überzeugt war, aber nicht so schnell klein beigeben wollte. »Mir gefallen diese Tafeln sehr gut. Ich hänge an ihnen.«

»Dann machen wir einen Deal«, sagte Wendy, sprang leichtfüßig wie eine Katze vom Tresen und kam auf gerade die Entfernung näher, die ihn ein wenig nervös machte. »Wenn sie dir nicht gefallen, mache ich alles wieder weg.«

Sie lächelte und reichte ihm die Hand. Kühl und ein wenig knochig, dachte Tito, als er sie drückte, aber der Hintern war knackig und prall. Das war ihm als Allererstes an ihr aufgefallen: eine runde, strahlende Sonne, die seinen Morgen erhellte.

Zwei Wochen später waren aus den Schiefertafeln Bilder für eine Ausstellung geworden. Am Abend der Vernissage, die Betta in der Hoffnung organisiert hatte, auch die Besucherzahlen im Restaurant wieder etwas in die Höhe zu treiben, malten Wendy und ihre Kollegen live. Den Stammgästen schien es zu gefallen, und es gab auch so manchen Zufallsgast, der vorbeikam und neugierig hereinschaute. Innerhalb einer halben Stunde waren gut zwanzig neue Gäste zu verzeichnen, ein echter Rekord für die vergangenen Wochen, und zwei von den Künstlern hatten sogar ein paar Bilder verkauft.

Auch Costanza, die hereinschneite, kurz bevor die Küche zumachte, interessierte sich für ein Werk, konnte sich jedoch mit dem jungen Mann, der es gemalt hatte, nicht auf einen Preis einigen.

Wendy entpuppte sich als perfekte Partnerin für Tito, wenn man von seinen Standards ausging. Trotz ihrer jungen Jahre, oder vielleicht gerade deshalb, hatte sie keine großen Erwartungen an ihn. Sie kam zu ihm nach Hause, kurz nachdem er im Restaurant Feierabend gemacht hatte, schlüpfte zu ihm ins Bett, vögelte mit ihm und schlief schließlich ein, ohne sich mit Liebesbeteuerungen aufzuhalten.

Wendy hatte einen guten Schlaf und lag meistens noch im Bett, wenn Tito sich bereits wieder auf den Weg in die Arbeit machte. Wenn sie dann aufwachte, trank sie den Kaffee, der in der kleinen Mokkakanne übrig war, aß ein Stück von dem Schokoladenkuchen, den er aus dem Restaurant mitbrachte, und hinterließ beim Hinausgehen die Schlüssel bei der Pförtnerin. Während des Tages rief sie ihn grundsätzlich nie an, nicht einmal, um ihm zu sagen, wann und ob sie wieder zu ihm kommen würde.

Vielleicht überraschte es Tito aus genau diesem Grunde, als sie eines Tages darauf bestand, dass er sie zu einer Ausstellung im HangarBicocca begleitete. Tito hatte nicht die leiseste Ahnung, was das war, und wenn er gewusst hätte, dass es sich dabei um die frühere Pirelli-Fabrik handelte, eine riesige Fabrikhalle von fünfzehntausend Quadratmetern, die in einen Ausstellungsraum für zeitgenössische Kunst umgewandelt worden war, hätte er dafür wahrscheinlich nicht einmal das Haus verlassen, denn den Samstagnachmittag behielt er traditionell den Fußballsendungen im Fernsehen vor; außerdem machte ihn die Vorstellung, ein paar Stunden mit Wendy zu verbringen, weit weg von der behaglichen Stille seines Schlafzimmers, nervös. Worüber würden sie die ganze Zeit reden? Über Malerei? Ihre Beziehung? Über mehr oder über weniger? Keines dieser Themen interessierte ihn wirklich.

Doch Wendy gab sich nicht so schnell geschlagen, und am Ende hatte Tito kapituliert, vor allem, als er entdeckte, dass an diesem Samstag nur Fußballspiele der zweiten und dritten Liga gezeigt wurden.

Am Eingang der Ausstellung nannte ein großes Plakat den Namen der Künstlerin, Marina Abramović, und den Titel der Ausstellung, *Balkan Epic.* Drinnen standen mehrere Riesenbildschirme, auf denen die Bilder verschiedener Frauen in traditioneller serbischer Tracht zu sehen waren; sie massierten ihre nackten Brüste und richteten den Blick gen Himmel. Andere, klatschnass vom Regen und mit Schlamm verschmiert, reckten ihre Vagina dem Boden zu.

Tito war verwirrt und überrascht zugleich; was war das denn für Zeug?

Unsicher und auch ein wenig ungläubig folgte er Wendy zu einem weiteren Bildschirm, auf dem mehrere Männer zu sehen waren, die nackt auf dem Boden lagen und kopulierende Bewegungen machten. Seine Verwirrung wuchs und wuchs, während er aufmerksam diese nach oben und unten wippenden weißen Hinterteile sah, alle verschieden und doch gleich, wie sie im Takt den Boden rammelten. Er verstand sowieso nichts von Kunst, erst recht nicht von moderner – wie sollte er also verstehen, was ihm diese Künstlerin mit ihrer extremen Performance sagen wollte?

»Ist es nicht wahnwitzig, wie sie das Thema Fruchtbarkeit angeht? Die Erde wird gevögelt, damit sie fruchtbarer wird. Genial«, sagte Wendy neben ihm und stürzte ihn erst recht in Unbehagen.

Doch es war die allerletzte Installation, die Tito – im wahrsten Sinne des Wortes – den Gnadenstoß versetzte. In der hintersten Ecke dieser riesengroßen Kathedrale aus Stahlbeton, fast versteckt im Vergleich zu den anderen, zeigten mehrere große Displays eine geordnete Reihe von Männern mit stolzer und undurchdringlicher Miene, auch sie in Nationaltracht – Stiefel, schwarze Pumphosen, weiße Hemden und das typische Barett –, die alle miteinander eine Erektion hatten und diese für die gesamte Dauer des Videos beizubehalten versuchten.

Während diese Abfolge von männlichen Geschlechtsteilen vor ihm auf und ab wippte, wie Schilfrohr im Wind, fragte sich Tito amüsiert und auch ein wenig besorgt, ob Wendy ihn vielleicht aus einem bestimmten Grund hierhergebracht hatte.

Denn abgesehen von Kunst war dies eigentlich vor allem

eine Zurschaustellung von Schwänzen. Und es gab sie für jeden Geschmack, in jeder Form und Größe: lange, kurze, dicke, kleine, breite, schmale, klobige, schüchterne und unverschämte. Einige standen nach oben, hart und prall wie Stöcke, andere zeigten nach vorne, wie Lanzen. Da gab es welche, die schlaff waren, oder welche in dem Zustand, den Tito »auf Halbmast« nannte. Da waren junge Schwänze, so lang, dass sie die Hoden verdeckten, und ältere, deutlich kürzere. Es gab krumme und gerade, dunkle und helle, haarige und unbehaarte, ein ganzes Sammelsurium von männlichen Genitalien, wie man es nicht einmal im Umkleideraum einer Fußballmannschaft zu Gesicht bekommen hätte.

Tito schlenderte neugierig umher, während Wendy hie und da einen Künstlerkollegen begrüßte, den sie auf der Ausstellung entdeckte. Den Blick auf die Bildschirme gerichtet, versuchte er verzweifelt zu begreifen, was er bislang übersehen hatte; jedenfalls hatte er eine solche Erfahrung noch nie gemacht. In seine Überlegungen versunken, rempelte er jemanden an, der aus der entgegengesetzten Richtung kam. Ein blonder Haarschopf, und noch bevor er das Gesicht erkannt hatte, sah er einen orangeroten Schal, der nur Costanza gehören konnte.

»Was machst du denn hier?«, fragte sie, überrascht darüber, ihn in den coolsten Ausstellungsräumen, die es im Moment gab, anzutreffen.

»Ich vergleiche, so wie vermutlich alle Männer hier«, antwortete er, geistreich wie immer. »Oder findest du, ich sollte die Sache ernsthafter betrachten?«

Sie lächelte und legte ihm eine Hand auf den Arm. Eine ganz natürliche und überhaupt nicht boshafte Geste, die Tito sehr gefiel.

»Komm, nicht banalisieren«, erwiderte sie mit zärtlicher Herablassung. »Auf dem Balkan haben die männlichen und weiblichen Geschlechtsorgane bei den Fruchtbarkeitsriten und in der Landwirtschaft immer schon eine wichtige Rolle gespielt. Es ist unsere Gesellschaft, die den Sex zu etwas Vulgärem und Schmutzigem gemacht hat; und ich finde es schön, dass er hier gezeigt wird, wie er es eigentlich immer war: gesund, natürlich und sauber.«

Jetzt wusste er, was genau an Costanza ihn an Silvia erinnerte. Sie, die Klassenbeste, erklärte ihm, dem Dummkopf, ohne jegliche Überheblichkeit, sondern liebevoll und freundlich, was kein Lehrer jemals vermitteln konnte: die Leidenschaft für etwas Schönes. Und sie tat es mit inspirierten Worten.

Genau diesen Moment wählte Wendy, um sich von ihren Freunden zu lösen und zu ihm zurückzukehren.

Sie erinnerte sich an Costanza und begrüßte sie herzlich, nur um dann erneut von einem bärtigen Typen mit einem lächerlichen Seidenschal in Beschlag genommen zu werden.

»Ich hab mich schon gefragt, mit wem du hier bist«, kommentierte Costanza mit einem Blick, in dem Tito einen Hauch Spott wahrzunehmen glaubte.

»Das ist eine von Bettas Schützlingen. Sie hat mich gebeten, sie zu begleiten.«

Costanza lächelte immer noch, und Titos Verlegenheit wuchs. Je mehr er Wendy vor dem großen Monitor gestikulieren und schwafeln sah, als wäre sie dabei, irgendwelche Tiefsinnigkeiten zu verbreiten, desto entfremdeter fühlte er sich ihrer jungen und unerfahrenen Begeisterung.

»Ich glaube, ich habe genug gesehen«, sagte er, hängte sich bei Costanza ein und versuchte, sich mit ihr davonzuschleichen.

Doch sie wollte nicht. »He, ich bin gerade erst gekommen und möchte mir alles in Ruhe ansehen, die ganze Ausstellung. Vielleicht ein andermal.« Mit diesen Worten ging sie davon und ließ Tito mitten im Getümmel stehen. Sie lächelte noch immer.

Sieh mal einer an – Costanza, dachte er. Er hatte sie sich immer als sture Prinzipienreiterin vorgestellt, doch offenbar war sie nicht nur ungezwungen und geistreich, sondern wirklich für eine Überraschung gut.

Kurz darauf ging er hinaus, um eine zu rauchen. Er mochte ja vielleicht nicht allzu viel von dieser Ausstellung und dem verstanden haben, was die Künstlerin damit aussagen wollte, aber eins war ihm hier urplötzlich klar geworden: Mit Wendy zu vögeln hatte er keine Lust mehr.

Der Name »Simone S« leuchtete auf dem Display von Bettas Handy auf, und sie nahm das Gespräch mit Spannung an. Und voller Hoffnung. Bis zur Möbelmesse war es nicht mehr lang.

»Du hast dich an dein Versprechen erinnert!«

»Hast du das denn bezweifelt?«

»Nein, ich wollte mir nur nicht allzu viele Hoffnungen machen.«

»Hör auf, dein Licht unter den Scheffel zu stellen, das passt nicht zu dir. Also. Sagt dir der Name Vernier etwas?«

»Ist das der mit den venezianischen Kronleuchtern?«

»Ja, aber der Sohn: ein knallharter Aufsteiger mit sehr klaren Ideen. Er macht mittlerweile wunderbare Sachen, große Installationen, die er beim Salone präsentieren will.«

»Hast du denn schon eine Location im Sinn?«

»War schwierig, bin fast verzweifelt, aber vielleicht habe

ich jetzt eine. Kannst du morgen früh um zehn? Dann zeige ich es dir, und vielleicht hast du eine Idee fürs Catering.«

»Wo ist es denn?«

Als Simone ihr die Adresse gab, war Betta einen Moment lang sprachlos. Sie wusste genau, wo das war.

»Du meinst diese *casa di ringhiera,* eins von den typischen Mailänder Mietshäusern mit dem umlaufenden Geländer? Aber steht das denn nicht schon eine Weile leer?«

»Eben, und offenbar wird es demnächst abgerissen, damit sie was anderes bauen können. Für die Zeit bis dahin habe ich den Besitzer dazu überreden können, das Gebäude eine Woche lang zu vermieten, so wie es ist. Der Grundgedanke ist, mit dem Kontrast zwischen diesen Lampenschirmen aus Tausendundeiner Nacht einerseits und dem heruntergekommenen Gebäude andererseits zu spielen. Wir müssen daraus etwas absolut Spektakuläres und Einzigartiges machen.«

Und tatsächlich, Simones Beschreibung passte genau. Eine kleine Seitentüre aus Holz führte auf einen großen Innenhof, darüber erhoben sich drei Stockwerke mit umlaufenden schmiedeeisernen Geländern; die Etagen erreichte man über zwei seitliche Treppen. Die Wohnungen selbst waren in genau dem Zustand wie vor Jahren, als die letzten Mieter ausgezogen waren. In einigen gab es noch Reste von altem Parkett, in anderen einen schwarz-weiß gewürfelten Marmorboden, und die Wände waren mit mehreren Schichten abblätternder Tapeten, an manchen Stellen auch mit farbigen Handabdrücken bedeckt.

Beim Eröffnungsabend goss es in Strömen, ein Umstand, den Simone und Betta paradoxerweise als pures Glück ansahen, denn durch den an die Fenster prasselnden Regen wirkte das gesamte Haus noch unheimlicher und gespenstischer als sonst. Von außen herrschte ein Eindruck absoluter Verlassenheit, der durch zwei starke Scheinwerfer, die die kaputte Fassade von unten beleuchteten, noch verstärkt wurde. Von den verrosteten Geländern der Stockwerke hingen jede Menge Glasperlenschnüre herab, die bei jedem Windstoß im Regen klirrten und klimperten, damit raffiniert die düstere Atmosphäre auflockerten und wie Vorboten des großen Spektakels im Inneren waren. Schon beim Eintreten war der Besucher wie geblendet vom Funkeln und Glitzern einer riesigen Installation aus Glasplättchen in Form einer Blume, die von der Decke bis fast zum Boden hing und beinahe den gesamten Raum einnahm.

Dann ging man in die anderen Räume weiter, wo sich immer wieder neue Szenen und Bühnenbilder boten. Riesige Kristallkugeln von unterschiedlicher Höhe spiegelten sich auf den Gesichtern und Körpern der Besucher, die voller Bewunderung unter ihnen her spazierten oder stehen blieben, um sie zu betrachten. Lichtschlangen ringelten sich, sinnlich geschwungen, an den Wänden und verbargen die abgeblätterten Tapeten auf voller Höhe. Und irisierende Lichtspuren, die aus den Rissen im Parkett emporstiegen, geleiteten den Besucher auf einem verwunschenen Weg bis zum allerletzten Wunder: einem gigantischen Kristallvorhang in Regenbogenfarben, der so dicht war, dass er undurchdringlich schien, in Wirklichkeit aber so lebendig und zerbrechlich, dass man ihn durchschreiten konnte wie Wasser.

Wie gefesselt von der Macht dieser Lichtspiele und verzaubert von den hypnotisch-zärtlichen Klavierklängen von Ryuichi Sakamotos *Forbidden Colours* erreichten die Besucher schließlich das Cateringzimmer, glaubten bei dem, was sie sahen, allerdings zunächst an eine weitere Installation. Auch hier hing eine Reihe von Kristallkugeln von der Decke, die man durchaus für eine weitere Fantasie halten konnte, doch in Wirklichkeit handelte es sich um einfache Styroporkugeln, in die Hunderte von Stäbchen aus kristallisiertem Zucker gesteckt waren, welche laut Betta herausgenommen und verspeist werden konnten. Ungläubig und amüsiert gab es viele, die zögerten, ihrer Anweisung zu folgen, weil sie die Vollkommenheit dieser vermeintlichen Kronleuchter nicht zerstören wollten, während andere sich gleich mehrere davon nahmen.

Indessen liefen Bettas Kellner auf den verschiedenen Stockwerken hin und her und boten den Gästen auf glänzenden Tabletts aus Plexiglas bergeweise die orientalischen Siruphappen Lokum sowie Würfelchen aus karamellisierter weißer Melone an, dazwischen Pyramiden aus Rohrzucker. Und das alles weiß und transparent.

Auch Costanza, die am Arm eines unbekannten Mannes erschien, war von dem Spektakel begeistert; obwohl ihr Begleiter sich nichts anderes zuschulden kommen ließ als die Tatsache, dass er an Costanzas Seite war, reagierte Tito ausgesprochen verärgert auf ihn.

»Kennst du den Knaben?«, fragte er Betta, kaum hatten die beiden den Raum verlassen, doch da diese gerade ins Gespräch mit dem begeisterten und überaus zufriedenen jungen Vernier versunken war, schenkte sie ihm keine weitere Beachtung.

Tito beharrte zwar nicht auf einer Antwort, fand jedoch rasch einen Vorwand, um sich zu entfernen und die beiden bis hinaus auf die Straße zu verfolgen. Dort sah er Costanza lachend und Arm in Arm mit dem Mann auf einen Wagen zugehen und einsteigen. Als Tito wieder hochkam, war er sichtlich schlechter Laune.

Dieses Mal sprach Betta mit Simone über den triumphal verlaufenen Abend.

Erst in den darauffolgenden Tagen sollte sie erfahren, dass Verniers Empfang einer der erfolgreichsten der Möbelmesse gewesen war; *Più dolce* wurde dafür sogar mit einem Artikel in der *Repubblica* belohnt, begleitet von einem Foto, über das sie nicht anders als grinsen konnte, denn es zeigte De Van – den der alte Vernier zu dem Event eingeladen hatte –, wie er sich gierig eines der Stöckchen aus kristallisiertem Zucker in den Mund schob.

Einige Tage später kam die unvermeidliche Nachricht von Vittorio. »Dein Name ist in aller Munde und steht sogar in der Zeitung. Dann bin ich wohl doch ein Entdecker von Talenten, und du solltest mir noch eine Chance geben.«

Und dann, ganz plötzlich, die Liebe!

Nach dem ausgesprochen positiven Echo auf die Veranstaltung von Vernier folgte sogleich ein weiterer wichtiger Auftrag. Es handelte sich um eine internationale Gesellschaft, die Betta selbst zwar nicht kannte, jedoch, soweit erkennbar, hochrangig war; sie residierte an der Porta Venezia in einem luxuriös ausgestatteten Büro mit lauter weiblichen Angestellten im blauen Schneiderkostüm. Ein neues Portal für die Partnersuche sollte unter dem Namen *dance2love.com* auf dem italienischen Markt eingeführt werden, und der dafür zuständige Geschäftsführer hatte Kontakt mit Betta aufgenommen und ließ ihr vollkommen freie Hand, sowohl was das Catering als auch die Wahl der Location und das Unterhaltungsprogramm anging.

Auf eine derartige Gelegenheit wartete sie schon seit Monaten, denn sie hatte schon seit geraumer Zeit eine Örtlichkeit im Kopf, an der sie liebend gern eine Party veranstaltet hätte. Bislang hatte ihr nur die richtige Gelegenheit gefehlt, und die war jetzt gekommen. Nur eine Stunde nach dem Telefonat mit ihrem neuen Auftraggeber stand sie bereits vor der Tür von Matteo Morrosio, einem befreundeten Antiquitätenhändler, der eine außergewöhnliche Villa am Kanal Martesana mit einem – was für Mailand ungewöhnlich war – nicht einsehbaren großen Garten besaß. Genau hier hatte Betta auch ihren eigenen vierzigsten Geburtstag gefeiert, trunken vor Glück und, ganz die sorglose Grille, die sie damals war, in der festen Überzeugung, jetzt beginne ein neuer Abschnitt ihres Lebens, noch intensiver, noch reifer, aber vor allem noch unbeschwerter. An Einladungen hatte sie damals nicht geknausert, und trotz anfänglicher Skepsis bezüglich der ungewöhnlichen Adresse am nördlichen Stadtrand von Mailand, der damals noch einen ziemlich üblen Ruf hatte, waren ihre Freunde und Bekannten zuhauf gekommen. Die Villa lag direkt an einem der Navigli, der alten Kanäle Mailands, die zu jener Zeit noch nicht saniert waren und an denen es von Wanderratten nur so wimmelte.

Doch das anfängliche Zögern der Gäste hatte sich sofort in Luft aufgelöst, kaum überschritten sie die Schwelle: Nicht nur die Villa selbst, aus dem neunzehnten Jahrhundert stammend, war ebenso imposant wie hervorragend erhalten; auch der Garten, in dem Hortensien, Rosen und Pfingstrosen in voller Blüte standen, betörte die Gäste mit seinem Duft.

Was für wundervolle Zeiten, und welche Sorglosigkeit! Selbst Bettas damaliger Freund, ein Fotograf, der irgendwann berühmt wurde – natürlich *nach* dem Ende ihrer Beziehung –, hatte ihr eine Überraschung bereitet, indem er um zwei Uhr morgens vor der Tür stand, direkt aus New York angereist, in der Hand ein Päckchen im unverwechselbaren Türkis von Tiffany. Gestärkt mit allerlei Köstlichkeiten vom Büfett und jeder Menge Getränke hatten die Gäste die ganze Nacht getanzt, bis Matteo sie im Morgengrauen buchstäblich hinauswerfen musste. Und voller Rührung dachte Betta noch immer an ihre herrliche Geburtstagstorte zurück, einen Traum aus Creme, geschmückt mit einer Kaskade aus Rosen in den verschiedensten Pastelltönen, von Erdbeer und Aprikose bis zu Pistazie und Vanille. Es war genau diese Torte, die sie für die Party im Treibhaus der Riva-Schwestern vergeblich gesucht hatte. Dieses Mal jedoch würde sie sich nicht kampflos ergeben, sondern es schaffen, ein solches Kunstwerk zaubern zu lassen, und wenn sie dafür Marcello zum Meistergelatier machen musste!

Die Idee, für das kommende Event einen Ball zu veranstalten, lag auf der Hand und würde hervorragend funktionieren, denn genau darauf beruhte die Philosophie von *dance2love:* Tanzveranstaltungen für Singles zu organisieren. Betta wusste selbst nur allzu gut, dass es, wenn man jemanden fürs Herz suchte, mehr bedurfte, als einen Abend auf die Piste zu gehen, erst recht unter den eher zurückhaltenden Mailändern, die Partys besuchten, ohne dort einen einzigen Menschen kennenzulernen, weil sie es gewohnt waren, in der Gruppe hinzugehen, den Großteil des Abends unter sich zu bleiben und dann mit ebendiesen Menschen die Party auch wieder zu verlassen.

Es war folglich notwendig, die Leute dazu zu zwingen, dass sie aufeinander zugingen, miteinander redeten, Zeit miteinander verbrachten, und dies würde Betta tun, indem sie sich ein Spiel ausdachte, an dem jeder teilnehmen musste, weil er sonst weder das Büfett plündern noch die Tanzfläche betreten durfte und ihm dadurch der ganze Spaß verwehrt blieb.

Betta machte sich mit Feuereifer ans Werk, indem sie verschiedene Mailinglisten so miteinander kombinierte, dass eine möglichst heterogene Gästeschar entstand, denn sie wollte vermeiden, das sich auf der Party die üblichen Cliquen bildeten. Wichtigstes Gebot sollte sein: Mischt euch unter die Leute!

Am Eingang verteilte Violetta an jeden Gast die Hälfte einer Postkarte mit einer Mailänder Ansicht aus den Sechzigerjahren und empfahl ihnen, gut darauf aufzupassen. Und während der Abend seinen Lauf nahm – es war Vollmond, was zu der verzauberten Atmosphäre ein Übriges tat –, sich die Gäste allmählich entspannten und sich fragten, wann das Fest denn beginnen würde und sie endlich das Büfett stürmen durften – welches von zehn jungen Männern in weißen Polohemden streng bewacht wurde –, betrat der junge Geschäftsführer die improvisierte Bühne und erklärte den Grundgedanken des neuen Portals: Es sollte die Gelegenheit bieten, bei regelmäßig stattfindenden und musikalisch unterschiedlich ausgerichteten Partys neue Leute kennenzulernen. Bei dieser allerersten Party nun müsse jeder auf die Suche nach der anderen Hälfte seiner Postkarte gehen, denn nur Paare mit einer vollständigen Karte in der Hand erhielten Zugang zum Büfett und zur Tanzfläche.

So waren auf einmal selbst die stocksteifen Mailänder gezwungen, sich außerhalb der ausgetretenen Pfade zu bewegen, und machten sich auf die Suche nach ihrer zweiten Hälfte. Und wie aufregend war es doch, über den eigenen Schatten zu springen, loszulaufen und einfach wildfremde Menschen anzusprechen, ja sogar den ganzen Abend mit ihnen zu verbringen! Auch die Musik, französische Gassenhauer, gespielt von einer kleinen Band mit Akkordeon, trug dazu bei, die Stimmung aufzulockern, und schon bald schwangen alle fröhlich das Tanzbein. Nur bei sehr, sehr wenigen sprang der Funke nicht über.

Auch das Büfett war so organisiert, dass die neu gebildeten Paare jeweils nur einen Teller bekamen, von dem sie Marcellos Köstlichkeiten gemeinsam probieren konnten – einen Teller der Marke Seletti, der aussah wie zwei verschiedene Teller, die zusammengeklebt waren. Die Idee funktionierte – und wie sie funktionierte! Es wurde ein märchenhafter Abend, an den Betta noch lange mit einer Mischung aus Stolz und Wehmut zurückdachte.

Geschäftlich lief es mittlerweile richtig gut, und Betta hatte das Gefühl, dass vielleicht tatsächlich eine rosige Zukunft vor ihr lag; womöglich stellte sich ja auch irgendwann die Liebe ein. Voller Sehnsucht dachte sie an Vittorio. Warum hatte sie ihn nicht eingeladen? Das wäre eine wundervolle Gelegenheit gewesen, ihn wiederzusehen, und bestimmt hätte er sie auch mit seinen tänzerischen Qualitäten erstaunt. Lächelnd stellte sie sich vor, wie sie miteinander tanzten, dort in Matteos Villa, diesem Paradies auf Erden, und fühlte sich auf einmal so zuversichtlich und federleicht wie schon seit Monaten nicht mehr.

Doch sie hätte nicht im Traum damit gerechnet, welche Eröffnung sie am Abend nach ihrem großen Erfolg erwartete.

»Wir müssen reden«, sagte Tito und ließ sich auf den Stuhl gegenüber sinken.

Er machte ein Gesicht, wie Betta es noch nie an ihm gesehen hatte: müde, blass, angespannt, mit wässrigen Augen und darunter, zum ersten Mal seit über fünfzig Jahren, Augenringe. Fast hässlich sah er aus.

Was auch immer ihn grämte, es musste etwas Ernstes sein. Sogar sehr ernst.

Tito redete nicht lange um den heißen Brei herum. »Ich muss das Restaurant zumachen«, stieß er hervor.

Es dauerte ein paar Sekunden, bis Betta bewusst wurde, was er da gerade gesagt hatte, und als es endlich zu ihr durchdrang, blieb ihr einen Moment lang die Luft weg.

»Wie – zumachen?«, stammelte sie.

Tito nickte, wich ihrem Blick aus.

»Ja, aber warum?«, hakte Betta nach. »Mir scheint, der Laden läuft gar nicht so schlecht: Natürlich bleibt noch nicht viel hängen, aber das wird sich ändern. Ich finde bestimmt eine Möglichkeit, noch mehr Aufträge an Land zu ziehen, es gibt noch einige Kontakte, die ich ausprobieren kann.«

»Nein«, unterbrach er sie brüsk. »Da ist nichts mehr zu machen. Nichts. Es ist zu spät. Viel zu spät.«

Jetzt schaute er ihr direkt ins Gesicht und sah so traurig aus, wie Betta ihn noch nie erlebt hatte.

Ihre Beklemmung wurde immer größer. »Aber was ist denn passiert?«, fragte sie.

»Passiert ist, dass ich hoch verschuldet bin. Bei den Lieferanten kann ich nicht mehr anschreiben lassen, und Marcello und die Leute vom Service warten seit dem vergangenen Monat auf ihr Geld.«

Betta konnte nicht fassen, was Tito da sagte. Es ergab einfach keinen Sinn für sie. Das alles konnte nur ein böser Traum sein. Nichts davon war wahr.

»Was soll das heißen, dass du hoch verschuldet bist?«

»Wach endlich auf, Betta! Von welchem Geld, glaubst du eigentlich, kann sich das Restaurant über Wasser halten? Ich habe mir Geld geliehen und eine Hypothek auf das Restaurant aufgenommen, mir gehört nichts davon außer der Lizenz. Ich dachte, ich würde das Geld binnen Kurzem wieder reinkriegen, und alles würde ins Lot kommen, aber genau das Gegenteil ist passiert: Es wurde immer schlimmer, die Kosten stiegen, und Gäste gab es nie genug. Ich hab's versucht, alles hab ich versucht, ich hab sogar Giampi Geld gegeben, das sich allerdings innerhalb von ein paar Monaten in Luft aufgelöst hat. Ich besitze keinen müden Euro mehr, was soll ich denn jetzt machen?«

Beim Namen Giampi verwandelte sich Bettas Bestürzung in Wut. Das konnte Tito ihr doch nicht antun, nicht jetzt! Nicht in dem Moment, wo ihr Geschäft ins Rollen kam!

»Wie viel Geld hast du ihm gegeben?«, fragte sie ihn mit bebender Stimme.

»Ich erinnere mich nicht … ich will mich nicht erinnern, er hatte gesagt, er hätte einen sicheren Fonds … und es gebe keinen Grund zur Sorge, ich würde bald viermal so viel haben … alles Lügen, dreckige Lügen!«

Einen Augenblick lang verschlug es Betta die Sprache.

»Wie bitte? Im Restaurant geht alles drunter und drüber, und du spekulierst mit einem Typen wie Giampi an der Börse? So einen ausgemachten Schwachsinn kannst ja auch bloß du verzapfen! Wo hast du denn deinen Kopf gehabt?«

Tito gab keine Antwort. Betta war am Boden zerstört, und der Kloß in ihrer Kehle war so groß, dass das Schlucken wehtat. Panik, totale Panik machte sich in ihr breit. Und genau die konnte sie sich nicht erlauben. Sie musste nachdenken, eine Lösung finden. Es musste doch eine Möglichkeit geben, um die Tragödie noch einmal abzuwenden. Vielleicht konnte ja ihre Mutter ihr unter die Arme greifen; eigentlich hasste Betta es, sie um Geld zu bitten, doch das hier war ein Notfall.

»Über welche Summe reden wir eigentlich?«, hakte sie nach, in der Hoffnung, es handelte sich um einen Betrag, mit dem man umgehen konnte.

»Viel.«

»Wie viel?«

»Zweihunderttausend und ein paar Zerquetschte.«

Ein Faustschlag in den Magen. Eine so hohe Summe besaß ihre Mutter gar nicht, und Betta hätte sie auch nicht darum gebeten.

Sie konnte es einfach nicht glauben, dass Tito sich mit einer so riesigen Summe verschuldet hatte. Am liebsten hätte sie ihm den Hals umgedreht.

»Und wenn du schließt, was passiert dann? Was machst du denn ohne Wohnung, ohne Job … in deinem Alter?«

»Ich kann immer noch wieder als Skipper arbeiten.«

Wäre sie nicht so wütend gewesen, hätte Betta laut aufgelacht.

»Als Skipper! Na, das ist ja eine tolle Idee!«, schrie sie ihm voller Hohn ins Gesicht. »Als Skipper! Dass ich nicht lache! Du bist zu alt, um zur See zu fahren, Tito. Viel zu alt. Tut mir leid, dir das zu sagen, aber das ist die Wahrheit. Und das weißt du auch.«

»Ich weiß nur, dass ich was machen muss, um davon zu leben. Genauso wie du. Und je früher du das weißt, desto besser wird es für uns beide sein.« Diese Worte fielen ihm sichtlich schwer, offenbar schwerer, als er selbst gedacht hätte. Und er schien mehr für Betta zu leiden als für sich selbst.

Er stand wie ein begossener Pudel vor ihr und ließ den Kopf hängen.

»Du musst eine andere Lösung finden«, sagte sie nach einer kurzen Pause. »Ich weiß nicht, welche. Ich hab keine Ahnung. Aber du musst es machen. Du hast uns in diesen Schlamassel reingeritten und musst uns auch wieder rausholen. Wir können gemeinsam darüber nachdenken, wenn du willst, denn wenn es eine Hoffnung geben soll, dass wir diese Scheißsituation überstehen, dann nur, wenn wir mit dem fortfahren, was wir bis jetzt gemacht haben. Ich glaube an das

Catering. Ich glaube viel zu sehr daran, um es aufzugeben. Es muss doch eine Möglichkeit geben!«

»Wenn du sie findest, sag's mir«, erwiderte er und machte Anstalten, sich zu erheben.

Betta schaute ihn an und fühlte sich zum zweiten Mal innerhalb weniger Minuten verraten und verkauft.

»Du gehst? Du kommst hierher, lässt die Bombe platzen, und dann gehst du wieder?«

Er starrte sie an und sah noch müder aus als zuvor.

»Es ist eins, und in ein paar Minuten kommen die ersten Gäste. Jacopo hat seinen freien Tag, Violetta hat angerufen, dass sie später kommt. Es muss doch jemand servieren, oder?«

Betta hatte sich schon seit Stunden in ihrer Höhle verkrochen. Weder hatte sie den Ingenieur begrüßt noch den Zahnarzt, den Kardiologen, und auch dem Weinvertreter, der den Kopf zum Weißen Salon hereingestreckt hatte, hatte sie nur kurz zugenickt, um ihm zu bedeuten, dass sie sehr beschäftigt war.

Wer weiß, wie viel Kohle Tito ihm schuldete!

Bis halb drei war das Restaurant voller Stimmen und gut gelaunter Gespräche, die sich für Betta jedoch wie Nadelstiche anfühlten, denn sie stellte sich jetzt schon vor, wie es wäre, wenn da draußen nichts mehr zu hören war und sie aus ihrem geliebten Weißen Salon ausziehen musste. Als die letzten Gäste gegangen waren und draußen endgültig Stille herrschte, fühlte sie sich noch einsamer und verzweifelter als zuvor.

Am Ende ging sie nach draußen, um nach Tito zu suchen, denn so sauer sie im Moment auch auf ihn war, verspürte sie doch das dringende Bedürfnis, ihm nahe zu sein und wieder das Lächeln auf seinem Gesicht zu sehen, das sie so gut kannte. Und sie hoffte, das alles sei nur ein Albtraum, aus dem er sie jeden Moment mit seinem altbekannten *Don't worry, baby, stay beautiful* aufwecken würde.

Doch er war gegangen. Dieser miese Wurm war gegangen, ohne sich auch nur von ihr zu verabschieden.

»Geht es dir nicht gut?«, fragte Violetta, die Betta ihre Bestürzung ansah. »Soll ich dir einen Kräutertee machen?«

Betta seufzte. Ja, ein Kräutertee war genau das, was sie jetzt brauchte. Ein schöner, heißer Tee, der ihr helfen würde, die Bitterkeit der vergangenen Stunden hinunterzuspülen.

»Ich hab auch etwas von dem Eukalyptushonig reingetan, den Tito gestern gekauft hat«, sagte Violetta, als sie ihr kurz danach eine Tasse mit dem dampfenden Gebräu in den Salon brachte. Typisch Tito, alles ging den Bach runter, und er kaufte Honig!

Die Minze in dem Tee war so scharf, dass ihr die Tränen in die Augen traten. Und auf einmal war es so, als wären alle Schleusen geöffnet. Ohne zu wissen, wie, begann Betta heftig zu schluchzen. Violetta reichte ihr wortlos ein Papiertaschentuch.

»Du denkst bestimmt, ich bin verrückt geworden«, sagte Betta, wegen ihres Gefühlsausbruchs verlegen, als sie sich ein wenig beruhigt hatte.

Violetta lächelte ihr zu. »Kann ich denn was tun?« Sie wirkte besorgt.

Betta nahm ihre Hand. »Nein. Nein, das kannst du leider nicht.«

»Möchtest du darüber reden?«

Eigentlich hätte sie es nicht tun sollen. Violetta war eine Angestellte, und es war Titos Aufgabe, sie über das zu informieren, was vorging, doch irgendjemand musste es doch sagen. Und Betta musste ihrem Herzen endlich Luft machen.

Und so bat sie Violetta, sich neben sie zu setzen, weil sie spürte, wie dringend sie körperlichen Kontakt brauchte. Dann ließ sie ihren Gefühlen freien Lauf und erzählte der jungen Frau alles: von Titos Geldproblemen, von der drohenden Schließung, von Titos fatalen Entscheidungen, mit denen er all ihre Hoffnungen zunichtegemacht hatte.

Violetta wurde kreidebleich.

»Es tut mir leid, dass ich so schonungslos gewesen bin«, schloss Betta, der erst jetzt klar wurde, dass sich bestimmt auch Violetta Sorgen um ihre Zukunft machte. »Ich bin mir sicher, er wird an euch denken, er ist kein Typ, der die Leute vor die Tür setzt. Du wirst sehen, ihr werdet keinen Schaden davon haben.«

»Daran habe ich gar nicht gedacht. Mir geht es nicht um mich, ich finde immer eine Arbeit. Aber es tut mir leid für dich. Ich weiß doch, wie sehr du an dein Projekt geglaubt hast.«

Violettas Worte waren wie Salz in Bettas Wunden, und sie spürte, wie erneut die Wut in ihr aufstieg.

»Aber wie konnte er mir das nur antun und mich so lange über das, was er tat, im Unklaren lassen? Er hat den Karren in den Dreck gefahren, immer noch mehr Schulden gemacht. Ich kann es immer noch nicht glauben.«

Betta legte den Kopf in die Hände, unfähig nachzudenken.

»Versprich mir, es nicht den anderen zu sagen. Auch Jacopo nicht«, fügte sie stockend hinzu und versuchte verzweifelt, sich wieder zu beruhigen.

Doch es würde nichts bringen, sich nur in ihrem Kummer zu ertränken. Kaum war Violetta gegangen, zwang sich Betta, sich wieder auf ihre Arbeit zu konzentrieren, und vertiefte sich in die Notizen, die sie sich zu einem neuen Auftrag gemacht hatte. Es war eine Party zu Ehren eines sehr bedeutenden Verlagshauses, und sie hatte noch nicht die Zeit gehabt, Tito davon zu erzählen.

In genau diesem Moment stand er in der Tür.

»Neuigkeiten?«, fragte sie hoffnungsvoll, ohne sich die Mühe zu machen, ihren eigenen Kummer zu verbergen.

»Ich habe einen Monat Aufschub erhalten, vielleicht zwei«, antwortete er. Sprach's und ging wieder hinaus, ließ sie allein zurück.

Betta marschierte zu Fuß nach Hause. Es war ein schöner Abend Ende April, vor den Bars saßen Menschen an den Tischen, lachten und unterhielten sich. Sie hingegen war voller Wut und immer noch erschüttert. Sie bemühte sich, an die Party für den Verlag zu denken, aber es gelang ihr nicht, denn immer wieder kehrten ihre Gedanken zu dem Moment zurück, in dem sich ihr schöner Traum in Luft aufgelöst hatte und alles zusammengebrochen war, was sie sich aufgebaut hatte. Es war einfach nicht möglich. Sie hatte geschuftet wie ein Ackergaul, und jetzt musste sie wieder ganz von vorne anfangen. Sie zermarterte sich das Gehirn nach Möglichkeiten, aus der Situation herauszukommen, überlegte krampfhaft, wer ihr wohl helfen könnte.

Als sie in ihrer Wohnung angekommen war, legte sie sich aufs Bett, ohne sich auszuziehen. Sie war so erschöpft, dass sie nur noch hoffte, die Nacht durchzuschlafen wie ein Stein und am Morgen aufzuwachen und zu entdecken, dass das alles nur ein hässlicher Traum gewesen war. Doch der Schlaf wollte sich nicht einstellen, ja, je mehr Betta versuchte, nicht mehr nachzudenken, desto größer wurde ihre Nervosität. Schließlich holte sie sich eine Beruhigungstablette aus dem Medizinschränkchen und schluckte sie ohne Wasser.

Um Mitternacht war sie mit ihren Nerven am Ende. Sie musste mit jemandem reden, bei dem es sich nicht um ein zwanzigjähriges Mädchen wie Violetta handelte, so reif und gewissenhaft diese auch sein mochte. Ein Telefonat nach New York wäre nicht billig, eigentlich konnte sie sich das nicht leisten, jetzt erst recht nicht, doch mit Greg und Felipe zu sprechen war genau das, was sie jetzt brauchte. Sie hatte ihre Freunde in den vergangenen Monaten immer auf dem Laufenden gehalten, hatte ihnen nach jedem Event einen ausführlichen Bericht geschickt, immer begleitet von Fotos mit ihrer Glücksbringertasche von Louis Vuitton im Vordergrund, und konnte es anschließend kaum erwarten, ihre Kommentare zu lesen. Die beiden waren ihr Talisman, sie hatten sie angespornt und ihr Ratschläge gegeben, sie waren von Beginn an an Bettas Seite gewesen. Sie war sich sicher, dass die beiden auch dieses Mal die richtigen Worte finden würden, um zu sie trösten.

Felipe ging schon beim zweiten Läuten dran, und Greg kam aus dem anderen Zimmer herübergelaufen, um das Gespräch zu verfolgen.

»*Hey, what's wrong? You sound so sad*«, riefen die beiden besorgt, als sie Bettas Stimme hörten.

Betta wusste gar nicht, wo sie anfangen sollte, woraufhin Greg, der ihre Laune aufbessern wollte, mit fröhlicher Stimme fortfuhr: »Warum befolgst du nicht den Ratschlag deines Freundes? *Don't worry, baby, stay beautiful!*«

Alles hätte er sagen können, nur nicht Tito ansprechen! In Betta brachen wieder alle Dämme, und sie ließ ihrer Stinkwut freien Lauf. Erst als sie ihnen alles erzählt hatte, gewann das Selbstmitleid in ihr die Oberhand, und sie brach in Tränen aus.

Ihre Freunde waren entsetzt und sprachlos. Felipe löste sich als Erster aus seiner Erstarrung und machte ihr einen Vorschlag, der möglicherweise tatsächlich einen Ausweg bedeutete.

»Warum fragst du nicht Patrizia um Hilfe? Sie arbeitet mittlerweile für eine große Designfirma und organisiert Events. Sie kann dir bestimmt unter die Arme greifen«, rief er hoffnungsvoll.

Es stimmte; Betta hatte bereits gehört, dass Patrizia einen neuen, sehr prestigeträchtigen Job hatte. Sie hatte sich auch vorgenommen, sie einmal anzurufen, jedoch nie die Zeit dazu gehabt. Nun hatte sich innerhalb nur eines Tages die Situation komplett geändert, aber die Freundin würde sie mit Sicherheit verstehen und ihr, wenn es irgendeine Möglichkeit gab, helfen.

Gleich am nächsten Morgen in aller Frühe rief sie Patrizia nach nur drei Stunden Schlaf an. Ohne ins Detail zu gehen, schilderte Betta ihr, mit Tito gebe es Schwierigkeiten, sie müsse ihren Radius erweitern und mehr mögliche Kunden an Land ziehen, dafür sogar mit der Konkurrenz zusammenarbeiten, vielleicht auch nur, was die Präsentation anging. Patrizia stellte sofort für sie einen Kontakt zu einem anderen Cateringunternehmen her, das den etwas prätentiösen Namen *Ghirigori di Panna* trug. So appetitlich »Sahnekringel« auch klang – an mangelndem Selbstbewusstsein schienen die Kollegen nicht zu leiden …

Das bestätigte sich auch, als Betta einige Tage später vom Inhaber des Unternehmens im eisigen Ambiente eines Büros und danach im ebenso eisigen »Labor« der Firma empfangen wurde, wo ein paar junge Frauen rohe Gemüsesticks in kleine Papiertüten in T-Shirt-Form steckten.

Auch seine Partnerin, die sich zu ihnen gesellte – was die Frau allerdings nicht daran hinderte, weiter hektisch am Handy zu telefonieren –, war arrogant und überheblich. Nachdem sie ihre Unterredung mit dem bemitleidenswerten Gesprächspartner brüsk unterbrochen hatte, blätterte sie kurz in der Präsentationsmappe, die Betta in kurzer Zeit zusammengestellt hatte, und trug dabei eine gelangweilte Miene zur Schau, als hätte sie das alles schon tausendmal gesehen.

»Ist nicht ganz unser Stil«, sagte sie dann und gab Betta die Mappe zurück. »Aber wenn sich etwas in dieser Art ergibt, melden wir uns sicher bei Ihnen.«

Dann begleitete der Mann Betta zur Tür. Zehn Minuten, maximal zwölf, hatte das Gespräch gedauert. Und sie hatten genügt, um Betta begreiflich zu machen, dass es nicht so leicht sein würde, ein Catering zu finden, das mit ihr zusammenarbeiten würde.

Entmutigt begab sie sich ins Restaurant, wo die Dinge so zu laufen schienen wie immer. Wäre da nicht das angespannte Gesicht von Tito gewesen – man hätte denken können, es sei ein Tag wie jeder andere.

An ihrem Tisch im Salon versuchte Betta verzweifelt, sich eine zündende Idee für die Verlagsparty auszudenken.

Tito schlief schon seit Tagen nicht mehr. Kaum schloss er die Augen, tauchten vor ihm die enttäuschten Gesichter seiner Lieferanten auf, das erschütterte Gesicht von Betta und die gespielt verlegene Miene von Giampi, als er ihm gesagt hatte, sein Geld sei endgültig futsch. Vor allem aber hörte er noch die Drohungen des Metzgers, seines größten Gläubigers, der, verärgert über Titos uneingelöste Versprechen, endlich zu zahlen, nur wenige Zentimeter vor seinem Gesicht mit dem Zeigefinger herumgefuchtelt und ihn angeschrien hatte: »Pass auf, wenn du nicht zahlst, fackele ich dir dein Restaurant ab! Darauf kannst du Gift nehmen!«

Na ja, zum Abfackeln würde es vermutlich nicht kommen, doch einigen Schaden konnte der Mann immerhin anrichten. Schon die Tatsache, dass er kurz vor Mittag, bevor die ersten Gäste erschienen, im Restaurant aufgetaucht war, um Titos Rückstände einzufordern, war eine Provokation gewesen. Tito war ihm entgegengetreten und hatte ihn auf die Straße hinausgezogen, bevor Marcello und die Serviceleute, die in der Küche saßen und aßen, seine Drohungen hörten. Ganz bestimmt war es kein schöner Anblick gewesen, wie ihn dieser große, bullige Mann, der sonst immer nur lächelte, anbrüllte. Ein paar Passanten sahen sie neugierig an, doch in den benachbarten Geschäften hatte offenbar niemand von dem Vorfall Notiz genommen.

Was für ein Glück, dass Betta an dem Morgen nicht da war, denn diese Szene hätte sie endgültig am Boden zerstört. Noch mehr als an dem Abend, als er ihr aus heiterem Himmel mitgeteilt hatte, dass er in großen Schwierigkeiten steckte und das Restaurant schließen musste.

Fünf Uhr dreißig. Er stand auf und machte sich einen Kaffee. Und wo er nun schon mal wach war, würde er gleich auf den Fischmarkt gehen. Allerdings hatte er nur fünfzig Euro in der Tasche, mit denen er auskommen musste, denn am Geldautomaten würde er kein Geld mehr bekommen. Er stellte sich eine endlose Zeit unter die Dusche, in der stillen Hoffnung, das Wasser könnte auch nur einen Bruchteil seiner Sorgen wegspülen. Dann zog er sich ein selbst gebügeltes Hemd an (wer weiß, wann er sich mal wieder eine Wäscherei leisten konnte!) und begab sich zügigen Schritts in Richtung des Marktes für Meeresfrüchte und Fisch an der Via Lombroso. Der einzige Fisch, den er sich leisten konnte, waren Makrelen, die hier superfrisch und günstig waren. Alles andere – ob Bernsteinmakrelen, Thunfisch oder Wolfsbarsch – waren Delikatessen, die er mittlerweile vergessen konnte. Die würde er erst auf dem Boot wiedersehen, wenn er denn tatsächlich das Restaurant sausen lassen und wieder zur See fahren sollte.

Doch Betta hatte recht, eigentlich war er zu alt für dieses Leben. Das Meer wäre immer in seinem Herzen, doch wieder auf einem Boot zu leben, noch dazu einem, das ihm nicht gehörte, sommers wie winters, und irgendwelche Unbekannten durch die Gegend zu schippern und zu bespaßen, das war nichts mehr für ihn. Und er musste sich schweren Herzens eingestehen, dass er die Rhythmen seines neuen Lebens lieb gewonnen hatte, sein schönes Sofa, sein Sharp Aquos Crystal, die Dokumentarfilme von National Geographic, ganz zu schweigen von *Narcos* oder *Breaking Bad.*

Außerdem war er sich nicht sicher, ob ihm jemand überhaupt noch Arbeit geben würde; schon bei den jungen Leuten machte sich die Krise deutlich bemerkbar, wie wäre das erst bei einem Skipper seines Alters?

Je mehr er darüber nachdachte, desto deprimierter wurde er. Und während er so vor sich hin schritt und den finstersten Gedanken nachhing, stieß er fast mit Costanza zusammen, die gerade aus ihrem Haus kam.

»Unsere spontanen Treffen werden mir allmählich zur lieben Gewohnheit!«, sagte sie mit ihrem üblichen strahlenden Lächeln.

Doch Tito war nicht zu Scherzen aufgelegt, und so fiel ihm keine witzige Antwort ein. Er brachte nur ein gequältes Lächeln zustande.

»Schlechter Tag heute?«, erkundigte sie sich, betroffen von seinem ungewohnt ernsten Gesicht.

»Der schlimmste seit Jahren.«

»Ich hab ein bisschen Zeit. Komm, ich lad dich auf einen Kaffee in der Bar an der Ecke ein, und du erzählst mir alles.«

»Nein, ich lad dich zu mir ein, denn es ist mit Sicherheit eines der letzten Male, dass ich es mir leisten kann. Außerdem haben wir im Restaurant mehr Ruhe.«

Im Restaurant war niemand, vor zehn würde Marcello nicht eintrudeln. Tito schaltete die Espressomaschine ein.

»Da«, sagte er und stellte die zwei Tassen auf den Tisch. »Der beste Kaffee auf dem Planeten. Eine meiner letzten Anschaffungen und ein Vergnügen, auf das ich sehr bald werde verzichten müssen.«

»Sagst du mir jetzt endlich, was passiert ist, oder willst du weiterhin den Geheimnisvollen spielen?«

Tito fehlte der Mut, ihr ins Gesicht zu schauen. »Ich stecke in Schwierigkeiten, ernsten Schwierigkeiten«, antwortete er und kippte seinen Kaffee in einem Schluck herunter.

»Wie ernst?«

»Ich muss zumachen. Ich hab keinen müden Cent mehr, nein, ich bin sogar tief verschuldet.«

Costanza war baff, aber auch eine Spur erleichtert.

Eigentlich hatte sie nämlich ein Geständnis wie »Weißt du noch, das Mädchen von der Ausstellung, die Junge, Hübsche, mit der ich was hatte? Nun, sie ist schwanger«, erwartet, aber nein, es ging nur ums Geld. Schnöder Mammon. Eigentlich schämte sie sich für das, was sie da gerade gedacht hatte, aber das Gefühl der Erleichterung blieb. Allerdings nur, bis Tito ihr alles erzählt hatte: von dem Haus, vom Restaurant, vom Metzger, von Bettas Verzweiflung und von dem Geld, von dem er nicht wusste, wo er es hernehmen sollte.

Sinnlos, ihn um eine Erklärung für sein Verhalten zu bitten, sinnlos auch, ihm Vorwürfe zu machen. Dass Tito kein besonders solider und gut organisierter Mensch war, hatte sie geahnt, und auch, dass er mehr Geld ausgab, als er einnahm. Die Qualität des Essens, das er servierte, war ausgezeichnet, aber dem Lokal fehlten die Gäste, besonders am Abend. Ob daran die allgemeine Krise schuld war oder die Tatsache, dass man im Viertel einfach keinen Parkplatz fand, ob es an der Konkurrenz lag – schließlich gab es in derselben Straße mehrere sehr gute Restaurants –, war eigentlich egal. Gründe mochte es zuhauf geben, der Punkt war nur, dass Costanza immer geglaubt hatte, Tito sei vermögend, oder könne es sich zumindest erlauben, ein Restaurant zu führen, das nicht viel abwarf, einfach, weil er es so wollte. Nie im Leben hatte sie sich vorstellen können, das *Heaven's Gate* sei sein einziger Lebensunterhalt, für den er sich sogar so hoch verschuldet hatte.

Wer da nun jedoch vor ihr saß, verängstigt und verloren, war ein Mann, der noch weitaus unbedarfter durchs Leben ging, als sie gedacht hatte, ein Mann, der nach Zuspruch und Zuneigung lechzte, der verzweifelt Schutz suchte. Und so verantwortungslos er offenbar war – sie wollte ihm helfen.

»Was hältst du davon, mich heute Nachmittag nach Monza zu begleiten?«, schlug sie ihm spontan vor, um ihn wenigstens für ein paar Stunden von seinen Sorgen abzulenken. »Ich habe kein Auto und muss unbedingt zum Golfclub wegen einer Benefizveranstaltung am Sonntag, die ich organisiere. Es dauert nicht lang, ich muss nur abschließend mit einer Person sprechen, dann können wir, wenn du Lust hast, einen Spaziergang im Park machen.«

Tito schaute sie voller Dankbarkeit an. Ein paar Stunden Müßiggang würden zwar seine Probleme nicht lösen, aber sie würden sie auch nicht verschlimmern. Außerdem hatte Costanza eine beruhigende Wirkung auf ihn. Und so begleitete er sie nach Monza und wartete vor dem Club, versuchte sich auf die Schönheit dieses herrlichen und riesigen Parks zu konzentrieren. Als sie dann nach einer gefühlten Ewigkeit wieder herauskam, gingen sie Seite an Seite auf den breiten Parkwegen spazieren.

Zu Beginn fühlte er sich fast verpflichtet, Konversation zu betreiben, über dies und über das zu reden. Er war ihr dankbar, dass sie ihm keine weiteren Fragen stellte, dass sie nicht weiter in ihn drang und Salz in seine Wunden streute. Doch je mehr er redete, desto mehr spürte er, dass Worte überflüssig waren, und so entspannte er sich und hörte damit auf, vor sich hin zu plappern. Costanza ging neben ihm, schweigend und nah, und er ließ sich auf die Stille ein und spürte, wie ihn ganz langsam Frieden erfüllte. Der Park war wundervoll; es gab nur wenige Menschen, ein paar Jogger und Leute, die mit dem Fahrrad unterwegs waren.

Auf einmal war Tito den Tränen nah; diese Schönheit rührte ihn zutiefst, obwohl er das Gefühl hatte, sie gar nicht verdient zu haben. Das hier war einfach alles viel zu schön für einen Idioten wie ihn, und das Schlimmste war, dass er nicht allein seinem Untergang entgegensah, sondern noch andere Menschen mit in die Fluten riss. Beim Gedanken an Betta durchfuhr ihn ein scharfer Schmerz in der Brust. Zum Glück war er mit Costanza zusammen, die ihn besorgt anschaute, als spürte sie, was in ihm vorging. Ganz spontan legte er ihr einen Arm um die Schulter, und als sie sich an ihn schmiegte, war ihm auf einmal wieder leichter ums Herz. Langsam setzten sie ihren Weg fort, wie trunken von dieser neuen und unerwarteten Verschworenheit, von den lebhaften Farben um sie herum, vom Frieden des Parks. Tito wünschte sich, dieser Zauber würde für immer andauern. Es war schon Ewigkeiten her, dass er sich so verstanden gefühlt hatte, und er wollte diese Intensität, diese kurze Verschnaufpause zur Gänze genießen und aus ihr die Kraft schöpfen, die er in den schwierigen Tagen, die vor ihm lagen, gewiss brauchen würde. Erst als sie vor einem der Tore des Parks standen, erinnerte Costanza ihn behutsam daran, dass es Zeit war zurückzufahren. Sie lösten sich aus ihrer Umarmung, stiegen in den Wagen und kehrten, immer noch schweigend, nach Mailand zurück.

Vor dem Restaurant blieb Tito unsicher stehen. Er war bereits spät dran, das Restaurant musste geöffnet werden, doch noch hatte er nicht vor hineinzugehen. Er stand da, ratlos, was er tun sollte.

»Danke«, sagte er einfach nur nach ein paar Minuten zu ihr und strich ihr mit einem Finger übers Gesicht.

Sanft lächelte sie ihn an, richtete die lachenden Augen auf ihn, nahm zärtlich seinen Finger zwischen die Lippen und leckte ihn ab, schaute ihn mit mädchenhafter Verruchtheit an. Dann kam ihr Mund auf ihn zu und küsste ihn. Es war ein zärtlicher Kuss, zärtlich und leidenschaftlich zugleich, tief, warm. Es dauerte eine Weile, bis er sich von seiner Überraschung erholt hatte; da stand er, wie benommen, auf dem Gehweg. Unfähig, auch nur einen Muskel zu bewegen. Nur ein einziger Gedanke ging ihm durch den Kopf, während er ihr hinterhersah, wie sie sich nach einer letzten Liebkosung von ihm entfernte. Wenn ich es schaffe, aus diesem Chaos zu entkommen, Costanza, dann mache ich dich zur glücklichsten Frau der Welt!

Betta schaute sich im Spiegel an und fragte sich, wie sie das Treffen am Nachmittag durchstehen sollte.

Sie war mit ihren Kräften am Ende, weinte ohne Unterlass, ihr Gesicht war grau und geschwollen. Es kostete sie Überwindung, Wimperntusche und einen Hauch Lippenstift aufzutragen, aber sie sah dadurch auch nicht besser aus. Kurz war in ihr der Gedanke aufgeblitzt, die Verabredung unter einem Vorwand abzusagen, doch sie verscheuchte ihn rasch wieder. Es wäre so einfach, nur ein kurzer Anruf, und sie könnte wieder schlafen. Noch eine Beruhigungstablette nehmen und die ganze Welt vergessen. Doch was würde dadurch gelöst? Die Probleme würden nicht einfach mit einer Pille verschwinden. Nein, sie durfte sich nicht geschlagen geben, sie musste reagieren.

Immerhin war die Party bei *dance2love* ein Triumph gewesen, und das schenkte ihr Kraft.

Diese neue Arbeit war verdammt wichtig, das wusste sie sehr gut. Es war unbedingt nötig, das Allerbeste zu geben. Jetzt mehr denn je. Danach würde sie irgendwohin gehen und rennen, rennen, rennen, bis sie nicht mehr konnte, würde ihren Gedanken und Gefühlen freien Lauf lassen, würde weinen, brüllen, um sich schlagen, es mit dem Schicksal aufnehmen.

Sie bestieg ihren kleinen Panda und fuhr mit großer Besonnenheit zu einem der wichtigsten Verlagshäuser Italiens, in der Hoffnung, ihr würde wie durch Zauberhand eine originelle Idee kommen, die sie dem neuen Geschäftsführer vorschlagen konnte; man wollte eine alte Reihe innerhalb des Verlages im neuen Gewand auf den Markt bringen, und aus diesem Anlass sollte es eine Party geben. Am Telefon hatte der Geschäftsführer die Möglichkeit eines Konzerts oder einer Lesung erwähnt, doch Betta hatte sofort die Nase gerümpft, denn mit solch altbackenen Vorschlägen konnte man gewiss niemanden mehr hinter dem Ofen hervorlocken; einen Alternativvorschlag hatte sie allerdings noch nicht. Rein gar nichts. Ihr blieb nur die Hoffnung, es würde ihr während des Gesprächs mit dem Mann eine zündende Idee kommen, vor allem aber, dass es sich bei dem Knaben doch nicht um den Unsympathen handelte, als der er ihr bei ihrem kurzen Telefonat erschienen war.

Pustekuchen.

Nicht nur, dass er genau der Kotzbrocken war, als den sie ihn sogleich wahrgenommen hatte – da er auch noch über den typischen Killerinstinkt seiner Spezies verfügte, spürte er auch noch sofort, dass sie sich schwertat, und machte sich sadistischerweise einen Spaß daraus, sie zu quälen.

Von Beginn des Gesprächs an beharrte er dünkelhaft auf der Notwendigkeit eines Events »allerhöchsten Niveaus« – ein Gedanke, den er mehrfach wiederholte, als wäre sie zu blöd zu kapieren, was er meinte –, um, wie er sagte, »eine Sammlung mit glorreicher Vergangenheit, aber momentan bedauerlicherweise getrübter Gegenwart zu neuem Leben zu erwecken«.

»Also«, fuhr er mit dem Gehabe eines Klassenprimus fort, »was halten Sie denn nun von der Dichterlesung, von der ich eben gesprochen habe? An einem runden Tisch zum Beispiel, an dem auch eigens ausgewählte Zuschauer sitzen und mitdiskutieren könnten?«

Betta versuchte, Zeit zu schinden. Sie wollte nicht bissig reagieren oder es an Respekt mangeln lassen, doch einer so abgedroschenen Idee konnte sie nicht zustimmen.

»Sie meinen, wir setzen mal wieder die übliche Riege von Schriftstellern an den Tisch, die doch nur über sich selbst reden? Finden Sie nicht, eine Diskussion unter lauter Leuten, die nur für ihre Arbeit leben, könnte am Ende ein wenig langweilig sein?«

Die Enttäuschung stand ihm deutlich ins Gesicht geschrieben.

»Haben Sie denn eine andere Idee?«

»Warum nicht stattdessen eine Party? Ein schönes, fröhliches, sorgloses Fest, um ein Ambiente aufzulockern, das von Natur aus ein wenig *stiff* ist, wie die Amerikaner sagen würden? Wir suchen uns eine angenehme Location, verteilen am Eingang an jeden die Hälfte des Schutzumschlages eines Buches und fordern die Gäste dazu auf, sich auf die Suche nach der Person mit der anderen Hälfte zu machen …«

Es war nicht gerade ein Ausbund an Originalität, was sie da sagte, das wusste sie selbst am allerbesten, doch ihr Erfolg, der erst ein paar Tage zurücklag, war so groß gewesen, dass sie es durchaus gerechtfertigt fand, die Idee noch einmal anzubringen.

Der Unsympath ihr gegenüber starrte sie mit dem gleichen Widerwillen an, mit dem er eine lästige Fliege verscheucht hätte.

»Wir sind doch hier nicht bei einer Jugendfreizeit!«, lautete sein sarkastischer Kommentar.

Betta fühlte sich getroffen, auch weil sie seelisch sowieso nicht in allerbester Verfassung war, und sie spürte, dass nicht mehr viel fehlte, und sie würde ausfällig werden.

»Ich hoffe sehr, dass Sie zu scherzen belieben«, rief sie gekränkt aus. »Oder haben Sie tatsächlich nichts von der Eröffnungsparty des Portals *dance2love* gehört? Und wenn, wäre es wirklich schade. Darüber war in allen Zeitungen zu lesen, ein denkwürdiges Ereignis in Mailand! ›Endlich mal frischer Wind in der Partyszene!‹, hat die Boulevardpresse getitelt!«

Der Verlagsfritze senkte den Blick auf seine Notizen und vermied es, Betta anzusehen.

»Ich lese keine Klatschzeitungen«, salbaderte er und blätterte betont in seinem Notizbuch, als könnte dort irgendetwas stehen, das wichtiger war als ihr Gespräch.

Jetzt platzte Betta doch der Kragen.

»Darauf wäre ich an Ihrer Stelle nicht stolz! Stattdessen wäre es sicher besser, wenn Sie sich mehr mit dem beschäftigen würden, was in der Gesellschaft da draußen vorgeht. Und wenn Sie wüssten, wohin der Geschmack der Leute geht, würde es Ihnen auch leichter fallen, ›eine Sammlung mit glorreicher Vergangenheit, aber bedauerlicherweise getrübter Gegenwart zu neuem Leben zu erwecken‹, um Ihre maßgeblichen Worte zu zitieren.«

Auf diese wortreiche Tirade reagierte er mit unfehlbarer Selbstsicherheit; doch es waren die entsetzten Blicke seiner Assistenten, die Betta begreiflich machten, dass sie sich im Ton vergriffen hatte und es an diesem Punkt kein Zurück mehr gab. Das Kind war in den Brunnen gefallen, der Auftrag futsch.

Betta atmete tief durch, um ein letztes Mal Mut zu fassen, schob dann geräuschvoll ihren Stuhl zurück und wandte sich beim Aufstehen erneut an den Mann gegenüber, der unbeirrt in seine Notizen stierte, als wäre seine Besucherin Luft für ihn.

»Ich glaube nicht, dass ich die richtige Person für diesen Auftrag bin«, schloss sie mit fester Stimme, obwohl sie innerlich bebte. »Und ich glaube auch, wir verschwenden hier unsere Zeit. Danke für Ihre Aufmerksamkeit, aber ich habe momentan dringend andere Dinge zu erledigen. Noch einen guten Arbeitstag.«

Mit diesen Worten rauschte sie hinaus, wobei sie versuchte, mit niemandem Blickkontakt zu haben, bis sie schließlich wieder im Auto saß, wo sie, geschützt vor neugierigen Blicken und dem Mitleid anderer, in Tränen ausbrach. Den Kunden hatte sie verloren. Gut gemacht, Betta! So ging das, wenn man sich das eigene Grab schaufelte! Dann schluckte sie die Tränen herunter, die ihr in den Augen brannten, und fuhr auf das Wachhäuschen zu, um dem Sicherheitsbeamten ihren Gästepass zurückzugeben.

Einige Wochen später las sie in der Klatschspalte eines Blatts der Regenbogenpresse von einem Konzert in der Palazzina Liberty, daneben war ein Foto des Verlagsleiters zu sehen, der in der Hand ein Zuckerstäbchen hielt, ähnlich denen, die Betta für die Möbelmesse kreiert hatte. Bloß schade, dass das Catering diesmal die vom Sahnekringel organisiert hatten!

Auf einmal kam es Betta blöd vor, dass sie sich damals darüber geärgert hatte, wie sie sich eine kostbare Gelegenheit hatte entgehen lassen. Doch sie erinnerte sich noch gut an die schlimme Demütigung jenes Tages, das Gefühl der Wut, das sie seither begleitete, wenn sie an das unrühmliche Ende ihrer neuen Karriere dachte, und an das niederschmetternde Gefühl, dass ihr Projekt tatsächlich dabei war, den Bach runterzugehen.

Nein, sie konnte es sich nicht mehr leisten, sich dem Defätismus hinzugeben und weitere mögliche Kunden zu vergrätzen. Zum Teufel mit Tito und seinen verfluchten miesen Geschäften! Irgendwie würde sie es schon schaffen zu überleben.

Und vielleicht konnte ja Vittorio ihr dabei helfen.

Einige Tage später rief sie ihn an, und sie trafen sich in einem abgelegenen Restaurant an der Viale Premuda, wo sie garantiert niemanden treffen würden, der sie kannte. Vittorio, den ihr Anruf überrascht hatte, hoffte offenbar, sie wolle an ihr Techtelmechtel anknüpfen und ihre Beziehung wiederaufleben lassen, aber ihm genügt ein Blick, um zu erkennen, dass etwas nicht in Ordnung war, auch wenn Betta versuchte, hinter einem warmen Lächeln zu verbergen, wie ihr wirklich zumute war.

»Was ist denn passiert?«, fragte er besorgt und nahm mit ihr an einem Ecktisch Platz, weit weg von den anderen Gästen.

Betta fehlten die Worte, und ohne dass es ihr zunächst bewusst war – und ohne es zu wollen –, traten ihr die Tränen in die Augen, und sie begann, still vor sich hin zu weinen, so wie mittlerweile häufig, wenn sie an das Thema dachte, das sie so sehr grämte.

Vittorio zog ein blütenweißes Taschentuch aus seinem Jackett und reichte es ihr. Betta tupfte sich damit die Augen ab und hinterließ deutliche Spuren der Wimperntusche, die sie widerwillig aufgetragen hatte.

»Beruhig dich doch. Erzähl mir alles von Anfang an. Nicht weinen.«

Mit dem zerknüllten Taschentuch in der Hand erzählte ihm Betta die ganze Wahrheit, ohne einmal abzusetzen. Ja, es war alles verloren, und selbst wenn sie fest daran glaubte, dass es weiterging – wie sollte sie das ganz allein schaffen, ohne Koch und ohne Küche? Mit der Schließung des Restaurants war auch das Catering zum Scheitern verurteilt.

Vittorio fuhr sich mit der Hand durchs Haar.

»Wie ernst ist denn die Situation?«

»Ich weiß es nicht ganz genau, aber ich glaube, die Rede ist von mehreren hunderttausend Euro.«

Er war baff.

»So viel?«, fragte er und ergriff Bettas eiskalte Hände.

Anscheinend war er getroffen, tief getroffen und hätte ihr auch gerne unter die Arme gegriffen, doch daran war nicht einmal zu denken. Hätte es sich um ein paar Tausend Euro gehandelt, wäre etwas möglich gewesen, aber diese Summe war auch für ihn zu hoch.

»Es tut mir leid, Betta. Es tut mir furchtbar leid, und noch mehr bedauere ich, dass ich nichts für dich tun kann, zumindest finanziell nicht«, vertraute er ihr sichtlich erschüttert und auch ein wenig verlegen an. »Margherita und ich haben ein gemeinsames Konto. Eine so hohe Summe könnte ich nicht flüssigmachen, ohne dass sie es merkt. Was ich dir allerdings versichern kann, ist meine Unterstützung; lass mich doch mit ein paar Freunden reden, die möglicherweise daran interessiert sind zu investieren, schauen wir mal, was sich machen lässt. Vielleicht ergibt sich etwas. Gib mir ein bisschen Zeit.«

Wieder hatte Betta das Gefühl, ihre ganze Welt breche zusammen. Sie hatte so sehr auf eine andere Antwort gehofft! Zwar hatte sie sich bemüht, ihre Hoffnungen nicht allzu hoch zu schrauben, dennoch hatte sie die Möglichkeit, dass Vittorio tatsächlich anbieten würde, ihr das Geld zu leihen, den ganzen Tag im Herzen getragen. Doch eine solche Summe in so kurzer Zeit aufzutreiben war nicht einfach, nicht einmal für einen so vermögenden Mann wie ihn.

Wie auch immer: Es hatte ihr gutgetan, mit ihm zu reden und ihm von ihren Ängsten und Nöten zu berichten. Wenigstens war er da, sie spürte seine Wärme, sein Verständnis, den Wunsch, ihr zu helfen. Sie war nicht mehr allein, wenigstens nicht ganz und gar. Und dieses Gefühl war tröstlich, wie eine kurze, aber heilsame Verschnaufpause. Wenige Stunden der Ablenkung, in denen sie wieder Kraft schöpfen konnte.

Und dann, wer weiß … die Hoffnung starb bekanntlich zuletzt.

Der Morgen war immer der schlimmste Moment. Betta wachte aus einem tiefen und traumlosen Schlaf auf und brauchte eine Weile, bis ihr wieder einfiel, was passiert war. Dann begann ihr das Herz bis zum Hals zu klopfen, und ihr Magen brannte.

Es war ihr zur Qual geworden, die Füße aus dem Bett zu heben, sich zu waschen, anzuziehen, zu schminken und zum Anziehen bereit zu machen, all die mechanischen Handlungen, die sie früher so gern verrichtet hatte.

Die Ungewissheit ihrer Zukunft, all die Rechnungen, die ungeöffnet in ihrem Briefkasten lagen, all die ablaufenden Fristen, die sie früher allenfalls nervös gemacht hatten, verwandelten sich jetzt in einen regelrechten Albtraum.

Und wenn niemand mehr sie anrief? Wenn all die schönen Projekte, die sie durchgeführt hatte, die Kontakte, die sie hergestellt und all die Arbeit, die sie voller Leidenschaft und Engagement in ihr kleines Unternehmen gesteckt hatte, doch nicht genügten, um ihr wieder Aufträge zu verschaffen? Konkurrenz gab es in ihrer Branche jede Menge, und sie war gnadenlos. Es gab Cateringservices, die mittelmäßige Qualität anboten, dafür aber horrende Preise verlangten. Nur wenige Wochen noch, und das Restaurant würde schließen.

Würde *Più dolce* es schaffen zu überleben?

In derart düstere Gedanken versunken, erreichte sie ein Anruf von Daniela Cortesi. Die beiden hatten sich während einer winterlichen Teerunde im Restaurant kennengelernt.

Betta erinnerte sich an Danielas Namen, als diese sich vorstellte, doch so sehr sie sich auch anstrengte, fiel ihr kein Gesicht dazu ein. Trotzdem begrüßte sie sie herzlich. Schließlich hatte sie erst kürzlich einen möglichen Auftrag durch ihre aufbrausende Art in den Sand gesetzt und konnte sich einen solchen Fehler nicht noch einmal leisten. Sie brauchte dringend einen neuen Job und hätte alles angenommen, um ihr Geschäft nicht ganz zu verlieren. Auch kleinere Projekte, oder welche von geringerer Bedeutung. Doch Daniela hatte tatsächlich Größeres vor, denn sie schlug ihr eine Party anlässlich der Sommersonnwende in ihrem Haus in Gavi vor. Die kleinen Probierhäppchen bei jenen Teenachmittagen waren ihr in guter Erinnerung geblieben, so köstlich und warm, während es draußen eiskalt war. Und ob sie ihr gleich morgen einen Fahrer schicken dürfe, damit sie sich den Schauplatz selbst ansehen konnte?

Betta war noch nie in der Gegend gewesen, und die wundervolle Harmonie jener grünen, sanft geschwungenen Hügel verzauberte sie auf der Stelle. Aus dem Fenster des Mercedes, der sie zur Villa bringen sollte, betrachtete sie die ausgedehnten Weinberge, wo der berühmte Gavi di Gavi angebaut wurde, die Wipfel der Bäume, die sich im Wind wiegten, und den silbrigen Schimmer der Blätter in der Sonne: ein funkelndes Spiel aus Licht und Farben in jeder nur erdenklichen Schattierung von Grün. Sie bat den Fahrer, die Klimaanlage auszuschalten, und ließ das Fenster herunter, um die herrlich saubere Luft hereinzulassen, die nach Kräutern und Blumen roch. Langsam schnurrte der elegante Wagen durch die schmalen und gewundenen Straßen, mitten durch die Felder und Wiesen hindurch. Man hörte das Rauschen des Windes, Vogelgezwitscher, als feierte die Natur ein Fest – Mutter Natur, die in diesem Moment auch Balsam für Bettas Wunden war. Hinter jeder Kurve entdeckte Betta neue Wunder: eine alte Kirche, ein Schlösschen, kleine Dörfer oben auf den Hügeln, dichte und duftende Wälder, rauschende Bäche, die die Felder bewässerten. Und dann Weinberge, Weinberge ohne Ende. Alles war vollkommen, gepflegt, geordnet. Ein Smaragd, in Erde gefasst wie in einen Ring.

Vor einem Zaun, der von einer Überwachungskamera gekrönt war, blieben sie stehen; das Tor öffnete sich sofort. Sie fuhren eine baumbestandene Allee hoch, auf die Spitze des Hügels zu, auf dem man nun die Villa erblicken konnte. Daniela stand auf der Schwelle der Eingangstür und wartete auf sie. Jetzt erkannte Betta sie wieder. Sie trug eine weiße Leinenhose und eine hellblau karierte Bluse.

»Danke, dass du hierhergekommen bist. Kann ich dir etwas Kaltes zum Trinken anbieten?«, hieß sie Betta willkommen und betrat mit ihr das Haus. Eine Bedienstete in Livree tauchte auf, in der Hand einen Krug mit etwas, das verlockend nach Eistee aussah.

Nach einer kurzen Führung durch die erdgeschossigen Räume der Villa stiegen sie in die geräumige und gut ausgestattete Küche hinab und begaben sich dann zur Rückseite des Hauses, wo sich ein makellos gepflegter Rasen erstreckte, so weit das Auge reichte. Es gab einen Swimmingpool mit Blick ins Tal, einen Obstgarten und sogar einen richtigen kleinen See. Hie und da spendeten große Bäume mit ihren ausladenden Kronen Gruppen von Liegestühlen und mehreren Hängematten Schatten. Auf der rechten Seite bildete eine Reihe von Pappeln die Abgrenzung des Gartens, davor lagen die Unterkünfte der Bediensteten.

»So, da wären wir«, sagte Daniela, blieb neben Betta stehen und bewunderte mit ihr gemeinsam das Anwesen, als sähe sie es zum allerersten Mal. »Und genau hier soll die Party stattfinden.«

Von hier unten sah das Anwesen sogar noch größer aus.

»Wir haben hier schon Dutzende Partys veranstaltet, allesamt langweilig und altbacken. Wenigstens, was die Deko angeht. Die üblichen Leinentischdecken, Porzellan, Silberbesteck, dazu komplizierte Menüs der Nouvelle Cuisine, gewiss von allerhöchster Qualität, aber der Umgebung nicht gemäß, wenn du mich fragst. Diesmal möchte ich etwas anderes, schlichter, aber auch lebhafter, bunter. Etwas weniger Formelles, das meine Gäste verblüfft und sie mit mehr Herzlichkeit willkommen heißt. Nicht nur gutes Essen und guter Wein, sondern etwas mit Pfiff.«

Betta nickte, vorerst ohne mit Vorschlägen herauszurücken. So spontan kamen ihr in letzter Zeit keine Ideen mehr.

Während das Auto sie nach Mailand zurückbrachte, machte sich eine seltsame Verwirrung in Betta breit. Selbst die wunderbare Landschaft, die sie nur eine Stunde zuvor verzaubert und mit neuer Energie aufgeladen hatte, konnte sie nicht aus ihren Überlegungen reißen. Es würde nicht leicht sein, auch diesmal eine geniale Idee zu entwickeln, erst recht nicht für eine so bedeutende Location. Konnte es sein, dass sie ihre Inspiration tatsächlich verloren hatte? Dass die Sorgen ihr die Fantasie und die Eingebungen geraubt hatten? Und so kam es, dass sie sich, statt sich über den neuen Auftrag zu freuen und mit Begeisterung der Herausforderung zu stellen, nur leer und kraftlos fühlte.

Sie ließ sich von dem Fahrer an der Buchhandlung in der Via Eustachi herauslassen, wo sie in einigen Designbänden blättern wollte, um sich inspirieren zu lassen. Doch auch hier fand sie nicht das, was sie suchte. Sie war bereits auf dem Weg nach draußen, als ihr Blick auf ein kleines Kochbuch fiel. Die Speisen waren auf Holztischen fotografiert worden, ähnlich denen im *Heaven's Gate*, und wurden auf alten, ein wenig verbeulten Aluminiumblechen – wie die, die Marcello in der Küche benutzte – oder in kleinen Pfannen mit Kupfergriff serviert. Auf einem Foto waren sie auf einem großen Tisch gestapelt, der mit Backpapier gedeckt war; dieses war mit rotweißem Küchengarn festgebunden. Es war ein Foto, das Betta sofort in seinen Bann zog.

Während sie das Buch langsam durchblätterte, durchfuhr es sie wie ein Blitz, und ihr Interesse war endlich wiedererwacht. Ja, das konnte funktionieren. Genau das war es, was Daniela sich wünschte! Und das würde sie ihr vorschlagen: einfaches, hausgemachtes Essen, Spezialitäten der Gegend, die sie zwar noch nicht kannte, die Tito ihr aber sicher herzlich gern zusammenstellen würde. Statt dem üblichen Büfett mit feinster Tischwäsche würde es spartanische Tische und Bänke geben, mit allerlei Backblechen und Kasserolen, Töpfen, Pfannen und Bratreinen bedeckt, und alles für jeden sichtbar. Vielleicht konnte man ja in einer Ecke des Gartens, unter einem Baum oder am Rande des Sees, in einer großen Pfanne (die natürlich aus Aluminium und sichtlich *vintage* sein musste) Fisch und Gemüse schmurgeln, oder man bot eine landestypische Suppe an, die aus Holzschalen gelöffelt wurde. Oder sie besorgte sich Pellets als Brennstoff und richtete eine echte Outdoorküche ein, die man mit einer Reihe schlichter Glasflaschen voller Wiesenblumen schmücken konnte.

Und dann wäre da noch die Musik: Spontan fielen ihr Tänze wie der Twist, der Shake oder der Cha-Cha ein, energiegeladene Rhythmen, gesungen von Rita Pavone, Edoardo Vianello oder Raffaela Carrà, für die man sich sogar eine einfache Gruppenchoreografie für die Gäste ausdenken könnte …

Betta kaufte das Buch und verließ glücklich die Buchhandlung. Endlich – nach Tagen – hatte sie das Gefühl, dass wieder Blut durch ihre Adern floss. Vielleicht war es ja nicht die brillanteste Idee, die sie jemals gehabt hatte, aber sie würde trotzdem einschlagen wie der Blitz. Wichtig war nur, die Partygäste einzubeziehen, dafür zu sorgen, dass sie sich amüsierten, ausgelassen wurden, sogar aus sich herausgingen, ohne dass es ihnen peinlich sein musste. Darin war Betta gut – eine echte Begabung –, denn sie wusste genau, wie man es schaffte, dass die Leute sich wohlfühlten, vielleicht auch deshalb, weil sie selbst wusste, wie man Spaß hatte und sich amüsierte. Dann war es vielleicht doch möglich, dass ihr Traum noch nicht zu Ende war! Nein, sie durfte sich nicht ihrer Deprimiertheit hingeben, durfte nicht die Hoffnung verlieren. Wenn Tito den Kampf aufgegeben hatte, dann musste sie das nicht auch tun; sie würde nicht das Handtuch werfen, sondern weitermachen, einen Weg finden. Sie konnte nicht einfach die Hände in den

Schoß legen und auf eine Antwort von Vittorio warten, sondern musste in Bewegung bleiben. Auch wenn das bedeutete, dass sie selbst Schulden machen und Tag und Nacht arbeiten musste. Und vielleicht … würde sie De Van anrufen und ihn um Hilfe bitten.

»Was für eine Freude, von dir zu hören! Und welch wunderschöne Überraschung! Und diese herrliche Stimme!«

Wie immer übertrieb es De Van mal wieder maßlos mit den Komplimenten. Betta wollte gerade auf seine Begeisterung antworten, als er sie in die Warteschleife schickte, weil er einen anderen Anruf in der Leitung hatte.

»Entschuldige, das war das Sekretariat des *Bilancio*«, sagte er, als er nach etwa fünf Minuten wieder dran war. »Also, meine Liebe, was hast du mir Schönes zu berichten? Ich höre ja nur die tollsten Sachen über dich, du hast ja so viel Erfolg! Ich freue mich sehr für dich, meine allerliebste Betta, du hast es dir wirklich verdient. Du bist die tüchtigste, fantasievollste und schönste Frau der ganzen Welt. Ich würde dich schon morgen heiraten, wenn du einverstanden wärst, das weißt du, oder? Es gibt nichts, was ich nicht für dich tun würde.«

»Ja genau, da gäbe es vielleicht etwas … um was ich dich bitten möchte. Es ist ein bisschen peinlich, aber könntest du mir eventuell …«

»Entschuldige … bitte entschuldige mich einen Moment, ich glaube, das Sekretariat ruft noch mal an … aber bleib dran, bitte … nicht auflegen, ich bitte dich, es würde mir das Herz brechen.«

Betta wartete geduldig weitere fünf Minuten.

»Wo waren wir stehen geblieben, meine Liebe? Ach ja, dass ich dich gefragt habe, ob du mich heiraten willst.«

»Nein, genauer gesagt hatte ich *dich* gerade etwas fragen wollen.«

»Ach, richtig, ja. Ich habe es dir ja gesagt, und ich wiederhole es, ich würde alles für dich tun.«

»Auch mir Geld leihen?«

»Aber natürlich, wie viel brauchst du denn?«

»Viel, wirklich viel, aber mach dir keine Sorgen, ich kann dir jede Art von Sicherheit geben, was weiß ich … Wechsel … alles, was nötig ist. Du weißt, du kannst dich auf mich verlassen, und ich wäre nie dazu in der Lage …«

»Entschuldige, bitte noch eine Sekunde, hab Geduld, meine Angebetete, aber das ist wieder mal so ein Morgen … Ich hab das Pressebüro des Bürgermeisters in der anderen Leitung. Hören wir uns heute Abend, was meinst du? Dann reden wir in aller Ruhe. Ach, nein, stimmt, heute Abend bin ich zum Essen bei den Rigatti Morsecchi, und dann muss ich noch auf einen Sprung zu Bernasconi Dellerio. Sagen wir also lieber morgen, ja, besser morgen, ruf mich morgen an. Du weißt doch, dass du immer auf mich zählen kannst, oder? Danke für den Anruf. Ich schicke dir einen innigen Kuss, ja?«

Betta stieß einen enttäuschten Seufzer aus. Da hatte sie ihren Stolz überwunden, hatte sich der Peinlichkeit gestellt, die mit einem Telefonat dieser Art einherging, hatte die Demütigungen der Vergangenheit heruntergeschluckt und war über ihren eigenen Schatten gesprungen – und wofür? Hatte sie denn wirklich geglaubt, De Van würde ihr zu Hilfe kommen? Was für eine Idiotin sie gewesen war! Noch schlimmer – was bildete sie sich eigentlich ein? Alles wieder zurück auf Los – ohne Gewissheiten, ohne Perspektiven, am Ende ihrer Kräfte.

Sie würde ihn nicht wieder anrufen. De Van wusste, was

sie wollte und wo er sie finden konnte. Wenn er wirklich bereit war, ihr zu helfen, konnte er sie anrufen. Und bis dahin musste sie sich eine andere Möglichkeit ausdenken, an dieses verdammte Geld heranzukommen.

Vielleicht war ja die steinreiche Daniela daran interessiert, zweihunderttausend Euro in ein neues Unternehmen zu investieren. Wenn es denn nun eine Vorsehung gab – und in diesem Moment wollte Betta fest daran glauben –, dann musste die Tatsache, dass sie sie in der dramatischsten Phase ihres Lebens getroffen hatte, doch etwas zu bedeuten haben, und es war ein Wink des Schicksals, den sie ganz gewiss nicht übersehen würde. Hundert Gäste wollte Daniela einladen? Dann waren das auch hundert potenzielle Investoren, die ihr Problem innerhalb eines Abends lösen könnten. Hundert Personen, die es zu erobern galt, auch wenn sie in ihrem ganzen Leben weder Suppe aus banalen Holzschälchen noch frittierte Sardinen in Packpapiertüten gegessen hatten, Menschen, denen noch nie eine dampfend heiße Focaccia direkt vom Blech serviert worden war, und die erst recht niemals zuvor ihren edlen Wein aus simplen Terrakottabechern geschlürft hatten. Hundert vornehme Herrschaften, die Küchengarn nur aus dem Haushaltsgeschäft kannten, oder wenn ihre Küchenhilfe die Rouladen damit wickelte, und die sich an diesem Abend darüber wundern – nein, *staunen* würden –, wie originell eine solche Schnur für eine Tischdekoration zu nutzen war.

Betta hoffte inständig, dass Daniela tatsächlich so flexibel war, wie sie gewirkt hatte, und bereit, auf die Idee eines ländlichen Festes anzuspringen, eine Party ohne Glanz und Glitter, aber von erfrischender Lebensnähe.

Und je mehr sie darüber nachdachte, desto mehr war sie

entschlossen, sich zu engagieren und das Beste zu geben, um eine Idee, die bislang noch auf etwas wackligen Füßen stand, allein durch die Kraft ihrer Entschlossenheit in die Tat umzusetzen. Schon sah sie jenen wundervollen Garten vor sich, wie er sich für einen Abend in den Schauplatz eines großen Jahrmarktes auf dem Lande verwandelte, einen Rausch aus Lichtern, Lachen und Musik, großzügig bewässert vom runden und leicht fruchtigen Geschmack des besten Gavis der Region. Und während die hundert Eingeladenen, trunken und zufrieden, dem Spaß und den leiblichen Genüssen frönten, würde Betta Beziehungen knüpfen, Komplimente verteilen, versuchen, einige weitere Kontakte zu ernten, die sie wie zarte Pflänzchen nach Hause tragen konnte, um sie zu hegen und zu pflegen. Sie würde in allerbester Form sein – weg mit der betrübten Miene und der armseligen Attitüde des Mädchens mit den Zündhölzern, das sich selbst und seinen Träumen im Wege stand! Betta musste endlich wieder auf die Beine kommen, und wenn es nur für dieses Fest war, musste die Kraft finden, Tito zu verzeihen und die Situation in die Hand zu nehmen. Und sie würde schuften, nicht für einen, sondern für zwei.

Es war ein warmer Abend, eine leichte Brise wehte; ideale Bedingungen für ein Gartenfest. In der Einladung war um legere Kleidung gebeten worden, und tatsächlich stiegen aus den vielen Porsches, BMW, Mercedes und Jaguars, die an der Allee geparkt waren, Männer mit Bürstenschnitt in Jeans und bunten Polohemden und Damen in leichten Leinenkleidern und dem unvermeidlichen Schal.

Daniela hieß die Gäste am Eingang willkommen, und ihr Butler begleitete sie in den Garten hinaus, wo Stefano,

Danielas Mann, am Rande des Pools stand und die Honneurs machte.

Matteo und Gianluca zapften den Wein direkt aus dem Fass, und auf den Tischen war jede Art von ligurischen Spezialitäten angerichtet: die klassischen Kichererbsenfladen, Kartoffel-Focaccia, Mangold-Quiche und Frittata, Omeletts, die wahlweise mit Mohn, Löwenzahn oder wildem Spargel zubereitet wurden. Unter einer riesigen Steineiche war eine ganze Palette mit Steingutschalen voller Minestrone angerichtet, die so dick war, dass der Löffel darin stehen konnte. In einem großen Kessel siedete das Wasser, in dem die Borretsch-Ravioli gegart werden sollten, und dampfende Portionsschalen mit Hasenragout-Lasagne kamen aus dem Ofen, der versteckt hinter dem Poolhäuschen aufgebaut war. Marcello frittierte Sardinen und Sardellen, die mit knusprig gebratenem Gemüse serviert wurden. Von all diesen herrlichen Düften wie magisch angezogen, schlenderten die hungrigen Gäste im Garten umher und probierten mit Genuss von allem, was da geboten wurde.

Dann wurde es dunkel, und als die Lichter eingeschaltet wurden, stieg die Spannung ins Unermessliche, denn schließlich fehlte noch ein Höhepunkt: die Eröffnung der Tanzfläche. Doch in genau diesem Moment, als die Musik zu spielen begann, erhob sich ein heftiger Wind, Vorbote eines Gewittersturms, der nur eine halbe Stunde später übers Land fegte. Zuerst waren es nur ein paar Blitze, weit in der Ferne, dann zwang ein Platzregen die Gäste dazu, eilig den Rasen zu verlassen und im Haus Zuflucht zu nehmen, wo das Dessert serviert wurde.

Die Gäste waren bereits gegangen, bevor Betta die Gelegenheit gehabt hatte, eine Runde zu drehen und Konversation zu machen, und auch Daniela, die pudelnass, aber glücklich aussah, verabschiedete sich früher als erwartet.

»Es war alles perfekt«, sagte sie und küsste Betta auf beide Wangen. »Meinen Freunden hat es wirklich sehr gut gefallen. Nur schade um die Musik, aber das holen wir nächstes Mal nach. Morgen früh brechen wir nach Forte auf. Und wir bleiben in Kontakt wegen nächstem Jahr.«

Stefano Cortesi begleitete Betta zum Chauffeur, der sie zurück nach Mailand bringen würde. Ihr blieb nur kurze Zeit, um sich von ihren Serviceleuten zu verabschieden, die dabei waren, die letzten Cateringutensilien in den Lieferwagen zu laden.

Dann würde es also weder Daniela sein, die Betta vor dem Scheitern rettete, noch einer ihrer Gäste.

Während der Fahrt öffnete Betta das Geschenk, das man auf dem Rücksitz der Limousine für sie zurückgelassen hatte. Es waren sechs Flaschen Gavi Riserva aus Danielas Keller. Wenigstens hatte sie genug Wein, um sich an diesem Abend sinnlos zu betrinken …

Thank you, George!

Violetta beobachtete Jacopo, der ausgestreckt neben ihr lag und ins Leere blickte.

Es passte gar nicht zu ihm, so distanziert zu sein. Nicht, nachdem sie miteinander geschlafen hatten. Normalerweise kuschelte er sich dann an sie und drückte sie an sich, als könnte sie ihm von einem Moment auf den anderen entwischen.

»Es muss doch einfach eine Lösung geben«, sagte sie zu ihm und durchbrach damit den Augenblick voller Anspannung.

Natürlich musste es eine Lösung geben. Schon seit Tagen dachte Jacopo darüber nach. Der Punkt war, dass er sich eigentlich lieber gar nicht mit dem Thema beschäftigen wollte, und erst recht wollte er es nicht seinem Vater gegenüber ansprechen. Eine solche Summe zu verleihen hätte im Leben des großen Anwalts keinen so bedeutenden Unterschied gemacht, doch seinem Sohn fiel es sehr schwer, ihn darum zu bitten. Auch wenn es um Tito ging.

Jeden Tag wirkte er angespannter, trauriger, aufbrausender. Betta war erst recht mit den Nerven am Ende, sie tauchte fast gar nicht mehr im *Heaven's Gate* auf. Und auch wenn sie da war, wirkte sie wie abwesend. Ohne sie, das war klar, würde es im Restaurant noch leerer werden, obwohl doch die schöne Jahreszeit erst bevorstand. Schon bald würden sie zumachen müssen, wahrscheinlich für immer.

Also, ja: Dieses eine Mal würde Jacopo seinen Stolz zum Schweigen bringen und es versuchen. Versuchen konnte man es doch mal, oder? Was sollte denn im Grunde schon passieren? Sein Vater würde ihn anschauen, so wie er ihn immer angeschaut hatte: wie einen Verlierer, einen Menschen ohne Rückgrat. Zwischen ihnen würde es wieder so sein wie zuvor, als sie sich kaum sahen und aus dem Wege gingen. Andererseits war es Tito zu verdanken gewesen, dass sie sich überhaupt angenähert hatten, und wenn sie sich seinetwegen wieder verloren, dann konnte das nur bedeuten, dass keine echte Bindung zwischen ihnen entstanden und das noch sehr zerbrechliche Vertrauen zum Scheitern verurteilt war.

»Ich werde ihn fragen«, sagte er nun zu Violetta, in dem Wissen, sie würde begreifen, wen er meinte. »Ich verspreche dir, dass ich es versuchen werde. Morgen gehe ich hin. Nach der Uni.«

Trotzdem kostete es Jacopo am darauffolgenden Tag einige Stunden, bis er den Mut dazu aufbrachte. Dabei fürchtete er sich weniger davor, seinem Vater gegenüber ein so heikles Thema anzusprechen, als vor der Möglichkeit, dass er ihm seine Bitte abschlagen könnte. Außerdem bangte er um die Konsequenzen, die das für ihre Beziehung haben könnte. Es mochte schmerzlich sein, sich einmal eine Abfuhr zu holen, doch umso schlimmer war es, wenn man gerade erst begonnen hatte, auf eine Versöhnung zu hoffen. Und so tigerte Jacopo mehrere Stunden um die Piazzetta dell'Amore herum, wo die Kanzlei seines Vaters lag, bevor er sich endlich dazu aufraffen konnte, die Schwelle der Eingangstür zu überschreiten – so viele Jahre nach dem allerletzten Mal, als er dies, noch als kleiner Junge, zusammen mit seiner Mutter getan hatte. Er erinnerte sich noch sehr gut an die düstere Atmosphäre, die dieser Ort ausstrahlte, und daran hatte sich nicht viel geändert. Er sagte dem Pförtner mit entschlossener Stimme, wer er war, und ging ohne Zögern zum Fahrstuhl.

Auf dem obersten Stock angekommen, als er der unerbittlichen Sekretärin gegenüberstand, die ihn nicht erkannte und ihm den Zutritt in die Kanzlei seines Vaters verweigern wollte, beschloss er, sich einen Spaß aus der Sache zu machen.

»Ich muss unbedingt Avvocato D'Arsi sehen«, sagte er forsch, bevor sie ihm irgendeine Frage stellen konnte.

Der Zerberus konsultierte den Terminplan, der aufgeschlagen auf dem Tisch lag.

»Ich kann nicht erkennen, dass Sie einen Termin haben«, antwortete sie säuerlich.

»Hab ich auch nicht.«

Die Frau schaute ihn verwirrt an. Da stimmte doch etwas nicht! Wie konnte es sein, dass der Pförtner einen Unbekannten hereingelassen hatte?

»Tut mir leid, aber der Herr Anwalt ist unabkömmlich, und ich kann ihn unmöglich stören.«

»Machen Sie sich keine Gedanken, es werden nicht Sie sein, der ihn stört. Ich störe ihn selber«, sagte Jacopo mit einem honigsüßen Lächeln und bewegte sich direkt auf die Kirschbaumholztür zu.

Die Frau, die daran gewöhnt war, mit Argusaugen über die Belange des Herrn Advokaten zu wachen und jeden Eindringling in die Flucht zu schlagen, sprang hinter ihrem Schreibtisch auf und schob sich zwischen den jungen Mann und die Tür.

»Bleiben Sie, wo Sie sind, sonst rufe ich die Security«, teilte sie ihm mit, offenbar entschlossen, die Festung mit Zähnen und Klauen zu verteidigen.

Jacopo wies sie mit leicht erhobener Hand in ihre Schranken.

»Tun Sie das nicht. Glauben Sie mir, es lohnt sich nicht.«

Je ruhiger und gelassener er auftrat, desto mehr schien sich ihrer die Panik zu bemächtigen.

»Halt… Stehen bleiben… Security! SECURITY!!!!«, fing sie so laut zu schreien an, dass der Anwalt, aufgeschreckt von dem Lärm, die Tür aufmachte, um nachzusehen, was da draußen im Gange war.

Einen Augenblick lang stand er reglos da, dann hatte er sich wieder gefasst und wandte sich mit seltsam gütiger Miene an seine Sekretärin. »Maria, beruhigen Sie sich doch. Lassen Sie gut sein. Das ist mein Sohn, erkennen Sie ihn nicht?«

Jacopo ging ihm in sein Büro voraus, ohne die Frau noch eines Blickes zu würdigen, die knallrot geworden war und ein paar Worte der Entschuldigung stammelte.

D'Arsi bot ihm einen Stuhl an und nahm langsam ihm gegenüber Platz. Es überraschte ihn, seinen Sohn hierzuhaben, aber es machte ihn auch glücklich. Sogar stolz. Den Grund für diesen unerwarteten Besuch kannte er nicht, aber allein die Tatsache, dass Jacopo spontan zu ihm gekommen war, erfüllte ihn mit Hoffnung, was ihre Zukunft anging.

Und das umso mehr, als er wusste, dass sein Sohn ein Dickkopf war und einen starken Charakter hatte. Vielleicht würde es ja nie so weit kommen, dass sie sich ganz und gar verstanden, doch dieser Besuch ließ immerhin darauf hoffen, dass sie ihren alten Konflikt endlich ad acta legen würden. Ein Punkt für beide. Sie hatten beide auf das absurde Vorhaben verzichtet, den anderen ändern zu wollen, und akzeptierten einander stattdessen in ihrer Verschiedenheit.

Neugierig blickten sich Vater und Sohn an. Der eine nachsichtig, der andere angespannt, aber entschlossen, sein Vorhaben durchzuziehen.

»Du hast ja immer noch dein fröhliches kleines Büro«, konnte sich Jacopo nicht verkneifen zu sagen. »Seit ich das letzte Mal hier war, hat sich nicht viel verändert, und dieses schreckliche Bild von der Infantin hängt auch immer noch da. Mein Gott, was hatte ich als Kind für einen Bammel vor diesen beiden Ungeheuern!«

D'Arsi drehte sich um und schaute zu dem Gemälde.

»Ich verstehe gar nicht, warum mein Lieblingsbild eine solche Missbilligung hervorruft. Mir gefällt es sehr gut. Und ich sag dir noch was: Ich habe es mittlerweile so liebgewonnen, dass ich nicht glaube, mich jemals davon trennen zu können. Möchtest du was zu trinken?«

»Ja, danke«, erwiderte Jacopo, machte es sich auf dem Ledersessel gemütlich und versuchte sich zu entspannen. »Ich möchte mit dir über etwas reden, was mir sehr am Herzen liegt.«

Am darauffolgenden Donnerstag saß D'Arsi wieder an seinem angestammten Tisch im *Heaven's Gate*. Nur diesmal ohne seine ansonsten unverzichtbare Assistentin. Tito war entschieden weniger forsch als sonst, das war ihm bereits aufgefallen. Und er wartete bis zu dem Moment, als er vor der Kasse stand und bezahlen wollte, um seine Einladung loszuwerden.

»Morgen früh habe ich eine Verabredung im Hotel de Milan. Wir könnten einen Kaffee zusammen trinken, sagen wir um Viertel vor acht?«

Tito schaute ihn an, als käme er von einem anderen Stern.

»Mein lieber Avvocato, um Viertel vor acht schlafe ich noch.«

»Dann gebe ich dir den guten Rat, dir einen Wecker zu stellen, Captain«, antwortete ihm der andere, ohne mit der Wimper zu zucken. »Wenigstens dieses eine Mal.«

Mit diesen Worten und einem üppigen Trinkgeld für Violetta verließ D'Arsi das Restaurant, ohne auf eine Antwort von Tito zu warten.

Was geht da vor?, dachte Tito. Er steckte sowieso schon bis zum Hals in Schwierigkeiten – was konnte da D'Arsi noch von ihm wollen?

Mittlerweile ging für ihn alles den Bach runter, und die Welt drehte sich trotzdem weiter wie gewohnt, mit ihrer ganzen Arroganz und Gefühllosigkeit. Was machte es da noch für einen Unterschied, ob er sich mit D'Arsi traf oder nicht? Außerdem stimmte es nicht, dass Tito zu dieser Uhrzeit noch schlief. Gewöhnlich fielen ihm um zwei Uhr nachts auf dem Sofa die Augen zu, und um vier war er bereits wieder wach.

Na, dann gehe ich eben hin, dachte er resigniert.

Er schaffte es nicht, pünktlich zu sein, denn seine seit Jugendjahren eingeprägte Weigerung, Befehle entgegenzunehmen, war ungebrochen, als handelte es sich um das letzte Bollwerk seiner Freiheit. Als er ein paar Minuten nach der vereinbarten Zeit das Hotel betrat, sah er schon von ferne, wie nervös D'Arsi auf seine Rolex blickte. »Viel Zeit habe ich nicht mehr«, sagte er und bestellte beim Kellner zwei Kaffee.

D'Arsi stürzte seinen Kaffee auf einen Satz herunter, während Tito noch nach einem Tütchen braunem Zucker suchte, und unterbreitete ihm klipp und klar sein Angebot.

Es gehörte zu der Sorte, die man nicht ablehnen konnte. Hopp oder topp: D'Arsi war bereit, sich an dem Restaurant zu beteiligen, und zwar mit der Summe, auf die sich Titos Schulden beliefen.

Tito war so baff, dass er die Tasse auf halber Höhe in der Luft schweben ließ.

»Unter der Voraussetzung, dass meine Bedingungen eingehalten werden«, fuhr D'Arsi fort und schaute ihm direkt ins Gesicht. »Mein Anteil darf niemals weniger als 71 Prozent betragen, es gibt einen monatlichen Rechenschaftsbericht an eine Person meines Vertrauens, und niemand, ich wiederhole klar und deutlich, niemand darf von unserer Übereinkunft erfahren.«

Auch wenn es Tito im ersten Moment so vorkam, als würde er träumen, holten ihn D'Arsis diktatorischer Ton und seine Unnachgiebigkeit sogleich wieder auf den Boden der Tatsachen zurück, und Unmut regte sich in ihm. Was bildete sich dieser Fatzke eigentlich ein, in diesem Ton mit ihm zu reden?

»Soll das heißen, dass ich nicht mehr der Inhaber des Restaurants bin? Und dass ich keinerlei Mitspracherecht mehr habe?«

»Das kommt ganz auf dich an. Du wirst das Restaurant weiterhin führen, aber unter strengster Überwachung. *Business is business.* Ich gebe keine Almosen.«

D'Arsis Handy gab einen kleinen Benachrichtigungston von sich, den er jedoch nicht beachtete.

»Wie viel Zeit habe ich, mich zu entscheiden?«, fragte Tito, bemüht, seine Verärgerung in Schach zu halten.

»Um zehn habe ich eine Sitzung des Verwaltungsrates der Mediobanca; bis dahin erwarte ich deinen Anruf.«

Jetzt piepste das Handy erneut. D'Arsi nahm seine Aktentasche von dem Barhocker neben ihm.

»Und wenn ich nicht anrufe?«, fragte Tito in herausforderndem Ton.

»Ich hatte geglaubt, ein Kapitän sei zu allem in der Lage, wenn es um die Rettung seines Schiffes geht«, kam die prompte Antwort. Dann nickte D'Arsi dem Kellner zu und ging.

Tito bestand trotz des vehementen Protests des jungen, peinlich berührten Kellners darauf, zumindest seinen Kaffee selbst zu bezahlen, und stürzte sich in den Verkehr auf der Via Manzoni. Er marschierte schnell, und in seinem Kopf ging es drunter und drüber. D'Arsis Angebot war eine Gelegenheit, mit der er nie im Leben gerechnet hätte. Er würde seine Schulden abbezahlen können, würde endlich wieder durchschlafen können und nicht mehr in Angst leben müssen, aber zu welchem Preis? Und wer garantierte ihm eigentlich, dass tatsächlich er weiterhin das Restaurant leiten konnte? Er hasste D'Arsis anmaßenden Ton ebenso wie die Überstürztheit und den Druck solcher geschäftlichen Verhandlungen. Je mehr er über ihre Unterredung nachdachte, desto größer wurde seine Frustration.

In seiner Wut bemerkte er auf einmal, dass er vor Costanzas Haus stand, und drückte, ohne lange nachzudenken, auf die Klingel. Seit jenem heißen Kuss vor dem Restaurant hatte Tito schon mehrmals die Nacht bei ihr verbracht. Er fühlte sich wohl bei dieser Frau, sehr wohl; es genügte, nur in ihrer Nähe zu sein, und schon waren seine Probleme vergessen, und er konnte sich einem Gefühl hingeben, das er schon lange nicht mehr – vielleicht sogar nie – empfunden hatte.

Doch an diesem Morgen waren all seine Sorgen wieder da. Und mit ihnen die schlechte Laune.

»D'Arsi will mein Restaurant übernehmen«, sagte er grußlos, kaum hatte Costanza ihm aufgemacht und ihn hereingelassen.

»Was? Wie? In welcher Form?«, fragte Costanza ungläubig, zog ihren Morgenrock enger um sich und fuhr sich durch das vom Schlaf zerzauste Haar.

»In der Form, in der einer wie er zu handeln gewöhnt ist«, antwortete Tito und ging in ihrem Wohnzimmer auf und ab wie ein Löwe im Käfig. »Er macht daraus eine Sache des Geldes. Er bezahlt und lässt mich den Laden schmeißen. Das heißt, er hat die Verwaltung *meines* Restaurants vollständig unter Kontrolle!«

Costanza versuchte, ihn zu beruhigen, damit er wieder einen klaren Kopf bekam.

»Hast du denn eine Alternative?«, fragte sie, ließ ihn auf dem Sofa Platz nehmen und setzte sich daneben.

Darauf wusste Tito keine Antwort, obwohl er nur allzu gern eine parat gehabt hätte. Doch Costanza hatte mit ihrer Frage wie immer ins Schwarze getroffen. Es gab keine Alternative.

»Ich glaube, das ist eine Gelegenheit, die du im Leben nicht mehr bekommst«, fuhr sie sanft fort. »Ergreife sie beim Schopf. Es ist zweifellos eine gute Sache, dass jemand dir die Buchhaltung macht, der etwas davon versteht. Warum sträubst du dich so?«

»Aber ist es nicht demütigend?«

»Nein. Es ist vernünftig. Du schützt das Restaurant und die Leute, die darin arbeiten. Scheint dir das wenig zu sein?«

Tito legte ihr einen Arm um die Schulter. Wie schaffte

diese Frau es nur, dass er sich in einem solchen Moment entspannen konnte?

»Dann soll ich also zustimmen?«, fragte er und drückte sie an sich.

»Ich verstehe nicht, worauf du wartest.«

Später, am Telefon, schaffte D'Arsi es erneut, Tito zu verärgern.

»Ich war mir sicher, dass du einwilligen würdest. Deshalb habe ich gleich meinem Steuerberater gesagt, er soll dich heute um zwölf Uhr empfangen. Meine Sekretärin meldet sich bei dir und gibt dir die Adresse … Und, Captain, wo wir gerade dabei sind: Ändere den Namen.«

Schon wieder diese Geschichte mit dem Namen! Was war denn an *Heaven's Gate* so schlimm, dass es den Leuten nicht gefiel?

Es gab nur eine einzige Person, die auf seine Fragen antworten und ihm Frieden schenken konnte.

»Jetzt will er sogar, dass ich den Namen des Restaurants ändere«, sagte er zu Costanza, kaum hatte sie ihm zum zweiten Mal innerhalb weniger Stunden die Tür aufgemacht.

Sie fing an zu lachen und nahm ihn in die Arme.

»Es war höchste Zeit, Tito. *Heaven's Gate* war doch auch wirklich ein bisschen ungeeignet, findest du nicht?«

»Nein, finde ich nicht. Mir gefällt's. Vielleicht bin ich da der Einzige, aber das ist mir egal.« Nach kurzem Nachdenken fuhr er, mit einem Gesichtsausdruck, als hätte er soeben das Rad neu erfunden, fort: »Und wenn ich es *Stay beautiful* nenne?«

Jetzt musste sie wieder lachen.

»Aber nein, du brauchst etwas Einfacheres. Hör mal, ich

denke da schon eine Weile drüber nach – warum nicht *Più dolce*? Ich bin mir sicher, Betta wäre einverstanden. Es wäre doch für euch beide von Vorteil, wenn ihr euch zu einem einzigen, vergrößerten Projekt zusammentut, oder? Kommerziell könnte man da viel mehr draus machen.«

Costanza war herzallerliebst, doch sie hatte gerade eine echte Bombe platzen lassen!

Tito ging sofort auf die Palme. »Aber ich hab doch keine Pasticceria! Oder steckt ihr alle unter einer Decke, um mein Restaurant zu eurem Lieblingsplätzchen für Tee und Kekse zu machen?«

Costanza fand das sehr amüsant und lachte. Trotzdem blieb sie auf Kurs und ließ nicht locker.

»Wir alle brauchen etwas, das uns unser Leben versüßt, erst recht in diesem Moment. Du musst einfach realistischer werden und vielleicht auch einsichtiger.«

Tito war immer noch nicht recht überzeugt, aber am Ende musste er zugeben, dass es funktionieren könnte.

»Bevor ich jetzt also D'Arsis Anweisung befolge und mich zu seinem Steuerberater begebe«, fuhr er fort und schaute auf die Uhr, »noch eins: Schon dadurch, dass ich hierhergekommen bin, habe ich D'Arsis Gebot des Stillschweigens gebrochen. Du darfst offiziell nichts wissen, und Betta auch nicht. Wir müssen uns folglich was ausdenken.«

Beim Steuerberater lief es besser als erwartet. Zumindest war der Mann nicht so arrogant und anmaßend wie D'Arsi. Er empfing ihn in einer altmodisch eingerichteten Kanzlei, die immerhin nicht so Furcht einflößend war wie die des Anwalts, und nannte ihm eine Liste von Dokumenten, die er brauchen würde, um eine korrekte Einschätzung der Einkünfte vornehmen zu können, die auf seinen Klienten zukommen würden. Dann erklärte er ihm auch noch – auf wohlerzogene und detaillierte Art und Weise –, in welchem Verhältnis sie von nun an zueinander stehen würden.

»Ist es Ihnen lieber, wenn Sie einmal im Monat bei mir einen Termin haben, oder soll ich bei Ihnen vorbeikommen?«, fragte der Steuerberater, bevor sie sich verabschiedeten.

Tito, der den deutlichen und durchaus angenehmen Eindruck hatte, dass er mit diesem kleinen, kahlköpfigen und freundlichen Mann gut auskommen würde, antwortete ihm gutmütig, das wolle er ganz ihm überlassen.

»Dann bei mir, wenn Sie nichts dagegen haben, auch wenn ich sehr gerne einmal Ihre Küche ausprobiert hätte, von der Avvocato D'Arsi in den höchsten Tönen spricht.«

In den höchsten Tönen? D'Arsi? Das war allerdings wirklich eine Überraschung.

»Das ist gar kein Problem, Sie sind bei uns natürlich jederzeit als Gast willkommen.«

»Danke«, antwortete der Steuerberater artig, »aber ich ziehe es vor zu bezahlen, wissen Sie … wir müssen anfangen, die Kosten unter Kontrolle zu halten.«

Abschließend gaben sie sich die Hand. Für ein so kleines Männchen hat er einen angenehm kraftvollen Händedruck, dachte Tito und lächelte.

Tito verließ die Steuerkanzlei in bester Stimmung und rief Costanza in der Hoffnung an, am Nachmittag noch einmal bei ihr vorbeischauen zu können, doch sie war auf der Diskussionsveranstaltung *Women & Technology* im Museo della scienza, zu der sie als weibliche Vertreterin für das Fundraising der Scala eingeladen war und wo sie den Rest des Tages verbringen würde.

Vor dem Blumenstand an der Poliklinik blieb er stehen, um ihr einen Strauß blaue Ranunkeln zu kaufen, die so schön waren, dass sie selbst Tito, der allgemein nicht zu solch romantischen Akten neigte, überzeugten.

»Ach, geben Sie mir gleich zwei Sträuße, dann mache ich meine beiden Frauen glücklich«, sagte er, zum Schwatzen aufgelegt, zu dem verdutzten Blumenmann, betrat nur etwa zehn Minuten später kühnen Schritts das Restaurant und begab sich direkt zum Weißen Salon.

Betta stand am Fenster und schaute hinaus. Sie sah erschöpft und ungekämmt aus, ihr Blick war ins Leere gerichtet, und sie wirkte in Gedanken verloren. Ganz gewiss waren es traurige Gedanken.

Als sie ihn eintreten hörte, drehte sie sich um und erblickte den bezaubernden Blumenstrauß, der mit seinem strahlenden Blau sofort Licht in den Raum brachte; es war das gleiche Blau wie das der Hyazinthen bei ihrer Melancholic Party, mit der alles angefangen hatte. Dieser verdammte Tito, und verflucht sei der Tag, an dem ich ihm zum ersten Mal begegnet bin!, sagte sie sich und fühlte sich noch verlorener als zuvor.

»Hältst du es eigentlich für angebracht, Geld für Blumen aus dem Fenster zu schmeißen?«, herrschte sie ihn an.

Ihm schien der kleine Anpfiff nichts auszumachen. Nein, er lächelte sogar, als hätte sie sein Geschenk mit Jubelrufen entgegengenommen.

»Was gibt's denn da zu lachen, frage ich mich? Was fällt dir eigentlich ein, in einem solchen Moment zu lachen? Hast du gar kein Herz und denkst auch mal an mich? Kannst du dir nicht einen Moment vorstellen, wie ich mich fühle, und zwar durch deine Schuld?«

»Nur schwer, und das tut mir leid. Aber ebenso, wie ich dein Leben durcheinandergebracht habe, rücke ich jetzt alles wieder gerade.«

»Und wie, wenn ich fragen darf?«

»Es ist alles in Ordnung. Wir schließen nicht mehr. Und du kannst weiterhin all die wundervollen Sachen machen, die du machst.«

Es klang zu schön, um wahr zu sein! Tito redete bestimmt nur wirres Zeug. Oder er hatte sich gleich den nächsten Schlamassel eingehandelt!

»Was soll denn das heißen, alles ist in Ordnung? Was hast du denn jetzt wieder angestellt?«

»Ich hab gar nichts angestellt. Ich hab jemanden gefunden, der uns das Geld zur Verfügung stellt und für mich bürgt.«

»Gibt es denn wirklich jemanden, der dazu in der Lage wäre, für dich zu bürgen? Und wer ist das? Lass hören, der muss ja vollkommen gaga sein.«

»Alles andere als gaga, da mach dir mal gar keine Gedanken. Nein, es ist sogar jemand, den du schätzt: Costanza.«

»Costanza? Unsere Costanza?«

»Genau die«, antwortete er mit einem Hauch von Stolz in der Stimme.

Da war etwas an dieser Sache, das Betta stutzig machte. Wie kam eine vernunftbetonte, realistische und umsichtige Frau wie Costanza dazu, Tito Geld zu geben, der – und das hatte er ausgiebig bewiesen – nicht dazu in der Lage war, anständig damit umzugehen? Wie hatte er es bloß geschafft, sie davon zu überzeugen, dass … Moment mal …

»Hast du etwa was mit Costanza? Bist du mit Costanza ins

Bett gegangen?«, fragte sie ihn entrüstet. »Wenn es dir gelungen ist, sogar sie zu täuschen, bist du wirklich ein Ganove! Schlimmer, als ich gedacht hatte! Da gibt es wirklich kein Pardon …«

Tito hob die Hand, um sie zu beruhigen.

»Es ist alles ganz anders, als du denkst«, gab er ihr ungerührt zur Antwort.

Doch Betta war zu erregt, um sich jetzt noch bremsen zu lassen.

»Ich warne dich: Wenn du auch nur im Entferntesten daran denkst, sie zu benutzen, dann ist dein Schicksal besiegelt, das sage ich dir, und es wird nicht rosig sein. Das ist nicht eins von deinen Groupies, die immer um dich herumscharwenzeln, sie ist eine Dame und ein guter Mensch, wie du nie einen kennengelernt hast.«

»Das weiß ich.«

»Nein, das weißt du nicht. Sie ist einfühlsam, ehrlich, anständig, und du, du bist …«

»Ein Idiot, unsensibel, ein Prolet?«

»Genau das.«

»Immer mit der Ruhe, Betta, ich bin völlig deiner Meinung. Ich hab mich in Costanza verliebt, ich glaube, sie ist die Frau meines Lebens. Und so absurd das in deinen Ohren auch klingen mag – ich glaube, sie erwidert meine Gefühle.«

Betta war sprachlos. Die Frau seines Lebens! Etwas Derartiges hatte Tito noch nie über eine Frau gesagt, nie und nimmer, seit sie ihn kannte. Sie war der Überzeugung, dass er gar nicht in der Lage war, ein solches Gefühl zu empfinden, und erst recht war er nicht imstande, etwas Derartiges mit solcher Unschuld von sich zu behaupten! Ihr fiel wieder ein, was Violetta schon vor Monaten zu ihr im Auto gesagt hatte. Und sie hatte ihr damals nicht geglaubt!

»Aber wie … wann … ich hab gar nichts mitgekriegt!«

Ein Paar, zwei Stammgäste, hatte an dem Tisch in der Nähe des Weißen Salons Platz genommen.

Tito nutzte die Gelegenheit, um nach drüben zu gehen und ihr keine weiteren Erklärungen mehr geben zu müssen.

»Ich werde nicht müde, es wieder und wieder zu sagen: *Stay beautiful, baby.* Tito wird's schon richten, und alles wird gut«, waren seine abschließenden Worte.

Da saß sie nun und schaute ihm dabei zu, wie er nach Herzenslust herumschäkerte, als könnte er kein Wässerchen trüben. Er war ein Armleuchter, ein echter und gigantischer Armleuchter, aber sie musste zugeben, dass seine kleinen Charmeattacken offenbar wirklich unwiderstehlich waren.

Costanza schlug sich ausgesprochen wacker in der Rolle der stummen Wohltäterin. Bettas hartnäckige Fragen nach dem Warum und Wie der Anleihe hätten sie beinahe dazu verleitet, Dinge zu sagen, die sie gar nicht dachte, oder Handlungen zu rechtfertigen, die sie nicht begangen hatte, also war Schweigen der einzig richtige Weg. Wenn D'Arsi seine Beteiligung an dem Restaurant geheim halten wollte, musste er seine Gründe dafür haben, und Tito hatte bereits einmal sein Versprechen gebrochen, indem er es Costanza anvertraut hatte. Je weniger Personen davon wussten, desto besser.

Gewiss war es seltsam, dass ausgerechnet Betta bei einer so wichtigen Angelegenheit nicht eingeweiht war, aber das war nicht ihr Problem.

»Costanza, versteh mich nicht falsch, ich will nicht indiskret sein. Ich will nur die Gewissheit haben, dass es sich mit der Beteiligung am Restaurant tatsächlich so verhält, wie Tito es sagt.«

Betta schaute sie aufmerksam an, offenbar immer noch nicht zufrieden mit ihren Erklärungen und begierig darauf, endlich zu begreifen. Es war schon spät, und die beiden Frauen saßen im Weißen Salon, während Tito in der Küche mit Marcello und Jacopo ein Spiel von Milan anschaute. Das Restaurant war fast leer.

Costanza, die spürte, dass es jetzt besser war zu schweigen, verschanzte sich hinter einer gespielt damenhaften Zurückhaltung.

»Ich möchte jetzt lieber nichts mehr sagen, aber ich garantiere dir, dass alles geregelt ist.«

»Aber du weißt, dass er nicht vertrauenswürdig ist, oder? Mir ist bewusst, dass ich mich gerade nicht sehr taktvoll verhalte, aber ich habe doch das Gefühl, ich muss dich warnen.«

»Das alles weiß ich sehr wohl, und ich danke dir dafür, aber ich weiß mich selbst zu schützen. Sicher hatte Tito einige Schwierigkeiten, aber ich garantiere dir, dass sie der Vergangenheit angehören. Von jetzt an geht es für ihn bergauf, da bin ich mir sicher.«

Betta seufzte. Costanza war eine Frau, die mit beiden Beinen im Leben stand, naiv war sie ganz gewiss nicht. Es gab also keinerlei Veranlassung, das, was sie sagte, in Zweifel zu ziehen. Außerdem wollte Betta verzweifelt gern daran glauben.

Dieses Geld würde ihr das Leben retten, ihre Arbeit und ihre Zukunft. Und wenn Costanza zukünftig tatsächlich an dem teilhatte, was sie tat, so war dies für Betta nur beruhigend und schenkte ihr neues Zutrauen. Betta würde Costanza ihre Unterstützung mit dem ganzen Engagement, dessen sie fähig war, vergelten, würde sie noch stolzer machen, würde sogar dafür sorgen, dass sie davon profitierte.

Betta fand es eine ausgezeichnete Idee, den Namen *Più dolce* auch für das Restaurant zu verwenden. Einerseits, weil sie den Namen *Heaven's Gate* schon allein wegen seiner schwierigen Aussprache nie besonders gemocht hatte, aber auch, weil auf diese Weise das gesamte Projekt stimmiger wurde. Endlich würde sie die trostlosen, nichtssagenden und schlecht beleuchteten Schilder abhängen und gegen das viel suggestivere *Più dolce* austauschen können. Genau – die neuen Schilder würde sie gleich in Auftrag geben und dann weg mit den alten Visitenkarten von Tito und ihr (um diese Sachen kümmerte sich besser sie als er)! Anschließend musste das Design des Lokals noch einmal einer gründlichen Prüfung unterzogen werden; vor allem der Freak-Look, der trotz ihrer Verschönerungsmethoden immer noch vorherrschte, musste beseitigt werden und an seine Stelle ein fröhlicheres, luftigeres Ambiente treten; ja, und es würde nur noch Verschönerungen geben, nichts anderes!

Betta würde über Servietten mit dem Logo nachdenken, über neue Brotkörbchen und vielleicht auf einen Sprung in der Keramikwerkstatt im Bovisa-Viertel vorbeischauen, über die sie schon so viel gehört hatte. Und dann mussten endlich T-Shirts für die Serviceleute her, auf die ihr Name gedruckt war! Langsam kam sie richtig in Fahrt … Das Allerwichtigste jedoch, über das sie jetzt nachdenken musste, war die Eröffnungsparty, mit der sie der ganzen Welt die sensationellen Veränderungen mitteilen würden. Darüber musste sie natürlich noch mit Rossella sprechen, doch einen Slogan für die Einladung hatte sie bereits im Kopf: »Ein neues Kapitel beginnt!«

Zu der Feier würden sie so viele Leute wie möglich einladen, nicht nur alle Freunde, sondern auch Journalisten, Restaurantgäste, PR-Leute. Wenn es ihnen dann noch gelang, ein paar VIPs an Land zu ziehen, umso besser. Vielleicht könnte man ja auch Verkostungen für mögliche neue Kunden veranstalten, am besten im Weißen Salon – der mittlerweile längst zu ihrem ganz persönlichen Atelier geworden war –, wo Betta dann die Honneurs machte.

Doch vielleicht hatte sie ja zu viele Eisen im Feuer, und es war für den Moment besser, nichts zu überstürzen. Ja, erst einmal würde sie sich auf die Gegenwart konzentrieren und die Ärmel hochkrempeln; außerdem musste sie Tito im Auge behalten und verhindern, dass er im Restaurant wieder den Schlendrian einkehren ließ. Ein Catering mit hohen Ansprüchen konnte wohl kaum neben einem schlampig geführten Restaurant existieren; das musste auch den Serviceleuten von Anfang an klar sein, die von nun an einer aufmerksameren und strengeren Prüfung unterliegen würden als bisher, was den Service und die Betreuung der Gäste selbst, aber auch ihr eigenes äußeres Erscheinungsbild anging. Außerdem war es dringend nötig, dass sie und Marcello ein langes Gespräch führten und vieles einer genauen Überprüfung unterzogen. Nichts, aber auch gar nichts durfte mehr dem Zufall überlassen werden!

Betta würde wie eine Verrückte schuften, um *Più dolce* zu einem berühmten Markennamen zu machen, den jeder in Mailand kannte, und es würde der Tag kommen, an dem man ihnen ihren Einsatz bei den wichtigsten Events mit Tausenden von Euros vergelten würde. Ja, und dann wären sie endlich am Gipfel angelangt und würden reich, reich und berühmt und glücklich …

Mitten in diese Träume hinein kam ein Anruf von Greg, und Bettas Stimme klang zum ersten Mal seit Langem wieder fröhlich und fast schrill. Er und Felipe riefen sie seit dem Beginn der Krise jeden Tag an, immer abwechselnd, um sich auf dem Laufenden zu halten und zu trösten, auch wenn es nur ein paar Worte waren.

Dieses Mal war es jedoch Greg, der ernst und besorgt wirkte. In aller Kürze erzählte er ihr eine unglaubliche Geschichte, die seiner geliebten kleinen Cousine widerfahren war; diese hatte sich zur Feier des schönsten Tages in ihrem Leben für eine märchenhafte Hochzeitszeremonie am Ufer des Comer Sees entschieden. Schade nur, dass sich die Firma, die sie mit der Ausrichtung der Hochzeit beauftragt hatte, als Bluff herausgestellt hatte; nach Monaten unzähliger Telefonate zwischen den Kontinenten und Hunderten von Mails mit Fotos im Anhang, die die luxuriösesten Bankette in exklusiven Villen am See zeigten, mitsamt raffinierten Menüs und den üppigsten Blumengestecken, die man sich nur vorstellen konnte, hatte sich die Firma einfach in Luft aufgelöst, und mit ihr die Anzahlung, die nicht nur die Cousine, sondern auch ein gutes Dutzend unbedarfter Amerikaner geleistet hatten, angelockt von der Vorstellung, das Jawort der Brautleute vor luxuriöser italienischer Kulisse am berühmtesten See des Landes zu erleben.

Greg, der fast genauso geknickt war wie seine geliebte Cousine, bat Betta um Hilfe. Die Flüge seien bereits gebucht, auch die Kirche, die geladenen Gäste voller Erwartungen, und sein teurer Anzug müsse unbedingt ausgeführt werden. Ob es denn eventuell eine Möglichkeit gebe, die Hochzeit doch noch auszurichten, allerdings mit deutlich reduziertem Budget und in noch deutlicher reduzierterer Zeit? Und wäre Betta vielleicht in der Lage, das Drama doch noch in einen Triumph umzumünzen, vielleicht weniger luxuriös, aber nicht minder besonders?

»*Oh my God*, Greg, ich muss darüber nachdenken«, antwortete sie, vollkommen überrumpelt. Hätte es sich um eine italienische Hochzeit gehandelt, wäre dies alles kein großes Problem gewesen; Betta hätte einfach eine ihrer vielen Ideen aus dem Hut gezaubert, mit denen sie es noch immer geschafft hatte, aus einem langweiligen Fest etwas ganz Neues, Prickelndes zu machen. Doch eine amerikanische Hochzeit machte sie nervös. Die Amerikaner waren traditionsbewusst, sie erwarteten Organza, Seide und Damaststoffe, teures Porzellan, Kristall und echtes Silberbesteck. Man würde mindestens vier komplette Gänge bieten müssen, und zwar makellos serviert von ausgebildetem Personal. Betta bezweifelte stark, dass ihre Serviceleute, so gut sie auch waren, dem gerecht würden.

Was Betta und ihr Catering bisher gemacht hatten, war von Bedeutung gewesen und hatte ihr sogar einige kleinere Artikel in der Zeitung eingebracht, doch eine Hochzeit war eine ganz andere Hausnummer. Da reichte es nicht, mit einem Tablett in der Hand zwischen den Leuten hin und her zu spazieren, da gab es keinen Platz für Fehler, und alles musste laufen wie am Schnürchen. So abgedroschen das auch klang – es war das wichtigste Ereignis im Leben von zwei Menschen, das Fest der Feste. Und abgesehen von der Befürchtung, ein solches Event nicht stemmen zu können, blieb da auch noch eine andere, umso fundamentalere Frage – die Frage nach dem Wo. Wie sollte sie eine Location am Comer See finden?

Eine schnelle Recherche auf Google lieferte ihr immerhin ein paar Ideen: wundervolle Villen aus dem neunzehnten

Jahrhundert mit Sälen, Salons und Speisezimmern, Parks, Gärten, Pavillons und Grotten, oft mit einem direkten Zugang zum Wasser, doch die Summen, die dafür verlangt wurden, waren astronomisch und lagen meilenweit über dem Budget der armen geschröpften Gäste aus dem Land der unbegrenzten Möglichkeiten, die schon einmal über den Tisch gezogen worden waren.

Viele Alternativen blieben ihr nicht, und sie war bereits kurz davor, das Handtuch zu werfen, als sie sich daran erinnerte, dass sie ja vielleicht doch noch ein Ass im Ärmel hatte.

Mal sehen, ob ihre Freundin Serena immer noch dieselbe Telefonnummer hatte …

»Und, was brauchen wir?«, fragte Tito einen Tag später, als sie ihm von dem Projekt erzählte.

Da war er wieder, oberflächlich und ungenau wie immer. Wann hatte er sie jemals unterstützt, sich ernsthaft mit ihren Belangen beschäftigt und erst mal innegehalten, um nachzudenken, wenn sie ihn um etwas bat? Seine Leichtfertigkeit trieb sie in den Wahnsinn. Dann würde sich also mal wieder *sie* Gedanken darüber machen müssen, wie man die Probleme löste!

Ohne ihn einer Antwort zu würdigen, stand Betta auf und ging hinaus, unter dem Vorwand, Marcello dringend etwas sagen zu müssen.

Als sie zurückkam, lag auf ihrem Schreibtisch, aufgeschlagen auf der richtigen Seite, eine Ausgabe der *IO Donna*, der Betta vor einigen Wochen ein Interview gegeben hatte. Die Autorin bezeichnete sie darin als *Magic Betta*, berichtete von Verniers Party auf der Möbelmesse sowie von dem Event für *dance2love.com* und schrieb, es sei ein neuer Stern am Cateringhimmel geboren, kreativ und innovativ. Und den Namen *Più dolce* müsse man sich merken, denn er wäre schon bald berühmt.

»Und, waren das alles nur Hirngespinste?«, hatte Tito mit rotem Filzstift darübergeschrieben.

Betta klappte die Zeitschrift zu und begab sich auf die Suche nach ihm.

Tito saß am Gemeinschaftstisch des Restaurants und war in die Lektüre der *Gazzetta dello Sport* vertieft. Betta nahm neben ihm Platz und drückte ihm einen Kuss auf die Wange.

»Wofür das?«, fragte er, ohne den Blick von der Zeitung zu heben.

»Weil du mich gernhast und an mich glaubst«, antwortete sie gerührt.

Tito war an Komplimente nicht gewöhnt, und Schmeicheleien – die er für Weiberkram hielt – machten ihn verlegen. Da war ein schöner Händedruck schon besser: männlich, solide, entschlossen, und lügen konnte man dabei auch nicht. An diesem Morgen jedoch wurde ihm zum ersten Mal bewusst, dass die letzten finanziellen Turbulenzen, die er durchlebt hatte, ihn irgendwie weich gemacht haben mussten, denn Bettas Anwesenheit, wie sie da ganz nah neben ihm saß, und ihr Kuss hatten ihn berührt. Da war eine ganze Welt, die er erst jetzt zu erkunden und wertzuschätzen begann, eine weibliche Welt, warm und behaglich, aber auch pragmatisch und realistisch, eine Welt, in der man sich nicht zu schade dafür war, sich selbst infrage zu stellen, Fehler zuzugeben, Kompromisse zu finden, eine Welt, in der man entschlossen seinen Weg suchte und ihn dann ohne Zögern auch ging, und das fast immer mit Freude.

Man muss ihnen manchmal nur einen kleinen Schubs geben, dachte er, während er spürte, wie Betta trostsuchend den Kopf an seine Schulter legte. Und sollte das nicht im Grunde genau die Aufgabe eines Mannes sein? Zu schützen, zu stützen, zu ermutigen? So wie ein Kapitän das mit seiner Mannschaft tat, oder ein Kommandeur mit seinem Heer?

Draußen war ein heißer, fast schon sommerlicher Tag, und ein paar Handwerker nahmen Maß für die neuen Schilder.

Heiliger Strohsack, fast hätte sie die Einweihung vergessen! An diesem Punkt war es besser, damit bis September zu warten. Wenn man es recht bedachte, ergab es auch mehr Sinn, denn mit der neuen Jahreszeit begann auch wieder die Arbeit.

Greg war sprachlos, als Betta ihn anrief und ihm sagte, sie würden den Auftrag annehmen. Doch es war erst der Anblick der traurigen, ja, fast verzweifelten Miene von Cindy auf Skype einige Minuten später, die sie endgültig davon überzeugte, dass sie die richtige Entscheidung getroffen hatte. Es war klar zu sehen, dass die Ärmste nur geringe Erwartungen hatte und ganz gewiss nicht mit Wundern rechnete.

»Wo soll man denn eine Location am See für einen so geringen Preis auftreiben?«, sagte sie, fast den Tränen nah.

»Ich glaube, ich habe die richtige Person gefunden«, antwortete Betta stolz.

Dass die Location die größte Klippe sein würde, die sie zu nehmen hatte, war ihr von Anfang an klar gewesen. Das Problem der Verköstigung, des Service und der Miete für die notwendigsten Hilfsmittel war leicht zu lösen, wenn sie Lieferanten suchte, die konkurrenzlos günstig anboten, doch eine schöne Location war fundamental. Die Betrüger hatten Cindy weisgemacht, die Hochzeit würde in einer Villa stattfinden, die an George Clooneys Anwesen grenzte, eine Nachricht, die unter den geladenen Gästen schnell die Runde gemacht hatte. Und genau dieses Detail hatte dazu geführt, dass sie sich wieder an Serenas Haus erinnerte.

Sicher, es war kein Luxusanwesen mit Dutzenden von Zimmern, aber immerhin eine Villa, wenn auch eher bescheiden, mit einem wunderschönen, terrassenförmig angelegten Garten und Blick auf den See. Das Haus lag an einer kleinen Piazza in Laglio (wo auch George wohnte!), direkt an der Anlegestelle für die Boote, die die Dörfer des Sees miteinander verband. Als junges Mädchen, als sie fast jedes Wochenende bei Serena verbrachte, hatte Betta oft selbst eines dieser Boote genommen, um bei der Rückkehr nach Mailand nicht in einen Stau zu kommen. Man stieg in Como ein und war in weniger als einer halben Stunde am Ziel. Betta erinnerte sich sehr gut an das grobe Kopfsteinpflaster, an die Bäume, an den Frieden auf dem kleinen Platz, auf dem Autos verboten waren.

Gut in Erinnerung waren ihr auch noch die Hortensien in Serenas Garten, volle, üppig bunte Blumen, die schönsten, die sie je gesehen hatte. Und sie erinnerte sich an jene Villa mit der Anlegestelle direkt am See, die sie gern vom Fenster ihres Schlafzimmers im ersten Stock aus beobachtete; damals träumte sie oft davon, einst im Lotto zu gewinnen und dort zu leben. Wer hätte je gedacht, dass ausgerechnet George Clooney sie am Ende kaufen würde? Ein echtes Pech, hatte sie damals gedacht, doch für sie und Cindy letztlich ein großes Glück.

Seit dem letzten Mal, als sie das Haus gesehen hatte, war geraume Zeit vergangen, doch insgesamt hatte sich sein Zustand verbessert. Die Räume im Erdgeschoss waren frisch gestrichen, die alten Möbel restauriert und die ausgeleierten Sofas durch neuere Modelle in einem zarten Lachsrosa ersetzt worden. Dafür hatte Alberto, Serenas Mann, gesorgt, der wie seine Frau dieses Haus liebte, seit er zum ersten Mal den Fuß hineingesetzt hatte. Wenn man bedachte, dass immerhin zwanzig Jahre ins Land gegangen waren, hatte es ja vielleicht sogar noch weitere Verbesserungen gegeben.

Betta hatte schon seit geraumer Zeit keinen Kontakt mehr zu ihrer Freundin gehabt und wusste nicht, ob diese bereit war, das Haus zu vermieten, und wie viel sie dafür verlangen würde, doch was hatte sie schon zu verlieren?

Und so rief sie sie an und stellte zu ihrer großen Erleichterung fest, dass Serena nicht abgeneigt war und Cindys Geschichte sie aufrichtig betroffen machte.

»Glaubst du wirklich, das Haus könnte vermietet werden, um darin Hochzeiten im großen Stil zu veranstalten?«, hatte Serena gefragt, offenbar tatsächlich daran interessiert, auch zukünftig etwas aus dem Haus zu machen. Ihre Kinder waren aus dem Haus, sie selbst hatte aufgehört zu arbeiten, und Alberto war oft auf Reisen im Ausland; allmählich beginne sie sich zu langweilen, sagte sie zu Betta.

Sie vereinbarten für den darauffolgenden Tag eine Ortsbesichtigung, und Betta stellte zu ihrer allergrößten Zufriedenheit fest, dass nicht nur die Zimmer frisch in Pastellfarben getüncht waren – der Marmorkamin war auf Hochglanz poliert, und wohin das Auge auch blickte, sah man wertvolle Möbel, wunderschöne Gemälde und kostbare Teppiche. Auch der Garten war in Ordnung gebracht worden, weniger wild, als sie ihn in Erinnerung hatte, doch die Hortensien waren immer noch da und spektakulär wie eh und je.

Betta besichtigte das gesamte Anwesen, maß mit großen Schritten die Gesamtfläche von Haus und Garten, kontrollierte, ob es genügend Platz für die Tische und das Büfett gab und die Gäste sich ungehindert bewegen konnten.

Das Grundstück war rechteckig, mittendurch verlief ein gekiester Weg, der von der großen Glasfront des Wohnzimmers bis zu einem Mäuerchen führte; dahinter lag die Piazza mit ihrem schwarz-weißen Kopfsteinpflaster. Nur wenige Meter entfernt lockte der See, in dem zahllose Boote jeglicher Art dümpelten. Zwei Segelboote kreuzten gerade, ein Ruderboot steuerte gemächlich auf Bellagio zu, und ein herrliches Riva-Motorboot pflügte durch das Wasser, als wäre es der Herrscher des Sees. Bestimmt irgendein Tourist aus der Villa d'Este, dachte Betta mit einem Hauch von Neid.

Clooneys Villa leuchtete in der Sonne. Die Glastüren zur Terrasse waren geöffnet, vielleicht war der Meister ja zu Hause oder bereits mit seinem Motorrad unterwegs. Auf Betta wirkte der See lebendiger und fröhlicher, als sie ihn aus ihrer Jugendzeit in Erinnerung hatte. Wahrscheinlich wusste sie ihn heutzutage auch mehr zu schätzen, denn ihr stand der Sinn inzwischen mehr nach einem gemächlicheren Leben als damals, als sie sich eher nach Lärm, Leuten, Partys und Trubel gesehnt hatte.

Vielleicht hatte sich die Atmosphäre aber auch sonst verändert. Der Comer See war aus seinem Dornröschenschlaf erwacht und kehrte nicht nur zum alten Glanz der Jahrhundertwende zurück, sondern erlebte auch ein Revival der Fünfziger- und Sechzigerjahre, als vor allem amerikanische Touristen ihn zu einem ihrer Sehnsuchtsziele erkoren hatten, in der Zeit, als die Diskothek der Villa d'Este der Hotspot war und man in den Restaurants Stars vom Kaliber einer Audrey

Hepburn oder eines David Niven bestaunen konnte. Zweifellos hatte auch George mit dem Erwerb seiner Villa zu dieser Wiedergeburt beigetragen, doch der See und seine Umgebung gehörten in der Tat zu den schönsten Plätzen der Welt, und wenn er denn eine Weile in Vergessenheit geraten war, lag dies wohl vor allem an den Italienern selbst, die an unheilbarer Reiselust litten und immer schon am liebsten zu Fernreisen in exotische Länder aufgebrochen waren, ihre heimischen Schätze hingegen vernachlässigten.

Als Betta ins Haus zurückkehrte, konnte Serena es offenbar kaum erwarten, ihr etwas zu zeigen.

»Das hier ist der allerwichtigste Bereich«, sagte sie und öffnete die Tür zu einer Küche, die besser ausgestattet war als die so mancher Restaurants. »Weißt du, Alberto war immer schon ein begeisterter Hobbykoch, doch in den vergangenen Jahren hat sich das Kochen zu seiner einzig echten Leidenschaft entwickelt. Das hier ist sein Kleinod. Er hat die Küche höchstpersönlich eingerichtet und versammelt hier einmal im Monat Familie und Freunde für eine Verkostung nach allen Regeln der Kunst. Ich bin mir sicher, wenn du ihn fragst, wird er dich gerne nach Kräften unterstützen.«

Während Betta mit ihrem Laptop in der Hand in der Villa umherging, Cindy über Skype alles bis ins Detail zeigte und ihre begeisterten Kommentare entgegennahm, wusste sie, dass sie die richtige Entscheidung getroffen hatte. Es würde nicht nur ein gutes Geschäft werden – sie würde auch selbst einen Mordsspaß haben.

Und tatsächlich wurde die Hochzeitsfeier ein voller Erfolg, mit dem einzigen kleinen Wermutstropfen, dass Greg und Felipe, entgegen der Erwartungen ihrer Cousine und von

Betta selbst, nicht teilnehmen konnten, weil ein Problem mit der Renovierung ihres Hauses auf Martha's Vineyard sie davon abhielt. Eine leichte Brise hatte die Hitze und Schwüle der vergangenen Tage weggepustet, und es wurde ein herrlich sonniger Tag. Die Tischdeko, bei der Betta eigentlich gefürchtet hatte, sie sei altbacken und überholt, traf auf allgemeine Zustimmung; Tito lenkte das Fest mit meisterhafter Souveränität; die Servicekräfte leisteten ausgezeichnete Arbeit und sahen vor allem in ihren funkelnagelneuen weißen Leinenhemden mit dem Logo *Più dolce* zum Anbeißen aus; Marcello übertraf sich – nach einem etwas schleppenden Anfang, der der verspäteten Lieferung der Zutaten geschuldet war – selbst. Und Betta, die gefürchtet hatte, das von ihr entworfene Menü könnte für amerikanische Gaumen zu verkünstelt sein, wurde zu ihrer großen Freude eines Besseren belehrt.

Das Risotto mit Flussbarsch, ebenso wie die Renke in Weißweinsoße und der in Pampelmuse marinierte Saibling (allesamt natürlich Fische aus dem nahen See, an dem Marcello sogar geboren war!) hatten sich als ausgezeichnete Wahl erwiesen.

»*A wonderful party! The food is so tasty! I've never eaten something that delicate and intense in one!*«, lobte Malcolm Drums, der Trauzeuge der Braut, ein kalifornischer Multimillionär, der in der Filmbranche tätig war, als sie sich kurz vor dem Anschnitt der Hochzeitstorte zu einem Plausch zusammenfanden. Betta saß auf der kleinen Begrenzungsmauer des Gartens und schaute auf den See hinaus, während ihre Kellner die Szenerie für das große Finale vorbereiteten und die Küche zur No-go-Area für alle Unbefugten erklärt worden war. Betta hatte beschlossen, eine mehr als verdiente Pause einzulegen und hing ihren Erinnerungen an die Zeiten nach, die sie in diesem Haus verbracht hatte. Besonders gut war ihr noch die alljährlich am Johannistag stattfindende feierliche Bootsprozession zur Insel Comacina in Erinnerung, wenn der Bischof höchstpersönlich von allen anliegenden Dörfern willkommen geheißen wurde und in der herrlichen Ruine der Basilica Sant'Eufemia eine Messe abhielt.

Sie erzählte Drums davon, der beeindruckt lauschte.

»*It's a lovely place, and this is definitely the best wedding I have ever been invited to.* Normalerweise langweile ich mich bei solchen Gelegenheiten schrecklich. Vor allem kann ich die starre und formelle Organisation solcher Zeremonien nicht ertragen – das kommt mir alles so künstlich vor! Ihr Italiener hingegen seid da ganz anders, ihr habt Klasse, Fantasie und Herz. Es gelingt euch immer wieder zu erspüren, was in den Leuten vorgeht, ihre Seele zu berühren. Ihr seid kreativ und pragmatisch zugleich. Genau das mag ich an eurem Land.«

Seine Frau Emma wiederum war hellauf begeistert von der Tischdekoration, großen Hortensiensträußen, die von Blassrosa bis zu Lila, von Kornblumenblau bis zu leuchtendem Pink variierten. Sie sei wild entschlossen, sagte sie, jede Menge davon im Garten ihrer eigenen Villa in Malibu anzupflanzen, und bat Betta um Rat, wo sie denn solche Pflanzen kaufen könne, wenn sie am nächsten Tag auf dem Nachhauseweg durch Mailand kam.

Betta bot sich an, sie zu begleiten. »Das mache ich sehr gerne«, antwortete sie. »Ich kenne ein paar wirklich gute Gärtnereien.«

Die drei vereinbarten, später noch einmal darüber zu sprechen, und kehrten gerade rechtzeitig zum Einzug der Hochzeitstorte auf die Party zurück – eine bombastische Angelegenheit, für die man alle Lichter löschte und den Weg, auf dem der Kuchen getragen wurde, nur mit Kerzen beleuchtet hatte.

Betta genoss das Spektakel als Gastgeberin; am Vorabend hatten sie es Dutzende Male geübt, weil alles perfekt ablaufen sollte – fast wie bei einer Premiere in der Scala. Und es hatte sich herausgestellt, dass es gar nicht so einfach war, das Tablett mit der Torte so zu halten, dass der Kuchen nicht auf dem Boden landete oder in sich zusammenkrachte und damit unwiderruflich zerstört wurde.

Heute jedoch verlief alles bestens, und Gianluca, Matteo, Folco und Barnaba brachten die mehrstöckige Köstlichkeit aus Biskuit und luftiger Creme, wie übergossen mit Erdbeeren, Walderdbeeren, Johannisbeeren, Kirschen und Himbeeren, sicher ans Ziel.

In vollendeter Synchronizität setzten sie den Kuchen auf einem alten, schmiedeeisernen Tischchen ab, das sie üppig mit Hortensien dekoriert hatten, ohne die raffinierten Ranken des Jugendstilmusters zu verdecken.

Marcello höchstpersönlich kam in seiner blütenweißen Kochuniform aus der Küche und reichte den Brautleuten ein fein geschmücktes Messer. Als der erste Schnitt getan war, ließen die weiblichen Servicekräfte ein paar Handvoll bunte Hortensienblätter auf das junge Paar herabregnen.

Dann kam der Hochzeitskuss, begleitet von Applaus, und Betta ging es durch den Kopf, dass sie ja möglicherweise nur noch Hochzeiten organisieren könnte, denn die gute Stimmung und die emotionale Aufladung der Hochzeit waren letztendlich auch ihr Verdienst. Sie würde mit Serena darüber sprechen; vielleicht konnte man daraus ja wirklich ein Business machen.

Schließlich kam die große Verabschiedung der Gäste, und

Betta ließ es sich nicht nehmen, neben Cindy auf der Schwelle zu stehen und allen die Hand zu drücken, wobei Cindy, ganz die tüchtige Amerikanerin, dafür sorgte, dass jeder Gast auch eine Visitenkarte ihrer neugewonnenen Freundin mit nach Hause nahm.

Am Tag darauf rief Drums Betta aus der Villa d'Este an, um sich mit ihr zum Pflanzenkaufen zu verabreden. Der Ton der Unterhaltung war freundschaftlich, und nachdem sie ein paar Sätze gewechselt hatten, erwähnte Drums ein Benefizkonzert der Scala außerhalb des Spielplans, das er überaus gerne besuchen würde. Leider habe er vergeblich über das Hotel versucht, an Karten heranzukommen. Schade für jemanden wie ihn, der ein leidenschaftlicher Opernfan war; er habe so viele Theater überall auf der Welt besucht, berichtete er, doch in der Scala sei er nie gewesen.

Betta durchfuhr ein winziger Schauder der Erregung, denn sie wusste, wie sie ihm diesen Wunsch erfüllen konnte, und wollte ihm gerne einen Gefallen tun. Nicht nur, weil sie wusste, dass er reich und einflussreich war und ihr Risotto so geschätzt hatte – Drums gehörte zu den Amerikanern, die offen und ehrlich waren und ihr Gegenüber an seinen menschlichen Qualitäten maßen und nicht daran, wie viel Geld sie im Portemonnaie hatten. Sie legte auf und rief gleich danach bei Costanza an, die ihr liebend gerne ihre Loge überließ.

Drums noch einmal anzurufen, um ihm die Neuigkeit mitzuteilen, war die reine Freude, und er war vollkommen von den Socken von so viel Effizienz und Freundlichkeit. Angesteckt von seiner Begeisterung und in dem Bestreben, ihm einen weiteren Gefallen zu tun, bot sich Betta an, seine Reservierung im Four Seasons stornieren zu lassen und ihn dafür im Grand Hotel et de Milan unterzubringen, weil ein so großer Opernfan doch unmöglich woanders nächtigen konnte als in dem Hotel, in dem Giuseppe Verdi immer gewohnt hatte. Sie hoffte nur, dass die Suite des großen Maestros nicht belegt war.

Das Konzert selbst war nichts Besonderes, und auch den Drums' entgingen nicht seine Schwächen, doch die Atmosphäre in der Scala zog sie dennoch in ihren Bann. Auf dieser Bühne waren die größten Künstler der Welt aufgetreten; all die Geschichten und Emotionen, jede Note, jede Geste, jeder Schritt, den sie dort auf der Bühne vollführt hatten, schwebten noch immer in der Luft, und ihr Talent pulsierte bis heute in jedem Winkel des großen Opernhauses. Das ganze Theater war von einer Leidenschaft für die Musik durchdrungen, dass es einem buchstäblich den Atem nahm.

Ja, es war der wunderschönste Ort auf Erden, und Drums wünschte sich nichts so sehr, als ein Teil davon zu sein, sagte er. Vielleicht würde er sich ja mit einer großzügigen Spende an den Restaurierungsarbeiten beteiligen oder Stipendien fördern und auf diese Weise das Gefühl haben, Teil dieser Schönheit zu sein.

Noch immer betört von dem Abend konnte das Ehepaar Drums es kaum erwarten, die berühmte Costanza kennenzulernen, die ihnen so großzügig geholfen hatte, und ihr zu danken. Für dieses unerwartete und sehr geschätzte Geschenk wollten sich Malcolm und Emma gerne revanchieren, und so hatte Betta sie ins Restaurant eingeladen, den großen Gemeinschaftstisch gedeckt und zur Feier des Tages mit Notenblättern geschmückt.

Auch das zu servierende Menü hatte Betta genau geplant, indem sie anlässlich des ersten Besuches der Drums in der Scala Verdis Leibgerichte googelte. Geboren in dem kleinen Ort Roncole Verdi in der Emilia-Romagna, der nach ihm benannt wurde, in einer Gegend, die für ihren Schinken und ihre Tortellini bekannt war, liebte der Meister genau diese ursprünglichen Spezialitäten, vielleicht noch mehr als Tito, der sogar höchstpersönlich nach Parma gefahren war, um sich bei befreundeten Händlern mit Culatello und hausgemachten Tortelli mit Kräuterfüllung einzudecken. Dies alles würde mit einem wundervollen, moussierenden Bonarda serviert werden.

Während des Essens, und dank Costanzas Anwesenheit, entpuppte sich Malcolm Drums unerwarteterweise als ein wahrer Experte in klassischer Musik; er war keineswegs nur der passionierte Liebhaber, als den Betta ihn eingeschätzt hatte. Und auch wenn sie bei der Diskussion etwas außen vor blieb – sie konnte Rossini nicht von Wagner unterscheiden! –, war es ein Vergnügen, den beiden zuzuhören, wie sie über ihre jeweiligen Vorlieben parlierten. Während Costanza Puristin war und nichts mit extravaganten Spielereien auf einer Opernbühne anfangen konnte, richtete Drums sein besonderes Augenmerk auf große Regisseure und ihre spektakulären Inszenierungen. Je mehr die Unterhaltung ins Detail ging, desto deutlicher zeigte sich das Interesse des Amerikaners an der Scala und an Costanzas Rolle dabei. Der Gedanke, sein Name könne irgendwann in irgendeiner Weise mit der Welt der Oper in Verbindung gebracht werden, sei ein Traum, den er schon seit geraumer Zeit hege, sagte er.

»Nun, es gibt viele Möglichkeiten, der Scala zu helfen«, beeilte sich Costanza zu betonen, die als Fundraiser natürlich immer die Ohren spitzte, wenn sie etwas Derartiges hörte. »Man könnte zum Beispiel das Theater, das Museum oder sogar die Laboratori Ansaldo – einen ganz besonderen Ort für all diejenigen, die die Arbeit hinter den Kulissen einer Aufführung kennenlernen wollen – mieten. Ich bin mir sicher, bei einem Besuch dort wärst du vollkommen aus dem Häuschen.«

Das offenkundige Interesse von Drums ermutigte Costanza fortzufahren: »Es gibt sogar die Möglichkeit, einem Förderkreis beizutreten, wenn es dich wirklich interessiert; Wohltäter, die bei einer besonders hohen Ausgabenlast des Theaters mit ihrem Scherflein dazu beitragen können, das qualitativ sehr hohe Niveau der Scala beizubehalten.«

Drums' Augen leuchteten. Dann war sein Traum ja vielleicht doch zu verwirklichen! Voller Begeisterung überschritt er, in Begleitung von Betta und Costanza, am darauffolgenden Tag die Schwelle des Museums, was sich für ihn offenbar so anfühlte, als betrete er heilige Hallen. In andächtigem Schweigen blieb er vor den Büsten der wichtigsten Protagonisten der Opernmusik stehen, betrachtete mit religiöser Ehrfurcht die Schaukästen mit den unterschiedlichsten Erinnerungsstücken, ob es sich nun um Partituren oder Taktstöcke, Bühnenbildentwürfe oder die Sammlung herrlichsten Porzellans aus den bedeutendsten Manufakturen Europas wie Meißen, Sèvres oder Chelsea handelte. Von Costanza erfuhr er, dass ausgerechnet aus dieser wundervollen Sammlung ursprünglich das Museum entstanden war. Diese Figürchen zum Beispiel stammten aus der Sammlung des Mailänder Antiquars Giulio Sambon und waren in Paris im Jahre 1911 versteigert worden; allerdings hatte auch der berühmte amerikanische Sammler und Milliardär John Pierpont Morgan ein Auge darauf geworfen. Überraschenderweise war es dann der Stadt Mailand bei jener Versteigerung dennoch gelungen, ihrer habhaft zu werden und den Schatz nach Hause zu tragen, wo damit der Grundstein für das Museum der Scala gelegt war. Dem bemitleidenswerten J. P. Morgan war nichts anderes übrig geblieben, als mit leeren Händen nach Hause zurückzukehren und sich mit den unzähligen anderen Kostbarkeiten zu trösten, die bis heute in der Morgan Library in Manhattan gehütet wurden wie ein Schatz.

»Und so ist es tatsächlich einem Amerikaner zu verdanken, dass dieses Museum hier seinen Anfang nahm«, rief Drums, erfüllt von patriotischem Stolz, aus.

Die eher prosaische Betta konzentrierte sich bei dem Besuch des Museums auf ein anderes Ausstellungsstück, nämlich die Speisekarte des Grand Hotel et de Milan vom 20. Januar 1901 – dem Tag, an dem Giuseppe Verdi sein letztes Mittagessen zu sich genommen hatte.

Und sie schrieb das Menü sorgfältig ab, denn so reichhaltig und abwechslungsreich es auch war, stand es doch in nicht unbeträchtlichem Kontrast zu den faden Speisen, die heutzutage ein Diätarzt einem moribunden Patienten verordnet hätte.

Julienne en croûte
Truite grillée au maître d'hôtel
Aloyau de bœuf à la jardinière
Pain de gibier
Asperges en branche
Dindonneau à la broche
Glace aux framboises
Pâtisserie
Dessert

Allein beim Klang dieser Speisen lief einem das Wasser im Munde zusammen:

Gemüsesuppe mit Mandelkruste
Gegrillte Forelle nach Art des Hauses
Rinderflanke auf Gemüsebett
Falscher Hase aus Wildbret
Stangenspargel
Babypute am Spieß
Himbeereis
Törtchen
Dessert

Betta bezweifelte stark, dass der Maestro, der laut seinen Biografen auch nur ein Mann von geringem Appetit und eher schlichtem Speiseplan gewesen war, diese geradezu unvernünftige Fülle an Speisen wirklich zu schätzen gewusst hatte, doch es waren auch andere Zeiten gewesen, weniger reglementiert von den Speisevorschriften der sogenannten gesunden Küche und den wahren Freuden des Lebens viel zugewandter. Und dies machte auch vor der Scala selbst nicht halt, denn in den Zeiten, als jede gehobene Mailänder Familie über eine Loge in der Oper verfügte, richtete sie diese nach Gutdünken ein und hätte niemals auf eine kleine Verköstigung vor Ort verzichtet, die natürlich aus dem Mailänder Gericht par excellence, dem sattgelben Safranrisotto *el risott giald*, bestand, welches von Personal im hinteren Teil der Loge zubereitet wurde.

Wenn Betta Drums bis zu diesem Moment nur für einen Multimillionär gehalten hatte, der wie so viele Produzenten in der Filmbranche außerhalb seines Landes praktisch unbekannt war, erfuhr sie während dieses Besuchs viel mehr über diesen Mann und seine wirkliche Beschäftigung. So schloss sie aus gelegentlichen Bemerkungen über sein Leben, dass er Gründer einer der wichtigsten Produktionsfirmen im Filmgeschäft war, die sich auf *computer generated imagery*, also Computeranimation, spezialisiert hatten.

Wie vorauszusehen, schlug auch der Besuch der Laboratori Ansaldo, den Costanza für zwei Tage später anberaumt hatte, bei Drums ein wie der Blitz und beeindruckte ihn so sehr, dass er sogar von einem »Wendepunkt in seinem Leben« sprach.

Auf dem Gelände eines ehemaligen Stahlwerks war in dieser bedeutendsten Theaterwerkstatt der Welt der größte Teil der Bühnenbilder und Bühnenkonstruktionen entstanden, die in den vergangenen Jahrzehnten für die Aufführungen an der Scala benutzt worden waren, darüber hinaus mehr als sechzigtausend Kostüme. Circa hundertfünfzig Schreiner, Kostümbildner, Bühnenbildner, Bildhauer, Schneider, Zimmerleute und Schmiede waren hier tätig und maßgeblich daran beteiligt, dass die Produktionen der Scala auf die Bühne kamen.

Ein echtes Paradies für den Amerikaner, der seinen Augen kaum traute, mit allen plauderte, ob Schneiderinnen, Bühnenbildner oder Kostümbildner, und sich dabei Unmengen Notizen machte.

Na ja, jetzt hat er wenigstens genügend Material für seinen nächsten Film, sagte sich Betta, ohne allerdings zu ahnen, dass Drums etwas ganz anderes im Schilde führte. Denn sein einziger lapidarer Gedanke, als er mit kaum zu bändigender Erregung die Werkstätten verließ, lautete: »*I wanna be part of it!*«

Als Drums in die Vereinigten Staaten zurückgekehrt war, begann ein reger Austausch per E-Mail mit Costanza, denn offenbar hatte Drums tatsächlich fest vor, dem Förderkreis der Scala beizutreten. Und er bat sie sofort, ihm Karten für die Eröffnungsaufführung der kommenden Saison zu besorgen, denn wie sie selbst ihm mitgeteilt hatte, könne man den Spirit der Scala nie ganz begreifen, solange man nicht einer Premiere beigewohnt habe.

Der Urlaub, den sich Betta nach einem äußerst intensiven Arbeitsjahr gönnte, war mehr als verdient. Nur schade, dass er im Handumdrehen wieder vorüber war, denn Betta musste viel zu schnell wieder nach Mailand zurück, um ihren täglichen Überlebenskampf in der Stadt fortzusetzen.

Im Moment der Rückkehr glaubte Betta ihre Heimatstadt buchstäblich zu hassen, und obwohl sie wusste, dass es in Wirklichkeit die Schwierigkeiten in ihrem Berufsleben waren, die ihr zu schaffen machten, war sie innerlich bereit, Mailand jede erdenkliche Schandtat anzudichten – die Stadt war viel zu verschmutzt, die Leute waren schlecht gelaunt oder langweilig, das gesellschaftliche Leben provinziell, und die Sonne schien auch nie …

Wie gut war es ihr hingegen in Madesimo gegangen: Spaziergänge, Ausschlafen, gutes Essen, Grillen im Freien. Der August war außergewöhnlich heiß und sonnig, es fiel den ganzen Monat kein einziger Tropfen Regen. Alles funkelte, genau wie in dem Gedicht Carduccis, das in einen Stein am Eingang des Dorfes gemeißelt war: »Der Himmel klar, als wär's ein Diamant.«

Den Urlaub hatte sie ihrer Freundin Francesca zu verdanken gehabt, die sie der unerträglichen Mailänder Gluthitze entrissen und zu sich aufs Land eingeladen hatte. Früher war Madesimo als Reiseziel sehr *en vogue* gewesen, doch im Gegensatz zu mondäneren Orten wie St. Moritz oder Courmayeur hatte es seine besten Zeiten gesehen. Und es war genau so, wie Betta es aus ihrer Kindheit und Jugend in Erinnerung hatte, als sie mit ihren Eltern hier die Ferien verbracht hatte, in einer Wohnung im vierten Stock des Mehrfamilienhauses Boschetto, einer Wohnung, die schon vor Jahren verkauft worden war.

Was es allerdings nicht mehr gab, war das Hotel La Torre, jenes auffallende gelbe Hochhaus, das jahrzehntelang mitten im Dorf emporgeragt und das harmonische Panorama des Bergdörfchens verschandelt hatte (was auch der Grund war, warum die Dorfbewohner es, in einem Anfall von Umweltbewusstsein, irgendwann abgerissen hatten), doch Betta hatte es immer geliebt. Der Rest des Dorfes jedoch wirkte unverändert.

Betta liebte das Meer, doch sie musste zugeben, dass sie sich in dieser Phase ihres Lebens im Sommer in den Bergen wesentlich besser erholen konnte. Jahrelang war sie der Überzeugung gewesen, im Sommer könne es für sie nur Sonne und Meer geben, doch mittlerweile war der Gedanke ihr schlichtweg unerträglich geworden, stundenlang in der Sonne zu braten, inmitten von müßigem Geschwätz und Leuten, die vor lauter Angespanntheit nicht zur Ruhe kamen und unfähig waren, auch nur einen Moment stillzusitzen und innezuhalten. Da war es viel entspannender, gleich morgens eine kurze Hose und Wanderschuhe anzuziehen und diese unendliche grüne Weite zu erkunden.

Als Francesca nach Griechenland aufgebrochen war, hatte sie ihr dieses unerwartete Geschenk gemacht und ihr das Haus überlassen. Mittlerweile war Betta schon fast einen Monat da und hatte sich nicht eine Minute einsam gefühlt, so zahlreich und angenehm waren die Begegnungen im Dorf und die Freundschaften, die sie geknüpft hatte. Manchmal kam es auch vor, dass sie tagelang ganz allein für sich war und irgendwo auf einer Wiese oder am Ufer eines rauschenden Bächleins lag und einfach nur ihren Gedanken freien Lauf ließ. In solchen Momenten fühlte sie sich so unbeschwert wie schon lange nicht mehr.

Und dann war da auch noch diese ziemlich verrückte Sache, ebenso unerwartet wie unvorhersehbar, die sie niemals jemandem erzählen würde, denn sie war fest entschlossen, sie für sich zu behalten. Rational war sie nur schwer zu erklären; vielmehr schien es ihr, als hätte dieses intensive Eintauchen in die Natur in ihr bewirkt, dass sich ihre Sinne öffneten, ganz ohne Ängste oder Komplikationen. Sie ließ sich einfach gehen, gab sich einer herrlichen Ruhe hin und passte sich dem Rhythmus der einfachen, natürlichen Dinge an: essen, schlafen, spazieren gehen, klares Wasser aus dem Bach trinken.

Betta hatte sich für einige Tage einer Touristengruppe angeschlossen, die von einem kundigen Bergführer begleitet wurde; dieser zeigte ihnen Orte von bezaubernder Schönheit, an denen man nur selten auf andere Menschen traf. Betta gefielen diese oft schweigsamen Spaziergänge in der Gruppe, manchmal im Gänsemarsch an den ausgesetzten Stellen, wo man sich konzentrieren und die eigenen Gedanken bei sich behalten musste, um jegliche Gefahr zu meiden. Und es war schön, sich als Teil dieses kleinen verschworenen Grüppchens zu fühlen, das es nicht nötig hatte, über Worte zu kommunizieren, und doch in freudigem Gleichklang unterwegs war.

Eines Tages nun waren sie nur noch zu zweit, sie und der Führer. Da es auf dem Weg einige Schwierigkeiten zu bewältigen gab, kam er ihr (der mit Sicherheit viel jünger war als sie, aber was machte das schon?) zu Hilfe, indem er sie stützte, ihr die Hand reichte, manchmal sogar den Arm um ihre Taille legte, um ihr Halt zu geben. Der Anblick, der sich ihnen bot, als sie den Gipfel erreicht hatten, war so unfassbar schön und vollkommen, dass Betta fast die Tränen kamen – die hohen Gipfel ringsum, von der gleißenden Sonne beschienen, die Stille, nur durchbrochen durch den pfeifenden Wind, und darüber das gewaltige blaue Himmelszelt mit dahinziehenden Wolkenbergen.

Alles funkelte.

Sie legte sich auf den Boden, um jenes machtvolle Spektakel noch mehr genießen zu können, dessen Teil auch sie sein wollte. In diesem Moment drehte er sich um und streckte ihr besorgt die Hand hin, als wollte er sich vergewissern, dass es ihr gut ging. Instinktiv hob Betta ihre Hand, wie zum Schutz, und ihre Hände berührten sich, verschränkten die Finger.

Es war wie ein elektrischer Schlag, der ihr durch den ganzen Körper ging.

Er legte sich neben sie und zog sie zu sich, sie schmiegte sich an ihn. Und so war es geschehen, ganz einfach, ganz natürlich, mit einer Wucht, die sie sprachlos machte. Eine Frau und ein Mann – nur das. Es gab keine Gedanken, sondern nur seine Liebkosungen und ihre Lust auf diese Zärtlichkeit, ein wenig unbeholfen, und das Verlangen, von diesem muskulösen Körper niedergedrückt zu werden. So perfekt, so natürlich.

Und sie empfand weder Scham noch hatte sie irgendwelche Erwartungen. Wenn sie später wieder mit der Gruppe wanderten und sich ihre Blicke begegneten, lachten ihre Augen, denn beide wussten, dass sich jener Moment niemals wiederholen würde, ihnen jedoch für immer in Erinnerung blieb.

Bis es dann Zeit war, wieder heimzufahren, denn die Arbeit rief. Langsam musste sie mit der Organisation der Party bei Vittorio beginnen, der ihr oft unter dem Vorwand, Einzelheiten des Events besprechen zu müssen, SMS geschickt hatte, während er selbst am anderen Ende der Welt, in Indonesien, war – bei dem jährlichen »Abenteuer«, das Margherita organisierte und bei dem es mehr darum ging, den Weltenbummler zu spielen, als um ehrliches Interesse an einem fremden Land. Über eine Nachricht von Vittorio zu Ferragosto hatte sich Betta besonders gefreut: »Ich denk an dich, weil ich dich selbst am anderen Ende der Welt nicht vergessen kann.«

Diese Nachricht hob sie auf und las sie immer wieder, stets mit einer gewissen Nostalgie.

Warum, warum, warum war dieser Mann verheiratet?

Das fragte sie sich noch immer, während sie ihre Sachen ins Auto lud, und dachte, dass sie ihn ja vermutlich in ein paar Tagen wiedersehen würde. Und ganz bestimmt würde er ihr Komplimente machen, denn das Wandern hatte nicht nur ihrem Geist, sondern auch ihrem Körper gutgetan; Betta hatte mehrere Kilo abgenommen und fühlte sich viel straffer. Mit Mühe schloss sie die Klappe des Kofferraums, der mit mehreren Taschen beladen war, und trat die Heimfahrt an.

In nur wenigen Stunden würde sie wieder in Mailand sein, doch bevor sie dort ankam, stand ein Pflichtbesuch in Chiavenna bei der Pasticceria Mastai an. Vielleicht war es Ende

August nicht der passendste Moment für eine solch cremige Kalorienbombe, doch den Genuss einer duftenden Meringe mit Schlagsahne würde sie sich ganz gewiss nicht versagen. Es würde das letzte Geschenk an sich selbst in diesem herrlichen Sommer sein und der Abschied von einer Auszeit, die sie sich genommen und die ihr so gutgetan hatte.

Die Konditorei war ziemlich voll, und Betta blieb einen Moment träge am Tresen stehen, unschlüssig, ob sie sich noch eine Meringe holen oder eine Schachtel Pralinen kaufen sollte, um sie auf der Weiterfahrt zu essen.

»Guten Tag, Avvocato, na, sind die Ferien zu Ende?«, hörte sie Signor Mastai zu jemandem sagen.

In Gedanken versunken drehte sie sich um, und das Allererste, was sie sah, war das Lachsrosa der *Financial Times*. Nur ein Mailänder wäre dazu in der Lage, dieses Blatt an einem solchen Ort zu lesen, dachte sie voller Überdruss. Um sich zu vergewissern, hob sie den Blick, und fast hätte sie der Schlag getroffen, denn bei dem angesprochenen Anwalt handelte es sich doch tatsächlich um keinen anderen als diesen aufgeblasenen Schnösel D'Arsi, der gerade, ganz im Gegensatz zu seiner sonstigen britischen Steifheit, ziemlich gierig und nicht ganz formvollendet eine Meringe mit Sahne in sich hineinstopfte.

Die Überraschung, an einem so ungewohnten Ort aufeinanderzutreffen, beruhte auf Gegenseitigkeit, doch er reagierte als Erster.

»Sind die nicht köstlich?«, sagte er mit vollem Mund und wischte sich einen Sahneklecks aus dem Schnurrbart, ohne die Zuckerkrümel zu bemerken, die dabei auf seinem makellosen blauen Poloshirt landeten. All ihren Vorbehalten zum Trotz kam Betta nicht umhin zu bemerken, dass man diesen

D'Arsi, der weniger geschniegelt als sonst, aber trotzdem elegant, Herr seiner selbst und vor allem tief gebräunt war, nicht anders nennen konnte als einen gut aussehenden Mann.

Wieso muss einer wie der, so faszinierend er auch ist, eigentlich ein ausgemachtes Arschloch sein?, ging es ihr unweigerlich durch den Kopf.

»Sie wissen ganz bestimmt, wo man auch in Mailand eine so gute Meringe kriegt«, fuhr er mit einem Lächeln fort, »aber wenn ich aus St. Moritz abreise, versäume ich es nie, auf einen Sprung hierherzukommen.«

Es war Monate her, seit Betta ihn das letzte Mal gesehen hatte, und fast hatte sie auch nicht mehr an ihn gedacht, doch seine gute Laune und die ungewohnte Gelassenheit erstaunten sie. Irgendwann vor Wochen hatte Tito einmal erwähnt, die Beziehung zwischen D'Arsi und Jacopo habe sich gebessert, was ihn freue, doch er vermeide es aus Prinzip, nach ihm zu fragen.

»Darf ich Sie zu einem Kaffee einladen?«, riss er Betta mit seiner Frage aus ihren Gedanken.

Sie schaute ihm direkt in die Augen, auch wenn sie das ziemlich verlegen machte.

»Warum nicht?«, antwortete sie, denn abzulehnen wäre unhöflich gewesen und hätte Betta mehr Aufwand gekostet, als die Einladung anzunehmen. Unter diesen Umständen stand es nicht zur Debatte, sich zu zieren. Außerdem war es der richtige Zeitpunkt, einen Waffenstillstand mit ihm zu schließen, so entspannt und mit sich selbst und der ganzen Welt im Reinen, wie sie war – folglich auch mit Avvocato D'Arsi.

Sie bestellte sich den zweiten Kaffee und plauderte mit ihm über dies und das – das Wetter, den Urlaub, die anstrengende Rückfahrt in die Stadt –, und es war ein angenehmes Gespräch, fast so, als wären sie ganz normale Bekannte. An der Kasse, bevor er zahlte, erstand D'Arsi auch noch eine Schachtel der Kekse, für die die Pasticceria berühmt war, und schenkte sie ihr.

Noch eine weitere Viertelstunde plauderten sie, dann begleitete er sie zu ihrem Panda, wo er ihr formvollendet die Schlüssel aus der Hand nahm und aufschloss, als wäre es das Natürlichste der Welt, um sie dann einsteigen zu lassen und die Fahrertür hinter ihr zu schließen, kaum dass sie saß. Dann blieb er noch stehen, bis sie losgefahren war, und ging entschlossenen Schrittes zu seinem eigenen Wagen, einem deutlich luxuriöseren Audi. Betta beobachtete ihn im Rückspiegel und lächelte zufrieden. Nur ein paar Kilometer später, als sie auf gerader Strecke fuhr, hatte er sie eingeholt und fuhr mit einem letzten Winken an ihr vorbei.

Im Bann der Scala

Es ist eine allgemein anerkannte Wahrheit, dass Urlaub guttut. Allen.

Besonders Tito war noch nie in so guter Form gewesen: braun gebrannt und entspannt, wie man ihn schon lange nicht mehr gesehen hatte. Dabei hatte er seinen Urlaub nicht wie sonst auf einem Segelboot, unterwegs zu den verborgenen Schönheiten des Mittelmeeres, verbracht, sondern in den Marken, im Haus von Costanza. Bei ihrer Rückkehr an ihren Schreibtisch im Weißen Salon konnte Betta kaum den begeisterten Berichten seines Urlaubs glauben: Statt der aufschneiderischen Erzählungen von all den Begegnungen mit fantastischen Menschen, Orten und Tieren, die nur er hatte aufspüren können, schilderte er ihr jetzt in einer Ausführlichkeit, die fast schon quälend war, seine langen Spaziergänge am Strand oder die gemütlichen Nachmittage im Liegestuhl im Garten der Villa Valentinella in Porto San Giorgio zusammen mit seiner Angebeteten. Betta fand es fast rührend mitanzusehen, wie dieser große, starke Mann, der sein ganzes Leben lang diese Art von ruhiger, großbürgerlicher Angepasstheit gemieden hatte wie die Pest, auf einmal genau das zu schätzen wusste, ob es nun Kartenspiele, Tennismatches mit Costanzas Söhnen und vor allem die Abendessen mit ihren »sympathischen« Freunden waren, für die jeden Abend im Garten der Tisch gedeckt wurde.

Die Entdeckung der familiären Dimension an der Seite einer gestandenen Frau war für Tito ebenso revolutionär wie beruhigend. Nur schade, dass er nichts anderes im Sinn zu haben schien, als dieses Gefühl mit all denjenigen teilen zu wollen, die in seiner Nähe waren, was nur bei Betta auf zärtliche Sympathie stieß, bei manch anderem jedoch auf eine Mischung aus Mitleid und Überdruss. Der Nonkonformist in ihm, der stolz und starrköpfig mit allen Prinzipien des gesellschaftlichen Miteinanders brach, hatte auf einmal die Seiten gewechselt und versuchte mit dem typischen Eifer des frisch Bekehrten, jeden davon zu überzeugen, wie richtig doch seine Entscheidung war.

Sein Glück war ebenso deutlich wie unleugbar, ebenso wie das von Costanza, die buchstäblich zu strahlen schien. Gelächelt hatte sie auch früher oft, doch jetzt leuchtete ein neues Licht in ihren Augen. Es waren die einer Frau, die bis über beide Ohren verliebt war.

Jacopo und Violetta waren auf Elba gewesen und wirkten bei ihrer Rückkehr wie bestärkt in ihrer Beziehung. Zum ersten Mal seit Jahren hatte Jacopo sogar einige Tage mit seinem Vater im Engadin verbracht. Die totale Entspannung, die Sonne, die gute Luft und die liebliche Landschaft, die sie umgab, hatten letztendlich die Gemüter besänftigt, und die beiden hatten begonnen, über ihre Gefühle und all die Missverständnisse zu sprechen, wobei sie durchaus manchmal aneinandergeraten waren, jedoch stets mit dem festen Wunsch, die Grenzen des anderen zu respektieren und zu akzeptieren. D'Arsi hatte sich über die Zukunft seines Sohnes, über seine Pläne informiert, und die Entdeckung, dass Jacopo klare Vorstellungen hatte, beruhigte ihn. Tatsächlich plante Jacopo, für ein Forschungsjahr ins Ausland zu gehen und dort seine Doktorarbeit zu schreiben, wofür er bereits einige Vorbereitungen getroffen hatte. Das wäre sein Weg, und D'Arsi hegte zwar noch eine gewisse Skepsis, schien jedoch insgesamt einverstanden zu sein. Auch was Jacopos Gefühlsleben anging, schienen die beiden eine wichtige Klippe überwunden zu haben. Violetta war zwar nicht gerade das Mädchen, das sich der Vater für seinen Sohn ausgesucht hätte, doch als sie sich an einem Wochenende in den Ferien trafen, hatte D'Arsi sich nach Kräften bemüht, ihr den Aufenthalt angenehm zu gestalten.

Einen kurzen Abstecher nach Mailand machte auch Mr. Drums Anfang September, gleich nach dem Filmfestival von Venedig. Die Entscheidung, die er nach seinem Besuch in den Laboratori Ansaldo getroffen hatte, war dabei, sich zu konkretisieren, und nach einem regen Austausch von E-Mails mit Costanza suchten sie gerade nach einer Möglichkeit, seine Partnerschaft mit der Scala in trockene Tücher zu bringen.

Bei einem Treffen mit Avvocato D'Arsi und anderen Mitgliedern des Verwaltungsrates würde sein Vorhaben mit Brief und Siegel bestätigt werden.

Kaum hatte der amerikanische Milliardär die heiligen Hallen der Büros der Scala betreten, wurde er von einer Gruppe Manager in makellosen grauen Anzügen in Empfang genommen, die jedoch offenbar beschlossen hatten, ihre Pfründe gegen die Übernahme durch einen amerikanischen Barbaren mit Zähnen und Klauen zu verteidigen, denn sie bereiteten ihm bestenfalls ein kühles und formelles Willkommen. Reinstes Mittelalter, dachte Drums, allerdings mit feinster Diplomatie gut verborgen hinter höflichem Lächeln und festem Händedruck.

Das perfekte Englisch, das D'Arsi aus dem Ärmel schüttelte, genügte immerhin, um zwischen den beiden sofort eine Verbindung zu schaffen, zusammen mit der Tatsache, dass der Anwalt offenbar im Gegensatz zu vielen seiner Kollegen begriffen hatte, wie angespannt die finanzielle Lage der Oper war; außerdem teilte er anscheinend die Ansicht, die die alten Römer so trefflich formuliert hatten: *pecunia non olet,* Geld stinkt nicht.

Zwischen einer Sitzung und der nächsten schaute Drums im Restaurant vorbei, um seine Freunde zu besuchen. Zu ihrem großen Bedauern hatte Betta nur wenig Zeit für ihn, da sie in fieberhaften Vorbereitungen für die Einweihungsparty des Restaurants unter neuem Namen steckte, doch Drums konnte sowieso nicht zum Abendessen bleiben. Trotzdem versäumte sie es nicht, ihm schnell ein paar seiner Leibspeisen zum Probieren zu geben: ein Antipasto aus rohem Schinken und Feigen, Tatar aus Schwertfisch und Krabben sowie einen Obstsalat aus Trauben mit einem Sirup aus Rosmarin und Pistazien.

Wer allerdings seine Ferien ganz und gar nicht genossen und dringenden Trostbedarf hatte, war Vittorio. Schon gleich am allerersten Tag, nachdem das Restaurant wieder geöffnet hatte, kam er ins *Più dolce* gestürmt, machte ihr überschwängliche Komplimente bezüglich ihres blendenden Aussehens, erzählte ihr aber auch von den Wechselfällen seiner Höllenfahrt zu einer abgelegenen Insel im Indischen Ozean, zu der Margherita ihn verdonnert hatte. Ihn, der doch viel lieber zum Angeln in die Versilia gefahren wäre oder lange Spaziergänge im Val Veny gemacht hätte! Der Urlaub hatte schon unglückselig begonnen, als sie durch die chronischen Verspätungen am Mailänder Flughafen Malpensa alle Anschlussflüge verpassten, wodurch sich der Hinflug auf insgesamt zweiunddreißig Stunden verlängert hatte. Die Insel selbst war herrlich, dagegen war nichts einzuwenden, dazu die üppig wuchernde Landschaft, weiße Strände mit Sand wie Puderzucker, doch als Margherita zu ihrem Entsetzen erfahren hatte, dass das nächtliche Gepolter und Geraschel auf dem Dach ihres extra luxuriösen Tukul am Rande des Dschungels von einer Horde Ratten verursacht wurde, die circa zwanzig Zentimeter lang waren, bekam sie sogleich einen hysterischen Anfall, der den ganzen Urlaub andauerte.

»Du kannst dir vorstellen, was ich durchgemacht habe!«, berichtete er Betta, offenbar erleichtert darüber, endlich jemandem sein Herz ausschütten zu können.

Sie lachten und stellten übereinstimmend fest, wie viel angenehmer es doch war, seine Sommerferien in heimischen Gefilden zu verbringen, statt zu einer solch anstrengenden Tour de Force aufzubrechen. Als Betta ihm von ihrem Urlaub in Madesimo erzählte, seufzte er wehmütig.

»Genau das ist meine Vorstellung von Sommerfrische: ein Urlaub in den Bergen, an der Seite einer echten Frau!«

Diese Anspielungen auf eine »echte Frau« erfolgten ebenso zahlreich wie seine Umarmungen, seine Zärtlichkeiten und die bewundernden Blicke, und wieder einmal musste Betta feststellen, wie angenehm es sich anfühlte, als Frau begehrt zu werden. Ach, der liebe Vittorio! Bestimmt hatte er während seines missglückten Urlaubs pausenlos an sie gedacht!

Er hatte ihr sogar etwas mitgebracht – ein Paar überaus wertvolle indische Ohrringe aus Goldfiligran. Was für ein Geschenk!

Betta war sprachlos. »Die sind ja wunderschön«, staunte sie, als sie die rote Schachtel mit dem Muster aus weißen Frangipaniblüten aufklappte. »Das solltest du doch nicht …«

Doch er brachte sie zum Schweigen, indem er ihr liebevoll einen Finger auf die Lippen legte. »Meine allerschönste Erinnerung an die Reise, und ich glaube auch, die einzige, ist die an den Nachmittag, als ich ganz allein durch Yogyakarta streifte und auf diesen alten Schmuckladen stieß«, antwortete er in dem Bemühen, ganz beiläufig zu klingen. »Da lagen im Schaufenster diese Ohrringe, in die ich mich auf der Stelle verliebt habe. Offenbar gehörten sie einmal einem Prinzen, der dem Elend verfiel, und ich dachte sofort, es könne kein Zufall sein, dass ich ausgerechnet in diesem Laden gelandet war. Und dass mich etwas dorthin geführt hatte, nur damit du diese Ohrringe bekommst. Ich konnte einfach nicht widerstehen.«

»Und weiß das Margherita?«

Er schaute sie, immer noch lächelnd, an.

»Willst du das denn wirklich wissen? Jetzt probier sie schon, statt mir blöde Fragen zu stellen. Ich will sehen, wie sie dir stehen!«

Betta brauchte eine Weile, um die zarten Schmuckstücke zu befestigen, und betrachtete dann ihr Spiegelbild im Fenster.

»Die sind … wunderschön. Ich weiß gar nicht, was ich sagen soll. Und auch nicht, ob ich sie überhaupt annehmen kann.«

»Das musst du. Sie stehen dir zauberhaft. Genau so, wie ich es mir vorgestellt hatte.«

»Ja, aber so ein großes Geschenk kann ich doch nicht …«

Seine Miene verfinsterte sich.

»Du willst mir also wirklich keine Chance mehr geben, oder? Wenn es nach dir geht, soll ich dich endlich in Ruhe lassen, stimmt's?«

Das war das Letzte, was Betta wirklich wollte, aber hätte ihr das Geschehene nicht endlich eine Lehre sein sollen?

»Ich glaube, es wäre besser, ja«, gab sie ihm zu verstehen. »Ebenso, wie es besser wäre, wenn diese Ohrringe hier …«

»Diese Ohrringe habe ich für dich gekauft, weil ich an dich gedacht habe. Sie sind ein Geschenk, und Geschenke weist man nicht zurück.«

Vittorio hatte recht. Er war immer so unnachgiebig – aber warum sollte sie auf etwas so Schönes verzichten?

Noch nie hatte Betta deutlicher das Gefühl gehabt, dass sie sich diesen Mann völlig grundlos vom Leibe hielt, als in diesem Moment. Sicher, er war verheiratet, aber es war einfach so angenehm, sich von ihm den Hof machen zu lassen!

»Und jetzt an die Arbeit. Es gilt, ein Fest zu organisieren«, sagte sie fröhlich, um den Hauch von Traurigkeit zu überspielen, der sich in ihr Gespräch geschlichen hatte.

Zwei Wochen später war der Rasen in Besana mit lauter Picknickdecken und -körben bedeckt. Costanza hatte sie sofort darauf aufmerksam gemacht, dass dies alles aussah wie eine neuere und modernere Version von Tizians *Ländlichem Konzert.* Fröhlichkeit lag in der Luft, und alle schienen sich davon anstecken zu lassen – alle außer Vittorio.

Als Betta das Gartentor zu seinem Anwesen in Besana durchschritt, stand er schon an der Tür und wartete auf sie. »Und – bist du bereit für ein weiteres Fest in der langweiligen Brianza?«

»Es ist nicht langweilig in der Brianza, zumindest hier nicht«, antwortete sie und schaute sich begeistert die Aussicht an.

Bevor das Fest losging, hatte er sie überredet, mit ihm einen Spaziergang weit weg vom Trubel der Vorbereitungen zu machen. Sie gingen an der riesigen Buche vorbei und nahmen dann den Weg nach rechts zu einem Teil des Parks, den Betta noch nie gesehen hatte.

»Diesmal machen wir die große Runde. Ich zeig dir die Tennisplätze.«

»Dein Anwesen ist immer für eine Überraschung gut. Ich wusste gar nicht, dass du auch noch Tennisplätze hast.«

»Die werden schon seit Ewigkeiten nicht mehr benutzt.«

Und tatsächlich strahlten die Plätze eine Aura der Verlassenheit und Vernachlässigung aus. Die rote Erde war mit großen Moosflecken bedeckt; das Netz war zwar noch am Platze, doch an mehreren Stellen löchrig und zerschlissen, die Bänke am Rande des Spielfeldes waren kaputt und verrostet, das niedrige Gebäude mit den Umkleidekabinen baufällig.

»Früher war das mal ein mondäner Ort voller Leben, aber jetzt ist es nur noch ein Schuppen, in dem der Gärtner seine Gerätschaften unterbringt, den Rasenmäher und das Rattengift«, erklärte Vittorio, als er Bettas überraschte Miene sah.

»Habt ihr oft gespielt?«

»Natürlich. Hier haben wir unsere Familienturniere abgehalten. Das war ein richtiges Event mit mehreren Runden, einem Preis und anschließend einem Fest.«

»Das muss sehr unterhaltsam gewesen sein. Kamen auch Freunde?«

»Einige.«

»Es hätte mich gefreut, eingeladen zu werden. Wer weiß, ob du es getan hättest«, fügte sie etwas schalkhaft hinzu.

Er schaute sie mit trauriger Miene an.

»Ich hätte dich nicht nur eingeladen, sondern auf der Stelle erobert. Und mein Leben wäre ganz anders verlaufen.«

In seiner Stimme lag so viel Bedauern, eine solche Zärtlichkeit, dass Betta, ohne zu begreifen wie, auf einmal ihr Gesicht dem seinen näherte und nach seinen Lippen suchte.

Vittorio zog sie an sich, doch als es am allerschönsten war, hörte man ein Geräusch, ein Rascheln ganz in der Nähe. Immer noch benommen, drehten sie sich um und sahen gerade noch eine Gestalt von hinten, die sich entfernte und hinter den Rosenbüschen verschwand.

»Das ist Beppe, der Gärtner«, flüsterte Vittorio und suchte erneut ihren Mund.

Doch Betta löste sich von ihm und versuchte, ihre Gefühle zu zügeln. Sie waren gerade ein ziemliches Risiko eingegangen. Statt dem Gärtner hätte sie auch Margherita oder, noch schlimmer, eines der Kinder überraschen können. Niedergeschlagen und voller Scham ließ sie sich auf eine alte Steinbank sinken. Einen Moment lang wusste sie nicht, ob sie lachen oder weinen sollte. Diese Nachlässigkeit hätte sie im Handumdrehen ihre Arbeit und ihre Glaubwürdigkeit kosten können. An die eventuellen Konsequenzen wollte sie lieber gar nicht denken.

»Wer auch immer es gewesen sein mag, es war ein Zeichen«, sagte sie und richtete ihren besorgten Blick auf ihn. »Jedes Mal hat das Schicksal seine Hand im Spiel und zeigt uns, dass wir das hier lieber nicht tun sollten, nein, es schreit uns an. Und wenn wir seine Warnungen ignorieren, handeln wir wie verantwortungslose Idioten. Kehren wir also besser zurück zur Party.«

Vittorios Einwände gingen ins Leere. Betta erhob sich und marschierte zurück in Richtung Haus. Schweren Herzens war er ihr gefolgt.

Genau das war auch der Grund, warum Vittorio sich nicht von der fröhlichen Stimmung anstecken ließ, die seine Gäste hingegen erfasst hatte. Nicht einmal der Anblick seiner Kinder, die auf den Picknickdecken lagen und mit ihren Freunden plauderten, als müssten sie nicht langsam die Segel streichen und sich verabschieden, weil es bereits nach acht war, konnte ihn trösten. Wie gerne wäre er zu Betta gelaufen, hätte sie in den Arm genommen, sie geküsst, hätte darüber gescherzt, auf welch magische Weise es ihr immer gelang, diesen Ort neu zu interpretieren, den er selbst so sehr liebte, doch stattdessen musste er Margheritas Tiraden lauschen, die, angegriffen durch einen ganzen Tag im Freien, nichts als jammerte, ob nun wegen der Mücken oder der drückenden Schwüle.

Zum wohl tausendsten Male in den vergangenen Monaten kam ihm wieder die Inschrift in den Sinn, die über dem Eingang der Bäckerei del Forte hing: »Wenn dir einer deine Frau ausspannt, dann ist die beste Rache, sie ihm zu lassen.«

Klar – bloß: Wer würde ihm jemals Margherita ausspannen?

Tito schaute widerwillig die Mailingliste für die Einweihungsparty durch, offenbar gewillt, seinen Beitrag zu den Vorbereitungen zu leisten.

»Was genau hast du eigentlich im Sinn? Ein Fest für ein paar lieb gewonnene Freunde oder ein unvergessliches Event?«

Betta, die an ihrem Schreibtisch im Weißen Salon saß, warf ihm einen frustrierten Blick zu.

»Noch mal? Jetzt stellst du mir schon zum vierten Mal die gleiche Frage! Es soll beides sein: eine große Party, aber mit Herz. Natürlich werden wir auch Journalisten einladen, aber vor allem möchte ich unsere Gäste, Freunde, Freunde von Freunden und die Freunde von Gästen und Kunden dabeihaben. Einladungen über Einladungen, Tito: an alle

PR-Damen in Mailand, an Architekten, Designer, Eventbüros, potenzielle neue Kunden. An alle, aber wirklich alle, die wir erreichen können.«

»Dann gibt es also auch Essen und Wein bis zum Abwinken?«

»Klar. Nur wenige Sachen, um die Kosten in Grenzen zu halten, aber mit viel Geschmack. Ich bin mir sicher, du wirst etwas ganz Besonderes auftreiben. Bring mich zum Staunen, ich bitte dich! Ich weiß, dass du das kannst.«

»Ich würde dir einen Käse empfehlen, der mit Barolo verfeinert ist, außerdem eine Galantine aus Huhn mit Pistazien und Trüffel. Nein, noch besser, ich mach was Besonderes und kaufe weißen Trüffel. Ist das besonders genug für deinen verfeinerten Gaumen?«

Betta hasste dieses Glibberzeug mit Huhn, aber es war nicht der Moment, um heikel zu sein.

»Klingt perfekt«, antwortete sie nachgiebig.

»Couscous?«

Nein, nicht schon wieder! Wenn Blicke töten könnten …

»Warum nicht stattdessen Focaccia direkt aus dem Ofen? Dann vielleicht noch Gemüsefrittata, diese besondere, die Marcello immer macht, und dazu Pinzimonio, mariniertes rohes Gemüse, und unsere wundervolle Bresaola von Pandini – wäre das nicht besser?«

Er zappelte auf seinem Stuhl herum. »Aber das kostet mich ein Vermögen!«

»Es ist eine Investition, Tito. Eine Investition in unsere Zukunft. Und außerdem – hast du mir nicht immer gesagt, dass man vielleicht Sponsoren finden könnte? Dass du Freunde hast, die Wein und Käse produzieren und uns liebend gerne zu Hilfe kommen?«

»Na ja, Freunde würde ich nicht gerade sagen. Mittlerweile werden sie bezahlt, aber du weißt ja, wie das bis vor Kurzem war. Ich …«

»Versuch's. Ich bitte dich nur, es zu versuchen. Wenn es dann nicht klappt, finden wir eine andere Lösung.«

Tito erhob sich, sichtlich zögernd, und Betta schaute ihm hinterher, bis er das Zimmer verlassen hatte. Mit dieser Art von Begeisterung würde er nicht viel zustande bringen, und wie gewöhnlich würde dann wieder sie einspringen müssen. Allein der Gedanke machte sie müde.

Männer, dachte sie entmutigt. Da meint man, es sei Verlass auf sie, und am Ende muss man doch alles wieder selbst machen …

Sie spürte, wie schon jetzt die ganze Energie, die sie während des Sommers aufgetankt hatte, wieder am Schwinden war, und so war ihre Erleichterung umso größer, als sie Tito ein paar Stunden später zurückkehren sah. Gegen alle Erwartungen hatte er Rotwein und Weißwein ergattert, außerdem Salami von Varzi, rohen und gekochten Schinken aus Parma sowie ein paar Fläschchen erlesene Balsamico-Creme.

»Schmeckt köstlich mit Erdbeeren, richtig süß, und ich dachte, das könnte *besonders* genug sein«, schloss er, ein wenig aufmüpfig.

»Das hast du toll gemacht«, antwortete sie, ohne auf seinen spitzen Ton zu achten, wobei sie weiter auf den Computermonitor starrte, wo die Grafik für die Einladung zu sehen war. »Siehst du, wie überzeugend du sein kannst, wenn du nur willst?«

»Oh, klar, aber ich musste versprechen, dass ich weiterhin ihre Produkte kaufe, etwas, das ich von jetzt auf nachher möglicherweise gar nicht allein entscheiden kann. Vielleicht muss ich den großen Anwalt fragen, ob er damit einverstanden ist, jetzt, wo er hier das Sagen hat …«

Tito hatte den Satz noch nicht zu Ende gesprochen, als ihm bewusst wurde, dass er sich verplappert hatte. Am liebsten hätte er sich auf die Zunge gebissen und sie verschluckt. Verflixt und zugenäht! Jetzt war es sicher besser, schnell das Weite zu suchen und inständig zu hoffen, dass Betta nicht zugehört hatte, was er sagte. Was im Übrigen öfters vorkam.

Er brummelte etwas vor sich hin, tat so, als würde er dringend in der Küche gebraucht, und ließ Betta vor ihrem Computer zurück.

Ja, diese Website bot wirklich jede Menge Möglichkeiten, Einladungen selbst zu entwerfen, dachte sie. Das war nicht schwer, das konnte sie schaffen. Außerdem wollte sie ja sowieso etwas ganz Einfaches. Dann musste man die Dinger nur noch irgendwo billig drucken lassen, und schwuppdiwupp auf die Post mit ihnen, oder man schickte sie gleich per Mail, und dann … Moment mal. Anwalt? Was für ein Anwalt? Was hatte Tito da gefaselt? Sie kannte nur einen einzigen Anwalt, über den er mit solcher Bitterkeit gesprochen hätte, doch D'Arsi war nur ein Gast, ein Gast wie viele. Vielleicht war er ja wichtiger und reicher als andere, aber …

Sie musste sich verhört haben. Das konnte nicht sein. Es *durfte* nicht sein. War es denn möglich, dass …? Auf einmal wurde ihr schwindelig.

Dann war das Geld von D'Arsi? *Er* hatte ihnen unter die Arme gegriffen?

Sie stand so abrupt auf, dass ihr Stuhl umkippte. Durch die Fensterfront sah sie, wie Tito mit dem Wagen davonfuhr.

Feiger Hund, du! Und ein Lügner noch dazu, dachte Betta und rief ihn auf dem Handy an, das natürlich ausgeschaltet war.

Sie setzte sich an den Tresen der Bar und stützte den Kopf in die Hände. Sie selbst wusste nicht, ob sie von dem, was sich durch Titos Verhalten zu bestätigen schien, erschüttert oder aber wütend auf ihn sein sollte, weil er sie betrogen und getäuscht hatte.

Violetta stellte ihr einen Koffeinfreien mit einem ordentlichen Schuss von ihrem Lieblingsschnaps vor die Nase.

»Du siehst so aus, als könntest du einen schönen Corretto brauchen«, sagte sie, herzlich wie immer.

Betta schaute sie wortlos an.

Erst nach einer Weile fand sie ihre Sprache wieder. »Es ist etwas Schreckliches passiert.«

»Und zwar?«, fragte das Mädchen seelenruhig.

»Weißt du, wer die Schulden des Restaurants bezahlt hat? Und wem das Geld gehört, mit dem wir gerettet wurden?«

Violetta wurde kreidebleich. »Na, Costanza, oder?«, erwiderte sie prompt. Doch ihre Stimme zitterte. Betta schaute sie prüfend an, wie ein Richter, der einen Verdächtigen vor sich hat.

»Lüg mich bitte nicht an. Nicht du auch noch. Du bist die Einzige, die ich fragen kann.«

Violetta stellte das Tablett ab, das sie in der Hand hatte, und schaute sie mit ernster Miene an.

»Frag Tito. Er ist derjenige, der es dir sagen muss. Nicht ich.«

Betta war wie versteinert. Dann stimmte es also. Es stimmte wirklich!

»Das würde ich ja, aber er gibt mir keine Antwort«, gab sie wütend zurück. »Er ist einfach fortgegangen. Das hast du ja gesehen. Vor heute Abend ist er nicht zurück, und bis dahin kann ich nicht warten. Ich muss es jetzt wissen. Das Geld kommt von D'Arsi, stimmt's?«

Violetta sah aus wie eine Wachsstatue. »Wirklich, Betta, ich kann dir nichts sagen.«

»Sicher kannst du das. Und du hast es soeben bereits getan.«

Betta kippte den Kaffee auf einen Satz herunter, obwohl ihr die kochend heiße Flüssigkeit Mund und Kehle verbrannte. Es war ein glühender Schmerz, der sie in die Realität zurückholte. Was hatte es für einen Sinn, ihre Wut an Violetta auszulassen? Mit lichterloh brennendem Herzen kehrte Betta in den Weißen Salon zurück.

Alle wussten es, außer ihr! Alle! Vielleicht sogar Marcello. Meine Güte, wie blöd war sie eigentlich, dass sie darauf nicht selbst gekommen war! Zweifel daran, dass Costanza die Geldgeberin gewesen war, hatte sie schon immer gehabt. Aber so feige, wie sie war, hatte Betta lieber ihren Lügen geglaubt! Es war viel einfacher, sich nicht allzu viele Fragen zu stellen. Und bequemer zu denken, dass sich alles wie durch ein Wunder geregelt hatte. Wie konnte diese Frau nur … wäre sie ihr in diesem Moment in die Finger geraten, hätte sie ihr das Gesicht zerkratzt, so wütend war sie. Sie und ihr vermaledeiter Liebhaber!

Dann war also der Teufel höchstpersönlich ihr Retter! Dieser unerträgliche, arrogante, anmaßende D'Arsi, der eingebildetste Mensch, der ihr je begegnet war, derjenige, der sie vor den Augen aller bloßgestellt hatte, war in Wirklichkeit ihr Schutzengel. Und wenn sie jetzt hier sitzen konnte, in ihrem Weißen Salon, um ihr Fest zu organisieren, dann nur dank seines Eingreifens. Auf einmal kam ihr wieder sein lächelndes, freundliches Gesicht in der Pasticceria Mastai in den Sinn.

Damals war er ihr nicht wie ein Monster vorgekommen.

Und wahrscheinlich war er auch keins. Vielleicht war ja der Dünkel, mit dem er auftrat, auch nur eine Maskerade, wie eine Mauer, hinter der er sich vor der Welt verschanzte. Konnte es denn möglich sein, dass sich hinter seiner Kälte auch nur eine scheue und zurückhaltende Seele verbarg? Jedenfalls war er nicht losgezogen und hatte ihr seine Großzügigkeit auf die Nase gebunden, nein, niemals hatte er auch nur etwas angedeutet. Bis auf jene Viertelstunde bei Mastai hatte er sich in ihrer Anwesenheit eigentlich benommen wie immer.

Fast war es noch demütigender zu wissen, dass man bei jemandem in der Schuld stand, den man bislang verachtet hatte und dem man seine Schuld niemals zurückzahlen konnte. Je mehr Betta darüber nachdachte, desto größer wurde ihr Unbehagen, und auch wenn sich in ihr ein Fünkchen Anerkennung und Hochachtung vor D'Arsi regte, wollte sie sich einfach nicht eingestehen, dass sie diesen Mann falsch eingeschätzt hatte. Dabei konnte sie nicht umhin, wieder daran zu denken, wie er das Sahneteilchen verspeist hatte, an die Creme in seinem Schnurrbart, die Krümel auf seinem blauen Polohemd, an die Schachtel Kekse, die er ihr geschenkt hatte, an die Galanterie, mit der er ihr die Wagentür aufgehalten hatte, an seinen Gruß, als er sie kurz darauf überholte, und an viele andere kleine Details, die sie übersehen hatte und an die sie sich nun erinnerte, eins nach dem anderen, wie Bilder, die sie sich eingeprägt und im Schrank ihrer Erinnerung abgelegt hatte.

Vielleicht hatte der Mann ja wirklich auch seine guten Seiten, und möglicherweise gehörten Edelmut und Zurückhaltung dazu.

Wäre sie doch bloß keine so dumme und voreingenommene Gans gewesen!

Violetta betrat den Raum und setzte sich mit gesenktem

Blick vor sie an den Schreibtisch. »Jacopo hat mir das Versprechen abgenommen, dass ich es dir nicht sage.«

»Warum? Warum sollte ich es denn nicht wissen?«, fragte Betta.

»Weil sein Vater es nicht wollte. Er wollte nicht, dass es überhaupt irgendjemand weiß.«

»Ich bin nicht irgendjemand! Ich bin Titos Teilhaberin.«

»Frag mich nicht nach Dingen, die ich nicht weiß, Betta. Aber ich bin froh, dass du jetzt endlich die Wahrheit kennst. Es ist mir schwergefallen, etwas vor dir geheim zu halten.«

Mit diesen Worten ging Violetta hinaus, still und leise wie immer, und ließ Betta zurück, die von so viel Feingefühl gerührter war denn je.

Liebe Betta,
leider sehe ich mich durch anderweitige Verpflichtungen außerstande, an Ihrem Einweihungsfest teilzunehmen.
Ich bin mir sicher, der Abend wird ein großer Erfolg.
Bis bald!
Der Anwalt vom Donnerstag

Das Brieflein wurde ihr persönlich ins Restaurant gebracht, auf dem Umschlag stand als Absender nur »Mediobanca«. Betta las das Schreiben gleich zweimal. »Liebe Betta«, stand da, nicht etwa »Liebe Signora Betta« oder gar »Sehr verehrte Betta«. Nein: »Liebe Betta«. Konnte das denn wirklich D'Arsi geschrieben haben? Und konnte unter all den Einladungen, die sie stets mit einem freundschaftlichen, unverbindlichen »Ich freue mich, wenn du kommst. Betta«, unterschrieben hatte, versehentlich auch die gewesen sein, die an den Anwalt adressiert war?

Sie konnte es kaum glauben, doch es war unmissverständlich, was passiert war. D'Arsi musste die falsche Einladung bekommen haben. Die, die er bekommen hatte, hatte sie ihm höchstpersönlich geschickt, und sie hatte ihn, der ihre Bude und damit sie alle gerettet hatte, darin ganz nonchalant geduzt! Als hätten sie schon Schafe miteinander gehütet …

Ein weiterer Beweis dafür – wenn es denn überhaupt eines solchen bedurfte –, wie blöd sie gewesen war. Blöd hoch drei! Doch auf gar keinen Fall konnte sie ihm jetzt zurückschreiben und sich für so viel unerwünschte Vertraulichkeit entschuldigen; das hätte alles nur noch schlimmer gemacht.

Es wird schon eine Möglichkeit geben, alles zurechtzurücken, sagte sie sich immer wieder, und legte den Kopf in die Hände. So blieb sie den ganzen Vormittag sitzen und brütete vor sich hin, ließ ihr Mittagessen in der Küche kalt werden und vermied jeden Kontakt mit dem Rest des Restaurants; selbst die Grüße ihrer Lieblingsgäste nahm sie heute nicht entgegen. Bis schließlich Marcello anklopfte und mit ihr über das Menü der Einweihungsparty sprechen wollte. Er nahm vor ihr Platz, offenbar entschlossen, nicht zu weichen, bis er das Gewünschte von ihr bekommen hatte. Schließlich hatte er jede Menge Dinge zu bestellen, und wenn Betta sich so seltsam benahm, musste er die Dinge eben selbst in die Hand nehmen.

Mit einem Seufzer machte sie sich wieder an die Arbeit.

Die Mittagsschicht war fast vorüber, und das Restaurant leerte sich. Im anderen Saal scherzte Tito mit ein paar weiblichen Gästen und verabschiedete sich von einigen seiner weiblichen Fans, die offenbar über seinen neuen Beziehungsstatus nicht im Bilde waren, mit seinem *Stay beautiful!*

Früher oder später würde sich die Gelegenheit bieten, sich

bei D’Arsi zu entschuldigen und alles wiedergutzumachen, und Betta würde alles daransetzen, sich diese Chance nicht entgehen zu lassen.

Es kamen jede Menge Leute zur Party, und sie waren überall: auf der Straße, im Innenhof, im Restaurant. Auf die Einladungen waren viele Zusagen gekommen, und Betta und Tito hatten alle Hände voll zu tun, die Gäste zu begrüßen. De Van war unter den Ersten gewesen, in Begleitung einer farblosen Dreißigjährigen, die er nicht einmal vorstellte. Er sei in Eile, sagte er, denn im Palazzo Reale gebe es eine Vernissage zur Ausstellung eines Künstlers, den Betta nicht kannte und dessen Namen sie nicht richtig mitbekam. Danach stehe auch noch ein Cocktailempfang beim Bürgermeister an, bei dem De Van natürlich auch nicht fehlen durfte.

»Natürlich nicht«, antwortete Betta, die mit einem Erscheinen ihres Verflossenen gar nicht gerechnet hatte.

»Du siehst blendend aus, wie immer. Nein, noch mehr als das.«

»Jetzt komm, Silvio, das sagst du immer, lass dir mal was anderes einfallen«, erwiderte sie, freute sich aber, dass er vorbeigekommen war.

»Es ist aber wirklich so. Na gut, hör mal, dieses Mal hat es mit uns nicht funktioniert, aber versprich mir, im nächsten Leben wirst du mich heiraten.«

Betta war so guter Laune, dass sie es ihm fast versprochen hätte, wäre da nicht sein Handy gewesen, das wie üblich klingelte und klingelte. De Van trat beiseite, um dranzugehen, dicht gefolgt von seiner blassen Begleiterin.

Eine Viertelstunde später war die Party in vollem Gange. Aus der Küche kamen ohne Unterlass ofenwarme Focacce und Platten mit aufgeschnittener Salami und Käse jeglicher Art. Der Wein floss in Strömen, und im Weißen Salon war ein großer Tisch aufgebaut, auf dem mehrere Schalen riesiger, reifer Erdbeeren lagen, die man in die kostbare Balsamico-Sauce tunkte.

Die fröhliche Stimmung und das Getümmel hatten auch viele Passanten angelockt, die eintraten und sich unter die Menge mischten. Der Andrang war so groß, dass man kaum mehr durchkam: Alle aßen und tranken, Violetta an der Bar wurde praktisch überrannt.

Ein einziger Tisch bildete eine Ausnahme in dem Trubel. Ein abgespecktes Grüppchen von ewigen Bewunderinnen (die sich irgendwann allerdings damit abgefunden hatten, dass Tito in festen Händen war) hatte den einzig verfügbaren Tisch gekapert. Wenn sich jemand ihm näherte oder auch nur sein Glas abstellte, wurde er gebeten es wegzunehmen, als wäre der Tisch Privateigentum der Frauen. Um sich eine angemessene Position zu verschaffen, waren sie sogar vor dem offiziellen Einlass erschienen und traten nun, obwohl sie einander aus naheliegenden Gründen nicht ausstehen konnten, als Gruppe auf und verscheuchten alle Geschlechtsgenossinnen, besonders wenn sie ansehnlich waren. Und Betta natürlich erst recht – sie, die Rivalin und Usurpatorin, die sich hier eingenistet und es gewagt hatte, alles umzukrempeln, einschließlich – was der Gipfel der Amtsanmaßung war! – des Namens *ihres* Restaurants. Wäre Betta nicht gewesen, dann hätte Tito bis heute noch sein *Heaven's Gate*, er hätte Zeit, bis in die späten Abendstunden mit ihnen zu plaudern, sich ihre Storys anzuhören und sie zu trösten.

Der Glamour des Abends ärgerte diese Frauen mindestens ebenso, wie die Tristesse des *Heaven's Gate* Betta genervt hatte, die sich nun mit größter Selbstsicherheit inmitten der Gäste bewegte, hier plauderte, dort lachte und ihnen die Fotos erläuterte, die sie an den Wänden aufgehängt hatte und die die besonders gelungenen Speisen und Dekoideen eines Jahres Catering zeigten.

Nur ein einziges Jahr, und die Wand hing bereits voller Erinnerungen!

Sie stand gerade mit Simone Saraceni vor dem Bild der Zuckerkugeln vom Fest Verniers während der Möbelmesse, als sie spürte, wie Unruhe im Restaurant aufkam. Es wurde geflüstert, Köpfe drehten sich, manche riefen sogar etwas überrascht aus und stießen sich an. Als Betta sich umschaute, um festzustellen, wer der Urheber dieser Unruhe war, fiel ihr Blick auf das gut aussehende Gesicht eines Mannes, der ihr seltsam bekannt vorkam. Ein Paar lächelnde braune Augen, ein Kopf voller kastanienbrauner Locken, die leicht mit Grau durchzogen waren. Ja, der sah doch auf verblüffende Weise aus wie … konnte das sein, nein … doch: Es war Colin Firth. Wer hatte den denn zu ihrer Einweihungsparty mitgebracht? Und wie schön er war! Betta zitterten die Beine. Colin Firth! Er, kein anderer als er, kam in Fleisch und Blut zu ihrer Einweihungsparty!

Betta nahm all ihren Mut zusammen und ging ihm entgegen, um ihn willkommen zu heißen. Er hatte ein Glas Rotwein in der Hand und machte ihr prompt in typisch englischer Höflichkeit ein Kompliment zu seiner Qualität. Ja, und er könne es kaum erwarten, auch diesen einladenden Schinken zu probieren; schließlich sei er mit einer Italienerin verheiratet und durchaus vertraut mit derlei Köstlichkeiten.

»Vielleicht können wir Sie ja mit unserer Bresaola überraschen«, riet ihm Betta. »Ich bin mir sicher, Sie werden einen

Unterschied zu dem bemerken, was man sonst so serviert bekommt.«

Woraufhin sie ihm, wie eine erfahrene Schauspielerin, die ihren Text abgeliefert hatte und von der Bühne abging, ein warmherziges Lächeln schenkte und ihn der Aufmerksamkeit der anderen Gäste überließ, nicht ohne vorher ein paar Selfies mit ihm zu machen, die sie nach dem Fest auf ihre Seite in Facebook stellen wollte.

Der Märchenprinz par excellence, der Mann, von dem jede Frau jeder Generation spätestens ab der Verfilmung von *Stolz und Vorurteil* geträumt und den sie angehimmelt hatte: der etwas ungehobelte und trotzdem liebenswerte, großzügige, leidenschaftliche Mr. Darcy war zu ihrem Fest gekommen, er hatte ihren Wein getrunken, ihr Essen probiert und es aufrichtig gelobt. Das konnte und musste ein Wink des Schicksals sein, der nur Gutes verhieß: Ab jetzt würde es nur noch bergauf gehen!

»Täusche ich mich, oder ist Costanza heute nicht hier?«, fragte Betta Tito ein wenig boshaft am Ende des Festes, als sie todmüde, aber noch immer voller Adrenalin ob der vielen Zuneigungsbekundungen im Innenhof saßen und mit Marcello und den Serviceleuten auf den erfolgreichen Abend anstießen.

Er sah sie fast empört an. »Wie kommst du denn darauf, dass sie bei dem Durcheinander, das heute passiert ist, die Zeit finden könnte vorbeizuschauen? Hast du etwa nicht gehört, was die Nachricht des Tages ist? Die PUF ist bankrott! Man redet von nichts anderem mehr! Einer der wichtigsten Verbände der Lebensmittelindustrie steht von einem Moment auf den anderen vor der Pleite, eingestürzt wie ein Kartenhaus!«

»Und?«, fragte Betta, in der Erwartung, er würde sie sogleich darüber informieren, was das Ganze mit Costanza zu tun hatte.

Tito seufzte, als hätte er ein kleines Mädchen vor sich, dem man sogar die offensichtlichsten Dinge erklären musste.

»Man sieht wirklich, dass du mit der Scala nicht viel am Hut hast«, besaß er die Unverschämtheit, ihr zu erklären, als wäre das Foyer der bedeutendsten Oper der Welt auf einmal sein Esszimmer. »Die PUF war der Hauptsponsor der Premiere zur Eröffnung der Saison. Du kannst dir vorstellen, was für ein Chaos da jetzt herrscht. Es besteht sogar die Gefahr, dass die Premiere platzt!«

Die Premiere – platzen? Betta glaubte nicht an so eine Möglichkeit. Und sie konnte sich nicht erinnern, dass etwas Derartiges jemals geschehen war.

Wenn es etwas gab, auf das man in ganz Italien stolz war, dann war es dieses Ereignis von weltweiter Bedeutung. Sie musste sich auf der Stelle informieren, was genau passiert war, denn sie war von ihren Problemen so sehr in Beschlag genommen gewesen, dass alles andere zweitrangig geworden war, selbst die wichtigsten Nachrichten.

Später, zu Hause, schaute sie begierig mehrere Nachrichtensendungen. Und tatsächlich sprach man von nichts anderem als diesem wirtschaftlichen Desaster, und als sie daran dachte, was Tito ihr gesagt hatte und wie Costanza sich fühlen musste, lief es ihr trotz der Hitze eiskalt über den Rücken. Sie musste sie unbedingt anrufen, versuchen, sie zu trösten, doch das Telefon ihrer Freundin war ausgeschaltet. Ganz spät in der Nacht, als sie endlich zu Bett gegangen war, fiel ihr auf einmal siedend heiß ein, wie unpassend möglicherweise ihre Party gewesen war. In einer Zeit der schwerwiegenden wirtschaftlichen Krise, in der Italien praktisch in die Knie gezwungen worden war, konnte man all diese Feiern durchaus als ein Zeichen der Tollkühnheit interpretieren. Einen Affront gegen alle, die momentan unter der Geldknappheit und der allgemeinen Verunsicherung und Sorge litten.

Betta wurde so sehr von Schuldgefühlen geplagt, dass sie sich im Bett hin und her wälzte und am Ende, weil sie nicht schlafen konnte, aufstand und im Zimmer auf und ab ging. Auf dem Tisch lag immer noch die Ausgabe des *Corriere*, die sie aus dem Restaurant mitgebracht hatte, und in der, gleich auf der zweiten Seite, ein Statement des Präsidenten abgedruckt war. Sein Appell an die Nation. Die Geldgier und Unehrlichkeit im Lande seien zu groß, sagte er, das Land müsse reagieren und sich die Anerkennung und den Stolz zurückerobern, die es verdiene. Er baue auf alle Unternehmer, ob klein oder groß, sich nicht geschlagen zu geben.

Gut. Auch Betta war Unternehmerin. Mit ihrer Arbeit und dem größten Engagement, dessen sie fähig war, hatte sie ihren Teil zur Wiedergeburt des Landes beigetragen. Als sie endlich zu Bett ging, fühlte sie sich deutlich besser. Gleich morgen würde sie Costanza anrufen, um zu erfahren, ob der Zusammenbruch tatsächlich unvermeidbar war, und ihr in jeder nur erdenklichen Weise unter die Arme greifen. Sie würde in Aktion treten, würde all ihre Freundinnen in den PR-Abteilungen um Hilfe bitten, an die Tür jedes Modehauses klopfen, jedes Designstudios, bei jeder Firma, die sie kannte, und auch bei denen, die sie nicht kannte. Zusammen mit Costanza würde sie eine Liste erstellen, mit der sie arbeiten konnten. Ein paar Kontakte hatte sie schließlich auch, und nicht zu knapp! Als sie endlich einschlief, war sie wie beseelt von einem Patriotismus, den sie bis zu diesem Moment nicht gekannt hatte.

Nein. Die Eröffnung der Opernsaison durfte und würde nicht ausfallen.

Costanza war sehr aufgewühlt, als Betta sie endlich an der Strippe hatte. Sie dankte Betta für ihre Anteilnahme und versicherte ihr, sie werde ihre Vorschläge in Betracht ziehen, doch jetzt müsse sie weiter, denn eine außerordentliche Sitzung stehe an. In den Büros der Scala herrsche helle Aufregung. Der Intendant wisse nicht mehr, was er tun solle, er habe nicht die blasseste Ahnung, woher er diese verdammten Gelder kriegen solle, zumal der Bürgermeister, kraft seines Amtes als Vorsitzender des Verwaltungsrates der Scala, eine außerordentliche Sitzung habe einberufen müssen, nachdem ein weiteres Loch in der Kasse entdeckt worden war, das mit größter Dringlichkeit gestopft werden müsse. Wie durch eine Fügung des Schicksals war ihm das zwar gelungen, indem er eine stattliche Summe aus einer Quelle außerhalb des Budgets angezapft hatte, doch durch den unerwarteten Crash war auch diese Intervention umsonst gewesen. Wo zum Teufel sollten sie das Geld für die Gehälter herbekommen? Belegschaft wie auch Orchestermitglieder gingen auf die Barrikaden, und die Angst vor einem Streik anlässlich der renommiertesten (wie auch kostspieligsten) Veranstaltung des Jahres war mittlerweile mehr als nur eine vage Befürchtung.

Avvocato D'Arsi, der Vizepräsident des Verwaltungsrates, war überaus besorgt.

Es sei nicht leicht, eine so hohe Summe mir nichts, dir nichts aufzutreiben, sagte Costanza, denn wo auch immer sie sich hinwandte, seien die Geldhähne bereits zugedreht. Der Staat, das Kulturministerium, besondere Stiftungen für die Aufführungskünste, die Stadt Mailand, dic Region, die Provinz, verschiedene Banken, andere große Sponsoren: bei allen Fehlanzeige, niemand sei in der Lage, noch einen Euro mehr herauszurücken.

Costanza hatte es überall probiert und wollte jetzt ihre letzte Karte ausspielen: einen tränendrüsenreifen Appell an die Vereinigungen der Mäzene der Mailänder Oper, wie die *Amici della Scala* oder *Milano per la Scala*. Doch die Zuschüsse, die benötigt wurden, waren erschreckend hoch und die Zeit, die ihnen zur Verfügung stand, äußerst knapp.

Je mehr Zeit ins Land ging, desto verzweifelter wurde Costanza. Doch es war Tito, der, weil es ihn schmerzte, sie in diesem Zustand zu sehen, mit einer Idee kam, die, so vage sie noch war, doch zumindest einen Teil ihres Problems lösen könnte.

»Und wenn wir Drums um Hilfe bitten?«, schlug er vor, während er ihr eine Graupensuppe kochte, die sie hinterher ganz bestimmt nicht essen würde. »Was sind denn für ihn schon ein paar Millionen Euro?«

Auf einmal war Costanza hellwach. Daran hatte sie noch überhaupt nicht gedacht! Etwas Derartiges war ihr einfach nicht in den Sinn gekommen. Wie überrollt von den Ereignissen hatte sie den amerikanischen Multimillionär vollkommen vergessen!

»Glaubst du denn, er könnte interessiert sein?«

»Bist denn nicht du es gewesen, die ihm gesagt hat, wer sich für die Scala einsetzt, der geht in die Geschichte ein? Und mir schien er sehr gewillt zu sein und auch fasziniert von deinen Worten.«

Costanza probierte einen Löffel der Suppe direkt aus dem Topf. Sie war gut. Nein, sie schmeckte wunderbar. Plötzlich hatte sie einen Bärenhunger. Seit wie vielen Tagen trank sie eigentlich nur noch Kaffee und brachte nichts anderes herunter?

»Ich könnte es versuchen«, sagte sie und umarmte ihn. »Sicher kann ich D'Arsi nichts davon erzählen, der momentan an anderen Fronten kämpft und mir bestimmt sagen würde, ich solle warten, aber ich glaube, er wird trotz seines Einflusses in dieser Sache nicht mehr viel ausrichten. Und dabei verlieren wir kostbare Zeit.«

Je mehr Costanza darüber nachdachte, umso plausibler kam ihr die Idee vor. Drums hatte die Möglichkeiten, er war ehrgeizig und entschlossen genug, um einen entsprechenden Vorschlag in Betracht zu ziehen; außerdem war er ein pragmatischer Mensch. Von ihm würde es ein klares Ja oder Nein geben. Und Costanza hatte nichts zu verlieren.

Tito wusste, dass er möglicherweise tatsächlich einen Durchbruch erzielt hatte, und nickte zufrieden. »Hör einfach auf den alten Tito, und *stay beautiful*!« Mit diesen Worten gab er ihr ein Küsschen auf die Wange und servierte die Suppe.

Pünktlich um Mitternacht, nachdem sie sich genauestens vorbereitet hatte, rief Costanza Drums an. Das Telefonat war kurz, bündig, nüchtern. Eine klare Darstellung der Fakten, ohne Mitleid zu heischen, und die Bitte um genügend Geld, um das Problem zu lösen.

Drums zeigte keinerlei Regung, als er die Summe hörte. Sein Ja kam auf der Stelle, und es kam aus Überzeugung. Er fühle sich geehrt von ihrer Anfrage und danke ihr für die Gelegenheit. Er brauche nur noch ein wenig Zeit, um die Dinge zu regeln, dann komme er nach Italien, vermutlich innerhalb der ersten Oktoberwoche.

Es hatte etwas Unglaubliches, wie in einem Film, einer dieser zuckrigen amerikanischen Komödien mit Happy End, doch es passierte wirklich.

Drums kam tatsächlich pünktlich zur Vertragsunterzeichnung. Auch D'Arsi persönlich und mehrere andere Mitglieder des Verwaltungsrates waren hinzugezogen worden, und eine Stunde später war der Geldtransfer bereits erledigt. Drums' einzige Bitte war, dass sich die Beratungsgesellschaft McKinsey um alle Details kümmern würde, einschließlich der Erstellung eines strategischen, dreijährigen Plans zum Schutz der Konten. Eine Forderung, der nur allzu gerne nachgegeben wurde.

D'Arsis Einladung, die Einigung mit einem Essen bei *Boeucc* zu feiern, schlug Drums zugunsten seiner Freunde aus, die ihn gespannt bei *Più dolce* erwarteten. Drums war stolz wie ein Spanier und sich dessen, was Betta, Tito und Costanza geleistet hatten, durchaus bewusst. Nachdem sie alle angestoßen hatten, lud er sie zur Premiere ein. Er habe gerade eine Million Euro ausgegeben, da sei ihm doch wohl eine kleine Einladung gestattet, oder?

Betta war vor Begeisterung aus dem Häuschen. Für nichts in der Welt würde sie sich den Anblick von Tito im Smoking entgehen lassen!

Alles lief auf Hochtouren, vor allem für Betta, denn es galt, wieder Routine ins Catering zu bringen. Dafür sorgte der Oktober mit seinen vielen Press Days, den Showroom-Präsentationen für PR und Presse.

Zu den üblichen Kunden aus der Modebranche waren auch ein Juwelier aus Montenapoleone, ein Showroom für Handtaschen sowie ein exklusiver Florist gekommen, der eine neue Filiale an der Via Manzoni eröffnete.

Mittlerweile waren es fast zwei Events pro Woche, und Betta war im siebten Himmel. Eine neue Idee für jede Präsentation zu entwickeln war nicht das Problem: Manchmal dachte sie, ihr Kopf sei wie eine riesige Wiese, auf der immer neue Ideen sprossen. Es genügte ihr der Besuch einer Ausstellung, der Blick in ein Schaufenster oder auf eine Seite in einer Zeitschrift. Anregungen gab es überall, man musste nur wissen, wie man sie sammelte und für sich nutzte. Doch für die Realisierung ihrer Ideen und die Organisation, das wusste sie, würde sie bald Unterstützung durch eine Assistentin brauchen.

Violetta tat, was sie konnte, um ihr zu helfen, doch die Arbeit im Restaurant ließ ihr nicht genügend Zeit. Irgendwann fiel Betta jedoch Beatrice ein, die Tochter ihres Steuerberaters, die sie vor mehr als einem Jahr während des Castings auf der Suche nach Kellnern kennengelernt hatte. Für diese Arbeit war das Mädchen weder besonders geeignet noch war sie allzu sehr daran interessiert gewesen, doch Beatrice war unheimlich geschickt mit den Händen: Während des Bewerbungsgesprächs hatte sie ganz nebenbei aus einem Stück Seidenpapier eine wunderschöne Rose gebastelt. Damals konnte sich Betta keine Assistentin leisten, doch mittlerweile kam etwas mehr Geld herein, und so konnte sie ihr, wenigstens für den Anfang, eine Hospitanz anbieten.

Betta rief sie an, um sie zu fragen, ob sie Lust habe, im Restaurant vorbeizukommen, und Beatrice zeigte sich sofort bereit. Nach der Einweihungsparty hatte Betta wieder ihren Schreibtisch in Beschlag genommen, auch wenn sie mittlerweile nicht mehr allein über den Salon verfügen konnte und gezwungen war, ihre handwerklichen Arbeiten in eine Kammer im Keller auszulagern.

Unter der neuen Leitung war es zur unabdingbaren Priorität geworden, dass sie ihren Umsatz steigerten, und Tito war unerbittlich: Er brauchte mehr Tische und deshalb auch mehr Platz.

Während im Salon ein Paar mit einem Kleinkind im Sportwagen sein Mittagessen beendete, zeigte Betta Beatrice Fotos von der jüngsten Kollektion ihres neuen Kunden, der Handtaschenmanufaktur, und erklärte ihr, was sie im Sinn hatte: Hunderte von winzigen Täschchen aus Pappkarton und Stoff- und Lederresten, die den Stil der Originalmodelle genau aufnahmen, so klein, dass sie in eine Handfläche passten. Womit sie sie füllen wollte, wusste sie noch nicht – vielleicht mit Minipralinen, vielleicht mit kandierten Früchten oder anderem Konfekt –, doch das Wichtigste war das Behältnis, sozusagen eine Miniaturausgabe der Kollektion.

»Also, Beatrice, was meinst du? Könntest du das schaffen?«

»Klar«, erwiderte Beatrice ohne Zögern. »Sag mir nur, wann ich anfangen soll.«

»Perfekt«, rief Betta erleichtert aus. »Dann erwarte ich dich morgen hier. Ich komme normalerweise um zehn, aber da wir so viel zu tun haben, würde ich sagen, wir fangen ein bisschen früher an. Meinst du, du schaffst es um halb zehn?«

»Hier?«, fragte Beatrice und schaute sich erstaunt um. Das Paar war gerade dabei, das quengelnde Kind in den Kinderwagen zu verfrachten. »Ich dachte, wir hätten ein eigenes Büro?«

Betta wäre vor Verlegenheit am liebsten im Erdboden versunken. Ganz gewiss war der Weiße Salon kein Luxusarbeitsraum, und ein Büro war er erst recht nicht. Was Beatrice sagte, stimmte; hier konnten sie nicht arbeiten, nicht, wenn irgendwelche Unbekannten direkt neben ihnen ihr Essen verzehrten.

Betta brauchte endlich einen eigenen Arbeitsplatz, einen Raum mit einer einsehbaren Küche und einem Tisch in der Mitte, der jeden Monat neu gedeckt wurde, eine Art künstlerisches Versuchslabor, in dem sie potenzielle Kunden zu Themenabenden empfangen und Degustationen organisieren konnte. Doch wie sollte sie diesen durchaus legitimen Wunsch mit den wenigen Mitteln, die ihr zur Verfügung standen, realisieren?

Kurze Zeit später ließ sie Tito gegenüber eine entsprechende Bemerkung fallen, obwohl sie wusste, dass ihnen das Geld für eine solche Investition fehlte, und bei ihm, der Veränderungen nicht mochte, von vorneherein mit Widerstand zu rechnen war. Und tatsächlich kam prompt die Antwort von ihm: Sie müssten abwarten, denn so gut das Catering auch laufe, könnten sie sich die Ausgaben für einen zusätzlichen Raum nicht leisten. Dafür bräuchten sie immer noch einen großen Coup, einen wichtigen Klienten mit großem Budget, der ihnen dabei helfen würde, endlich ihren Stern am Himmel des internationalen Caterings aufgehen zu lassen, doch bis dato seien sie nur eine kleine Nummer, ja, eine zu kleine sogar.

»Klein?«, beklagte sich Betta. »Und die Party bei der Möbelmesse mit fünfhundert Gästen? Und *dance2love.com*? Und die amerikanische Hochzeit mit jeder Menge superwichtiger Manager?«

»Alles sehr schöne Aufträge, aber wie viel haben wir damit verdient?«, antwortete Tito mit der wichtigtuerischen Miene eines Unternehmers, die ihm nur wenig zu Gesicht stand.

Doch Tito hatte nicht unrecht. Die Einnahmen waren ihr wunder Punkt, und das wusste Betta sehr wohl. Nur um es ihm recht zu machen, war sie bereit gewesen, die Gewinnspannen zu senken, und das Gleiche galt für Tito und Marcello, die auf Qualität nicht verzichten wollten. Und so blieben ihre Gewinne trotz besserer Auftragslage zu ungenügend, um den großen Sprung zu machen, den er so sehr herbeisehnte. Dazu kam auch noch die verflixte Wirtschaftskrise, durch die die Budgets der Firmen schrumpften und die Umsätze immer knapper wurden.

Dies alles waren realistische Einschätzungen, die Betta durchaus teilte; was nichts an der Tatsache änderte, dass sie einen Platz für sich allein brauchte, an dem sie in aller Ruhe arbeiten konnte. Das war auch für den Ablauf im Restaurant wichtig. Wie würden sie denn dastehen, wenn sich ein potenzieller Kunde hier zum Mittag- oder Abendessen einstellte und sah, wie sie, umgeben von speisenden Gästen, gezwungen war, in den Garten hinauszugehen, um ungestört zu telefonieren?

Wenigstens den Weißen Salon musste sie endlich wieder in Beschlag nehmen. Das zwangsweise Zusammenleben mit den Restaurantgästen machte sie allmählich wahnsinnig.

»Ich sage es dir noch mal, ich muss mehr Umsatz machen, ich brauche die Tische«, wiederholte Tito, als sie sich zum hundertsten Male deswegen bei ihm beklagte.

»Findest du es nicht auch seltsam, dass ausgerechnet du mir über Geld predigst?«, antwortete Betta pikiert. »Wenn D'Arsi dich nicht vor der Pleite gerettet hätte, hättest du längst den Offenbarungseid leisten müssen. Warum muss eigentlich ich auf meinen Raum verzichten und du auf gar nichts? Hier werde ich noch wahnsinnig, mit all den Leuten, die ständig rein- und rausgehen. Warum suchen wir nicht gemeinsam eine Möglichkeit, diese verdammten Umsätze zu steigern? Erfinden wir doch zum Beispiel einen neuen Aperitif, oder lassen wir das Restaurant auch am Ruhetag offen. All das, damit ich wenigstens wieder diesen Raum haben kann. Ich brauche ihn, Tito, ich brauche ihn wirklich. Das ist keine blöde Laune von mir.«

Tito hörte ihr zu und verspürte plötzlich Schuldgefühle. Zum Teufel mit der Umsatzsteigerung, zum Teufel mit D'Arsi und seinem Steuerberater, der bereits begonnen hatte, überall seine Nase reinzustecken. Betta hatte recht. Der Weiße Salon stand ihr zu, dieses Recht hatte sie.

»Na gut«, antwortete er. Dann musste er sich eben geschlagen geben, aber er empfand auch Erleichterung. »Sag Jacopo, er soll deine Sachen aus der Kammer holen, und richte dich ein, wie du willst.«

Jetzt, wo Beatrice da war, um ihr zu helfen, ging alles viel leichter. Ihre kleinen Täschchen machten eine solche Furore, dass die Inhaberin des Taschengeschäfts ihr zugesichert hatte, sie werde auch in Zukunft auf sie zurückgreifen, wenn sie eine Veranstaltung plane. Marcello hatte winzig kleine Baguettes hineingesteckt, nicht länger als zehn Zentimeter, fluffig und knusprig zugleich.

»Probier sie doch wenigstens mal«, sagte er und hielt ihr eines der kleinen Brote unter die Nase.

Das Gebäck duftete nach Rosmarin und war noch warm. Es gab auch noch welche mit gekochtem Schinken und Estragonkäse, mit rohem Schinken und mit Gorgonzola. Die Besucher der Präsentation waren begeistert. Nur schade, dass weder der rohe Schinken noch der gekochte oder der Gorgonzola im Kostenvoranschlag aufgetaucht waren. Ursprünglich hatten sie nur Brot reichen wollen …

Als Tito davon erfuhr, jammerte er wie üblich. Sie seien einfach zu großzügig, verlangten zu wenig Geld, und wenn sie so weitermachten, würden sie nie auf einen grünen Zweig kommen ... was ihn allerdings nicht davon abhielt, im Showroom herumzustolzieren wie ein Hahn auf dem Hühnerhof, wie immer mit einem Gefolge von Groupies mittleren Alters, die ihn mit Komplimenten überhäuften, in der Hoffnung, ein Date mit ihm zu ergattern.

Auch der Juwelier war hochzufrieden.

Für ihn war es das erste Mal, dass er, allerdings nur mit großem Widerstreben, beschlossen hatte, einen ganzen Tag der Presse zu widmen, um seine neue Kollektion vorzustellen. Rausgeschmissenes Geld, dachte er, doch das würde er ein paar Tage später revidieren müssen, als er in einer Beilage der *Repubblica* das Foto seiner Ringe sah, samt einem Artikel aus der Feder einer der Journalistinnen, die an dem Event teilgenommen hatte. Kurz darauf stand er im Restaurant und zeigte Betta stolz und ungläubig den Artikel. Man hatte dem Juwelier eine ganze Seite gewidmet, und sein Name prangte in großen Lettern über der Überschrift.

»Für das Catering hatte *Più dolce* eine besonders edle und ausgefallene Idee«, hieß es weiter in dem Artikel. »Den Gästen wurden auf Kristallplatten kleine Schmuckstücke angeboten, die den Originalen aufs Haar glichen: ein feiner Ring aus Schokolade, mit Gold- und Silberblättern besetzt, dazu ein gefasster Stein aus gefärbtem Zucker.«

Marcello hängte die Seite aus der Zeitung in der Küche auf. Von allem, was Betta bislang von ihm verlangt hatte, war dies der anspruchsvollste Auftrag gewesen, denn er hatte extra zu einem Schmied gehen müssen, der ihm für den gefassten

Stein eine Form anfertigte, in die der Zucker gegossen wurde. Und dann – wie schrecklich! – hatte er auch noch künstliche Lebensmittelfarbe für die kleinen Zuckersteine benutzen müssen!

Oh, wie süß es ist, sich dem Feinde zu ergeben!

Der Anruf von Drums kam an einem kalten, regnerischen Nachmittag. *Unbekannte Nummer*, erschien auf dem Display ihres Handys. Das war bestimmt eine dieser Nervensägen, die ihr irgendwelche Lebensversicherungen andrehen wollten, die sie sich sowieso nicht leisten konnte. Normalerweise ging Betta bei einem solchen Anruf nicht mal dran, doch aus welchem Grund auch immer machte sie hier eine Ausnahme.

»*Hello, Betta. Hope you're fine and free because I desperately need your help!* Ich hab einen Auftrag für dich, eigentlich mehr eine *Mission Impossible*.«

Schon, dass Drums sie um zwei Uhr nachmittags anrief, war ungewöhnlich, denn in Los Angeles war es fünf Uhr morgens.

»Malcolm, wie schön! Wo bist du denn?«

»An meinem Schreibtisch, und ich bin gerade dabei, dich zu einer reichen und berühmten Frau zu machen!«

Beatrice trat näher, um ihr das Modell für die Präsentation beim Floristen zu zeigen, doch Betta bedeutete ihr zu warten.

»Wirklich? Dann schieß mal los!«

»Siehst du dich in der Lage, einen Cocktail für die Eröffnung der Saison an der Oper zu organisieren?«

Betta blieb schier das Herz stehen.

»Wie bitte?«, fragte sie. Sie musste sich verhört haben.

»In der Scala, am 7. Dezember«, wiederholte er und betonte jede Silbe. »Ich möchte, dass du da einen Cocktail auf die Beine stellst.«

Eine Hitzewelle stieg in ihr auf, und sie musste sich setzen, sonst wäre sie umgefallen. Ein Cocktail in der Scala! Das war der sensationellste Auftrag, den sie jemals bekommen hatte. Eine unglaubliche Chance, absurd und großartig. So etwas hätte sie sich niemals vorzustellen gewagt, nicht im Traum!

»In der Scala, hast du gesagt? Am 7. Dezember? Hab ich das richtig verstanden?«

»*Correct*«, bestätigte er und beließ es dabei.

Das Ganze klang unglaublich. Ihr Freund Drums, der Multimillionär, der visionäre Künstler, der weitblickende Boss einer der bedeutendsten Filmfirmen der Welt, wollte sie, Betta Bennet, und ihr popeliges kleines Cateringunternehmen für den Eröffnungsabend der Opernsaison an der Scala!

Sie spürte, wie ihr das Blut schneller durch die Adern strömte und sich ihr Kopf auf einmal ganz leicht anfühlte, als wären überhaupt keine Gedanken mehr darin. Schon seit Jahren stellte sie sich vor, wie sich jemand fühlte, der im Lotto gewann, und jetzt wusste sie es: elektrisiert und betäubt zugleich, wie betrunken.

»Klar … natürlich … gar kein Problem«, stammelte sie. »Ich hab nur nicht damit gerechnet. Ich bin sprachlos.«

»Na gut, dann komm langsam wieder zu dir. Denk dir was aus, das sie alle umhaut, und ruf mich an, sobald du es weißt. Aber denk dran … *we're almost out of time.*«

Mit diesen Worten hängte er ein.

Auch Betta legte auf. Sie fühlte sich sprudelig frisch, wie eine eiskalte Dose Cola, die man gerade erst geöffnet hat, aber es dauerte nur fünf Minuten, bis diese Aufregung sich in Panik verwandelt hatte und sie wieder zurück auf den Boden der Tatsachen brachte.

Nun gut, ein paar Erfolge hatte sie gehabt, die Hochzeit am See war ein großer Glücksfall gewesen, aber die Scala! Sie musste vollkommen von Sinnen gewesen sein, einen derartigen Auftrag anzunehmen. Nein, das konnte sie nicht. Außerdem hatte sie nicht den geringsten Sinn für Musik. Sie dachte an den Besuch im Museum der Scala zurück, als sie alle vor dem Bildnis einer Malibran, einer Rosina Storchio oder der Callas ausgeflippt waren, während sie nur eins wirklich beeindruckt hatte – die Speisenfolge des letzten Abendessens von Verdi! Wie konnte sie nur ansatzweise glauben, sie würde das schaffen?

Es war so, als würde man einen Anfänger im Modezeichnen bitten, die neue Kollektion für Christian Dior nach Galliano zu entwerfen; als wollte man eine Soap wie *Big Brother* für den Nobelpreis vorschlagen; oder man bäte Tito, der neue Jonathan Franzen am Buchhimmel zu werden, wo er doch kaum mehr in seinem Leben schrieb, als im Restaurant die Bestellungen aufzunehmen!

Außerdem hatte Betta schon seit Jahren den Fuß nicht mehr in die Scala gesetzt, seit Jahrzehnten. Das Letzte, was sie gesehen hatte, war ein Ballett gewesen, von dem sie nicht einmal mehr den Titel in Erinnerung hatte.

Sie musste wieder ganz ruhig werden, tief Luft holen und dann darüber nachdenken, wie sie das schaffen konnte. Denn eins war klar: Drums anrufen und absagen kam nicht infrage. Damit hätte sie eine denkbar schlechte Figur gemacht. Vielleicht brauchte sie zuallererst einmal ein gutes Glas Rotwein; ja, genau, ein schöner Sangiovese würde ihr dabei helfen, die

Dinge wieder im richtigen Blickwinkel zu sehen. Oder noch besser, sie musste sich auf die Suche nach der fuchsiarosa Brille machen, die sie ihr anlässlich der Melancholic Party geschenkt hatten, und sie so bald wie möglich aufsetzen!

»Was ist denn los? Du machst ein Gesicht, von dem ich nicht weiß, ob es glücklich oder verzweifelt ist!« Aha, irgendwie hatte Tito offenbar bereits den Braten gerochen.

»Ich sag's dir gleich«, antwortete sie trocken, noch immer zu überwältigt, um das alles in Worte zu fassen. »Warum bringst du mir nicht lieber ein Glas Wein?«

Offenbar hatte ihr bestimmter Ton ihn nervös gemacht.

»Wünschen Prinzessin noch etwas anderes?«

Betta lächelte.

»Nein, keine Prinzessin, mein Lieber. Du sprichst mit der Königin des Caterings an der Scala.«

Natürlich verstand er nur Bahnhof. Aber wie hätte es auch anders sein sollen! Den Wein brachte er ihr allerdings gern.

Allzu lange musste sie gar nicht nachdenken. Eine Idee war ihr bereits gekommen, noch bevor sie überhaupt mit Drums telefoniert hatte, nur hätte sie niemals gedacht, diese auch realisieren zu können. Es war bei ihrem Besuch in den Laboratori Ansaldo gewesen: Während Drums damals von den technischen Raffinessen und den komplizierten Mechanismen der Bühnenbilder verzaubert war, hatte Betta ihre Aufmerksamkeit vor allem auf die Meisterleistungen der Schneiderei gerichtet. Lange war sie zwischen den Bergen von reich verzierten Kostümen umhergeschlendert, hatte voller Begeisterung die präzise und fein säuberliche Arbeit der Schneiderinnen betrachtet. Verzückt hatte sie die verschwenderische Üppigkeit der Stoffe bewundert – Crêpe, Seide, Atlas, Musselin, Faille-Seide, Samt, Taft. Und dann all die Knöpfe, Bänder, die Borten und die feinst geklöppelte Spitze! Was sie jedoch am meisten fasziniert hatte, waren die Mieder und ihre vielen Bänder, mit denen man das Korsett auf dem Rücken zuschnüren konnte, die Krinolinen und die steifen Reifröcke, die all die unglaublichen historischen Kostüme stützten und aufpluderten. Davon gab es eine stattliche Sammlung in den Laboratori, und der Anblick dieser Armada von schier undurchdringlichen Rüstungen war eine Offenbarung gewesen – ein Meisterwerk der Schneiderkunst nach dem anderen, eine wahre Flut von Farben und Materialien.

Auf einmal war Betta wieder ihr eigener, ganz besonderer Rock von Dolce & Gabbana eingefallen, den sie schon seit ihrer Jugend besaß: ein weiter Glockenrock aus schwarzer Seide über einem Reifrock aus flexiblen Leisten, den man über die Taille streifen und mit einer Schnur befestigen konnte.

Jahrelang hatte sie dieses Wunderding in ihrer Wohnung an der Via Santa Marta stolz ausgestellt, wie ein kurioses Möbelstück; dort hing er über der Badewanne, die sie witzigerweise in ihrem Schlafzimmer aufgestellt hatte statt im Bad.

Oft hatte Betta diesen Rock nicht angehabt, denn sie glaubte fest daran, dass er magische Kräfte besaß, die er bei zu häufigem Tragen verlieren könnte. Und die Gelegenheiten hatte sie sorgfältig ausgewählt: einmal bei Trussardi anlässlich einer Party von *Elle Decor International*, während einer der allerersten Mailänder Möbelmessen, die stattfanden; ein weiteres Mal bei Prada zur Eröffnung einer Ausstellung; einmal zu Silvester in einem Lokal in Hollywood, zusammen mit ihrem Freund Phil; und einmal in New York, im Haus eines hohen Tieres von Virgin, wohin Vincent Gallo sie geschleppt hatte.

Männer umschwirrten sie wie Motten das Licht, wenn sie diesen Rock trug, denn er war so auffällig und speziell, dass man ihn einfach nicht übersehen konnte. Und jedes Mal überkam Betta darin eine schier unbezähmbare Lust, sich zu amüsieren, zu lachen, zu flirten.

Mittlerweile ruhte dieser Zauberrock in einem Schrank im Hause ihrer Mutter, sorgfältig so zusammengelegt, wie man es ihr gezeigt hatte, um ihn nicht zu beschädigen. Sie musste ihn nur aus seiner Satinhülle holen, und schon wäre er, mit einer einzigen Bewegung, wieder der Alte: weit, fröhlich, stolz, mit seinem ganzen Zauber. Ja, diesen Rock würde sie am 7. Dezember tragen. Vielleicht würde er ihr wieder Glück bringen, wie all die Male, als sie ihn angehabt hatte. Und Glück konnte sie an diesem Abend wahrlich gebrauchen.

Sie musste unbedingt noch einmal in die Laboratori gehen und sich diese Unterröcke anschauen, denn sie wollte eine Möglichkeit finden, sie in das Catering einzubauen. Etwas sagte ihr, dass sie genau dort den Geniestreich entwickeln konnte, den Drums von ihr erwartete.

Es dauerte noch ein paar Tage, bis der Funke wirklich übersprang, dann wusste sie, dass es funktionieren würde. Wenn Drums ihr half, wäre es möglich. Aufgeregt und auch ein wenig besorgt, rief sie ihn an.

»Tolle Idee«, sagte er, sofort begeistert, als sie ihm ihren Plan erklärt hatte. »Für den Entwurf bringe ich dich mit einem meiner Filmleute in Kontakt, aber realisieren musst du die Sache drüben. Und denk dran: Ich will nur das Beste vom Besten, und alle sollen aus dem Staunen nicht mehr herauskommen. Wir sind ein Hammerteam, mein Mädchen – ein Siegerteam!!«

Innerhalb von vierundzwanzig Stunden hatte Betta ihren Entwurf, auf den Millimeter genau und so, wie sie ihn sich vorgestellt hatte. Was das Essen anging, würde es keine Probleme geben, da Marcello mit Sicherheit sein Allerbestes gab, doch für die Realisierung ihrer Idee waren die Schneidermeister der Laboratori Ansaldo unverzichtbar. Um sie einzubeziehen, brauchte Betta allerdings einen offiziellen Auftrag und die entsprechenden finanziellen Mittel.

»Das wird kein Problem sein«, versicherte Drums ihr ruhig, als sie das nächste Mal telefonierten. »Geld spielt keine Rolle.«

»Gut, denn wenn – und ich betone, *wenn* – wir wirklich eine Zusammenarbeit mit den Laboratori erreichen, können wir nicht mehr zurück, ganz gleich, wie viel sie verlangen.«

»Das scheint mir nur gerecht zu sein. Ich rufe gleich Avvocato D'Arsi und den Intendanten an. Sie müssen uns absolute Priorität geben.«

Betta rieb sich die Augen, um sich zu vergewissern, dass sie nicht träumte. Nein, sie war hellwach. Sie saß im Weißen Salon, an ihrem Tisch, vor ihr hockten Tito und Marcello, die sie gespannt und mit großen Augen anschauten. Sie hatte sie extra für das Telefonat zu sich gerufen, denn ihre Unterstützung war dafür unverzichtbar.

Eigentlich wollte sie ihnen die frohe Botschaft gleich überbringen, nachdem sie das Gespräch mit Drums beendet hatte, doch bevor sie ein Wort herausbrachte, brach sie in Tränen aus. Violetta kam herbeigeeilt, alarmiert durch ihr Schluchzen, doch Tito bedeutete ihr mit einer kurzen Kopfbewegung, sie solle wieder hinausgehen. Es sei nichts, Betta würde sich gleich wieder im Griff haben. Es waren nur ihre Gefühle, die sie überwältigt hatten.

»Und, was hat er gesagt, Betta? Willst du jetzt endlich mal erzählen, was los ist? Gib mir wenigstens ein Zeichen.«

Betta nickte, weinte aber immer noch.

»Soll das heißen, wir machen es?«

Sie nickte erneut, dieses Mal heftiger.

»Ist das ein Ja? Sicher?«

»Jetzt mach mal halblang, lass sie doch erst mal durchatmen«, brachte Marcello ihn zum Schweigen. »Siehst du denn nicht, dass du mit deiner Fragerei alles noch schlimmer machst? Jetzt beruhig dich doch mal, Liebes, mach uns keinen Kummer.«

Es dauerte ein paar Minuten, bis Betta endlich wieder sprechen konnte, und das Allererste, was sie, mit einem Blick in Titos Augen, sagte, war: »Geld spielt keine Rolle.«

Er sprang auf. Endlich war die Anspannung vorbei! Er nahm sie in die Arme, drückte ihr einen Kuss auf die Stirn.

»Gott, was hab ich dich gern!«, schrie er und hob die Augen zum Himmel. »Ich hab dich so furchtbar, furchtbar gern!« Dann fügte er, an Marcello gewandt, der immer noch wie versteinert auf seinem Stuhl saß, hinzu: »Geld spielt keine Rolle! Hast du jemals so wundervolle Worte gehört wie diese?« In seiner Begeisterung war er jetzt nicht mehr zu bremsen. »Das muss ich Costanza sagen! Ich gehe schnell zu ihr, bin aber bald wieder da. Wir haben jede Menge zu besprechen, und wir müssen alle möglichen Leute kontaktieren! Uns bleibt weniger als ein Monat. Wir müssen uns beeilen. Verdammt noch mal – Geld spielt keine Rolle!«

Schon war er weg, und Betta blieb mit Marcello allein.

»Es wird besser sein, wenn du gleich anfängst. Du weißt, was dir bevorsteht.«

Marcello nickte. Es war eine Heidenarbeit, und einfach

würde es auch nicht werden. Aber, Teufel noch eins – etwas so Tolles *konnte* nicht einfach sein!

Das Treffen mit D'Arsi und dem Intendanten war rasch vereinbart. Trotz einiger schlafloser Nächte ging Betta voller Entschlossenheit und Konzentration an das Gespräch heran. Sie musste die Geschichte mit der Finanzierung durch D'Arsi einfach vergessen, musste diese Information verdrängen, so tun, als wüsste sie nichts davon. Wenn sie ihr Ziel erreichen wollte, war es unabdingbar, sich zu konzentrieren und persönliche Emotionen einfach im Keim zu ersticken.

Und so ließ sie sich nicht einschüchtern, weder von der Bedeutung des illustren Gebäudes noch von den unnachgiebigen Sekretärinnen, die sie nicht kannten und herablassend behandelten, noch vom Intendanten und seinem Rattenschwanz an Funktionsträgern. Selbst D'Arsi hatte offenbar Mühe, in der professionellen Geschäftsfrau, die da vor ihm saß, die Betta wiederzuerkennen, die er sonst aus dem Restaurant kannte.

Mit allergrößter Prägnanz und chirurgischer Präzision stellte Betta den ungläubigen Anwesenden ihre Entwürfe vor, so wie ein General seinen Offizieren vor dem entscheidenden Angriff seinen Schlachtplan präsentiert. Unter den bestürzten Blicken der Versammelten schilderte sie minutiös, was und wen genau sie brauchen würde: vor allem Bühnenbildner für die Realisierung des ungewöhnlichen Büfetts, außerdem Kostümbildner, Ballerinas und Mitglieder des Corps de ballet zur Unterstützung ihres Servicepersonals, des Weiteren Choreografen, Beleuchter, möglicherweise sogar einen Regisseur.

Über die Köpfe der Anwesenden hinweg, die über die Entwürfe gebeugt waren und diese skeptisch begutachteten, trafen sich einen Moment lang Bettas und D'Arsis Blicke, und auf ihren Ausdruck amüsierter Ungeduld schenkte er ihr ein komplizenhaftes Lächeln. Woraufhin sie, nachdem der erwartete Einwand gekommen war, ein so gewagtes Projekt sei in so kurzer Zeit nur mit den allergrößten Schwierigkeiten zu realisieren – ein Einwand, den sie vorausgesehen und auf den sie sich vorbereitet hatte, indem sie gründlich über die visionärsten Regiearbeiten der vergangenen Jahre recherchiert und auch Costanza um Aufklärung gebeten hatte –, eiskalt antwortete: »Das hier ist ein Spaziergang im Vergleich zu den Bühnenbildern von Margherita Palli unter der Regie von Ronconi!«

Dass diese Frau keine klaren Vorstellungen hat, kann man nicht gerade sagen, dachte D'Arsi voller Wohlgefallen; vielleicht hatte er sich ja wirklich in ihr getäuscht. In diese Überlegungen war er noch immer versunken, als ihre Stimme noch einmal ertönte. »Und jetzt, meine Herren, noch abschließend eine letzte Frage: Machen wir es im Foyer oder vor den Logen?«

Es war in der Tat ein wahnwitziges Unterfangen, und Drums hatte es vollkommen ernst gemeint, als er es eine *Mission Impossible* genannt hatte. Je weiter die Vorbereitungen voranschritten, desto mehr wurde Betta bewusst, wie viele Schwierigkeiten es zu überwinden galt, und die Tatsache, dass die Zeit knapp war, trug erst recht dazu bei, dass sie ihre Tage in einem wahren Adrenalinrausch verbrachte, atemlos, immer am Rande des Zusammenbruchs. Doch ein Scheitern kam nicht infrage; sie würde sich ins Auge des Sturms begeben und das Ruder fest in beiden Händen halten.

Indessen teilte sie ihre Zeit auf zwischen den Laboratori Ansaldo – wo sie eine ganze Schar von höchst kundigen Handwerkern zur Verfügung hatte, die damit beschäftigt waren, das in die Tat umzusetzen, was sie von ihnen verlangte – und der Scala selbst, wo ständig Ortsbesichtigungen oder Beleuchtungsproben stattfanden, wo Tänzer für den Service gecastet wurden und Betta sich mit den Bühnenbildnern traf, die mit Feuereifer bereit waren, ihre ganze Kunst und Erfahrung für das zur Verfügung zu stellen, was sie (nicht ganz zu Unrecht) für einen Werbespot hielten.

Ganz zu schweigen von ihrer übrigen Arbeit. Eigentlich hätte sie einige Aufträge absagen müssen, doch sie konnte doch ihre Kunden nicht einfach auf den Mond schießen, nur weil sie momentan etwas viel Wichtigeres zu tun hatte!

Die wenige Zeit, die Betta im Restaurant zubrachte, verging in einem Strudel aus Telefonaten, Verabredungen, Proben und Recherche für ihre anderen Aufträge.

»Ruhen Sie sich eigentlich nie aus?«

Betta erkannte die Stimme sofort, doch als sie den Blick hob und das Gesicht von Avvocato D'Arsi sah, der um die Tür des Weißen Salons lugte, war sie dennoch überrascht. Damit hatte sie nicht gerechnet – weder mit seiner Anwesenheit noch mit der Herzlichkeit, mit der er diese Worte gesprochen hatte.

»Wie Sie wissen, kann ich mir eine Ruhepause momentan nicht leisten, nicht einmal eine Sekunde«, antwortete sie automatisch und spürte, wie sie rot wurde. Sie war gerade dabei, karamellisierte Weintrauben an einer alten Schneiderpuppe zu befestigen.

»Kann man die essen?«, fragte er neugierig und kam zögernd näher.

»Na klar kann man die essen! Probieren Sie mal eine und

sagen Sie mir, ob sie schmeckt! Das ist für die Präsentation einer Fashion-Newcomerin, eine junge Frau mit großem Talent, aber kleinem Budget.«

»Eine gute Idee, das mit der Schneiderpuppe. Ich hätte nicht gedacht, dass man solche Sachen mit Nahrungsmitteln machen kann.«

Betta gab ihm keine Antwort. Irgendwie machte er sie mit seiner Anwesenheit nervös, und ihre Hände zitterten so sehr, dass sie mit dem Befestigen aufhörte und sich nur auf ihn konzentrierte.

D'Arsi widmete seine ganze Aufmerksamkeit ihrer Arbeit, und es war deutlich zu sehen, wie beeindruckt er war. Geschmeichelt von seinem Interesse versuchte sie, sich etwas zu entspannen. Jetzt fiel ihr ein, dass sie immer noch keine Möglichkeit gefunden hatte, ihm für seine Unterstützung zu danken, und wegen der überaus unglücklichen Einladung, in der sie ihn versehentlich geduzt hatte, hatte sie sich auch noch nicht entschuldigt.

Jetzt war die Gelegenheit da. Jetzt oder nie.

Betta wusste, dass eine Bedingung seiner Übereinkunft mit Tito war, dass sie nichts von alldem wissen durfte, aber es musste doch eine Möglichkeit geben, ihm trotzdem ihre Dankbarkeit auszudrücken! Eine Formulierung, durch die sie ihm zu verstehen gab, dass sie es auf irgendeine Weise erfahren hatte. Und dass seine Hilfe sie beeindruckt und gerührt hatte. Ganz gewiss jedoch konnte sie jetzt nicht dastehen wie ein stummer Fisch und das ganze Gewicht dieser Unterredung auf seinen Schultern ruhen lassen.

»Wir suchen immer nach neuen Lösungen für unser Catering, die weniger abgedroschen sind als die unserer Konkurrenz«, begann sie und bemerkte mit Wohlgefallen, dass er in der Zwischenzeit tatsächlich eine Traube schnabuliert hatte. »Vielleicht hat Ihnen Jacopo ja erzählt, dass wir nicht so viel von den üblichen Kanapees und Häppchen halten. Es interessiert uns nicht, das zu machen, was die anderen machen. Wir wollen etwas verändern, experimentieren und legen uns dafür sehr ins Zeug. Alle.«

Sie hielt nur einen Augenblick inne, um ihm ein Lächeln zu schenken, das zur Abwechslung einmal aufrichtig und herzlich war, und weil sie wollte, dass die dunklen Augen, die sie interessiert musterten, diese Veränderung bemerkten. Doch sie musste sich gar nicht besonders dafür anstrengen, es kam praktisch von selbst. Es kam von Herzen.

»Ich werde in der Scala gute Arbeit leisten, Avvocato. Das verspreche ich Ihnen. Ich weiß, dass ich das auch Ihnen schuldig bin.«

So, jetzt hatte sie es gesagt. Jetzt konnte er von ihr denken, was er wollte. Jetzt konnte er wieder der D'Arsi sein wie immer, distanziert und abweisend. Jetzt würde er sie hier zurücklassen mit ihrer Schneiderpuppe und ihren karamellisierten Weintrauben, würde sich, entsetzt von ihrer Vertraulichkeit, auf dem Absatz umdrehen und gehen. Und sie würde sich fühlen wie ein hoffnungsloses, sentimentales Dummchen. Dann hatte sie eben mal wieder ihr Gesicht verloren.

Doch er – lächelte sie an.

»Sie schulden mir gar nichts, Betta. Nicht, dass ich wüsste wenigstens. Und ich bin mir mehr als sicher, dass Sie eine ausgezeichnete Arbeit machen werden.«

Mit diesen Worten – und einem letzten amüsierten Blick auf die mit Rosinen gespickte Schneiderpuppe – wünschte er ihr noch einen guten Tag und ging zu seinem Tisch zurück, wo wie immer seine Assistentin auf ihn wartete.

Bei der Präsentation im Blumenladen war Betta anwesend und nicht anwesend zugleich. Ihr Körper war da, doch in Gedanken war sie immer in der Scala.

»Betta, ich muss wirklich zugeben, dass deine Events immer besser werden! Ich frage mich jetzt schon, was du wohl nächstes Mal zaubern wirst! Und diese Pflänzchen hier sind einfach köstlich!«

Die Stimme der Chefredakteurin der Zeitschrift *Tweed* holte sie auf der Stelle in die Wirklichkeit zurück. Vor ihnen, auf Tischen, die mit Moos bedeckt waren, standen viele kleine Kakteen aus kandierten Früchten in fuchsiafarbenen Papierförmchen. Im Raum nebenan war eine Wiese aus Zucker ausgelegt, aus der viele kleine Blumen aus kandierten Zitronenscheiben mit einer roten Kirsche darauf wuchsen.

»Das kann ich dir nicht sagen, es ist ein Geheimnis unseres Kochs«, antwortete sie sybillinisch, erfreut über das Kompliment.

Doch Danila Maui war eine der einflussreichsten Journalistinnen Italiens, weshalb Betta sich nicht so einfach aus der Affäre ziehen konnte.

»Wir wollten einfach alle möglichen Pflanzen und Blumen aus Konfekt nachbauen. Dafür haben wir Engelwurz, Zitronen, Kirschen, Mandarinen und Pflaumen benutzt«, gab sie versöhnlich preis. Anschließend begleitete sie Danila in den hinteren Bereich des Ladens, wo Gianluca einen Blütenaufguss in Keramikbechern servierte, ebenfalls in Blütenform.

Danila wählte einen Becher in Form einer Rose.

»Weißt du, ich hab mir gedacht«, sagte sie und schlürfte ihren Blütentrank, »dass du genau die richtige Person für ein neues Zeitschriftenprojekt wärst, über das ich mit unserem Geschäftsführer gesprochen habe. Es wird eine italienische

Ausgabe von *Luncheon*, der englischen Food-Zeitschrift, die du bestimmt kennst. Ich hätte da eine Rubrik, die perfekt zu dir passen würde. *Mise en place*, würden wir sie nennen. Was meinst du? Sollen wir mal darüber reden?«

Nur einen Monat früher hätte Betta bei einem solchen Vorschlag Luftsprünge gemacht, doch jetzt kam es ihr vor wie eine weitere Belastung.

Seit Wochen fuhr sie wie eine Verrückte zwischen der Scala, den Laboratori und dem Restaurant hin und her, von einem Termin zum nächsten. Wie es schien, hatten alle, vom persönlichen Sekretär des Bürgermeisters über den Intendanten und den Kulturbeauftragten der Stadt bis hin zum letzten Bediensteten irgendeinen Ratschlag für sie bereit. Beatrice war immer an ihrer Seite, und wenn nicht, kümmerte sie sich um das Catering. Auch das hier hatte praktisch sie allein organisiert. Dem Himmel sei Dank, denn dieses Mädchen war nicht nur an der Arbeit interessiert, sondern hatte sich als tüchtig und auf zurückhaltende Weise höchst effizient erwiesen. So machte Beatrice kein großes Tamtam, wenn sie länger arbeiten musste als geplant, und wartete oft im Restaurant auf Betta, selbst wenn es schon zehn Uhr abends oder später war. Oft kam es sogar vor, dass sie ihre Chefin nach Hause chauffierte, wenn diese weit nach Mitternacht so erschöpft war, dass sie schon im Auto einnickte.

»Versuch zu schlafen«, sagte Beatrice dann und ließ Betta vor ihrer Haustür heraus. Doch Schlaf hatte Betta in letzter Zeit nur wenig gefunden. Oder sie schlief ein, kaum hatte ihr Kopf das Kissen berührt, wachte jedoch nach ein paar Stunden wieder auf. Seit einiger Zeit hatte sie ein Notizbuch neben dem Bett liegen, in das sie alles notierte, was ihr während der Nacht einfiel, ob es sich nun um Einzelheiten der Deko handelte, über die sie mit dem Bühnenbildner sprechen musste, um Details des Büfetts, die sie Marcello mitteilen wollte, oder Dinge, bei denen ihr Zweifel gekommen waren und die es galt, gegenüber den Schneiderinnen, den Beleuchtern oder den Leuten vom Sound anzusprechen. Ganz zu schweigen von ihren Telefonaten mit Drums, der wissen wollte, wie der Stand der Vorbereitungen war.

Einerseits versetzte es Betta in Angst und Schrecken, wie schnell die Zeit verging, doch zugleich konnte sie es kaum erwarten, dass alles endlich über die Bühne ging und sie wieder zu ihrem alten Leben zurückkehren konnte.

»Betta, hörst du mir eigentlich zu? Hast du gehört, was ich dir gerade gesagt habe?«

Die Chefredakteurin von *Tweed* stand vor ihr und schaute sie, leicht verärgert, an.

»Entschuldige, Danila. Bitte entschuldige. Es ist nur so, dass ich im Moment an einem außerordentlich wichtigen Projekt arbeite und mit meinen Kräften ziemlich am Ende bin. Ich schlafe nur ein paar Stunden pro Nacht und weiß gar nicht, wo mir der Kopf steht. Ich bin auf jeden Fall interessiert, aber wenn es dir nichts ausmacht, lass uns doch drüber reden, wenn alles vorbei ist.«

»Kannst du denn schon sagen, was für ein Projekt das ist?«

Betta schüttelte den Kopf. »Tut mir leid, aber es ist noch top secret. Und ich würde es dir sowieso nicht verraten, da bin ich abergläubisch.«

Wenn auch dieses Event zu Ende war, würde sie rasch nach Hause gehen, doch zuvor plante sie, an der Ecke Via Mozart abzubiegen und einen kleinen Abstecher zur Villa Necchi zu machen.

Betta hätte nicht zu sagen vermocht, ob es sich um ein abergläubisches Ritual handelte, um eine sentimentale Anwandlung oder eine Reaktion auf etwas, das sie selbst nicht genau wusste, doch sie hatte einfach Lust darauf, auf einen Sprung in ihrem alten »Büro« vorbeizuschauen, den winterlich unbelaubten Bäumen, die im Nebel nur als Umrisse zu erkennen waren, den schmiedeeisernen Stühlen, die der Witterung trotzten und sich mit vornehmer Duldsamkeit auf den strengen Winter gefasst machten, der vor der Tür stand. Trotz der Kälte nahm sie sogar einen Augenblick lang Platz und genoss diesen Moment des Friedens und der Vertrautheit inmitten einer lieb gewonnenen Umgebung.

Es waren nur fünfzehn Monate vergangen, und was für einen langen Weg hatte sie bereits geschafft!

Costanza kam wesentlich früher ins Restaurant als sonst. Überrascht und glücklich lief Tito auf sie zu, nahm sie in die Arme und drückte sie mit einem *Ciao, baby* an sich.

Violetta und Jacopo, die an dem Tisch gleich an der Fensterfront saßen und vor dem Beginn ihrer Schicht zu Abend aßen, warfen sich einen vielsagenden Blick zu.

»Wo ist sie?«, fragte Costanza und legte Mantel und Schal ab.

Tito zeigte wortlos in Richtung Weißer Salon.

Betta saß an ihrem Schreibtisch, den Kopf auf die Hände gestützt. Sie sah todmüde aus und starrte mit sorgenvoller Miene ins Leere. Vor ihr lag der Entwurf, den ihr Drums geschickt hatte.

»Das kriegen wir nie so hin, das kann man nicht umsetzen.«

Costanza zog sich einen Stuhl heran und nahm vor ihr Platz, ergriff eine ihrer Hände.

Gut, dass ich etwas zeitiger aufgebrochen bin, um ins Restaurant zu gehen, dachte Costanza. Der Gedanke an ihre gestresste Freundin quälte sie. Sie wusste, wie schwierig diese Zeit für sie war, denn vor einem wichtigen Event schien nie etwas zu klappen, und selbst das kleinste Hindernis konnte die Nervosität ins Unermessliche steigen lassen.

»Das stimmt, es wird nie so umzusetzen sein. Aber das ist ja auch nur eine Zeichnung, Liebes, ein Märchen, das Storyboard eines Trickfilms. In Wirklichkeit wird es noch viel schöner, weil es real ist.«

Betta schaute sie an. Sie wünschte sich sehnlichst, ihr glauben zu können, doch es gelang ihr nicht.

»Das sagst du nur, um mich zu trösten.«

»Ich sage es, weil ich bisher bei jeder Probe dabei war und dieses Projekt bis ins letzte Detail verfolgt habe. Hör endlich auf, das arme Opfer zu spielen, das sich alles auf die eigenen Schultern lädt, denn du bist nicht allein. Tito ist da, Marcello ist da, Beatrice ist da, und ich, und da sind deine Jungs und Mädels vom Service, die dich anbeten und für dich durchs Feuer gehen würden. Keiner von ihnen wird zulassen, dass etwas schiefgeht. Und keiner von ihnen wird dich im Stich lassen.«

Diese leidenschaftliche und ehrliche Verteidigung durch Costanza löste endlich den nervösen Knoten, den Betta mittlerweile überall in ihrem Körper verspürte: in ihrer Kehle, im Kopf, im Magen, im Rücken, sogar in den Fingern, die ihr oft ohne Grund einschliefen, als wären sie nicht mehr durchblutet, weil das Blut in anderen Teilen ihres Körpers gebraucht wurde.

Sie lehnte sich in ihrem Stuhl zurück. »Ich bin so müde«, flüsterte sie.

»Das weiß ich. Und deshalb bin ich auch hier, um dich von hier wegzubringen. Momentan gibt es nichts mehr, was du noch tun kannst. Wir müssen diesen Abend genießen, diesen Frieden. Das wahre Glück lebt in diesem Moment, den wir für immer im Gedächtnis behalten werden und über den wir dereinst gerührt lächeln werden.«

»Aber ich kann nicht, es gibt noch so unendlich viele Dinge, um die ich mich kümmern muss, und ich habe Jacopo und Violetta extra gebeten, noch länger zu bleiben, weil …«

»Das Theater ist geschlossen, die Leute haben Feierabend. Nimm dir eine Pause und lass auch die jungen Leute mal ausruhen, morgen ist auch noch ein Tag. Ich hab hier drei Karten für die Terme Milano. Ich glaube, du, Tito und ich haben uns eine schöne Massage verdient.«

Während sie ganz allein im warmen Wasser der Therme lagen und sich einweichen ließen, spürten alle drei, wie die Anspannung allmählich nachließ. Sie ließen sich treiben und dümpelten schweigend im Wasser – bis Tito diesen verzauberten Moment vollkommenen Friedens durchbrach.

»Aber sagt mal, was ist besser morgen: eine fertig gebundene Fliege, die man sich mit einem Gummiband um den Hals legt, oder eine Schleife, die erst noch gebunden wird?«, erkundigte er sich in Gedanken an den Smoking, den er gerade vom Kostümverleih abgeholt hatte.

Keine der beiden Frauen gab sich die Mühe, ihm zu antworten. Costanza sagte nur, sie hätte da »überhaupt keine Bedenken, nicht die geringsten«, und Betta hatte überhaupt keine Lust, sich von einer solch dummen Kleinigkeit aus der Ruhe bringen zu lassen.

Doch Tito schien nicht gewillt, so schnell nachzugeben. Bis

zu diesem Moment war er der Ruhigste von allen gewesen, doch auf einmal schien ihn die Fliegenfrage schrecklich zu quälen.

»Könntet ihr euch bitte dazu herablassen, die durchaus legitimen Sorgen und Nöte eines der Protagonisten des Premierenabends an der Scala in Betracht zu ziehen, dann müsst ihr mir morgen keine Vorwürfe machen, weil ich das Falsche ausgeliehen habe.«

Schweigen begleitete noch immer seine Ausführungen.

Erst auf sein: »Costi, du willst doch hoffentlich nicht, dass ich gegenüber D'Arsi den Kürzeren ziehe, oder?«, brach Costanza endlich in Gelächter aus.

»Schatz, du wirst niemals einem anderen Mann gegenüber den Kürzeren ziehen. Sicher, wenn du gestern gefragt hättest, hätte ich dir gesagt, du sollst die Fliege ohne Gummiband nehmen. Die ist zweifelsohne angebracht.«

»Auch weil eine Fliege mit Gummiband wirklich popelig aussieht«, mischte sich Betta ein.

Für Tito war es ein schwerer Schlag, was er da vernahm. Er hörte mit dem Dümpeln auf und richtete sich tropfnass auf.

»Wie, popelig? Dann muss ich die also noch umtauschen?«

Angesichts der unvorhergesehenen Besorgnis Titos, was die Etikette anbelangte, konnten Betta und Costanza nicht mehr an sich halten und brachen in schallendes Gelächter aus. Als dieses endlich abgeebbt war, gingen alle drei zu ihrer Massage.

Betta spürte, wie ihr der Kopf schwer wurde, doch sie zwang sich dazu, dem Schlaf nicht nachzugeben. Sie wollte nicht einschlafen, denn dann würde sie das Allerschönste verpassen; dabei wollte sie diese langsame und doch kraftvolle Massage bis in die letzten Züge genießen. Und tatsächlich begannen sich ihre verspannten Muskeln unter den kundigen Fingern der Masseurin ganz langsam zu lösen. Sie spürte die Wärme, die sich in ihrem ganzen Körper ausbreitete, roch das intensive Jasminaroma des Massageöls, und ganz allmählich ergriff eine Trägheit von ihr Besitz, die ihr die Gedanken vernebelte.

Es gab kein Morgen mehr. Und auch keine Scala, keinen Tito, keinen Drums. Es gab weder die Kälte draußen, die seit Tagen die Stadt fest im Griff hatte, noch den Verkehr oder den Smog. Es gab das Restaurant nicht mehr, auch keinen Weißen Salon, und selbst ihr Apartment hatte aufgehört zu existieren. Es gab nur noch dieses tiefe Gefühl des Wohlbefindens, der Ruhe und der Unabwendbarkeit, die in genau diesem Moment die vitalen Rhythmen ihres Lebens zu regulieren schienen.

Die Masseurin hatte sie zunächst in eine Wanne mit duftendem Wasser eintauchen lassen, dann hatte sie sie mit einem Seidenhandschuh abgerubbelt und sanft gepeelt. Nun lag Betta auf dem Massagebett und wollte am liebsten nicht mehr aufstehen, denn sie spürte, wie es mehr und mehr eins mit ihr wurde, als handelte es sich um eine zweite Haut.

Dann war die Massage zu Ende, und sie versank in einen tiefen Schlaf, aus dem die junge Frau sie nach einigen Minuten wieder weckte, indem sie ihr ganz sanft eine Hand auf den Arm legte.

»Um halb zehn schließen wir«, flüsterte sie ihr zu, hängte ihren Bademantel auf den Kleiderständer und verließ die Kabine.

Tito und Costanza warteten am Ausgang auf sie. Und so gingen die drei in Richtung Restaurant, eng aneinandergedrückt und mit schnellen Schritten, um sich vor der Kälte zu schützen: die beiden Freundinnen fröhlich und in Plauderlaune, Tito sonderbar still.

»Mir scheint, deine Nervosität ist ganz auf Tito übergangen«, sagte Costanza scherzhaft, als sie in die Straße des Restaurants einbogen.

»Schau ihn dir nur an, so besorgt habe ich ihn noch nie gesehen.«

»Geht es immer noch um diese Fliege? Jetzt komm, Tito, das passt nicht zu dir«, sagte Betta und drehte sich zu ihm, um ihn genauer zu betrachten.

Aber Tito war nicht danach, sich trösten zu lassen.

Die beiden Frauen wechselten einen verständnisvollen Blick, und Costanza hängte sich bei ihm ein.

»Ich nehm dich nie wieder zu einer Massage mit, wenn das dabei herauskommt«, flüsterte sie liebevoll.

Wenige Augenblicke später saßen sie zu dritt am Tisch, vor sich einen Teller mit dampfender Gemüsesuppe. Endlich fand Tito wieder zu seinem gewohnten Sarkasmus zurück und war Herr seiner selbst.

Da war er nun, der so lange erwartete und gefürchtete Tag. Betta wachte in aller Herrgottsfrühe auf und war bereits um sieben zum Theater unterwegs. Sie hatte sich ein Taxi genommen und genoss die Fahrt durch eine noch stille und verschlafene Stadt. An diesem heutigen Tag würde sich ihr Schicksal entscheiden. Nach endlosen Proben, unzähligen Problemen und Widrigkeiten, nach nicht enden wollenden Diskussionen mit Marcello, den Serviceleuten und Tito, nach so vielen Nächten, in denen sie auf Beruhigungsmittel zurückgreifen musste, um Schlaf zu finden, war er endlich gekommen – der große Moment.

Die Unbeschwertheit des vergangenen Abends war verschwunden. Wie weggeblasen von einer neuen Welle der Nervosität. Ein Tsunami der Angst hatte sich ihres Lebens bemächtigt.

Und wenn jemand ein Tablett fallen ließ? Wenn irgendetwas – und war es noch so unbedeutend – schiefging und sich das Licht nicht im richtigen Moment einschaltete? Oder wenn die Musik nicht zu spielen begann? Wenn einer der Jungs strauchelte und sich ein Strom Champagner über den Bürgermeister ergoss? Oder, noch schlimmer, über den Präsidenten?

Wie ein abergläubisches Mantra betete Betta all das herunter, was an schlimmen Dingen passieren konnte, damit es eben nicht geschah; dass das Essen nicht gut war, dass der Wein korkte, dass Gläser angeschlagen oder gleich ganz zerbrochen geliefert wurden, dass sie schmutzig waren oder überhaupt nicht kamen, dass Servietten fehlten, dass Marcello plötzlich krank wurde, dass sie eine Panikattacke erlitt, dass Tito nicht mehr Herr der Lage war, dass …

Sie stellte sich den erstaunten und entsetzten Ausdruck auf zweitausend Gesichtern von Menschen vor, die Zeugen ihres Desasters wurden, und die Titel der Zeitungen von morgen. »Eine außergewöhnliche Vorstellung! Nur schade, dass das Catering, ein Inbegriff von schlechter Organisation und Selbstüberschätzung, sich komplett lächerlich gemacht hat und nicht nur die Gäste, sondern auch den berühmten Filmproduzenten Malcolm Drums, den Sponsor des Abends, blamierte, der die Cateringfirma höchstpersönlich angeheuert hatte.«

Je mehr schreckliche Dinge sie sich ausdachte, umso mehr schien ihr das dabei zu helfen, sie wie mit einem Zauber abzuwenden. Und wenn hingegen alles bestens lief, wenn die

Leute sich von dem, was sie sahen und aßen, überraschen ließen, wenn sie sich amüsierten und es genossen? Nein, nein, für solche Hoffnungen war es viel zu früh, sie musste mit ihren abergläubischen Ritualen weitermachen und sich lieber wieder die verwirrte Miene des Bürgermeisters vorstellen, die enttäuschte des Präsidenten, die erschütterte von Costanza und die wutentbrannte von Drums!

Und statt eine reiche und berühmte Frau zu werden, würde man sie mit Häme überschütten, ihre Karriere wäre unweigerlich vorbei, noch bevor sie wirklich begonnen hatte. Und hatte sie bis vor ein paar Tagen noch davon geträumt, dass Lobeshymnen auf sie gesungen würden, so könnte sie jetzt nur noch darauf hoffen, diesen Tag zu überleben und mit einem Mindestmaß an Würde ihrer Wege zu gehen.

Während das Taxi auf den Corso Matteotti einbog, rief sie Tito an, der ihr mit belegter Stimme antwortete.

»Sag bloß, du liegst noch im Bett, verdammt!«, schrie sie hysterisch ins Telefon, so laut, dass der Taxifahrer sich erschrocken umdrehte.

»Wieso, wie viel Uhr ist es denn?«, antwortete er engelsgleich.

Fast wäre ihr der Kragen geplatzt – und sie wusste selbst nicht, ob aus Zorn, aus Erregung, aus Angst oder einer Mischung aus allen dreien –, als sie auf der Piazza della Scala ankamen und sie Titos große, schlaksige Gestalt vor dem Haupteingang stehen sah.

Betta war so glücklich, dass sie aus dem Taxi stürzte, ihm um den Hals fiel und fast vergaß zu zahlen. Als sie zum Wagen zurückkehrte, merkte sie zu allem Überfluss auch noch, dass sie ihr Portemonnaie nicht bei sich hatte. Das fehlte gerade noch, dass sie das verloren hatte!

Nein. Nein, sie hatte es nicht verloren. Sie hatte es auf dem Küchentisch liegen lassen. Sie erinnerte sich ganz genau, wie sie es aus ihrer Tasche genommen, in der Diele die kleine Reisetasche mit allem, was sie für den Abend brauchte, ergriffen hatte und in aller Eile hinausgelaufen war, weil der Taxifahrer sich bereits über die Sprechanlage gemeldet hatte. Dabei musste sie den Geldbeutel liegen lassen haben. Nur gut, dass Tito schon da war, sonst hätte sie die Fahrt nicht bezahlen können.

»Der Tag fängt ja gut an«, sagte sie, als er ihr die Tasche aus der Hand nahm.

»Würde ich auch sagen. Du hast gerade eine Taxifahrt spendiert bekommen.«

»Aber ich dachte, ich hätte meinen Geldbeutel verloren.«

»Und du hast ihn gar nicht verloren, stimmt's?«

Titos Gesicht wirkte vollkommen entspannt, wie nach einem langen, erholsamen Schlaf. Keinerlei Anzeichen der Nervosität, die ihn am Abend vorher befallen hatte.

»Fühlst du dich gut?«

»In glänzender Form.«

Betta schaute ihn an und lächelte ungläubig.

Doch seltsamerweise war es wirklich so. Tito war zwar ein ziemlich unzuverlässiger und oberflächlicher Kerl, doch ohne ihn hätte sie sich verloren gefühlt. Er gehörte zu den Menschen, die die Arbeit nicht erfunden hatten, die es sich immer leicht machten, weil es da ja jemanden gab, der für sie an alles dachte, die dann aber, wenn Not am Mann war, zur Höchstform aufliefen. Er gehörte zu den Menschen, die, wenn es hart auf hart kam, eben auch hart im Nehmen waren. Und die niemals die gute Laune verloren oder sich von ihren Ängsten überwältigen ließen. Vielleicht war es ja das, was Costanza in ihm gesehen hatte und was sie dazu gebracht hatte, sich in ihn zu verlieben.

»Sag mir, dass alles gut wird«, flehte Betta ihn an, weil sie dringend ein wenig Zuspruch brauchte. »Ich verlange ja keinen Megaerfolg, aber wenigstens soll alles reibungslos ablaufen.«

»Keinen Erfolg? Ich erkenne dich nicht wieder! Wo ist die Frau, die mit ein paar Zuckerstäbchen die tollste Party der Möbelmesse auf die Beine gestellt hat? Die mit ein paar Chrysanthemen einen der reichsten Unternehmer der Brianza um den Finger gewickelt hat? Die mit einer Handvoll kandierter Kaktusfeigen den Chefredakteur von *Tweed* aus dem Häuschen brachte? Und mit einer Liste deiner Erfolge könnte ich ohne Probleme noch ein paar Stunden weitermachen, wenn mich nicht mein Gedächtnis im Stich ließe, wie das bei alten Männern eben so ist. Deshalb weg mit dieser Leichenbittermiene, Betta, Brust raus und Kopf hoch! Wir zeigen diesen alten Schrumpfköpfen, wo der Hammer hängt!«

Wie durch Zauber war Betta auf einmal ganz leicht ums Herz. An seinem Arm betrat sie das noch menschenleere Foyer. Es war so schön, sich auf jemanden verlassen zu können!

Nachdem man sich im Foyer ausgiebig begrüßt hatte, machte sich die bunte Menge der geladenen Gäste auf den Weg zu ihren Plätzen, sei es im Parkett oder in den Logen, während aus dem Orchestergraben die schrillen Töne der Musiker ertönten, die ihre Instrumente stimmten. Von donnerndem Applaus begrüßt, betrat der Dirigent sein Podium, dann trat absolute Stille ein, bis die ersten Klänge der Ouvertüre ertönten, strahlend und tosend.

Die Servicekräfte standen bereit und trugen volle Montur: Smokinghose und -jacke, Kummerbund, schneeweißes Hemd, weiße Handschuhe, Fliegen, blank gewienerte Schuhe, schwarze Socken aus einem Baumwoll-Seide-Gemisch, die Haare mit Gel und Brillantine zurückgestrichen, die Gesichter frisch rasiert und lächelnd. Jacopo war der Eleganteste von allen, da er den Kleiderschrank seines Vaters geplündert hatte. Doch auch die anderen strahlten eine edle Souveränität aus, die den Berühmtheiten, die heute die Scala mit ihrem Besuch beehrten und aussahen, als wären sie im Smoking geboren, in nichts nachstand, und wären sie anstelle eines Tabletts mit der sagenumwobenen Walther PPK von James Bond in der Hand dagestanden, hätten sie mit dem berühmtesten Spion der Welt durchaus mithalten können. Violetta, Miriam und Co. in ihrem romantischen Kostüm, das aus einem langen, cremefarbenen Tüllrock sowie einem Bustier aus Satin bestand, hatten ihre Haare zu einem formvollendeten Chignon geschlungen, der ihren Hals und Nacken frei ließ, sahen aus wie kleine Giselles und bewegten sich nach wochenlangem Üben auch mit der gleichen Anmut wie Tänzerinnen.

Auch Betta und Tito hatten sich kurz vor Beginn der Vorstellung umgezogen, und Tito, der keinen Lidschatten, keine Wimperntusche und keinen Lippenstift brauchte, um sich schön zu machen, erschien als Erster an der Bar hinter den Logen, die anlässlich des Events geschlossen und hinter einem Paravent aus Gipskarton verborgen war; hier werkelte das Cateringpersonal. Bei seinem Eintreffen brandete unter den jungen Leuten spontaner Applaus auf, den er mit einem strengen Blick unterband.

Dann kam Bettas Auftritt und wurde mit anerkennendem Gemurmel quittiert; sogleich scharten sich die jungen Frauen um sie und bewunderten den glücksbringenden schwarzen Rock mit seinem steifen Unterkleid, die Satinschärpe, die ihre Taille umgürtete, das eng anliegende Mieder aus ecrufarbenem Samt, dazu als einziger Schmuck die Ohrringe von Vittorio. Betta trug hochhackige schwarze Schuhe von *Deux Chaussettes*, durch die sie größer und schlanker aussah. Ob es nun daran lag, an ihrem sorgfältig aufgetragenen Makeup oder an dem magischen Rock, der nach so langer Zeit des Ruhens seinen ganzen Zauber entfaltete – jedenfalls trat Marcello, sichtlich gerührt, auf sie zu und drückte ihr seine ganze Bewunderung aus.

»*Pas mal, madame*«, sagte Tito auf die typisch schnoddrige Art, mit der er Komplimente machte, als sie kurz darauf beide hinter dem Paravent hervortraten.

»*Vous aussi, monsieur*«, antwortete Betta in etwas holprigem Französisch.

Während sie im Foyer umhergingen und noch einmal alle Details überprüften, war auch Costanza an ihrer Seite. Sie würde während der Aufführung im hinteren Teil des Parketts bleiben, um unbemerkt hinausschlüpfen zu können und sie zu unterstützen, wenn ihr großer Moment endlich gekommen war. Costanza hatte sich für ein Kleid im Empire-Stil aus grünem Samt mit schmalen Trägern und eine Satinstola in der gleichen Farbe entschieden. Auf dem Kopf trug sie über dem seitlich hochgesteckten blonden Haar einen zierlichen Satin-Haarreif von Jennifer Ouellette mit einer Schleife und ein paar Federn. Es war ein frecher und zugleich weiblicher Look, ungewöhnlich für jemanden wie sie, die sich sonst eher nüchtern kleidete, doch es stand ihr wunderbar.

Tito lief voller Bewunderung auf sie zu. »Baby, ich muss

unbedingt öfters mit dir ausgehen. Du stellst ja sogar Betta in den Schatten!«

Costanza lachte und zog ihn liebevoll mit seinem Smoking auf, doch es war deutlich sichtbar, dass auch sie stolz auf ihn war. Dann küsste sie ihn auf die Wange und nahm Betta in die Arme, die in ihrer luftigen Aufmachung zitterte wie Espenlaub.

»Alles wird gut. Das weiß ich. *Stay beautiful!*«, sagte Costanza mit ihrem ganz besonderen Lächeln und kehrte dann wieder in den Saal zurück.

Auch Tito lächelte. Sollte er jemals an dieser Frau einen Zweifel gehabt haben, war es damit nun endgültig vorbei.

Der erste Akt endete unter tosendem und begeistertem Applaus. Der Dirigent wandte sich dem Publikum zu und verbeugte sich, dann gingen die Lichter an, und nur wenige Minuten später strömten die geladenen Gäste aus den Logen und dem Parkett hinaus ins Foyer und in die Vorräume.

Es war das große Event des Jahres, traumhafte Roben brachten den Abend ebenso zum Strahlen wie die riesigen Kristalllüster, und selbst das bescheidenste Abendkleid der Damen kostete so viel wie eine Luxuskarosse. Die Männer, durch die Bank weg im Smoking, plauderten über Wirtschaft und Politik. Und sie waren alle gekommen: auf der einen Seite der alte Mailänder Geldadel, ebenso unvermeidlich wie unverwüstlich, der sich mit allerlei Küsschen und Umarmungen, ebenso überschwänglich wie geheuchelt, begrüßte; auf der anderen Seite die Neureichen, Leute, die ebenso schnell auf der Bildfläche auftauchten und wieder verschwanden wie ihr plötzlich angehäuftes Vermögen und sich alle ähnelten, in Anzüge gequetscht, die sie nicht zu tragen wussten, und mit

Trophäen an ihrer Seite, die von den astronomischen Summen auf ihren Offshore-Konten zeugten – Beautys mit aufgespritzten Lippen und Silikonbusen, eingezwängt in ebenso kostspielige wie vulgäre Fummel.

Je mehr Leute in den Sälen erschienen, desto lauter wurde das Gemurmel. Die allerwenigsten bemerkten die blass geschminkten Damen, die neben den Büsten der großen Meister wie Bellini und Rossini, Verdi und Toscanini anmutig und reglos posierten, in schneeweißen Gewändern mit Korsetts und Reifröcken. Auf den Köpfen hatten sie Perücken mit hoch aufgetürmten Locken, wie man sie im achtzehnten Jahrhundert getragen hatte; starr schauten sie ins Leere, die jungen und makellosen Gesichter unter einer dicken Schicht weißer Schminke verborgen.

Nur wenige Minuten, dann wurden die Lichter langsam zum Erlöschen gebracht; an diesem Punkt ertönte eine weiche, männliche Stimme aus den Lautsprechern auf jedem Stockwerk und brachte die Anwesenden zum Schweigen.

»Ich bitte einen Augenblick um Ihre Aufmerksamkeit.«

Alle drehten sich in die Richtung, aus der die Stimme kam, während die Lichter ganz erloschen. Im Foyer richtete sich ein großer Scheinwerfer auf den Bürgermeister, der in seinem Smoking aussah wie aus dem Ei gepellt und sichtlich aufgeregt war. An seiner Seite standen rechts der Präsident und links Mr. Drums. Niemand wusste, was nun geschehen würde, und die Leute weiter hinten im Saal drängten nach vorne und stellten sich auf die Zehenspitzen, um besser sehen zu können.

Man hätte eine Stecknadel fallen hören können.

Der Bürgermeister wartete noch ein paar Sekunden.

»An diesem außergewöhnlichen Abend«, hub er schließlich an und blickte in die neugierigen Mienen der Menschen, die in der Nähe standen, »möchte ich mit Ihnen auf die Scala anstoßen, auf unseren geliebten Präsidenten, der uns alle stolz macht, Italiener zu sein, und auf einen ganz besonderen Menschen, der seit Kurzem zu unserem Förderkreis gehört, einen Mann, der unser Land und unsere Kultur liebt und schon immer geliebt hat. Einen Menschen, dessen Großzügigkeit wir es zu verdanken haben, dass diese Oper aufgeführt wird und wir eine Premiere in der Scala erleben dürfen, die ganz im Sinne von Tradition und Qualität steht. Heißen wir also gemeinsam Mr. Malcolm Drums willkommen und wünschen wir ihm, dass er sich an diesem Ort zu Hause fühlt, so wie es alle Italiener tun.«

Ganz hinten erhob sich zaghafter Applaus, der ebenso unpassend war wie ein Zwischenapplaus während eines Aktes, doch Mr. Drums bereitete dem sogleich ein Ende, indem er in seinem fantasievollen Italienisch das Wort ergriff.

»Ich bin stolz und dankbar dafür, dass man mir die Gelegenheit geboten hat, Mitglied der Familie dieses Theaters zu werden, welches ein so wichtiger Bestandteil der Kultur nicht nur dieses Landes, sondern der ganzen Welt ist. Und ich wünsche mir ebenso wie Sie alle, dass man, in Italien wie in der ganzen Welt, begreifen möge, wie besonders dieses Theater ist und wie sehr wir alle dazu aufgerufen sind, es zu beschützen, zu verteidigen und für es zu sorgen.«

Erneut brandete Applaus auf, der offenbar von Herzen kam und den Drums gerührt und etwas verlegen mit erhobener Hand zum Schweigen brachte. Dann wandte er sich zu Gianluca, der, wie gemeißelt und wunderschön in seinem Smoking, ein Tablett voller Sektflöten in der Hand hielt und davon zuerst dem Präsidenten, dann dem Bürgermeister und schließlich Drums anbot. Dieser hob sein Glas und rief: »Auf die Scala, auf ihre ruhmreiche Vergangenheit und ihre strahlende Zukunft!«

In diesem Moment richtete sich ein zweiter Scheinwerfer auf eine der graziösen weiblichen Gestalten, die reglos am Rande des Saales standen, und die nun, eine nach der anderen, von Scheinwerfern angestrahlt wurden, sodass es im Saal immer heller wurde. Alles verlief in perfekter Synchronizität. Überrascht und ein wenig verwirrt folgten die Blicke der Gäste dem Weg der Scheinwerfer, viele riefen staunend und entzückt auf, so wie es Zuschauer eines Feuerwerks tun. Drums drehte sich zu der Figur, die gleich neben ihm stand, und zog aus ihrem Rock ein kleines Beignet. Eine Sekunde lang hielt er es in der Hand und betrachtete es, dann steckte er es sich in den Mund und kaute, die Augen genüsslich geschlossen.

Auf dieses Signal hin gingen die Lichter ganz allmählich wieder an, und Musik ertönte aus den Lautsprechern. Als wären sie aus einem langen Dornröschenschlaf erwacht, begannen die lebendigen Statuen, sich nach einer genau einstudierten Choreografie zu bewegen und traten mit leichten und anmutigen Schritten auf das Publikum zu, wobei sie auf ihren leicht abgespreizten Händen und Armen winzige Spitzenservietten trugen. Erst jetzt bemerkten alle das, was ihnen zunächst entgangen war: dass die Reifröcke jener Tableaux vivants mit hauchdünnem Tuch bespannt waren, und zwischen den Stäben die winzigsten und köstlichsten Beignets steckten, die jemals gebacken und gefüllt worden waren.

Nach einem kurzen und verständlichen Zögern kam Leben ins Publikum, und man beschloss, sich zu bedienen. Schnell waren die Reifröcke der Tänzerinnen, die sich langsam und unermüdlich um ihre eigene Achse drehten, leer gegessen, und während sie sich nach draußen begaben, um sie auszutauschen, wurden sie so schnell und elegant durch andere Tänzerinnen ersetzt, dass die Leute den Wechsel nicht einmal bemerkten.

In der Zwischenzeit gingen die Servicekräfte mit Tabletts voller Sektkelche zwischen den Gästen umher und versorgten sie mit dem perlenden Getränk, gewandt, lächelnd und elegant wie echte Aristokraten.

Alles war genau getimt, denn sie hatten nur zwanzig Minuten, etwas weniger als die ganze Pause dauerte, dann musste alles vorbei sein. Betta war ebenso wie Tito im Saal unterwegs, lief die Treppen auf und ab, um zu kontrollieren, dass alles wie am Schnürchen lief und niemand mit einem leeren Glas in der Hand oder einer schmutzigen Serviette herumstand, eine Aufgabe, die auch die anderen weiblichen Servicekräfte hatten; sie waren mit Körben unterwegs, die mit Tüll und Bändern, ähnlich ihren Tutus, geschmückt waren.

Betta beobachtete, wie sie sich voller Anmut und Effizienz den Gästen zuneigten; sah ihre Jungs, die sich abwechselten und dafür sorgten, dass immer volle Tabletts im Umlauf waren; sie beobachtete Costanza, die überall nach dem Rechten sah, hier ein Band richtete, das sich gelöst hatte, dort eine störrische Haarlocke zurückstrich und dann wieder nach hinten zum Catering lief, wo Marcello und seine Assistenten wie ein perfekt geöltes Uhrwerk arbeiteten, Beignets mit Sahne füllten und sie zwischen die Stäbe der Reifröcke steckten, ein einziges Hin und Her, hektisch und fröhlich zugleich, ein Meer aus lächelnden und konzentrierten Gesichtern … Betta spürte, wie es ihr die Kehle zuschnürte.

Noch ist es nicht an der Zeit, sich zu entspannen, sagte sie sich, es kann immer noch alles schiefgehen.

Erst als die Lichter dreimal aus- und angegangen waren, um das Publikum wieder hereinzurufen, erlaubte sie sich, einen Seufzer der Erleichterung auszustoßen. Sie sah, wie ihre Serviceleute hinter dem Paravent vor der Bar verschwanden, leise und flink, wie sie es angeordnet hatte.

Es war zu Ende. Und es war gut gegangen.

Betta hatte schon immer der Moment gefallen, wenn ein Fest zu Ende ging. Die Unordnung, die auf den Spaß folgte, hatte etwas Melancholisches und Herzzerreißendes, das sie faszinierte. Oder es lag daran, dass sie das Fest endlich auch selbst genießen konnte. Das leere Foyer kam ihr auf einmal riesig vor.

Sie blieb einen Moment stehen und lauschte den ersten Klängen des zweiten Aktes, die in der Luft schwebten. Sie hätte auch hineingehen und zuschauen können, denn in der Loge bei Costanza war ein Platz für sie reserviert, doch lieber blieb sie einen Moment lang hier ganz allein, in ihrem Zauberrock, erschöpft und glücklich, und fühlte sich wie die Herrin der Welt. Noch eine Minute wollte sie in diesem Erfolg schwelgen, wollte dieses Gefühl auskosten, ganz allein für sich, dann würde sie hineingehen und die Aufführung genießen.

Als alles vorüber war, kam Tito aus dem hinteren Teil des Saals zu ihr, legte ihr einen Arm um die Schulter und drückte sie an sich.

»Und, was meinst du, haben wir sie geflasht? Ich sag dir, diese Party heute werden sie eine Weile nicht vergessen. Und du wirst sehen, das Menü von heute Abend hängen sie ins Museum, neben das von Verdis letztem Abendessen. Ich sehe es schon vor mir: ›Beignets mit einem cremigen Kern aus Mozzarella und knackigem Gemüse; luftige Blätterteigtaschen mit Lachs und Granatapfel … Nein, wir nehmen lieber Französisch, wie bei dem Menü im Museum, also *beignet avec* … wie heißt das denn bloß?«

Betta legte den Kopf an seine Schulter. Auf einmal fühlte sie sich so leicht, dass sie am liebsten getanzt hätte.

»Ich hab Drums gar nicht gesehen, und gesprochen habe ich ihn auch nicht. Wo ist er? Hat er dir was gesagt?«

»Nein, aber Gianluca hat mir ausgerichtet, die Frau des Präsidenten habe ihm gegenüber unseren Service sehr gelobt.«

Betta schaute ihn ungläubig an. »Die Frau des Präsidenten hat mit Drums über uns gesprochen?«

Er nickte.

»Ich hab da so eine Ahnung, dass wir bald über den nächsten G20-Gipfel nachdenken sollten«, scherzte er.

Lachend zog er sie in Richtung Küche. Dort warteten die Kellner und Marcello auf sie. Alle hatten erstklassige Arbeit geleistet, und darauf musste unbedingt angestoßen werden.

»Jetzt gehe ich rüber zu meiner Freundin, die für meine Begriffe heute ein bisschen zu viel geackert hat, aber wir müssen ja noch ein bisschen PR machen. Weißt du, wie viele Abendessen diese reichen Säcke ausrichten? Und das Brieflein, das du da in Händen hältst, deutet darauf hin, dass bei uns schon bald die Telefone nicht mehr stillstehen werden.«

Tito trat zu Costanza, die lächelnd neben zwei nicht mehr ganz taufrischen, aber hübsch zurechtgemachten Damen stand. Er legte ihr eine Hand auf die Schulter, und die beiden sahen blendend aus, wie sie da in ihrer Abendgarderobe standen. Wenige Schritte entfernt waren Malcolm und Emma Drums in ein Gespräch mit den Crispi-Loverios vertieft.

Betta beobachtete aus einer Ecke des Foyers die Szene und las noch einmal das Brieflein, das ihr Drums mit seiner klaren, ordentlichen Schrift geschrieben hatte.

You're simply the best.
Thanks!
Malcolm and Emma

Betta hatte es zu Beginn des zweiten Aktes erhalten. Eine der maskierten Tänzerinnen hatte es ihr überbracht.

Nein, an diesem Abend hatte sie keine Lust, weiter zu arbeiten, sich unter die Partygäste zu mischen, überall jemanden mit einem aufgesetzten Lächeln zu begrüßen, Konversation zu machen, Hände zu schütteln und sich bei Menschen vorzustellen, die sie nicht kannte.

Viele dieser Leute hatte sie bereits über De Van getroffen, und auch wenn sie so taten, als würden sie sie nicht wiedererkennen, hatte Betta das Gefühl, sie selbst kenne sie sehr gut. Nein, sie blieb lieber hier stehen und beobachtete das bunte Treiben. Es war ein erleichterndes Gefühl, etwas abseits zu stehen, tröstlich, einen Moment lang wie unsichtbar zu sein, denn zu schauen gab es so viel, traumhafte Kleider und Schmuck, doch vor allem die Menschen: wie sie sich bewegten, wie sie sich verhielten.

Es war ein Schauspiel, das sich hier präsentierte, oder auch ein Abbild der ganzen Welt mit ihren Tugenden und ihren Makeln.

Dann auf einmal, mitten in dieser bunten Menge, erblickte sie ihn: die sportliche Figur, die kurz geschnittenen und wohl gescheitelten Haare, den Smoking, wie zu erwarten makellos und perfekt sitzend, den selbstsicheren und lässigen Gang.

Und er kam direkt auf sie zu, mit dem strengen Blick, den sie so gut an ihm kannte.

Betta spürte, wie ihr schwindelig wurde. Das konnte nicht sein, sie konnte es einfach nicht glauben. Wer weiß, mit wie vielen Leuten er hier reden musste, oder wie viele mit ihm reden wollten, und ganz bestimmt würde jeden Moment jemand auf ihn zutreten und er würde stehen bleiben.

Doch nein, Avvocato D'Arsi setzte unbeirrt und entschlossen seinen Weg fort.

Die Lichter des großen Kristalllüsters über ihm funkelten wie das Morgenlicht eines neuen Tages. Und jetzt spürte Betta, ohne auch nur den Hauch eines Zweifels, dass er tatsächlich zu ihr wollte. Das wusste sie so sicher, wie sie wusste, dass sie existierte. Sie wusste es, weil sie ihn erwartete. Weil sie ihn den ganzen Abend zu sich gerufen hatte. Weil sie den ganzen Tag und den Tag davor an ihn gedacht hatte, jeden Tag seit dem Moment, als Drums sie angerufen und ihr diesen Auftrag gegeben hatte.

Denn im Grunde steckte hinter all ihren Gedanken, all ihren Ideen immer ein und dieselbe Frage: Würde es ihm gefallen? Was würde er sagen? Es war sein Blick, den sie sich des Nachts vorstellte, wenn sie sich unruhig im Bett wälzte und so rastlos war, dass sie einfach keinen Schlaf fand; vielleicht wäre es ein enttäuschter Blick, wütend, traurig. Denn mehr als alles andere war es sein Urteil, das sie interessierte, sogar mehr als das von Drums. Betta würde alles überstehen – zum Gespött der Leute zu werden, das Ende ihrer Träume zu erleben, sich Drums' Zorn zuzuziehen, ja, auch den Schmerz ihrer Freunde –, aber ein vernichtendes Urteil von D'Arsi nicht. Und nicht seine Missbilligung.

Nur wenige Schritte, dann würde er vor ihr stehen. Auf

einmal spürte Betta, wie eine seltsame Ruhe sie erfüllte, und so zerbrechlich und verletzlich sie auch war, fühlte sie sich doch auch stark und selbstsicher. Das lobende Brieflein von Drums hielt sie immer noch in der Hand, als D'Arsi endlich vor ihr stand, und sie lächelte ihm zu, glücklich darüber, dass sie beide zusammen waren, inmitten Hunderter von Menschen.

»Ich wollte Sie beglückwünschen«, sagte D'Arsi mit fester, tiefer Stimme und erwiderte ihr Lächeln. »Ich wusste ja, wie es werden würde, weil ich mehr als einmal Ihre Entwürfe gesehen und Ihre Erläuterungen gehört habe, aber trotzdem konnte ich es mir nicht vorstellen. Aber Sie haben es toll gemacht, Betta, ganz, ganz toll.«

Alles begann sich um sie zu drehen, doch es war ein wundervolles Gefühl.

Sie hätte ihm antworten sollen, doch warum die Perfektion dieses Moments zerstören? Und was sollte sie auch sagen? Danke? Und dann hätte er sich umgedreht und wäre wieder gegangen?

»Wir müssen das feiern«, fuhr er fort, ohne auf ihr Schweigen zu achten. »Das müssen wir unbedingt feiern. Darf ich Sie an einem der nächsten Abende zum Essen einladen?«

Da war etwas an seiner Stimme, ein leichtes, ganz winziges Zögern, kaum wahrnehmbar. Stimmte das, oder war es nur das Ergebnis ihrer verdrehten und überzogenen Vorstellungskraft? Zog D'Arsi etwa tatsächlich in Betracht, sie könnte ihm einen Korb geben? Nein. Nein, das durfte nicht geschehen. Sie musste ihm zu verstehen geben, wie glücklich sie über seine Frage war und wie sehr sie sich über seine Einladung freute!

Wenn da bloß nicht dieses unbestimmte »an einem der nächsten Abende« gewesen wäre …

»Dienstag habe ich Zeit«, hörte sie sich selbst antworten. Ein direkter Vorschlag, der ihr einfach herausgerutscht war, *nescit vox missa reverti*, wie es schon die alten Römer gesagt hatten: Ein gesprochenes Wort weiß nicht zurückzukehren. Und dann stand sie einfach vor ihm, reglos, die Hände verschränkt, und wartete auf seine Antwort, ohne einen Hauch von Verlegenheit.

»Das ist perfekt«, erwiderte er, und Betta spürte, wie ihr Herz vor Glück einen Satz machte.

Da blickte ihr D'Arsi tief in die Augen und sagte scherzhaft: »Wäre es nicht allmählich an der Zeit, dass wir beiden Hübschen uns duzen? Was meinst du, Betta?«

Erst in diesem Moment spürte sie, wie der Lärm um sie herum abebbte und die Leute sich wie in Zeitlupe zu bewegen schienen. Er war es, der perfekte Moment. Nichts würde jemals wieder so leicht sein, und keine Antwort wäre ihr einfacher über die Lippen gegangen als diese.

»Sicher, sehr gern …«

Doch sosehr sie sich auch anstrengte, sie konnte sich nicht erinnern, wie D'Arsi eigentlich mit Vornamen hieß.

Verflixt und zugenäht, war es denn möglich, dass sie den Vornamen dieses Menschen nicht wusste?

Aus Bettas Notizbuch

Warum eine deftige Bohnensuppe damit in Verlegenheit bringen, dass man sie auf weißen Porzellantellern, womöglich auch noch Wedgwood, serviert, wenn sie, in einer schönen Keramikschale präsentiert, viel glücklicher wäre? Würde sie sich darin nicht viel geborgener und behaglicher fühlen und damit nicht gleich auch viel besser schmecken?

Dieser Gedanke wäre der Ausgangspunkt dafür, unsere Tafeln einladender zu machen, spielerischer, origineller. Ein großes Budget ist nicht nötig, um schöne und gute Dinge herzustellen. Man muss einzig und allein mit dem Herzen bei der Sache sein und seiner Fantasie freien Lauf lassen. Und man muss etwas wagen, muss kombinieren, mischen. Habt keine Angst davor zu übertreiben und bringt das in euch zum Vorschein, was ihr wirklich seid.

Eine Tafel soll Ausdruck eurer Persönlichkeit sein. Und wenn sie nicht allen gefällt? Abwarten. Wenigstens wird sie nicht unbemerkt bleiben. Denkt daran, um Essen gut zu präsentieren, ist es wichtig, die Menschen im Blick zu behalten, die ihr zu euch einladet, um mit ihnen einen Moment puren Genusses zu teilen.

So wie man sich einen Lippenstift aussucht, einen Anzug, ein Paar Schuhe, so sollt ihr lernen, Servietten, Teller, Gläser und Tischschmuck auszusuchen.

Achtet also darauf, euch reichlich mit Basisutensilien einzudecken, weshalb ihr regelmäßig Stoffgeschäfte besuchen solltet, um daraus andere, schönere Servietten zu nähen, außerdem auch Kurzwarenhandlungen, um Bänder, Borten und Schleifen zu besorgen, mit denen ihr eure Dekoideen aufwerten könnt. Überflüssig, darauf hinzuweisen, wie wichtig Blumenläden sind, doch auch Flohmärkte sind wahre Fundgruben, unerschöpfliche Quellen für Geschirr, Besteck und allerlei Schnickschnack für den Tisch, die mich mehr als einmal auf die richtige Idee für eine Tischgestaltung gebracht haben. Auch nicht vergessen sollte man Papeterien, Schreibwarenläden und Papiergroßhändler. Und *last but not least* – aber das wisst ihr vermutlich längst – die Website *Pinterest,* ein geniales Schaufenster zur Welt.

Abschließend möchte ich euch noch ein paar Tipps und Ideen für vier Tischdekorationen geben, jeweils eine für jede Jahreszeit; darüber können wir dann gerne auf Social Media diskutieren.

Ran ans Werk; ich weiß, ihr werdet mich nicht enttäuschen …

FRÜHLING – Motto »Alles sprießt!«

- Kunterbunte und wild gemusterte Tischdecke
- Kontrastierende Servietten, mit buntem Band zusammengebunden
- Kräutertöpfe in der Tischmitte
- Zinkbehälter fürs Besteck
- Tischkarten mit Rosmarinzweig
- Zusammengewürfelte Gläser aus Buntglas

SOMMER – Motto »Feld, Wald und Wiesen«

- Grobe Jute als Tischdecke, sprich Sackleinen
- Büschel aromatischer Kräuter, mit Faden um die Servietten aus ecrufarbenem Leinen gebunden
- Wiesenblumen als Tischdeko in der Mitte
- Holzkästchen als Behälter für das Besteck
- Schlichte Trinkgläser ohne Stiel
- Tischkarten mit Kirschdeko

HERBST – Motto »Erntedankfest«

- Rostfarbene, orange oder weinrote Tischläufer aus grobem Leinen, Wollstoff oder Samt
- Passende Stoffservietten aus Baumwolle
- Kleine Kürbisse und Rosskastanien in der stacheligen Schale als Tischdeko in der Mitte
- Keramikgeschirr
- Holzbretter
- Tischkarten mit getrockneten Blättern

WINTER – Motto »Highlands im Schnee«

- Läufer aus schottischen Karostoffen, grob geschnitten
- Rote Stoffservietten
- Runde Gestecke aus Kiefernzweigen und Stechpalme für die Tischmitte, oder auch ein schöner Panettone, in kostbaren Stoff gehüllt
- Reichlich Kerzen oder Kerzenleuchter
- Tischkarten mit einem Zweiglein Weißdorn
- Alte Rahmen oder einige wenige geschmackvolle Objekte

Dank

Mein Dank von Herzen geht an:
Sergio Colantuoni, Rossella Ferrario, Laura Grandi, Francesca Lang und an Daniel Dellimore Mallaby.